温暮生

著

失恋万岁

long live
disappointment
in love

青岛出版社

QINGDAO PUBLISHING HOUSE

图书在版编目（CIP）数据

失恋万岁 / 温暮生著. -- 青岛 ：青岛出版社，
2018.6
ISBN 978-7-5552-6636-5

Ⅰ. ①失… Ⅱ. ①温… Ⅲ. ①言情小说－中国－当代
Ⅳ. ①I247.5

中国版本图书馆CIP数据核字(2018)第012588号

书　　名	失恋万岁
著　　者	温暮生
出版发行	青岛出版社
社　　址	青岛市海尔路182号（266061）
本社网址	http://www.qdpub.com
邮购电话	010-85787680-8015　13335059110
	0532-85814750（传真）　0532-68068026
责任编辑	郭林祥
责任校对	耿道川
特约编辑	朱琳琳
装帧设计	苏　涛
印　　刷	三河市南阳印刷有限公司
出版日期	2018年6月第1版　　2018年6月第1次印刷
开　　本	16开（700mm×980mm）
印　　张	20
字　　数	260千字
书　　号	ISBN 978-7-5552-6636-5
定　　价	59.80元

编校印装质量、盗版监督服务电话　4006532017　　0532-68068638
建议陈列类别：畅销·言情小说

失
恋
万
岁

目 录
CONTENTS

Part · 01

男人们觉得女人如衣服，当换则换，女人为什么不能把男人当成包？低调好用的是经典款，半个世纪过去还能风采依旧；耀眼新潮的是当季新品，风头一时不错，等过了季，照样该扔则扔。买包要向前看，谈恋爱不应该也是这样吗？有工夫为破掉的A货唉声叹气，干吗不豪迈一点为自己奋斗个万年长青的铂金包？

在很久很久以前，一个漂亮的女孩跟着一个帅气的男孩从山里来到了大城市。

那年，男孩十八岁，在市区的一所名校上大学；女孩十六岁，在学校旁边的餐馆做服务员，一面打工帮男孩攒学费，一面照料他的起居生活。

男孩成绩优异，每年都能拿到奖学金，看着存折上累积起来的数字，他时常对女孩说，等他毕业了，女孩可以拿着这笔钱自己开店做生意，他就去大公司找工作，天道酬勤，总有一天他们能在这座城市里安身立命。

女孩心地单纯，什么都相信男孩。他们俩青梅竹马，彼此情深，在这座陌生的城市，他是她生活的全部，更是她唯一的依靠。

她做过许多工作：给餐厅洗盘子，在市场卖菜，帮大学附近的日租房拉客……赚到的钱都一分一分攒下来，她想在嫁给男孩的时候给自己买一套银器当嫁妆。按照山里面的风俗，银器主富贵，是吉祥物，女子出嫁如果有银器傍身，便会与丈夫和和美美，白头到老。

这个故事说到这里都一直挺感人，但如果从头至尾都这么感人，就没有说出来的必要了。如同世界上大多数的言情小说都有个转折点一样，任何精彩的故事也都需要一个转折点。这个转折点不光要起伏幅度剧烈一些，心惊胆战一些，还必须溅起一盆子的狗血，腥腥臭臭地浇你一身，让你忍不住大骂：我靠，现实这个坑爹的后妈！

四年后，男孩顺利毕业。然而，当女孩满怀憧憬地等着他向自己求婚时，男孩却没有履行当初的诺言。相反地，他拿着四年存下的所有奖学金，在一个秋高气爽的早晨消失得无影无踪。

女孩找了男孩三天，险些就要报警，直到从一名大学老师那里得知，男孩出国了。

老师说他从很早以前就开始申请大洋彼岸某所名校的研究生，并且成功博得对方青睐，录取通知书早在去年就邮寄到了他手里。老师一边说一边不住点头，赞叹男孩是他近年来教过的最有出息的学生，深知知识改变命运的道理，今后的成就必定不可限量。

女孩失魂落魄地回到住处。哭了一夜后，她翻出自己这几年的积蓄，打算离开这个伤心城市回老家。可当她打开存折，发现她原本准备置办嫁妆的数万存款只剩下五毛八了，买个馒头都还差两分。

存折里歪歪斜斜飘下一张叠好的纸，上面只有三句话，是男孩的笔迹，第一句是"对不起"，第二句是"另外找个人好好过日子吧"，第三句是"不要想我"。

女孩本以为自己会痛不欲生，可到了这一刻，她却发现，自己除了麻木，竟然再没有别的感觉。她只是想不通，这个让自己奉献了全部美好青春与爱情的男人为何如此绝情？

没了积蓄，她连回老家的路费都没有，明天会怎么样，她想也不敢想。

这个世界上的人在栽了跟头之后普遍分化成两种状态：一种是趴在地上哇哇大哭，等着路过的好心人伸出援手；另一种是将眼泪吞回肚子里，然后注入线粒体转化成三磷酸腺苷，靠着这股力量，拍拍膝盖自己站起来。女孩庆幸自己属于第二种。

四年滚滚红尘的历练，让她彻底明白了生活的残酷性和人心的不确定性，同时顿悟出"所谓幸福，只能靠自己给予"的道理。于是在接下来的十年里，她从餐厅服务员变成酒代小姐，变成平面模特，变成富商的情人，又在和富商分手后，拿着分手费与拍卖富商送给她的所有珠宝所得的一大笔资金，入股一家濒临倒闭的娱乐公司——而后，这家娱乐公司被行业巨头帝光传媒集团收购。

那一年，她三十岁，却已经从一个不谙世事的少女华丽转身成为帝光传媒的董事之一，身家近亿。

我将抽了一半的香烟按进烟灰缸，拢了拢头发，佩服地赞叹："你的经历简直比邓文迪的还要精彩。"

刚才故事里的主角名叫胡靖容，这个在社交圈里有"活着的传奇"称号的女人，现在就坐在我对面。她妆容淡雅，五官精致美丽，一头微卷的长发梳成中分柔软地披在肩膀上，搭配一身香奈儿当季的奶白色套装，怎么都看不出已经是三十出头的年纪。如果不是她亲口所说，我绝对不会相信这样一个漂亮自信的女企业家，十多年前会是个洗盘子的打工妹。

"很多人觉得我的成功有运气成分在里面，但我一直相信运气也算实力的一部分。"胡靖容对我勾起嘴角，"你还有什么问题吗？"

"还有最后一个。"我想了想，说道："不过，这属于我私人的好奇心。关于当初那个男人的后续，我很好奇，从那之后他有没有再联系过你。"

"没有，不过两年前我们却见过一面。"

她简短的回答让我瞬间来了精神。

"这不是什么值得正大光明说出来的事情，不过既然你问了，我就告诉你。"她端起身前的咖啡喝了一口，"两年前，我刚刚加入帝光董事会，而他也揣着博士学位回国，应聘进了帝光传媒总部，成了市场部的一个经理。"

"哦？"我扬起眉，"他知不知道你现在的身份？"

"当时不知道，不过后来一次管理级的全体会议，就知道了。"

我想象着当时的场景，只觉得分外有喜剧色彩。

"那他有没有后悔？"我紧接着问，"看见你是他老板，估计他肠子都悔青了吧。"

"后悔？"胡靖容声音带着愉悦的上扬，"他当然得后悔！因为在发现他的时候我就报了警，然后让律师以盗窃罪起诉他。关于他偷拿我存折取钱这事，我早就在公安局里备案了，过去那些年也一直让银行保留着他取款时的录像，板上钉钉的证据，他估计还要在大牢里蹲个七八年才能被放出来吧。"说完，她风情万种地一笑，接着又说："十年前的几万块，存到现在可是一大笔钱，判他这么些年算轻了，如果不是他怀着孕的老婆差点下跪来求我，我绝对不可能如此简单就善罢甘休。"

我沉默半晌，说不出话。胡靖容这样做无可厚非，从懵懂无知的少女成为深谙权谋的商海高管，她所经历的苦，不是让那个男人坐几年牢就能补偿的。

"其实后来我总想，如果不是当初他把我推上绝路，我也不可能有今天的地位，从某些方面来说，我还得感谢他。"胡靖容指了指我手边的烟盒，"还有吗？"

"最后一根。"我抽出来给她，"只怕你抽不惯这种平价烟。"

"这牌子以前我做酒代时常抽，今天回忆了这么多往事，忽然也想吸一口。"她点燃，优雅地吐了个烟圈，"我发现很多作家都有烟瘾。你们靠这个来寻找灵感？"

"只是提神而已。"我笑道，"我习惯在夜深人静的时候写东西，犯困的话，香烟和咖啡是必需品。"

她了然地点点头。

敲完最后一行记录，我合上笔记本电脑，"今天的访问结束了。如果有空的话，胡总介不介意一起吃个饭？我请。"

"不了，晚上还有饭局。"她冲我摆摆手，"哪里能像你们作家这么自由？回去了顺便帮我带句话给陆岩，我帮他卖了那么多报纸，也不见他开张支票给我。"

"一定带到，可惜只怕那点小钱胡总你还看不上眼。"我同她简短地握手道别，然后拎着包走出咖啡厅。

回家时路过报刊亭，我买了份最新出版的《环球星报》，一边走一边翻到第八版，如果我没记错，今天第八版上会有评论员对我刚上市不久的新书的评论。

果然，在某大师得到诺贝尔文学奖的头条新闻下边，那篇洋洋洒洒数千字的评论占据了大半个版面，并且还配了个十分扎眼的标题——"外行人眼里的成功"。

"一直以来，我都很不理解为什么那些粗俗空洞且毫无启发性的励志小说能长久地占据销量排行榜。直到今天拜读了唐小姐的大作后，我才明白，原来他们浮夸故事的能力登峰造极，可以轻易为买书的读者编造梦境。但是，这些作者往往忽略掉了文字对读者价值观、人生观乃至世界观的摧残能力。不知道唐小姐在现实生活中能不能做到像她书里写的那样'二十多岁便轻轻松松收获事业与爱情'，如果她能做到，我愿意就以上评论向她道歉，如果她不能做到，那我深刻建议唐小姐可以多在社会上滚几圈，了解人生际遇的各种不确定性后，在下本书的标题下面加上六个大字：内容纯属虚构。"

我躺在家里的沙发上，一口气念完上面整段话，对着电话另一头的陆岩爆了一句粗口："你他×的到底从哪里找来的浑蛋评论员！"

"不关我的事，这次的评论员是上边安排的。"陆岩的声音透着无辜，"其实我有拦过不让发，可主编让我别管。"

"这么说，写评论的是个来头不小的家伙？"我盯着报纸最上方那个评论员的名字，轻声念了一遍："丘石，好没创意的笔名。"

"具体的情况我也不清楚，反正高层有高层的圈子，可能是大人物，也可能是某些喜欢装文艺的'富二代'，反正花钱搏出位、赚眼球的事以前也不是没有过，这次刚好撞在枪口上的是你而已。"陆岩试图安慰我，"才一则小评论，你完全不用放在心上。至少从目前的读者反馈来看，都是一片赞扬之声。"

"你当然体会不到我的心情，又不是你的作品被人讥讽。"我翻了个白眼，"算了，看在你介绍胡靖容跟我见面的分上，这次我就大人大量，不与你计较。"

陆岩呵呵笑了两声。

我叫唐尧，是个写专栏的。

这职业说好听点叫"作家"，说文艺点叫"自由撰稿人"，说谦虚点叫"写手"，说下作点，那就叫"码字工"。

刚入行那会儿，陆岩就跟我说过，这行其实远没有普罗大众想的那么风光无限，读者口味的千差万别和盗版市场对著作权的藐视，完全可以让我们"码字工"的身价低于搬砖工、油漆工、木匠工等一系列正儿八经的"工"属性劳动者，如果想混得好并且长远发展下去，不能光有一双勤劳手，还得有一颗玲珑心。

当时我正在某网站连载一本言情小说，因为把握不住潮流风向，人气极其冷清，属于网站里的"低保族"，依靠每天坚持不懈的庞大更新量换取不过几百元的保底稿酬。陆岩在一家三流杂志当编辑，偶尔找我约短篇小说的稿件，他为人亲和，性格又十分对我口味，一来二去，我俩便混熟了，每天必在网上大聊特聊，对当今业内同行与情势针砭时弊。

我和陆岩都有自己的计划与理想，也不甘平庸。手头上的小说写完后，我离开那家网站，开始尝试多元题材写作，努力脱离网络圈，往出版领域转型。

陆岩则另辟蹊径，他辞掉杂志社的工作，加入了一个类似于猎头组织的工作室，为各类需要撰文的知名人士提供枪手中介服务，并且看中了我着笔大胆犀利的特点，很快将我招揽到旗下。

头一年，我接到的业务不多，只给一个山西的煤矿小老板写了本自费出版的回忆录。第二年，机遇来了，陆岩凭着他的三寸不烂之舌拉来一个大单子，给当今正红的新晋影后利妍代笔自传。

那本自传上市后卖得相当火爆，具体印了多少册我不知道，但仅仅靠着这一本书的佣金和利妍私下给的分红，我就赚到了人生中第一套小公寓。陆岩更是以此为跳板，被《环球星报》的主编慧眼识珠，坐进了帝光传媒宽敞明亮的办公室。

正式入职的前一天，陆岩请我在俏江南吃饭。

在这之前，我们聚会的地方仅限于俏江南旁边小巷子里十五元吃到饱的涮涮锅，对于那类人均消费破百的餐厅，我们永远只抱着一种敬畏并且仰视的心理，以有一天能自然且优雅地坐在宽大的白沙发上吃水煮鱼为奋斗目标。为此，陆岩很是得意，当穿着精致唐装的服务生将一盆子水煮鱼端上桌的时候，他还嚣张地递了张小费出去。

我略带鄙视地翻了个白眼，借此来发泄自己内心深处的羡慕嫉妒恨。

陆岩此次可谓一战功成，《环球星报》是帝光传媒雄踞整个行业的当家品牌，里面就算最普通的助理编辑，工资也高得让人咋舌，何况陆岩一进去就是坐正职，听说还会单独负责一个版面。

"原来的栏目是个社会观察性质的，但是很多内容和报纸社会版重样了，我向主编建议不如干脆改成作家专栏，找一些有个性的作家写写读者爱看的东西。"陆岩洋洋洒洒介绍了一遍他现在的工作性质，忽然问我："这专栏你有没有兴趣？"

我正在吞第三片水煮鱼，被他的问题吓了一跳，"我？给《环球星报》写专栏？"

陆岩笑眯眯地说："我给主编看过你的书，他觉得，跟那些随大流的作者比起来，你表达东西的方式很独特，也很独到。如果你答应，由我从中引荐，应该是不会有问题的。"

就这样，在庆贺陆岩飞黄腾达的同时，我也攀着陆岩的关系，从名不见经传、最多闷声发大财的枪手，摇身一变，成了《环球星报》的专栏作者。

专栏开创伊始，我重操老题材地写了不少恶俗的爱情故事，反响平平。

后来不经意回忆起帮利妍写的自传，她那些烦琐又纠结的男女关系让我感触颇深，于是我笔锋一转，开始探讨都市中人如何在物欲横流的钢筋水泥之间开放自我和寻找靠谱的人生伴侣，没想到居然大受欢迎，遂又在陆岩的促使下很快集结成书，第一次以"唐尧"这个名字，顶着"新励志主义代言人"的高帽，将图书处女作摆上书店的货架。

书籍的畅销让我声名鹊起，同时也给我带来了不少舆论谴责。之前就有一些严肃的文学刊物批判我专栏的某些描写太过直白露骨，就差给贴一个"低俗"的标签。这次《环球星报》上的评论则更夸张，居然说我"内容纯属虚构"。

别的地方就算了，《环球星报》身为我如今的东家，反而让评论员大张旗鼓地跳出来朝自己人开枪，真不知道主编是怎么想的。

门铃传来叮咚一声响，我丢开报纸和电话走过去开门，从外卖员手里接过热气腾腾的披萨，坐回到电脑前。闻着芝士酱浓厚的香气，我开始整理今天收集的资料。

胡靖容是我为专栏新一季主题所采访的第一个人，也是陆岩所能接触到的帝光高层之一。介绍胡靖容给我的时候，陆岩曾告诉我这个女人的故事足够让我叹为观止。之前我不信，可等真正和她见过面、聊过天，我信了。

"活着的传奇"果然不是浪得虚名，完全能当我专栏最好的素材与活招牌。

我给新主题取了个简单且直白的名字——"失恋万岁"，我决心在接下来很长一段时间里想方设法去发掘失恋的优点，给看报纸的人提供正能量。

一开始，陆岩觉得这题材不讨好。按照他的理论，失恋已经够让人难过了，谁还会再看这些挖人疮疤的东西？碰到心理亢奋的偏激分子，恐怕一看见"失恋"两个字，就会直接飞奔去自挂东南枝了。

我跟他据理力争，先说任何事物都有两面性，我的目的只在于发觉美好的一面，绝不会提到任何阴暗面的东西。又说这主题旨在帮助失意的人们重新拾起勇气，面带笑容地迎接新生活，从某种方面来说，跟我以前的专栏是异曲同工，都以"励志"为基调。

陆岩十分有耐性地听完了我这通长篇大论，末了，他推推眼镜，相当踩人痛脚地对我说："唐尧，你弄这么个专题，是不是受了商擎的影响？"

这就是我最佩服陆岩的一点，明明是个男人，偏偏有一双比女人还通透的慧眼。

想到这里，我望着吃了一半的披萨，忽然没了食欲。有句老话叫睹物思人，现在我就万分后悔为什么要叫外送披萨来吃，点的还是烤肉味，须知商擎吃披萨向来只吃烤肉味，因为在所有的披萨种类里只有烤肉味的不会放青椒和洋葱，他不喜欢这两种蔬菜。

商擎是我男友，严格来说，前男友。

在我过去许多年的人生里，蓝颜知己有不少，男友却只得一个。我原以为，倚仗着我和商擎青梅竹马二十多年的交情，我们必将情比金坚，白头到老。奈何天底下所有的负心汉遵循的都是同一个原则，当他铁了心要出轨，钢板都拦不住。

其实用"负心汉"来形容商擎不算准确，他比胡靖容那位要懂人情世故得多，至少在刚一拍两散的那段时间，他还曾一天三通短信地想要给我补偿，以求原谅。

这一切的发展想来有些滑稽。去年的这个时候，我们还凑在一起商量第二年把婚结了，婚房买在哪个楼盘，婚礼请多少人，蜜月旅行去哪里，甚至将来第一胎是男孩好还是女孩好。一个月后，商擎告诉我公司给他换了个新助理，是个刚毕业的大学生，笨手笨脚，让人根本放不下心，得时时刻刻盯着。两个月后，"笨手笨脚"的大学生就这么被"时时刻刻盯着"地盯上了他的床。

起初我不相信我和商擎这么多年的感情会在如此短的时间里物是人非，但后来一想，普通夫妻七年就得痒一回，我们从小到大在一起三个七年，换作别人估计皮都该挠下来了。

撞破他们俩好事那天，我在商擎公寓楼下买了份哈根达斯，一边吃一边走路回家。手机在口袋里振个不停，等我吃完冰淇淋，屏幕上已经显示了三十几通未接来电和一条短信，全是那位男主角发来的，让我回去听他解释。我在回复里打上"再见"两个字，想了想，又删掉，换成"拜拜"，然后按下发送。

我可不想和他"再""见"。

到了那一刻，我发现我居然一点都不难过，只觉得讽刺和遗憾。讽刺的是我原以为我们都是对方的命中注定，搞了半天，只有我在一厢情愿；遗憾的是我和商擎青梅竹马二十多年，我努力把他往我理想中的完美男友方向打造，到头来却给别人做了嫁衣，想起就心酸。

我找陆岩吐苦水，他说我的状态不像失恋，倒更类似于在商场打折时没有抢到便宜名牌，满怀不甘心。

这倒给了我启发。男人们觉得女人如衣服，当换则换，女人为什么不能把男人当成包？低调好用的是经典款，半个世纪过去还能风采依旧；耀眼新潮的是当季新品，风头一时不错，等过了季，照样该扔则扔。

买包要向前看，谈恋爱不应该也是这样吗？有关专栏新主题的想法就这么冒出来了。所谓旧的不去新的不来，有工夫为破掉的A货唉声叹气，干吗不豪迈一点为自己奋斗个万年长青的铂金包？

几天后，我去见了陆岩帮我联系到的第二个采访对象。

陆岩在帮我收集素材这方面十分不遗余力。当然，跟我这种大部分时间都窝在屋子里写稿的人相比，他人脉圈也确实广得多，且在圈子里十分吃得开。比如，如果我去联系胡靖容，她大概理都不会理我，换成陆岩，就能让她挤出一个下午的时间来陪我聊天说家常。

这次见面的地点不在咖啡厅，而是一家茶馆，有个很文气的名字——翰林茶馆。翰林茶馆地处偏僻，我在周围绕了半天才找到从巷子里伸出来的一小截招牌。

从手头的资料来看，今天这位名叫岳沛的男人是个成功的投资客。他小户出身，股海博弈，几经沉浮后总算拨云见日，成了新世纪中产阶级资本家的典型代表。

当然，他户头里有多少存款跟我一点关系也没有，我要聊的也不是这方面的内容，而是他颇为值得一谈的感情经历。

听说他还是个穷大学生的时候，在一次学校运动会上，一见钟情喜欢上了某个名门出身的女孩，但对方嫌弃他一穷二白，压根不愿来往。但这并没有磨掉他的斗志，为了博得对方青睐，他开始奋发向上，可等功成名就之后，当那个名门千金主动上来示好，他却选择了另一个一直默默陪在他身边、跟他一起创业的普通女孩，成就了一段佳话。

从某些方面来说，他的故事比胡靖容更值得参考。

茶馆地方不大，整个一楼就只有四张木桌，装修说好听点叫简约，说不好听点就叫寒碜。

顺着木质的楼梯上到二楼，我一眼就看见了自己要找的人。

其实这位岳沛先生我之前并不认识，长什么样我也不知道，实在是这小巧玲珑又空荡荡的茶馆二楼只有这唯一的一个客人，让我当机立断地确定就是他。

那个男人临窗而坐，穿着件深蓝色的线衫，从肩膀的宽度可以判断出他个子很高，两条修长的腿包裹在笔挺的长裤里，右脚自然地搭在左脚上，手里捧着本书在看。

我走到他身边，十分客气地伸出手，做出一个握手的姿态，"岳先生你好，初次见面，我是唐尧。"

他从书本上抬起头，望向我，漆黑的眸子里闪过诧异。

这时我才看清，他有一张英俊而精致的脸，眉眼端正，鼻梁高挺，脸颊的轮廓线条以一种恰到好处的弧度延伸到下颌，温柔又不失棱角，浅麦色的皮肤在窗外阳光的照射下泛着隐隐光泽。

我没想到岳沛竟然是这样一个帅哥，心里顿时直为那位有眼无珠的名门千金叹气——这年头又帅又有钱又专情的男人实在是凤毛麟角，而她竟然就这么白白错过了！

他盯着我的脸看了一会儿，又把目光挪到我半抬着的手上，却没有要同我握手的意思，只简单地说了声："坐。"

我了然地把手收回，大大方方坐下，没有因为他的失礼而觉得尴尬。

各人有各人的脾气，我不会在细节上计较太多。

"唐小姐找我有事？"他将手里的书合上，端起面前的茶。

"岳先生真会开玩笑，我找你有什么事，相信陆岩编辑已经在之前的电话里说得很清楚了吧。"我把电脑从包里拿出来，调开文档，"首先还是很感谢岳先生能答应接受我的采访，当然，说是采访，其实也就随便聊聊天而已，如果你觉得有些话题太私人不愿说，也可以直接跳过。"

"……采访？"他的眼神莫名闪烁了几下，双手十指交握放在身前，整个人以一种优雅的姿态靠上椅背，"你想问些什么？"

"我想全面地听一听你的故事。"我开门见山。

"你会来见我，不可能没听过我的事。"

"这不一样。"我笑道，"道听途说终究是道听途说，谁也不知道里面有没有夸张或者不切实际的成分。更何况，我主要是想了解在整段感情中你所经历的心境变化，这唯有向你本人讨教。"

"我不擅长讲故事，唐小姐如果让我自己说，恐怕就别想听到有价值的东西了。"他吐字平和低沉，透着一股淡淡的不容违逆的意味。这是一种浑然天成的气势，这样的气势，过去我只在《环球星报》的主编身上感受过，是身处某个位置久了自然而然所养成的权威感。

我盯着眼前的男人，他虽然在笑，可那股拒人千里之外的感觉却明明白白摆在脸上，一时我搞不懂了，既然表现得这么不情愿，那他干吗要答应跟我见面。

各种想法在脑子里晃了一圈，我嘴上却没停下，他不愿意主动说，让我主动问，对我来说也就是多动动嘴皮子而已，于是我抛出了第一个问题，"那我就冒昧地问了，对于你曾经喜欢的那个女人，你现在对她是一种什么感觉？"

他的眼神忽然凌厉起来，这倒让我一愣，我的切入点明明是最温和的方向。

好在虽然眼神变了，他却没有发怒的迹象，依旧用平静的语气说："感觉说不上，如果在街上遇见，出于礼貌，我会对她说一声'你好'，不过也就到此为止。"

"言下之意，抛开所有的场面话，你连理都不会理对方？"我顿时觉得岳沛的心胸也忒狭窄了一些，人家不过势利眼而已，他如今飞黄腾达，倒把曾经暗恋的对象当成了仇人。

"我从不认为对那种人值得摆出过多的表情。"他说，"不然浪费的只会是自己的精力。"

"不能吧。"我笑了笑，"岳先生，你似乎偏激了，任何事物都有好的方面，包括以往的感情，你别总把自己困在难受的那一面。"

他的眉心拧起一道浅浅的"川"，语气也冷了下去，"唐小姐，我不明白你的意思。"

"我的意思是放下自在。你的上一段感情，或许最终没能达到你的期望，但也给你提供了动力。我相信，没有那个女孩，你也不会有今天，对不对？"

"对，很对。"他的嘴角勾出意味深长的弧度，"没有她，我的确不会有今天。"

"没错，就该抱着这样的想法，从让人难过的经历里吸取足够的正能量来壮大自己，这就是我专栏的新主题期望达到的目的。"我和颜悦色地开导他，"有关你的故事，我可能不了解细节，但就我目前掌握的版本来看，你不该对那个女孩有这么大的意见，她从一开始就没有真正接受过你，在这一整段感情里，其实你单方面的执着占大多数，从道理上来讲，你没有责怪她的理由……"

"唐小姐。"他忽然生硬地打断我的话，"你不必用你那套生硬且苍白的专栏理论来教训我，我没有兴趣，也不需要。"

我很少有话说到一半被人打断的时候，一时半张着嘴，迟迟没回过神来。

他带着讥讽的表情继续对我说："我不知道你是出于什么目的来对着我发表这通理论的，但有一点我想说清楚，你在报纸上的专栏我看过很多次，过去我一直好奇那些毫无内涵的东西是出自怎样的作者之手，现在我明白了，原来是作者本人就毫无内涵，甚至毫无修养。"

我震惊地望着他，他在说什么？本来只是在和和气气地谈话聊天，他怎么突然开始言语攻击我了？

我毫无内涵？我毫无修养？

他以为他是谁！

"岳先生，请你注意你的言辞。"我努力维持着脸上的微笑，保持身为文化工作者最基本的素质，"你对我的专栏有什么意见，大可以换个时间跟我说，现在还是心平气和地把采访继续下去比较好，毕竟你之前有答应过，我们不要浪费双方的时间，省得还要再约一次。"

"我可不记得我有答应过你做什么采访，而且就算你真的对我身上的事有诸多好奇，我也只有四个字，无可奉告。"他站起来，将书夹在腋下，居高临下地望着我，"我忠告唐小姐一句，如果你对别人的事情不了解，就不要是非不分地用自己的主观臆断去替别人做决定。一个合格的作者不该用笔把各种荒谬的想法呈现在看报纸的人眼前。在这一点上，我建议你多去看一些老牌作者比较有大众说服力的报刊文章，吸取大师们的精髓，否则任由你继续胡言乱语下去，肯定会拉低整个《环球星报》的品位。"

说完，他转身准备离开。

"你等等。"我唤道。

他停下脚步，转身向我看来，眼神里透着不耐。

我动作迅捷地将电脑合上放进包里，从钱夹里抽出两张大钞。

"抱歉，占用岳先生你的时间了。好歹今天是我先约的，从人情世故上说，也得我来买单。"

在他诧异的目光中，我将其中一张钞票塞进他线衫的领口。

"至于剩下这张。"我冷笑一声，忽然扬起手，用力给了他一记耳光。

啪——

他英俊的脸被我打得猛然偏向一边，那张钞票也齐整地贴在了他的左脸颊上。

"至于剩下这张，就请你拿去买几本有内涵的杂志看吧！"说完，我不再理会他的反应，头发一甩，迈着大步转身下楼。

我在街上拦了辆出租，上车的第一件事就是掏出手机给陆岩打电话，将憋了半天的怒火化作怒吼劈头盖脸地骂过去："你到底给我约的什么人？现在投资客都这么一副无素质暴发户的个性？当面攻击和挖苦一个女人？太不要脸了！小气成这样的男人我还是第一次碰上，那个名门千金没和他在一起真该谢天谢地，这种男人长得再帅都是十足的垃圾！"

　　"你在说什么？我还想问你到底去了哪里。"等我消停了，陆岩的声音才慢条斯理地传过来，"岳沛打电话跟我说他等到现在都没见到你。"

　　我怒道："开什么玩笑！刚才他才羞辱了我一顿，气得我给了他一巴掌！"

　　陆岩沉默了一会儿，问道："你在什么地方跟他见面的？"

　　"约好的翰林茶馆呗。"

　　"哪个区？"

　　"城南。"

　　电话另一头忽然没了声音，我以为信号断了，一连喂了好几声，才听见陆岩长长抽了一口气，那感觉就像溺水的人窒息半天，要死不活的刹那，好不容易把脑袋探出了水面，用生命在吸氧，"你、你说你狠狠抽了那个人一巴掌？"

　　"没错！有问题吗？"

　　"大问题！我跟岳沛约好的那家翰林茶馆在城北。"

　　"城北？"我猛地愣住了，"你的意思是……"

　　"就和你现在脑子里想的一样。"他的声音缓慢且坚定地从听筒里传出来，像一把铁锤，一锤一锤砸进我耳朵里，"你刚才抽了一个完全不相干的人一巴掌。"

　　《环球星报》编辑部曾经邀请了一个丹麦的知名设计师操刀室内设计，所以除了四面八方中看不中用的古怪装潢外，还把西方人诡异的空间架构理念表现了个淋漓尽致：他给每个单独负责栏目的编辑都开辟出来了一个隔断办公室。这么做的初衷或许是为了给编辑们相对私人且安静的办公环境，以提高工作效率，但那位设计师显然是没考虑到访者的需求，因为谁都不知道那些迷宫一样错落有致的印花玻璃后边到底坐的是谁，譬如我。

　　在连着走错五间办公室后，推开第六扇门，我终于看见坐在办公桌后边的陆岩，他身上的衬衫有些发皱，表情也失去了往日的沉稳，正用肩膀夹着电话，一面应声，一面飞快地在面前的便笺纸上写着什么。

我忽然想起来，今天周一，是编辑部最忙的日子。

他指了指办公桌对面的凳子，丢给我一个"坐着等"的眼神。我忐忑不安地坐下，过了好一会儿，才见他松了口气似的放下电话，我立刻问道："怎么样，有人打来告状吗？"

这是我在出租车上纠结了几十分钟的问题。

当陆岩告诉我那个晴天霹雳般的消息后，我就开始回忆之前同"岳沛"会面的细节，仔细琢磨了一遍那个男人所说的每一句话、露出的每一个表情，然后越想心里越虚，越想越是那么回事。

的确，从一开始，对方就没有承认过他是岳沛，我也因为礼貌没有直接称呼他的名字，只是客套地叫他"岳先生"。这个世界上姓岳的人多了去了，谁知道那是不是一个刚好姓岳的路人甲。

他说他看过我的专栏，所以肯定知道有我唐尧这么一号人，才没有把突然出现并且莫名其妙跟他说话的我当成神经病，没准他还以为这不过是一个专栏作家临时起意对路人的采访——毕竟很多记者喜欢在大路边上这么干。

虽然还有一些让我无法理解的地方，可大致上的一切已经被我整理清晰：我把本该是岳沛的资料套在那位同样姓岳的路人甲身上，对方肯定觉得不知所云，会出言挖苦也不稀奇，而我也以为自己遭到了羞辱，毫不留情地女子动手不动口，直接甩了他一记耳光。

如果我打的是真的岳沛，我绝对理直气壮，不会有半点负担，谁让他出言不逊，纯属自作自受。可偏偏我打的不是岳沛，换成了路人甲，人家好端端喝着茶看着书，我莫名其妙跑去自来熟地说话，别人听不明白，挖苦两句，我却女子动手不动口，怎么看都占不到半点道理。

那人要是一怒之下打电话到报纸这边质问，我十有八九会连专栏都没的写，《环球星报》能混成如今这样的地位，读者互动可是占了大头。

"你可以松口气了，到目前为止，我们这边还没有接到任何有关你的投诉电话。"陆岩将有些歪的眼镜扶正，"你这次也太冲动了。"

"我的确是冲动，可你也不听听那人都说了什么话。"我努力为自己辩解，"他说我会拉低整个报纸的品位，这对于一个勤勤恳恳的作者来说，是最恶意的中伤！"

"就算我能理解你，也得看主编能不能理解你。你最好祈祷接下来的三天风平浪静，基本上，只要七十二小时以内，对方没有追究，按照心理学来分析，那人以后就不会再追究了。"陆岩看了一眼墙上的挂钟，"我还有两个小时下班，你要是愿意留在这里等的话，正好晚上还能陪我一起吃个饭。"

"也好，反正我没别的事情。"我暂时放下高悬的心，开始百无聊赖地翻弄他桌上一摞花花绿绿的杂志。

杂志基本上都是帝光旗下品牌，从时装类到时事评论类，到大众综合类。我一路翻过去，直到找出压在最下边的一本八卦周刊。

陆岩果真贴心，居然准备了现在我最想看的东西。

虽然这么说有点心理变态，不过我必须承认，在八卦杂志上看各路公众人物出丑是我心理治愈的最快捷方法，并且屡试不爽。

可一翻开，我便有些失望，第一页上某天王离婚的消息是好久之前的事了，再翻回封面——果然，这是去年的杂志。

"你这里有没有最新一期？"我把杂志封面亮给陆岩看。

他以极快的速度瞟了一眼，又继续在键盘上敲敲打打，"那东西我这儿能找出一本来就不错了，估计是哪次搜集资料的时候用的，八卦杂志在我们主编眼里可是上不得台面的禁物。"

我只好继续翻看手上这本一年前的八卦杂志。满眼都是早就过了气的新闻，看得我意兴阑珊。我正准备丢开另换一本时尚杂志，忽然翻到了一张横跨整个双开页的大照片。

照片上，一群记者举着话筒将一个戴墨镜的年轻男人围在中间，背景是机场出闸口显眼的标志牌。照片下边是个完全无法忽略、带着闪电特效的大标题——《红颜祸水靠不住：帝光传媒二公子岳钧楠低调回国，永失继承权》。

把目光从标题上收回来，再度顿在那个墨镜男的脸上，我忽然觉得脑门上有些痒，用手一摸，掌心上湿漉漉的，全是汗。

陆岩察觉到了我的异样，转过头来，"你怎么了？"

我生硬地问他："岳鸿章的二儿子岳钧楠，你有没有他的正面照片？"

"应该有，我找找。"他动作很快，用鼠标点了几下，然后把电脑屏幕转向我这边。

屏幕上是个穿着黑色西装的年轻男人，五官深刻且相当具有辨识度，英俊到相信任何人见过一次都能念念不忘许久。

陆岩看着照片摇头，"这个岳钧楠真的可惜了，我刚入职那会儿，正是他那场风波闹开的时候，主编私下里都说他是个人才，果然英雄难过美人关，竹篮打水一场空不说，还赔掉了自己的下半辈子。"说完他又看了我一眼，大概是见我表情呆滞，不禁抬起手在我眼前晃了晃，"你怎么了？"

"我……"我咽了口唾沫，把目光从屏幕上移开，盯着陆岩关切的脸，挣扎半天，只蹦出来五个字："我对不起你。"

"胡言乱语什么呢！"他笑着敲了一下我的额头，忽然脸色就变了，"你怎么满头是汗？"

我干巴巴地望着他，一时不知怎么说才好。他却比我预料中明白得还快，他看了看我，又看了看那张照片，身子以肉眼可见的幅度抖了一下。

我料想他应该也猜到了，只好僵硬地把话接下去："如果我没有得脸盲症的话，今天挨了我一巴掌的那个人，应该就是他。"

很多在大众传媒圈混的人都知道，帝光传媒董事局主席岳鸿章这人有个外号——中国版默多克。

近几十年的经济发展催生了一批产业大能，他就属于最先富起来的第一阶梯成员。他创立了帝光传媒这个无比庞大的报刊帝国，给了数千人能够养家糊口的工作，也让三个原本八竿子打不着的女人从紧巴巴的工薪阶层摇身一变成了姐妹相称的阔太。

这在圈子里不算秘密，岳鸿章的原配妻子在很久以前因意外去世，没给他留下一男半女，发家致富后，岳鸿章也没有再婚，但这并不表示他对发妻有多么的忠贞不渝。相反地，几十年时间里，他在豪宅里养着三房姨太太，既不触犯法律，又坐享了古人三妻四妾的福利，姨太太也个个争气，皆有所出，先后给他添了两个儿子一个女儿。

岳鸿章的大儿子岳钧天和三女儿岳钧茹是社交圈红人，他俩的花边新闻几乎每隔一两个星期就必然雷打不动地出现在报纸上，日子过得嚣张又潇洒。跟他们比起来，鲜在外人跟前露面的二儿子岳钧楠就显得低调了许多，像个深居简出的名门闺秀一样，连知道他的人都极少。

岳钧楠第一次走到大众眼前，是帝光传媒成立三十五周年的庆典酒会上。在那次酒会上，岳鸿章当着许多记者的面高调宣布，他的二儿子会在不久后正式加入帝光高层，接任总经理的职位。

记者们顿时像炸开了锅，因为在过去那些年，他们一直以为先走出这一步的会是岳钧天。

岳家大公子好几年前就开始削尖了脑袋往董事局里钻，好为今后的继承权博个大头，却一直不得其门而入。没想到机关算尽，反倒被自己的弟弟后来居上。岳钧楠如此年轻便进入高层，等于放出了个信号：这位二公子实打实将会是岳鸿章的第一顺位继承人。这个突如其来的消息顿时将这位向来很低调的岳二公子推到了风口浪尖上。

公司里曾有不少人认为，让一个之前听都没听说过的家伙忽然空降来身居要职，岳鸿章这么做会不会太冒险。不过，岳钧楠很快便让那些质疑的人主动闭了嘴。但凡他经手的案子，个个无懈可击，堪称完美。渐渐地，所有人都明白了，岳钧楠过去那些年的低调，应当是被他父亲刻意当作接班人在培养，因为无论从工作态度上，还是为人处世上，他都比岳钧天优秀太多。

作为创始人和大股东，岳鸿章在公司有绝对话语权，支持他的董事也不少，加上岳钧楠优秀的工作能力，反对声逐渐平息。可就在大家都默认了岳钧楠接班人的身份时，他身上却忽然闹出了一桩大新闻。

这新闻让整个帝光内部一片哗然，谁都预料不到，那个前途无量的岳二公子，竟然在某一天，忽然不动声色地撇下了国内的一切，和一个不知什么来路的姑娘移民去了温哥华。

消息来得急，传得快，源头无从查起。本着家丑不可外扬的原则，岳鸿章花了不少力气试图控制媒体，奈何还是有不少花边杂志把这个大新闻散播了出去。

其中流传度最广，也最为可信的一个版本，说的是那个女孩子是个护士，岳钧楠不久前车祸骨折，去医院养伤数月，两个人便在照顾与被照顾间互相看对了眼。岳钧楠想把护士娶回家，因门不当户不对，遭到岳鸿章的强烈反对，父子俩因此反目成仇，岳钧楠一怒之下，直接带着那个护士姑娘华丽丽地私奔了。

八卦描绘得有鼻子有眼，深刻塑造出了一对为追寻幸福而不顾一切的苦命鸳鸯形象。这个故事很快就成了公司里女员工逢人便说的经典爱情故事，并且越传越离谱，差不多把那二人的故事包装成了现代版"灰姑娘传奇"。

其实整件事说到这里，都和我今天的遭遇扯不上半点关系。

能扯得上关系的是后来发生的事。

如果岳钧楠和那位护士小姐的爱情故事真的像现代灰姑娘的桥段那样圆满，两个人在国外和和美美双宿双飞，大概我今天就不会闹出这桩乌龙来了。

可事实正如我手里八卦杂志上刊登的内容，某些所谓的经典爱情故事，你能感叹它们轰轰烈烈的开头、荡气回肠的过程，却永远猜不出啼笑皆非的结局。换句如今在网络上颇为流行的俗语：任何小清新，都能用一句话毁掉。

这句话完全可以引用这篇《红颜祸水靠不住：帝光传媒二公子岳钧楠低调回国，永失继承权》的开头来证明："护士小姐在国外嫌弃同豪门反目的岳钧楠没钱，过不上富贵荣华的日子，加上岳鸿章派出的人又在这时候找上门，于是她干脆地收了岳鸿章的钞票，然后一脚将岳钧楠给踹了。"

看！是不是很传奇？

给《环球星报》写专栏的这一年多里，我对编辑们口口相传的岳钧楠的故事如雷贯耳，却从不知道这人是什么模样，更想不到会在意外之下同这位人生跌宕起伏的"传奇"见面，并且自来熟地跟他大谈特谈"放下自在"。

曾为了一段感情而抛弃一切，到头来却被坑得众叛亲离，如果还能放下自在，一笑泯恩仇，那这人不是神仙，就是神经。

他能给我好脸色还真有鬼了。

我和陆岩大眼瞪小眼对视半晌，谁都没有说话，估计都在心里盘算这件事的严重性。陆岩放在桌上的手捏起拳头又松开，过了一会儿，他松松领口，对我说："你先别紧张，事情应该没你想的那么严重。"

"还不严重？他可是帝光老板的儿子！就算现在失宠了，瘦死的骆驼也该比马大吧，搞不好他一句话，我就得被封杀。"我用力搓着脸，"惨了，这回真惨了！我不能丢掉这份工作，我还有二十年的房贷要还呢。"

陆岩还想说话，桌上的答录器却闪了闪，亮起红灯，他们主编华宇那高亢冷漠的嗓音从里边传了出来，"我要跟你讨论一下唐尧专栏的事情，现在来我的办公室。"

我眼皮一跳，"来了！这是要把我开除吗？"

"别一惊一乍的，还没说是什么事，待在这儿等我回来。"陆岩安慰般拍了拍我的肩。

他这一走就是一个多小时，我坐在沙发上焦虑地一边吸烟一边磨牙。直到窗外夕阳的余晖消散，天色黑尽，一盒万宝路被我吸掉了一大半，陆岩才回到办公室，但诡异的是，与我预期的不同，他居然满面春风。

"唐尧，大好事。"屁股刚挨上皮椅，他就递给我一沓信纸，"你上一篇有关胡靖容的文章在报纸上登出来后反响好极了，有不少人寄信来说你让他们对生活重新燃起了信心，感谢报纸能做出一个这么振奋人心的栏目。"

我疑惑地翻了翻，果然，那沓信纸全都是亲笔感谢信。

"在电子信息时代，还有人专门用笔写感谢信寄过来，这可是相当罕见的殊荣。加上邮箱里也收到了大量赞扬的邮件，所以主编决定——"他顿了顿，拖了一个颇有悬念的长音，才说："主编决定给你的专栏扩版，稿费再提50%，一个字三块钱。刚才找我过去，就是为了说这件事。"

我被突如其来的喜讯砸得有些发晕，"难道不是我被岳钧楠告状了？"

"你不用这么紧张。据我所知，那位岳二公子并不是小气的人。"陆岩说，"不过，以防万一，我建议你还是找个时间去跟他道歉为好，一切本来就是误会，我想他会谅解的。"

"你让我去跟他当面道歉？"我顿时有些退缩。

"出于礼貌，道歉势在必行。不然，难道你想一直这么提心吊胆下去？"陆岩又递给我一张纸，"这是我刚才从主编那里要来的，上边有岳钧楠的资料和现在的住址。如果你周末有空，就买点礼物去一趟吧。"

我把那张纸接过来，发现上边写的地址并不是岳鸿章的豪宅，而是另外一个住宅小区，位置离我和岳钧楠见面的那家翰林茶馆不远。

岳钧楠，二十七岁，母亲有一半俄罗斯血统，留洋硕士学历，专业是……生物工程？

我盯着陆岩给我的资料，脑子里浮现出岳钧楠的脸，那种长相，真让人难以把他和圆脑袋厚眼镜的理工科高才生联系在一起，我还以为他肯定是MBA之类的商科出身。

收起手里的纸，我叹了口气。

周末的早晨，天气不但不是风和日丽，反倒有点阴沉沉的。我站在岳钧楠住的那栋公寓楼下，身边放着两袋水果，犹豫着到底要不要上去按对讲机叫门。

陆岩让我尽快上门跟人家道歉，简直站着说话不腰疼，他根本不明白这件事成行的难度。虽然我理亏在先，可这么主动上门赔礼，看起来就好像我一身软骨头，是怕了别人一样。

虽然我承认，我还真是有点怕他，或者说，是怕他爹，再或者说，是怕他爹炒我的鱿鱼。毕竟，对于一个独居的人来讲，一份自己做得来并且还完全能负担得起吃喝拉撒的工作就像小命一样重要，《环球星报》给我开的稿费高得夸张，我没理由为了这点鸡毛蒜皮的小事而丢掉这份肥差。

"就当是看在钞票的面子上。"我这么安慰自己，然后在一大排呼叫按钮最顶端的"PH"键上按了下去。

呼叫很快被接起，是个嗓门挺大的妇人，"你好！"

"你好。"我组织了半天语言，最终还是干巴巴地提问："请问是岳钧楠先生家吗？"

对方忽然变得有些警惕，"你是哪位？"

我努力让自己的声音温婉客气一些，"请转告岳先生，就说我是前几天跟他见过面的唐尧，有事拜访。"

"知道了，请等一下。"

脚步声由近及远，想必请示去了，过了大概两分钟，电子门咔嚓一声被人从里边打开。

"你进来吧。"妇人的声音又传出来，"直接坐电梯到顶楼。"

这栋公寓是典型的中产公寓，专门为那些住不起别墅豪宅又想有绝对私人空间和高舒适度居所的中产阶层准备的，一梯一户。

我按照指示上到顶楼，已经有个胖胖的大婶等在那里。她应当就是在答录机里跟我说话的人。她身上罩着一件碎花大围裙，头发烫成小卷，见到我，顿时满脸笑容地开始自我介绍："唐小姐吗？你好你好呀，我姓兰，是这里的阿姨，叫我兰姨就好了！"

我换上她递给我的拖鞋，客套地叫了声"兰姨"。她蒲扇大的巴掌又把我手里拎着的水果夺了过去，"东西挺沉吧？我来帮你拿！"热情程度挺让人受宠若惊。

正对着电梯间的是个小型入户花园，尽头是一道双开门，兰姨笑呵呵地对我说："唐小姐来得真巧，平常这个时间，少爷是要去附近的茶馆看书的，今天看着天气不太好才没出门。"兰姨一边说，一边打开了那扇门。

眼前的客厅比我预料中宽敞许多，装修风格十分简约，浅色的木地板，布艺沙发，极具设计感的灯饰，还有随处可见的书架。

"少爷在菜园里。"兰姨带着我七拐八拐，在这套宽敞的宅子里绕起了路。

"菜园？"我一愣。

兰姨呵呵笑，"本来是花园，后来被少爷改成菜园了。当初少爷买下这套屋顶公寓，有大半原因是看中了这里的屋顶花园。"

终于，在绕过了最后一个弯，爬了一小段楼梯，穿过一道玻璃门后，眼前豁然开朗，我终于明白兰姨口中"看中了这里的屋顶花园"是个什么意思了。

因为它的确够大。

普通高层公寓所附赠的屋顶花园，出于面积和安全系数的考虑，基本上摆几张桌子，弄个小型烧烤架就到了头。可眼前这个屋顶花园，却是真真正正占了大半个屋顶，足有几百平方米。

不过，用砖头砌起来的花圃里却并没有花的影子，取而代之的是长得茂盛的青椒、西红柿、萝卜……甚至还有香蕉树。

"少爷在那边。"兰姨指向不远处一堆我根本叫不出名字的植物。

我定睛一看，果然有个穿着衬衫、戴着草帽的人背对着我们单膝跪在那里，手里还握着把剪刀——他在修剪长杈了的枝丫。

"少爷，我把唐小姐带上来了。"兰姨小步跑过去拍了拍那人的肩。

那人这才停下手里的动作转头看了我一眼。这一眼，也让我看清了他的脸，更确定了自己没找错地方，也没认错人——岳钧楠他，的的确确在种菜。

这些富家公子哥的爱好可真是千奇百怪，我心里暗道。莫非玩车、泡吧之类的大众娱乐已经过时了，现在体验菜农生活才是流行？

我和岳钧楠在他的小型会客室正式见面。

会客室就在菜园边上，透过落地窗，还能看见不远处一株香蕉树。那株香蕉树长满郁郁葱葱的叶子，树干间挂着大摞的青色香蕉，总让我觉得此刻正置身于热带树林。

"香蕉树不好养活。"仿佛猜中我在想什么，坐在对面的岳钧楠用半点感情都不带的平稳嗓音说，"热带作物难以适应内陆的气候，为了让它活下来，我费了不少功夫。"

他还是刚才"务农"的那副打扮——溅了泥点子的白衬衫，老旧的牛仔裤，只摘了草帽、换下了塑胶靴子；为了做事方便，衬衫的袖口被挽到了手肘以上，露出结实的小臂。这倒给他蒙上了一层古怪的气质，明明穿得像个园丁，却姿态优雅地喝着红茶，最诡异的是，这不但不让人觉得不伦不类，反而显得玉韫珠藏。

兰姨端着一个托盘推门进来，上面有一碟小饼干和一碟我叫不出名字的红色水果，看上去像缩小的草莓。

兰姨笑得相当客气，"唐小姐尝尝这小山莓，还有番茄饼干。这饼干的原材料可都是少爷亲手种的，绝对无公害。"

我每样各尝了一点，那种叫山莓的果子的确清甜，饼干也有股纯正的番茄味，我情不自禁地又多吃了几口。

岳钧楠打发走了兰姨，对我说："唐小姐今天来找我，是想继续上次的说教吗？"

我这才想起今天可是来办正事的，忙把嘴里的半块饼干咽下去，挤出笑容，"你误会了，今天我是特地来道歉的。"

"道歉？"

"有关那天在茶馆的事，真的很抱歉，我事先并不认识你，所以把你当成别人了。"我尽量简洁地把事情讲清楚，"纯粹是误会一场，尤其是我离开前还做了那么失礼的举动，真的很抱歉。"

"听唐小姐的意思，如果那天你发觉了我其实不是你要找的人，即便我依旧觉得你在拉低整个《环球星报》的品位，你也不会给我一记耳光，然后甩给我一百块钱让我去买几本有内涵的杂志了？"放下手里的茶杯，他不紧不慢地说着，"我想唐小姐你并不是真的因为感到歉意才来道歉，恐怕是知道了我的身份，觉得得罪了我会对你的前途造成影响，所以才来亡羊补牢，对不对？"

我眼角一跳，这个岳钧楠是又想趁机挖苦我一番吗？

"你现在心里是不是在悄悄骂我又趁机得理不饶人地挖苦你？"

"没有，绝对没有！怎么会呢？"我尴尬无比，掩饰般地把垂在脸颊边的头发捋到耳后，脸却埋到几乎让他看不到的地步，甚至感觉连耳根子都开始发烫。

这人要不要这么慧眼如炬！

"算了，如果你是真心来向我道歉的，就别坐在这里浪费时间了。"他站起身，看了看手表，"这个时间本来我应该在除草，现在因为你已经耽误了二十分钟。唐小姐要是愿意来帮我的忙，上次的事就一笔勾销，怎么样？"

"你说真的？"

"我从不胡乱许诺。"

"成交！"

十分钟后，我戴着岳钧楠给我的塑胶手套，盯着面前的桶发呆，觉得自己肯定是傻乎乎地钻进了一个别人故意下的套子里。

"我想了想，除草这类粗活只适合男人来做，你只用把那些小东西埋到土里去就行了，隔一段距离埋两三只，别太密。"岳钧楠依旧在不远处修剪那株不知名作物，头也不回地对我说。

"其实，我也可以除草的。"我故作镇定地说，"我看我还是帮你除草得了。"

他侧过脸，脸上带着笑意，"你在害怕？"

这句话真真正正戳到了我的软肋，我低下头，又看了眼桶里的东西。如果我说害怕，未免显得太没骨气了些，可如果我说不害怕……我真不觉得会有哪个正常女性，能对半桶红通通挤成一团不断蠕动的大肉虫子和颜悦色得起来。

"我当然不是害怕，只是、只是这事情未免太简单了些，会不会……"

不等我说完，岳钧楠忽然停下手中的剪刀，迈着步子走到我面前，弯腰从桶里捏出一条光滑油亮的蚯蚓，又抓起我的手，将那条扭成S字形不断挣扎的虫子放进我掌心，然后居高临下地看着我说："如果你不做，我会认为你完全没有道歉的诚意，我也不介意在晚饭之前打个电话和你们主编闲聊两句。"

他说得不急不缓，甚至用的还是拉家常的语气，效果却相当好，至少，我尽管隔着手套都能感受到手中蚯蚓那让人浑身发毛的触感，却一个反驳的字也说不出来。

"这些小家伙可是花了大价钱空运来的，南美种，在松土和提供有机肥料方面，功效很强。当然，因为蛋白质含量很高，经过特别处理，还能被做成五星级的料理。你想想很多人心甘情愿花上好几千元去吃这个在你看来很恶心的东西，或许感觉就不会那么糟了。"

我在这边每隔三五步挖个小坑，扔两条蚯蚓下去，岳钧楠则在另一边跟我解释这些虫子有多大牌，也不管我想不想听。

"你们这些'富二代'整天闲着没事干，爱好也够奇葩的。"我没好气地回了一句，揉了揉腰，发现身上的套装已经变得皱巴巴，惨不忍睹。

"你错了，这不光是爱好，也是工作。"岳钧楠好像终于处理完了那些枝丫，拿过喷壶开始浇水，"我开了一家餐厅，里边用的食材大部分都是自己种的，成本低廉，而且绝对健康。"

我满脸不信，"你别告诉我你现在是靠这个过日子。"

"我的确是靠这个过日子。"

我一愣。

"你给《环球星报》写专栏，又知道我是谁，能找到我住的地方，肯定也听说过我之前的事情。"明明说着惨痛的过去，他脸上却看不出一点不自然的表情，"当初我跟父亲闹翻的时候，他就说了以后我的任何事情都和他无关，所以为了不饿死，我只好用最后一点钱在股市闯了闯。小赚一笔后，我买了房，开了餐厅。现在，餐厅的收入就是我的主要经济来源，如果我今天不干这些，明天就得失业。"

我瞠目结舌，声音高了个调，"你说什么？这套房子是你自己买的？"

天地良心，我一直以为这么大的公寓一定是岳鸿章念着父子关系赠送的，没想到居然是岳钧楠靠着在股市"小赚一笔"搞来的。小赚一笔？什么叫小赚一笔他到底有没有概念啊！

"你不用奇怪。过去许多年，我一直在跟商人打交道，对股市的很多情况也比一般人了解。"

"那你为什么不干脆一直炒股得了？没准能炒成一个暴发户。"

他停下手里的动作，转过头看着我，"因为我不喜欢。"

这倒是个很有个性的答案。

"不过话说回来，你真的不打算再去找你的父亲了？"我问他。

"找他做什么？我又不是养不活自己。"

"那你的前女友呢，你还会想她吗？"

这句话脱口而出的瞬间，我就想抽自己一记耳光，真是职业病要人命，我今天是来赔礼道歉的，可不是来做访谈聊八卦的。可是已经来不及了。

幸好他似乎没听见，既没回头，动作也不见停。

我轻舒一口气，继续默默地埋蚯蚓。

"经常想。"谁知片刻之后，他却冷不丁冒出这三个字。

我诧异地再度抬头。

"可是想过之后又觉得，还能怎么样呢，想得再多都毫无意义，反而更像是在自嘲。曾经自以为得到了全世界，可拆开包装，里面只有六个字：恭喜你，被耍了。"

我听见他发出一声细不可闻的叹息，"但是我不恨她，甚至不怪她，她是个好女孩，有资格去追求自己想要的东西。"

"我明白这种感觉。"或许是他言语间的情绪影响了我，我抿了抿嘴角，不禁也开口道："我有一个青梅竹马的男朋友，从小到大，我一直以为我们会结婚，可惜最后还是没能走到一起。"

他静静看了我一会儿，问："是互相没感觉了？"

"不知道。谁又知道呢，或许我们并不是对方的命中注定。"

之后便是长久的沉默，没人再说话。这一刻我忽然领悟到，有些创伤，即便再努力地想忘记，也总会在天时地利人和时蹦出来，让你再体会一次万箭穿心的感觉。我以为，对于商擎的背叛，我是哀莫大于心死，现在才明白，原来最让人难以释怀的，不是哀莫大于心死，而是哀莫大于心不死。

在这一片菜园里，在泥土与草叶的掩饰下，其实藏着两颗不死而哀的心。

忙碌了大半天，我终于在天黑之前拖着腰酸背痛的身体离开。自从大学毕业退出校园登山社团后，我就再没有经历过如此高强度的体力劳动，身体明显有些吃不消，估计得休息三五天才能养回生龙活虎的状态。岳钧楠径直回他的房间洗澡，只有兰姨送我到门口，还往我手里塞了两袋子红色山莓。

"这是少爷让我送给唐小姐你的。"兰姨乐呵呵地笑，"这山莓在少爷开的餐厅可是人气甜品，寻常人想买都买不到。"

我出言谢过，顺便追悔了一下干吗来时要送水果，简直是在自取其辱，早知道这位岳二少如此醉心于农业发展，我就该给他买两瓶除草剂。

临出门，我不经意扫了一眼玄关旁的书架，目光很快顿在一本黄色封皮的书上，定睛一看，果然是我不久前出版的那册专栏集结本。那书夹在一堆乔治·马丁的书籍中间，封皮有些旧，看样子翻过很多次了。

"你们少爷爱看这本书？"我试探着问了一句。

兰姨道："应该是吧，少爷一直很喜欢看书，不像我们这种老人家，对带字的东西不感兴趣。"

"哦。"我了然地点头，心里不由得嘲笑了岳钧楠几声。

明明说我写的东西没营养，还看得那么勤，不知是该说他脸皮厚，还是该说他口是心非。

$\mathcal{P}art$
· 02

　　曾经相濡以沫的夫妻，如今一方却成了另一方嘴里的奸夫，怪不得总有那么多人喜欢讽刺结婚誓言。当感情变成抓不住的水，再深刻的海誓山盟，到头来也会变成笑话，哈哈两声，再泪流满面。

　　那两袋山莓被我在一周之内吃得一干二净，这类小果子外表其貌不扬，偏偏相当可口，一口一个压根停不下来。后来因为嘴馋，我还专门去网上搜了一圈，可惜向来万能的互联网也有失灵的时候——恐怕兰姨没说错，这玩意儿寻常人的确买不到。

　　于是我只好退而求其次，订了几盒号称是招待外宾用的高级草莓。快递送来时，我兴高采烈地亲自跑下楼去拿，包装盒很漂亮，草莓的卖相也很好，看得我口水直流。一进入电梯，我便迫不及待地尝了一口，然后默默翻了一个白眼，出电梯时顺手把整盒草莓扔进了旁边的垃圾桶。

　　张韶涵有首歌怎么唱来着？有些"野果子"说不上哪里好，可就是怎么都替代不了。

　　纠结到了星期天早上，我终于决定要去趟城郊的水果批发市场淘淘看。没想到，这个计划还没成行，就被一个不速之客搅成了泡影。

　　我上次和程沐媛见面还是四年前在大学宿舍里。离校前她曾豪情万丈地对我说，等日后再见面时，她要带着自己的孩子杀到我面前。潜台词就是到那时她必定事业有成。因为这个女人曾经当着全宿舍的面夸下海口：在她和苏睿正式跨入小康社会之前，是绝对不会先跨入"孩奴"这个可悲圈子的。

过去这几年，我们虽然没怎么见面，但如今信息科技如此发达，QQ、微信、Facetime……联系的方式多种多样，距离根本阻挡不住我们的"相会"。这些联系方式又都成了她的个人展示平台，从各方面透露着她和她老公在上海那座国际魔都混得风生水起。苏睿一年前就从某个投资公司不痛不痒的职位跳槽到一家外资银行，成了专门为有钱人服务的私人理财顾问，薪水高得夸张。而公关出身的程沐媛则在一次升职受阻后索性出来单干，以合伙人的身份加入一家工作室，收入也相当可观。

如今，他们早已迈过了当初定下的"小康标准"的那道坎，我总以为要不了多久就会有个小正太或者小萝莉从天而降抱着我的大腿叫干妈，没想到正太与萝莉没等到，他们将来的妈却不请自来。

程沐媛拖着行李箱站在我门外，一边耀武扬威地按门铃，一边叫："唐尧！你有本事抢男人，怎么没本事开门啊！别躲在里边不出声，我知道你在家！"

我从床上连滚带爬地滚到客厅去开门，她却已经和隔壁出来看热闹的老太太搭上话了，"哎呀，阿姨，上大学时，我和唐尧可是一个宿舍的好姐妹！什么？抢男人？我是在唱歌啦！难道阿姨你不知道现在网上大红的雪姨吗？《情深深，雨蒙蒙》你总看过吧，就是那个王雪琴，她出了首单曲叫《你有本事抢男人》。没听过？没关系没关系，我放给你听好了！"

我看见她从口袋里掏出手机，真的开始开播放器，立马连推带拉把她拽进屋子里，然后对隔壁目瞪口呆的老太太微笑了一下，砰地关上门。

程沐媛把她那副"黑超"架到脑袋顶上，露出夸张的眼妆，顺便拉了拉就快要掉到胸口以下的波西米亚长裙，冲我咧开嘴一笑，"萨瓦迪卡！"

"停！"我抬起手，五指张开举到她眼前，"去了一趟泰国，整个人都变神经病了吗？抢男人？你家苏睿完全不是我的菜，OK？"

三天前程沐媛才和我通过电话，说自己正在泰国休假，问我要什么特产当礼物，还要走了我的地址。我以为她顶多会给我寄一个系满了彩带和蝴蝶结的快递，没想到，假期结束她不回上海，反而跑到我家门口，来了一通大变活人。

"Bitch，几年不见，怎么一点娱乐精神都没有了！"她对我翻了个白眼，甩着裙摆开始参观我的公寓，客厅、卧室、厨房、衣帽间全逛了一圈，最后懒洋洋地往沙发上一躺，"唐尧啊，从今天开始，我要打扰你一段日子了。

你没和什么乱七八糟的男人同居吧？"

"我当然不会和什么乱七八糟的男人……等等，你什么意思？"我眼角跳了一下，"什么叫打扰我一段日子？"

她伸了个懒腰，跷起毫无姿态的二郎腿，开始解脚上的绑带罗马鞋，"意思就是从今天起，到未来的某一天，我要在你家里占个床位。"

"程沐媛，有件事你得搞清楚，我这里一不是收容所，二不是福利院。"我拿过沙发边上的电话，"要么你现在给我把话说清楚，要么我打个电话让你老公来提人。"

见我作势要拨号，她迅速地从沙发上弹起来，抢过我手里的电话。

我叉腰看着她。

"嘿嘿，这件事解释起来估计得很久。在这之前，先吃点东西怎么样？"她一脸讪笑，眼睛里满是可怜，只是被那层眼妆一衬托，怎么看怎么不伦不类。

"我猜你肯定整天靠外卖过日子。"几分钟后，程沐媛蹲在冰箱前边，一面鄙视地对我甩脸子，一面把过了期的东西胡乱地扔在地上，"服了你了！结成块的酸奶，烂了一半的菠萝，这个是……一年前的水果罐头？"

她从某个角落里拿出一个黄色的铁罐，对着我晃了晃，"这东西你是想留着当古董吗？"

"那是商擎买的，跟我没关系。"我靠在旁边的桌子喝罐装咖啡，"当时，他说要试试自己动手做黄桃蛋糕。"

"我猜，那个王八蛋会劈腿，应该有一半的原因是你身为一个女人却从来不进厨房。"程沐媛一个标准的抛投，罐头在半空中划过一道弧线，稳稳落进墙角的垃圾桶里，"没有哪个男人会喜欢结婚之后还天天吃外卖的。"

"你的意思是你每天都会给苏睿做饭？"我冷眼看她，笑问。

"废话，我可是家庭主妇与时尚教主的综合体。"

"是吗？"我盯着她猛看。

"好啦，也不是每天。"她终于露出心虚的表情，"偶尔一个星期，我还是会做那么一两次的。"

"你所谓的一两次，估计也就煎个培根或者鸡蛋，再切两片面包，要么干脆买现成的肉酱回来煮面条。"我对这位"家庭主妇与时尚教主综合体"的那些厨艺可谓如数家珍。要知道，大学四年，得益于她无与伦比的"厨艺"，我把学校超市里各种口味的速食肉酱全都吃了个遍。

我话音才落，她忽然啊哈一声，抽出一条蓝色包装的东西，"没开封过的意大利面！保质期是……还差一个月！很好，这回有东西吃了。"

"我说，你真的打算自己动手？"我揉了揉额头，"还是我打个电话叫点寿司比较干脆。"

"我整整一个月都漂在外面吃那些乱七八糟的东西，今天好歹让我待在屋子里吃点家常口味吧。"她摆出一张苦情脸，接着又从冰箱门上抽出半瓶我喝剩下的伏特加，仰头灌了一口，"等我半小时，早饭马上就好。"

"我这里可没有肉酱，你打算用什么调味？"见她朝厨房走去，我不放心地跟在后边问。

"我刚才看见你家门口放了一堆KFC附赠的番茄酱，挤出来铁定满满一盘。"她头也不回地说，"至于肉，我这儿还有飞机餐吃剩下的火腿肠，剁碎了也和肉差不多，反正调个味而已。你就放心地等着吃吧！"

想不到，四年不见，程沐媛煮意大利面的功夫更上一层楼。过了半小时，满满两大盘子色、香、味俱全的快餐店风味意大利面就端上了桌。在一通风卷残云般的狂吃，外加各自痛饮三杯伏特加之后，我们终于酒足饭饱，开始讨论正经事。

事情完全不出我所料，原本安安分分过她的小康生活的程沐媛，突然莫名其妙地跑来我这里，原因果真和她老公苏睿脱不了干系。

在我印象里，苏睿一直是新世纪"凤凰男"的典型代表，当然，他并没有凤凰得很彻底——至少结婚这几年，从来没有什么八竿子打不着的穷亲戚顶着满头土特产忽然出现在他家门口。

苏睿的老家在西南一座名字很拗口的老城，父母属于绝对拿不出闲钱的工薪阶层。大概受家庭因素影响，苏睿深知知识改变命运的道理，从小就勤奋好学，进大学后，更成了金融学院里数得上号的才子。

当时，程沐媛的男朋友并不是他，而是校篮球队队长，一个外号叫"麦迪"、身高一米九八的东北帅哥。这位帅哥之所以能够成功上位，完全得益于程沐媛对"壮男"这种生物的特殊癖好。

程沐媛曾经是个不折不扣的"肌肉控"，在她看来，男人必须要有肌肉，而且肌肉一定得够漂亮，才能得到她程大美女的垂青。细数她交往过的男人，从足球守门员到校篮球队队长，个个都是肌肉发达的"壮男"。其中，"麦迪"是最能满足她肉欲的对象，胸肌厚实，腹肌漂亮，只要被那双结实的手臂搂一下，她整个人都像是吃了软骨酥。以至于后来"麦迪"和她分手的时候，软骨酥变成了十香软筋散，折腾得她险些万劫不复。

　　"麦迪"在篮球上拼出了新事业，决定退学加入地方俱乐部去打职业赛，他离校那天晚上，程沐媛买了一打啤酒，拖着我跑到学校的中心湖旁边，失心疯一样高声唱梅艳芳的《夕阳之歌》，然后喝酒、摔瓶子。湖畔本来有几个就着路灯读英语的学生，看见程沐媛的状况，都摇摇头表示理解，主动离开了，唯独那个高高瘦瘦长得十分钟灵毓秀的苏睿走上前，语气礼貌、语境却相当不客气地对程沐媛说："同学，就算你失恋了，也没人拦着不让你伤心。但是，可以换个不是公共场所的地方发酒疯吗？"

　　我还没来得及阻止，红了眼的程沐媛就一瓶子砸上了苏睿的脑袋，在那个月黑风高的夜晚，把他满脸是血地砸进了校医院。

　　苏睿额头被酒瓶碎片拉出了一道五厘米长的伤口，缝了十二针。我和程沐媛都以为她铁定会受处分，结果教务处传来的消息却说那位伤者主动提出不予追究。程沐媛自责之下亲自去了一趟校医院，想跟他道歉。这道歉的具体过程我不知道，只是等我再见到他们时，苏睿依旧额头上裹着纱布，靠在床沿微微笑，程沐媛则顶着一张大红脸娇羞地坐在一边，一只手还被苏睿紧紧握着。

　　后来，程沐媛每每跟我说起那段戏剧性的关系转变，都会感慨一番自己是不是上了苏睿的当：她只是坐在病床旁边忏悔，因为自己的一次酒后冲动让一个好端端的帅哥破了相，苏睿却立刻见缝插针地说，自己若是因为这个没有女孩子喜欢，程沐媛可得为他负责。程沐媛向来豪气，未深思熟虑便拍着胸脯说负责就负责，末了才理解到此处的歧义，可惜为时已晚，苏睿已经轻轻握住了她的手，而她竟然破天荒地没有拒绝。

　　"奇了怪了，我明明一直只对肌肉男感兴趣，怎么最后会落到苏睿这种书呆子的手里？"程沐媛曾经不止一次对着我懊恼，每次都会惹得我甩她一通白眼。为了遮住额头的疤痕，苏睿蓄起了刘海，越发显得清秀俊逸，这样一个普通人求都求不来的帅哥，却偏偏只对她一个人死心塌地，程沐媛身在福中不知福，活该被鄙视。

　　毕业后，苏睿去上海工作，程沐媛也嫁鸡随鸡嫁狗随狗，奔向了那座大都市。两人落地就成婚——没有房子，没有车子，就只上民政局打了张结婚证，十足的裸婚。苏睿家里穷得叮当响，想买房是天方夜谭；程沐媛也没嫁妆，为了怕家中阻挠，她甚至连父母都瞒着。两个人窝在租住的地下室里，用集体视频秀跟我们这些分布在天南地北的人弄了场堪称"史上最低碳"的婚礼，身体力行地诠释了一回"爱情真伟大"。两人买不起钻戒，只能用一对包金的素戒代替，新人交换誓言的时候，苏睿眼眶泛泪，程沐媛直接号啕大哭，惹得千里之外对着电脑的我都跟着掉了几滴金豆子。

我原以为，每一段伟大的爱情的结果必定是有情人终成眷属。事实证明，有情人当下的确是成了眷属，可需不需要加上那个"终"字，又成了有待商榷的另一件事。

"你别不相信，刚开始我也不相信，但我的眼睛告诉我，事实胜于雄辩，苏睿他的的确确是有了外遇。"程沐媛把右手亮在我眼前晃了晃，无名指上一枚硕大的钻戒闪闪发亮，"不知道为什么，现在对着这枚后来他补买给我的钻戒，我却怀念之前那枚素戒，那个时候虽然没钱，至少还有一份真感情。"

我望着她，她的脸上看不出半点悲伤，这才是真正让我担忧、也让我疑惑的。外遇？如果是其他别的什么人有外遇，我只会见怪不怪，但这并不是别的什么人，这是苏睿，让我相信苏睿会背叛程沐媛去搞外遇，我宁愿相信男人能生孩子。

苏睿有多爱程沐媛，瞎子都能看出来。不然，程沐媛也不会放弃自己的"肉欲"，死心塌地跟着他。难道不过短短几年，蒲草依旧韧如丝，可本该无转移的磐石，却被名利场的诱惑磨圆了棱角，开始滚来滚去了吗？

"真正让我恶心的不是他外遇这件事，而是他外遇的对象。"程沐媛一口喝下最后一杯伏特加，眯着眼睛说："司徒易烨，一个社交名流，她还有个绰号是'大上海性生活最丰富的女人'，那些但凡有些姿色的富家子弟，过半都和她有一腿。就算苏睿要外遇，找谁不好，居然找她？他还以为那个交际花能死心塌地地跟他过一辈子不成！"

"你就这么确定？"我疑惑地问。

"我要是不确定，就不会趁着那个女人还没出现在我跟前耀武扬威而先下手为强了。"程沐媛风情万种地一笑，"我花了一个星期的时间调查苏睿的行程和通话记录，发现他之前有个客户是司徒易烨的父亲。当然，这算不上什么证据，所以我又悄悄在他手机里装了定位追踪软件。你猜怎么着，当天晚上就被我抓了个现行！"

那天晚上，程沐媛乔装打扮了一番，按照追踪软件提供给她的地址，一路尾随苏睿到了某家五星级酒店门口，然后眼睁睁看着她的老公和那位交际花司徒易烨肩并肩走进了酒店的大门。

故事听到这里，我总算理解程沐媛为什么会莫名其妙休长假奔去泰国旅游。按照她的脑回路，这通行动的目的只会有一个：外出散散心，让自己的头脑冷静下来，然后展开手段，开始终极大复仇。

一瓶伏特加喝完了，程沐媛明显不过瘾，又从自己的旅行箱里拿出一瓶龙舌兰——敢情就算出门旅游，她也随时带着烈酒！

"你现在打算怎么办？"我问出最迫切也最实际的一个问题。

"还能怎么办，离婚呗！"

"你不想尝试着挽回吗？"

"唐尧，我可一直是你专栏的忠实读者。"程沐媛摇着脑袋对我说，"'第三者这种生物，无处不在，防不胜防，遇到之后也无须惊慌，甚至可以在某些方面表示感谢，至少她从侧面印证了你的爱人心里对你不忠，而不忠之人最不值得留恋。'这句话可是你说的，苏睿既然会受到其他女人的迷惑，难道他心里还对我忠诚吗？我顺水推舟都来不及，还费力气挽回做什么！"

我沉默以对，这的确是我在专栏里写过的话，缘于对商擎那个负心汉的吐槽。

"放心，就算离婚，我也会一步一步来，我可不蠢，在财产全部安全转移之前，我不会打草惊蛇。"她说，"所以，这段时间，我就先住在你这里，一边制造自己还在外地旅游的假象，一边收集那对奸夫淫妇的罪证。"

得，曾经相濡以沫的夫妻，如今一方却成了另一方嘴里的奸夫，怪不得总有那么多人喜欢讽刺结婚誓言。当感情变成抓不住的水，再深刻的海誓山盟，到头来也会变成笑话，哈哈两声，再泪流满面。

你说讽不讽刺！

程沐媛空降到我家后，或许是出于对打扰我的歉意，相当阔气地送了我一套倩碧的彩妆，并且财大气粗地包下了所有的家用。但我依旧没办法权衡清楚收容她的利与弊，因为她同时带来了一个大麻烦——我没有办法在晚上写稿了。

程大美女为了保全她青春靓丽的容貌，每天晚上九点就会准时上床睡美容觉，雷打不动，并且拒绝一切可能影响到她睡眠质量的外在因素，包括但不限于灯光、水声、脚步声、打字的键盘声。

这对于向来习惯在深夜写稿的我来说影响甚大。须知我的公寓也就六十平方米大小，而且是时下流行的酒店公寓造型，居卧一体，想弄个隔音的东西都没办法。这么一来，我的稿件进度就停滞不前了。

程沐媛不以为然，反而言之凿凿地说这是帮助我把生物钟调整正常的契机，白天写作比晚上健康得多。

天地良心，我也尝试过在清爽的早晨工作，但后来发现这根本是妄想。而现在，想在白天工作更是难上加难——楼上那套因为死了一个寡妇而一直无人问津的房子似乎终于找到了买家，装修队跟我过不去似的卡在这两天集体入驻，还干得格外敬业，电钻、电锯齐上阵，这边停来那边响，从早八点到晚八点，乒乒乓乓，余音绕梁。

程沐媛对楼上的噪音置若罔闻，她每天只做三件事，早上去健身房锻炼，中午回来抱着平板看肥皂剧，下午通过网络遥控她高薪聘请的某位侦探在老公后院放火。只有我逃难一般将工作地点从客厅挪到厨房、挪到厕所、再挪到阳台，终于在离截稿期还有两天的时候，我忍无可忍，抱着电脑杀到了离家不远的咖啡厅。

到这时，我才能真正静下心来敲两个字——虽然耳边依旧有各种各样的声音，但比起装修队的十面埋伏来，氛围要强上太多。

大半杯薄荷摩卡下去后，稿件我已经完成了一半。我估摸着再奋斗两小时就能全部搞定，这才微微放下心来，端起杯子准备去服务台续杯。

走过两张桌子，我的目光忽然停在了一个男人身上。

他坐得离服务台不远，正在聚精会神地在面前的电脑上写着什么，时不时小饮一口冒着热气的咖啡。他之所以能引起我的注意，不只是因为他从侧面看上去很帅，而是我看见了他的屏幕，并且很精准地瞄到了"唐尧"两个字。

那篇文章看起来像评论稿，出于一个文化工作者对自身的敏感，我放慢了脚步，想在擦身而过之前多看些内容。但事与愿违，他宽阔的肩膀挡住了我大半视线，我连冰山一角都没瞄到。

续完咖啡回到座位，我没了继续写稿的兴致，只一个劲儿地盯着那人的背影瞧，脑子里冒出来一个大胆的猜测：这个人会不会就是丘石？

上次报纸上登出来那洋洋洒洒的一大篇《外行人眼里的成功》后，这位以前听都没听说过的评论员"丘石"就好像故意跟我杠上了，哪怕评论别人的作品，也会看似不经意实则老谋深算地把我拎出来举成反例。

不久前，我那篇关于胡靖容的文章前脚登上专栏，他后脚便夹枪带棒地一番批判，弄得我极为光火，陆岩只好在旁边不停地宽慰我："别气，别气，放宽心，你好歹想想寒山与拾得的那两句名言，'世间有人谤我、欺我、辱我、笑我、轻我、贱我、恶我、骗我，该如何处之乎？''只需忍他、让他、由他、避他、耐他、敬他、不要理他，再待几年，你且看他。'"

明明是唐代高僧颇有哲理的话，从陆岩嘴巴里冒出来，偏偏有了些讨饶的意味，却很能让我买账，不然我真有极大的可能直接在专栏里向丘石宣战。

我一直以为，能写出那么刁钻刻薄的评论的人，十有八九是个年过五十、其貌不扬、大腹便便、满脸油光，还顶着个地中海发型的愤世嫉俗的老学究。可如果他的真面目其实是眼前这个风度翩翩、长得像奥斯汀·巴特勒的型男，反倒让我不知所措了。毕竟，我们迟早会分个高低上下，我可不想因为对方是个帅哥就怜香惜玉而先弱了气势。

这时，那人似乎完成了写作，他一口喝完杯子里剩下的咖啡，开始收拾东西。我当机立断，迅速把电脑装回包里，悄悄尾随。

出了咖啡店，他认准一个方向，不紧不慢地向前走，我远远跟在后面，犹豫着到底要不要主动上前搭讪。

自从闹出岳钧楠那出乌龙事件，我便对向陌生人搭讪这种事产生了心理阴影。如果直接冲上去问他"你是不是丘石"，实在显得很没有教养；可如果先礼貌地做一通自我介绍，他要真是丘石，明白我是唐尧，且来者不善，倒有极大的可能死磕着不承认。

一时间，我进退两难，最终叹了口气，转身往回走，准备放弃这种可笑的跟踪。哪知道就在这时，那个男人竟然也转过身，撒腿朝着我狂奔而来。

我愣了一会儿，定睛一看，发现在跑的人不只他一个，在他身前不远处，还有个二十出头的小年轻在飞奔，脸上满是惊慌失措的表情，手里还抓着一个造型前卫的半月形金色镶亮片手包。我的注意力立刻被那个包吸引了过去，因为那是程沐媛哭狼嚎着觊觎了许久的芬迪限量版，国内还没上货，她花了大力气才托人在意大利代购了一个，花了足足四千欧元。感叹一番后，我忽然回过神，这种女人手包怎么会在一个男人手里？

"抢劫犯"三个字刚从我脑子里掠过，那个小年轻已经冲到了离我不足三米远的地方，追在他身后的那个男人朝我大吼："拦住他！"我被这声音激得脑子一热，忘了自己是身高尚不足一米七的弱质女流，忘了劫匪是身高超过一米八的彪形大汉，甚至忘了我还穿着一双八公分高的细跟踝靴，就这么抢起电脑包迎面砸上了劫匪的脸。

我没有办法形容这股冲击力。根据物理学定律，物体产生的冲量是与质量和加速度成正比的，一只麻雀尚可让飞行中的客机坠毁，我相信那个被我塞了一台电脑、两本书、一个移动硬盘外加一瓶香水的大号电脑包带来的效果，绝对不会让我失望。事实胜于雄辩，在一阵强烈的撞击感、失重感和眩晕感之后，我发现那个小年轻已经满脸是血地仰面躺倒，抽搐两下，不动了。而我的电脑包，在腾空而起并在半空中转了三圈之后，砰的一声落在了地上。

男人迅速跑到小年轻身前，单膝跪在地上将他死死摁住，另一只手掏出电话开始报警。就在他打电话的当儿，一辆银灰色的奔驰从路的尽头开过来，在我身边停住，车门一开，走下来一个四十多岁的妇人。

妇人一身黑色套装，齐耳的短发梳得严谨整齐，脸上应该是用过昂贵的保养品，皱纹相当不明显，皮肤白皙，五官颇为立体，像个混血儿。她小心翼翼地将落在劫匪旁边的金色手包捡起，拍了拍上边的灰，然后感激地看着我和我背后正奋力摁着劫匪的男人，"真是谢谢你们！这是我儿子送给我的，如果弄丢了，我还不知道要怎么向他解释。"

"没什么，不过以后千万记得要关上车窗。"男人一边摁着劫匪，一边客气地同妇人应着话。

我则赶紧查看自己的电脑包，拉开拉链的一瞬间，我只觉得脑子里轰隆一声巨响，一时间想骂死那些不靠谱的广告商——在顾客面前吹得天花乱坠的所谓"钻石品质"的电脑，居然能被张人脸撞得凹下去一大片！当然，这不算最严重的。最严重的是包里的香水瓶子也碎成了好几块，淡绿色的液体正顺着电脑边沿裂开的缝隙缓慢流向电脑内部。

这情形让我连想死的心都有了。电脑坏了不要紧，可如果我存在里面的无数篇稿件就这样弄丢了，我就真的不用活了。那可是比我命根子还重要的东西啊！

警察来得很快，将劫匪铐走的同时，也把我、男人连同那位妇人请到了警局做笔录。在警局折腾了一个下午，从警局出来时，天色已近黄昏。妇人再次向我们表达了感谢，并且准备掏出钞票来将她的谢意物质化，被那个男人婉言谢绝。我站在旁边不作声，脑子里浑浑噩噩，想着该怎么跟陆岩交代。

"小姐，你怎么了？"等妇人开着车离开，男人似乎终于注意到了我的魂不守舍。

我默然不语，只打开包，将那个飘香万里的畸形电脑亮给他看。

他惊愕了一会儿，随即问道："里面的东西很重要？"

我点点头，"比小命都重要。"

他又问："能修得好吗？"

我苦笑一声，"我已经检查过一遍了，硬盘开裂，还渗进去了大半瓶香水。谁要是能修好，让我管他叫爷爷我都愿意。"

他拍拍我的肩，说："别急。"然后抬手拦了一辆出租车，示意我上车。

我疑惑地看着他，不理解他的用意。

他只好解释道："我有个朋友是这方面的专家，或许没办法把硬盘修好，但是说不定能找回里面的资料。"

我顿时眼睛一亮。

出租车将我们送到了市中心的一家3C卖场，男人领着我在迷宫一样的卖场里七拐八拐，最后走进一家小店，找到似乎跟他很是熟络的老板，将我的情况说了说，又把电脑交给了他。

老板白白胖胖，看起来很和气。他让我们在外边稍等，自己进了柜台后的房间。他在里面鼓捣了大约一个小时，这才招呼我进去，指着屏幕上一大片文档文件说："能转出来的基本就这些，你看看。"

望着那些熟悉的文档，我激动得险些流下眼泪。这老板简直救了我的命！

"还好渗进电脑里的是香水，香水这东西挥发性强，如果换成果汁什么的，就麻烦了。"老板呵呵笑着，将拷贝着资料的U盘交给我，我宝贝似的揣进衣兜里，这才舒了口气。

跨出房间，守在外边的男人立刻迎了上来，"情况怎么样？"

"托你的福。"我现在对他满怀感激，说话的语气也轻快了不少，"该拿回来的都拿回来了，不然我真不知道怎么办。"

"你也挺厉害。"他微笑着看我，"见你把电脑包往那家伙脸上抢，追在后边的我都吓了一跳。"

"我要是早知道后果这么严重，才不会横插一脚，反正看你跑步的速度，迟早也会追上那个抢劫犯。"我伸出手，"不过，多亏了你帮忙，我才能找回资料，无论如何我都得谢谢你。到现在都还没正式地自我介绍，你好，我叫唐尧。"

他温热且宽大的手掌握上我的手，朗声吐出两个字："景泓。"

那两个字在我脑子里绕了一圈，我愣了愣，随即眼睛一亮，"你说你叫什么？"

"景泓。"他重复了一遍。

"景泓？你是《大都会周刊》的那个景泓？"我声音变了调。

他虽脸带诧异，却还是轻轻点了点头。

在我的印象中，我很少有当着别人的面失态的时候，生平仅有两次：一次是高中时商擎忽然在人来人往的校门口向我表白，并且夺走了我的初吻；另一次就是不久前在翰林茶馆被岳钧楠气得打了他一记耳光。但那两次就算失态，也不至于太狼狈，而现在，我全部思维都被炮轰到了十万八千里之外，直到眼前这个男人拍了拍我的肩膀，我才浑身一抖，回过神来。

为什么我听到他的名字会这么失态，答案得从一段久远的过去说起。

我从中学开始就是《大都会周刊》的读者，最开始看这本杂志的原因，大多是出于没的选的无奈，因为那时值得看的东西真的很少。周围同学的课外读物基本是各种打着"青春疼痛"旗号的明媚忧伤小说，那些深度描写少男少女们三步一分手五步一车祸七步一跳楼的"疼痛小说"实在不符合我的口味，于是更多时候，我都在家里翻阅我妈翻剩下的杂志打发时间。

我妈是《大都会周刊》的忠实购买者。没错，她是"购买者"，而非"读者"。她购买这份杂志仅仅是为了剪下每期杂志封底所赠送的折价券或者赠品券，拿去百货公司换取平常买不起的名牌化妆品小样。对于杂志内容，她顶多随手翻两页"时装专栏"，然后就会直接把杂志扔到一边，再不问津。

第一次读到这本杂志时，我发现里面的内容，不管是散文、影评、社会动态，还是政治观察，都写得十分有趣。抱着可以为写作文积累素材、顺便提高政治课成绩的想法，我开始一期一期接连着往下看，直到在某一期上读到了署名"景泓"的一篇小说。

那是一部连载小说的第一回，名字叫《青色王国》，只有五千来字，但内容却让我惊叹了半天。我头一次知道原来小说还能这么写，他的写作思路和叙事手法跟别的作家很不一样，可是精彩程度丝毫不落下风。除了"好看"两个字，我根本找不出其他适合的评价。

自那时起，靠着景泓，《大都会周刊》不再单纯是我必买和必看的杂志，也跻身成为我最喜欢的杂志之一。后来，当我得知景泓本人跟我一样，也只是个十七岁的高中生时，我对他的佩服就变本加厉了。这种崇拜甚至在我懵懂年少的心里埋下了一枚"今后也要从事写作行业"的种子，不然我说不定也不会走上今天这条路。

《青色王国》连载半年后宣告结束，随即上市的单行本销量高得夸张，作者景泓也在当年拿到了小说界最具重量级的奖项"金蔷薇奖"，成为该奖项设立三十年来最年轻的获奖人，还是个未成年获奖人。从此，他被誉为"小说界百年难遇的天才"。

十年来，景泓的所有作品，我都读过N遍。大学时期，我还为他的所有书撰写过书评，然后抱着那些书评亲自跑了一趟《大都会周刊》的编辑部，想碰运气看看能不能一睹这位"大神"的风采，可惜失望而回，编辑告诉我，景泓本人在国外上大学，而且专栏作家是不会在编辑部坐班的。

我想也是，景泓自出道伊始就很神秘，他从不在媒体上露面，也没办过签售会，唯有两次与读者接触也只限于出版社在官方论坛上举办的网络访谈。我仅有一张他在"金蔷薇"颁奖典礼上领奖的照片，是跟编辑死求活求求来的，照得还挺模糊，勉强能看清这个十七岁的青年眉清目秀，有着少年人特有的俊朗轮廓。

后来我虽然依旧崇拜他的文章，自己也踏入了这个圈子，有了渠道和人脉，却已不再有想要探寻景泓本人信息的热情。少女追星的心态已经是过去式了，我只是回到了这种崇拜最初的模样，细细阅读他的每一篇文章，然后品味字里行间带给我的惊喜。

我从来没想过自己有一天会真的跟景泓本人见面，也没期待过这个可能性，然而，现在眼前的这个男人居然告诉我，他叫景泓。

我像被人一记重拳从南极打到了北极，惊喜远胜于惊讶，两只眼睛都开始发光。

"你等一等。"我深吸两口气，翻出钱包，从里边抽出一张保存得还算完好的照片。

望着那张照片，他忽然笑了，"这不是当初领奖时的照片吗？我自己都没有，你这里居然有一张。"

照片里那个青年五官虽然模糊，但轮廓还勉强能看清，我看了看照片，又盯着他的脸一阵猛瞧，轮廓确实能对上，他连发型都没怎么换。

"你真的是景泓？"

"如果你不相信的话，我还有这个能证明。"他从上衣口袋里掏出身份证，在我眼前晃了晃，"我的笔名和真名是同一个。"

半小时后，在附近一家酒吧的吧台，这位我崇拜了十年的偶像，坐在我身边像个老朋友似的哈哈大笑，"这么说，你是把我当成那个一直针对你的评论员丘石了？"

"而且尾随在你后边的时候，我还在想要不要用电脑包对着你的脑袋来那么一下，然后撒腿就跑。"我喝了一口杯子里的鸡尾酒，"幸好没下手，不然现在我绝对要去找块豆腐撞死。"

"看来你对这人的怨念很大。"

"可不是！你说世界上为什么要有评论员这种生物，好像他们的存在就是为了要把作者气出心脏病。"说完这句话，我忽然意识到了什么，"当然，你可能体会不到这种感觉，我从来没见过有针对你的评论稿。这也是废话，如果有人说你写的东西不好，估计他也不用在这行混下去了。"

景泓露出哭笑不得的表情，"你说得我好像是文化圈的地头蛇一样。"

"这可是有根据的。你想啊，"我眯着眼睛，食指在吧台上连点，"评论员最重要的是评鉴出一个作品的好坏吧，如果一部本来就完美无缺的作品，他非要鸡蛋里边挑骨头，不反倒凸显他的专业不过关吗？自己都专业不过关，怎么好意思再去评论别人写的东西？"

"我的文章也没有你说的那么好。"他摸了摸鼻子。

"那么你是想告诉我，我从十七岁就开始喜欢的一个作家，十年坚持阅读他的作品不动摇，光是感想就写了足足一大本，但其实他的文章并不好？"我隐晦地翻了个白眼，"景泓先生，过度的谦虚可就是骄傲了。"

"好吧，其实我想说的是，我还没有写出一本真正让我自己满意的作品。"他摆正了脸色，左手撑住下颌，轻晃着高脚杯里的"马丁尼"，然后盯着那颗随酒液不断旋转的青橄榄说："以前那些作品，虽然我也用心写了，但总觉得离我想要的感觉还有一定距离。"

我好奇地问："感觉？你想要什么感觉？那些作品在我眼里都完美得不行。"

"锐利的感觉，一种像刀锋一样，直插阅读者心底的文字。"他看着我，在吧台顶灯明黄色的光线下，表情忽然变得既性感又优雅，"就像你唐尧的文章那样。"

"我的？"我没想到他会这样说，一时反应不过来。

"本来再过几天，我就想让我的编辑联系你。可今天既然碰上了，我干脆就亲自说明好了。"他说，"其实我在看你给《环球星报》写的专栏。"

"咳咳，那种没内涵的东西，让你见笑了吧？"我略微掩饰羞涩地将头往下偏了偏，有种做了坏事被别人抓现行的错觉。

"不会，我觉得你很有才华，并且我还想跟你合作。"

他这句话是真的吓到我了，那一瞬间，我怀疑自己是不是酒喝多了而产生了幻听。

"我想给新书里充斥一些锐利的文字，但我的风格似乎定型了，尝试了很多次，无论如何也写不出自己要的感觉。然后责编就建议我说，如果我真的那么执着，不妨找风格契合的作家合作试试看。在看过《环球星报》上的文章之后，我就觉得你非常适合。"

"行了大牌，开玩笑也不是像你这么开的。"我拍了一把他的肩膀，"我顶多就是个写写不入流文章的小作者，可是你，你的每本书都会成为'金蔷薇奖'的热门，咱们俩合作？哈哈哈哈哈……"

"《环球星报》可不是能容忍不入流小作者的地方。"他打断我的笑声，"我认为，一个作者想要写出漂亮的文章，最重要的一点是他要对自己有信心。唐尧，以你的水准，不用这么妄自菲薄。"顿了顿，他又说："当然，目前这只是我单方面的提议，不过我还是希望你能考虑看看，我是真的很欣赏你。"他十分绅士地招过酒保买了单，又从吧台上一摞便笺纸里扯下一张，写上了自己的电话和联系方式，交到我手里，"虽然用这东西有些无礼，不过自由职业比较尴尬的一点就是没名片，以后想要联系我的话，打电话、发邮件都可以，我还约了编辑谈稿子的问题，先走一步了。"他又对我笑了笑，转身潇洒地走出酒吧的大门。

那张纸留在我的掌心里，带着浅浅的温度，我却觉得有些发烫。直到现在，我都不敢相信，我竟然真的和景泓坐在一起聊天，他还给了我自己的联系方式，而且还让我和他"合作"！

难道之前在咖啡厅里，他电脑上之所以会出现我的名字，也是因为想跟我合作？

以他那么高的名气和市场认可度，跟他合作，怎么看都是我占便宜，更别说借着他的东风，那本带着我名字的书还有极大的可能摆上"金蔷薇奖"的领奖台。如果陆岩知道了这件事，嘴巴都会笑歪吧。

"金蔷薇奖"可是对于一个写作者最大的荣誉和肯定。

我做梦一般晕晕乎乎地回到家，刚进门，就被程沐媛堵住了。她头发湿漉漉的，应该刚洗过澡。抓住我，她劈头盖脸就是一句："整天不见人，又跑到哪里去鬼混了！"

"不就是去咖啡厅赶个稿子，又碰到熟人，聊了两句。你要是肚子饿了，冰箱里不是还有吃的！"我弯腰开始脱鞋，正奇怪这个点她不抱着电脑看她最近追得正欢的那部肥皂剧《离婚的诱惑》，居然会有心思来等门，眼神却忽然顿住，因为就在我脚边，摆放着一双男式皮鞋。

这个程沐媛，和苏睿的婚还没离呢，用不着这么迫不及待地找下家吧！我心里暗自嘀咕，嘴上漫不经心地问："有客人来了？"

"客人？"程沐媛竖起眉毛，"我都不知道该怎么说你了，出去了连门都不关好，是进贼了！"她伸出手指，在我鼻尖接连点了好几下，"今天幸亏是有我在，要不然你那点小破家当早就被搬空了。"

"贼？"我冷汗顿时沁了出来，"怎么会有贼？这可是有保安和门禁的高档公寓楼。"

"谁知道那小贼是怎么混进来的！别小看现在的小偷，如今哪个行业不讲点技术作业？"程沐媛拉着我往屋子里走，"不过我看这贼也是个马大哈，我在浴室洗澡呢，他就以为屋里没人，居然还大摇大摆地坐着看电视，于是我就用马桶搋从后面冲他脑袋来了那么一下，然后三下五除二用浴巾捆住他的手脚，扔衣柜里关着了。"

我听着她的话，越听越不对头，真的会有小偷进门之后，礼貌地把鞋脱在门口，还大摇大摆地坐在别人家里看电视？而且我出门之前都有检查门锁的习惯，记得明明是关好的呀！

我还没想出个所以然来，程沐媛已经拉开了大衣柜的门，指着躺在里面的一个手脚被捆住、嘴里塞着块大抹布，正满眼愤恨怒视着我的年轻男人，说："就是他。"

"陆岩！"看清男人的脸，我尖叫了一声，急忙扑上去撕扯捆在他身上的浴巾。

"哎哎哎，你做什么，警察还没到！"到这时，程沐媛还没反应过来。

我已经不知道该怎么说她了，她见过穿着正装到别人家里行窃的贼吗？

有些时候，我觉得程沐媛如果去参加电视台的"家有妙招"环节，铁定能红遍大江南北，其绝活儿的主题就叫"论浴巾的一百零八种用法"。曾几何时，浴巾在她手上已经完全脱离洗浴用品的概念。练瑜伽，她拿来当垫子；门禁时间溜出去约会，她拿来当绳索；宿舍姐妹被渣男欺负需要讨回公道，她拿来当九节鞭；夏天去食堂，天热不想换衣服，她则更干脆，直接抓起浴巾往腰上一围，打个蝴蝶结，浴巾摇身一变就成了件临时超短裙。

而现在，她显然又开发出了新功能，以一种高难度的捆绑技巧，把一个年轻力壮、身高一米八五的男人团成一团，束缚在狭小的空间里动弹不得。这技术都让我怀疑她和苏睿在卧室里是不是还有些特殊癖好。

"你认识这家伙？不对，就算你认识，把家里的钥匙交给一个男人也太夸张了。"见我半天拆不开那个拳头大的疙瘩，程沐媛终于良心发现地凑上来帮忙。

我一边拽着浴巾一边同她解释，陆岩的确有我家的钥匙，可这没什么大不了的，我们俩是老朋友，他又是我的责编。之前有段时间，这附近架设光纤，网络不稳定，而我正赶上火烧眉毛的截稿期，我就把钥匙扔给了他。这样，等我连夜写完稿子，他就可以自己上门来取存好了文档的U盘，而且他每次都会从楼下顺带一杯冰镇咖啡上来，摆在床头，好让我醒来后喝。后来光纤拉好了，我也没急着把钥匙收回，就当是做个防备。独居人士最害怕的莫过于出门没带钥匙有家回不了，而且我也不希望像楼上的寡妇那样，哪天遭了意外死在家里，尸体烂了都没人发现。

可是，从程沐媛的表情上看，她明显没办法苟同我的想法。

最后一个疙瘩被解开，陆岩终于挣脱了身上的浴巾。他脸色发青地扯出嘴里那块油腻的抹布，跟跟跄跄地跑进洗手间，接着里面便传来一连串的干呕声。我望着那块抹布，也开始有些反胃，程沐媛可真会选，厨房那么多抹布，她偏偏挑了这块抹灶台用的。

门铃叮咚叮咚响了好几声，有人在外面扯着嗓门喊："警察，开门！"

我盯着程沐媛，丢给她一个"你去处理"的眼神。她倒坦荡得很，头发一甩，将衣领扯下了些，露出大半个白花花的胸脯和乳沟，潇洒地善后去了。

我来到洗手间，陆岩正有气无力地瘫坐在马桶旁边，整洁的衬衫皱成了腌菜，不过脸上青色已经褪去，只剩下一层白。

看到我，他皱了皱眉头，似乎想骂两句脏话，不过话到嘴边却语气一软，干巴巴吐出四个字："扶我起来。"

我把他换到沙发上坐好，不放心地看了眼程沐媛的状况。这一眼扫过去，我顿时觉得自己的操心有些多余——她正靠在门框上跟那两个英俊的警察谈笑风生，末了还掏出自己的名片给他们一人塞了一张，目送他们离开时，又送出去两个飞吻，这才意犹未尽地关上门。

想想也对，做公关的，要是还应付不来这个，程沐媛也不用在公关那行混下去了。

"唐尧，在我给你惊喜之前，你倒是先给了我一个大惊喜。"陆岩揉着脖子，露出咬牙切齿的表情。

我凑到他身后，看见他后颈的位置肿了一块。

"要不要去医院看看？"我从茶几下的抽屉里摸出一管备用的外伤喷雾，往他受伤的地方喷了喷，跟他一起揉。

"不用，也没多大的事。那姑娘到底是什么人，这么大的力气？"

"你该庆幸我没出全力。这两年为了锻炼身体，我特地报班学了空手道，每个星期都要去比画那么几下。"程沐媛打发走了警察，回到客厅听见我们谈话，适时地比了两记手刀，对她之前的行径没有丝毫愧疚。

"别，我已经领教过厉害了。"陆岩摆摆手，"再来几下，今天我就别想活着走出这个门了。"

程沐媛抬了抬眼睛，似乎也不愿意再同我们闲扯下去，然后往床上一靠，抱起电脑，两耳不闻窗外事地继续欣赏她的电视剧去了。

"我大学同学，一直就是这脾气。今天的事你别往心里去，谁叫她以前没见过你，还以为是进了贼。"我赔着笑向陆岩道歉，他又狠狠瞪了我一眼，这下我反倒坦然了，还会瞪我，说明他也没怎么生气。

"你刚才说，你要给我个惊喜？"我给他倒了杯苏打水，趁机岔开话题。

"下周编辑部要在广播电台举办一场读者交流会，主编说了，嘉宾是你。"陆岩一边喝水一边说。

"就这个？"

"就这个。"

"切。"我丧气地塌下肩膀，"还以为是什么大好事，值得你亲自跑上门来。"

"你还想要什么大好事？"

"例如……"我眼睛一亮，"像是新书要发行海外版啦，或者要改编电影、电视剧啦。这样的大事，才值得你陆大编辑亲自跑一趟不是？"

"做梦吧。"他一个冰冷的眼神打消了我所有幻想，"还有，你以为我专程跑到你家来就只是为了告诉你交流会的事吗？"

我一愣，"那还有什么事？"

他摊开匀称干净的手掌，伸到我面前，"网络不在线，电话又关机，我只好找上门来了。今天是截稿期，稿子呢？"

我在陆岩的监视下完成了最后一千五百字。卑躬屈膝地送走这尊大神，我一回头就看见程沐媛正靠在床上偷笑，那笑容和她当年为了整苏睿，在他准备在大课上展示的幻灯片里插入成人影片截图后，等着看笑话时的笑容一模一样。

顿时我气不打一处来，"笑个屁，罪魁祸首可是你！要不是你之前那么对他，他犯得着把气撒到我身上吗？"我还是头一次在编辑的监视下写稿子，不得不说，那种目光落在身上的感觉简直就像"芒刺在背"和"热锅蚂蚁"的综合体。

谁知程沐媛不光笑容不减，还对我挤了挤眼睛，"看不出来啊唐尧，帅哥哟。"

过了半天，我才反应过来她说的是陆岩。

程沐媛啪地合上电脑，走过来揽住我的肩膀，"Sister，咱们说说悄悄话，别害臊，你们俩……发展得怎么样了？"

"谁发展谁发展？你才发展呢！我们是纯洁的工作关系。"我甩掉她的胳膊。

"不会吧？"她睁大眼睛看我，"我看你们刚才打情骂俏似乎很融洽啊。"

我真是服了她，"你到底哪只眼睛看见我和他是在打情骂俏了？明显是他在折磨我，你没看出来？我们只是朋友，单纯的朋友。"

她还是一脸的不信，"不对，放着这么一个性感火辣的帅哥在身边，你怎么可能不动心思，难道他有女朋友了？"

我扑哧一声，"性感？火辣？你确定我们说的是同一个人？"我压根就没想过穿衣打扮向来严谨的陆岩会被冠上这样的形容词。

程沐媛翻了个白眼，"要不怎么说你这种成天宅在家里的女人过时呢？这样的帅哥叫'禁欲系'，是另类的性感，你看着他扣得结结实实的衬衫，有没有想把扣子一颗一颗解开，然后摸一摸他胸肌的冲动？"末了，她又勾住我的肩膀，"有没有？"

"没有。"我诚实地摇摇头。其实仔细想一想，陆岩的确是个长得很耐看的男人，无论身高、体格、长相都属上乘，属于女人看了会过目不忘的类型。但我之前完全没有注意到这一点，我想可能是因为刚和他成为朋友时，我还迷糊在同商擎白头到老的白日梦里，后来梦醒了，我和他的关系却定了型，他已经被我毫不留情地归置到了"蓝颜知己"那个永远不会拿出来浮想联翩的区块里。

"没劲。"程沐媛满脸失望，不过很快又来了精神，问道："你还没回答我刚才的问题，他有女朋友吗？"

我想了想，继续摇头说："应该没有。"

"你确定？"

"至少跟他认识以来，没见他交过女朋友。"

"那就好。"程沐媛两眼放光，好像忽然来了斗志，"回头把他电话发到我手机里，thank you啦！"

"你……"我瞪大眼睛看着她，"你不会……"

"没错！既然你不要，咱们肥水不流外人田，放着这么一个优质帅哥不出手，别人还以为老娘我性冷淡。"

"你省省吧。"我觉得额头上沁出了冷汗，"你今天都这么对他了，冲他的脾气，我不觉得你们有发展的可能。"

"不试试怎么知道？"程沐媛好像已经下定了决心，"大不了我先主动联系他，跟他赔礼道歉。一个大男人，这点肚量总该有吧。我身为女人都先服软了，他还有什么好跟我斤斤计较的？"她抱着手在我面前来回走了两趟，"《环球星报》的编辑，就等于上市公司的中层职员，也算是配得上我了。如果我抓住机会嫁到这边来，咱们俩不是又可以凑在一起了吗？"

"等等。"我拉住她的胳膊，"你算计得也真够远的，你现在还是有夫之妇呢，苏睿怎么办？"

"他怎么办关我屁事。"她挥开我的手，"算计长远又怎样，女人的青春本来就短暂，我再不算计计，等过两年，就没东西可算计了。反正我跟苏睿那个吃里爬外的浑蛋是迟早要一刀两断的，凭什么只许他和司徒易烨放火，不许我和别人点灯！"

我一时说不出话，是啊，程沐媛说的的确有道理，别人都已经先行一步，自己再不抓紧，不是傻子吗？

"可我总觉得，你和苏睿不该闹到今天这样的地步。"我说，"你们或许应该坐下来把事情摊开了谈谈，看里边是不是有什么误会。"

"唐尧，你别说了，我给你看样东西。"她掏出手机，拨了几下，递到我面前，是她和苏睿的短信记录，程沐媛完全不改本色直截了当地问：你是不是和司徒易烨在偷情？

下边是苏睿的回复，只有简简单单的一个字：是。

我怎么都料不到竟然是这样一个答案，如此的诚实干脆，又如此的让人难过。

"你知道吗？我跟苏睿在一起这么多年，这或许是他唯一保留的优点了，就是从来不会对我撒谎。"程沐媛的声音低下去，"但是看见他给我的回复的时候，我又可悲地觉得，这个该死的浑蛋，他连骗我一下都不愿意。"

我沉默了一会儿，问她："你给他发了这条信息，是已经做好准备了吗？"

她长长地吸了口气，点点头，"能转出的存款我已经全部转出了，也请人趁他不在家的时候拿走了我所有的衣服、首饰和名牌包，只有联名存款和不动产我没法动，我给他一个月的时间考虑这部分财产的分割问题。一个月后，我回去拿钱，然后签下协议，一拍两散。"

一拍两散，她说得好像在玩"过家家"那么简单。

我想说两句安慰的话，却只觉得词穷。倒是她，情绪恢复得很快，一眨眼，又变出一副苦情脸对我说："你看，我都已经落魄到这个份儿上了，在我彻底变成没人要的黄脸婆之前，你忍心不把你那个黄金单身汉编辑介绍给我？"

陆岩，对不起了，我不是有心要出卖你的。望着她充满期待的脸，我在心里暗叹一声。

几天后，我发现陆岩口中那个所谓的读者电台交流会活脱脱是一场"知心姐姐开解大会"。

主持人许哲是电台里颇有些名气的DJ，长得不出类拔萃，声音却很好听，不看他脸的话，能听出一种古典美男子的味道。陆岩有个临时紧急会议要开，我只能单枪匹马上阵。许哲往我身上安了一堆不符实的名头，又简略介绍了我专栏的情况，扔下一句"让我们接进第一位读者来电"，就把场子让给了我这个还没适应状况的嘉宾。

前面两个打进电话来的还算正常，发表了一番对我的敬佩之情，以及以后会一如既往支持我之类的言论云云，听得我就算知道这没准是编辑部安排的托儿，也不禁有些飘飘然。第三个打进电话的竟然是程沐媛，亏她能装出一副陌生人的样子，对我一顿大捧，我却听得耳朵根发红。我的确有关照过她打个电话来支持一下，省得万一冷场了太尴尬，但也没让她说得这么夸张，幸好她似乎也意识到自己太过，在许哲跟着我肉麻之前果断挂了电话。

我刚长长地喘了口气，第四个电话又进来了，是个小姑娘，哭着说男朋友要跟她分手，可她知道男朋友是爱她的，问我怎么办。

我一听完就乐了，"你就这么确定他还爱你？"

"我确定。"她的声音忽高忽低，应该是拿着电话猛点头，"上个星期我过生日，他还送了我一对施华洛世奇的水晶耳钉。"

"不过是人造水晶而已，这玩意儿你爸爸也送得起。"我说，"耳钉现在在手边吗？"

"在，还收在盒子里没拿出来过呢。"

"你把耳钉拿出来，然后把盒子里的内衬翻个边，看看内衬后边是不是有字。"

那边传来一阵动静，想必是照我说的去做了，隔了几分钟，我才重新听见她极低的声音，"有。"

"什么字？念出来吧。"

"非卖品。"她的声音听起来像被人扇了两记耳光，舌头都在打战。

"这就没错了，上周时代广场的施华洛世奇门店做活动，买一条项链附赠一对耳钉，你手里的只是个添头，而正主，就是那条项链，还不知道在哪个女孩子脖子上挂着呢。"我顿了顿，"姑娘，现在你觉得他还爱你吗？"

"他怎么能这样！"听筒里传来细微的抽泣声，"刚开始交往的时候，他不是这样的，知道我生日快到了，他提前一个月就开始做准备，到处打听我想要什么。"

"此一时非彼一时。恕我失礼——"我打了个比方，"这就像钓鱼，准备鱼饵的阶段当然是越精致、越讨鱼的喜欢越好，可是等鱼上钩了，谁还会再给它吃鱼饵？"

"那我现在该怎么办？我不甘心啊。"她抽泣得更明显了。

"你的不甘心，是不甘心被甩，还是不甘心被作弄了而没办法还手？"

她沉默了一会儿，说："都有。"

"你还爱他？"

"应该爱吧……我不知道，我们交往三年，一直在一起，总觉得好像离开他有什么地方就会变得不对劲。"

"不管什么时候，都不要把习惯当成爱情。"我说，"这完全是风马牛不相及的事情，摒弃一个习惯，你顶多不舒服一阵子，摒弃一段爱情，那是活生生的疼。"说完这句话后，我忽然想起了商擎，觉得没有人会比我这个前车之鉴更有说服力，"你会觉得心疼吗？"

"好像不疼。"这回她倒回答得很快。

"那就对了。你只是不甘心被作弄了而已。这很好办，如果我是你，我就去施华洛世奇买一条项链，就是附赠耳钉的那种，戴着去跟那个男人见面。"

"然后呢？"

"然后先下手甩了他呗！相信我，这招能恶心死他，比把他脑袋按进马桶还要有效。"

扑哧，她忽然笑了，"真毒。"

"女人有时不必表现得太柔弱，关键是要调整好心态，不能自欺欺人，既然你不情我不愿，大不了就一拍两散，没有谁非要跟谁凑在一起的道理。踢掉了这个，下一个说不定就是真命天子。"

"我知道，失恋万岁嘛，我也是你专栏的读者。"她声音平静了下来，对我说："唐尧姐姐，谢谢你，我心里舒服多了。"

那声甜腻腻的"姐姐"，让我在开着空调的屋子里打了个寒战。

接下来的几个电话不外乎也是感情上遇到问题了的人跑来吐苦水。

一个十七岁的小屁孩一见钟情喜欢上了隔壁班的班花，打听到她喜欢收集香水，问我什么样的香水能讨女孩子欢心，我随口报了几个牌子，他听见四位数的价钱后吓得立刻挂了电话。

一个结婚十年的全职太太总怀疑自己的老公养了"二奶"，万分后悔自己当初为什么要为了他放弃年薪几十万的职位，担心离婚后找不到工作会活不下去。我建议她如果真想离婚的话，最好去找个厉害的律师，这是她后半生衣食无忧的最大保障。"这不太好吧。"她依旧有顾虑，"我也不知道他是不是真的有外遇，而且即使离婚，我们毕竟还是有感情的，不想为了钱而撕破脸。"我说："没点苗头不会空穴来风，未雨绸缪总没错，而且感情再深的夫妻，离婚之后也会立刻变仇人，到时候可没人管你愿意不愿意，撕不撕破脸。"我在心里又补上一句话："程沐媛和苏睿就是个鲜活的例子。"

临近结束的时候，出现了一名不速之客。

电话另一头是个男人，隔着杂音，其声音听起来有细微的熟悉感。相互问过好后，我还没来得及说话，他却先开始了自我介绍，"我想唐小姐你应该听说过我这个人，我叫丘石。"

我脑子里出现了一秒钟的空当。

丘石？那个浑蛋评论员竟然以这种方式主动送上门来？

我曾经无数次在心里想象同丘石针锋相对的场景，最完美的一场，莫过于在《环球星报》举办作者答谢会的时候与他面对面地较量，并且我自信以我的口才，铁定能当着所有与会作家和编辑的面，辩驳得他体无完肤。为了达到这个目的，我还特地砸重金置办了一身行头，一身穿戴好了之后连自诩"时尚教主"的程沐媛都要咋舌头说出"你以为你是谁啊"的行头。

只是没想到，在我踏上那个完美的战场之前，丘石竟然主动出现了。这显然代表着如果我在今天提前完成了歼灭丘石的任务，我花大价钱买的"战袍"

也就没了用武之地。想到这儿，我顿时惋惜不已——为了那件礼服，我可是刷爆了两张信用卡啊。

花了冤枉钱带来的后悔，加上我对丘石本人的怨恨，让我现在的心情跌到了最低谷，语气也跟着不客气起来，"当然听说过，不，何止听说过，简直久仰大名了。"

我原以为听了这句把讽刺摆在明面上的话，是个人都会不舒服几下，可是丘石偏偏心平气和地答道："哪里，唐小姐过誉。"

这人好厚的脸皮！

我掩饰尴尬地咳了两声，"丘先生也是感情出了问题，想要找我咨询吗？"虽然在说这句话的时候，我并不相信性格这样刁钻古怪的人能娶上老婆。

他沉默一会儿，"对不起，我单身。"

果然！

不过他很快又说道："但我打电话进来，的确是有事想请唐小姐赐教。"

"哦，那请说。"被他抢了先，我只好暂时打消了直接翻旧账朝他开枪的念头，决定听听看这人葫芦里到底卖的什么药。

"我从节目前半段就在听了，不过我得提前说明，我并不知道唐小姐你会在今天做电台访谈，我只是刚参加完一个聚会，开车回家的路上无意间听到你对那个收到耳钉的女孩说的话，因为提到了你的专栏，我才知道是你。"说到这里，他嗤笑一声，"只是一路听下来，我也佩服那些打电话的人，居然可以听你胡言乱语这么久。"

他说出这句话的时候，不只是我，旁边的主持人许哲，玻璃墙外边的导播，全都变了脸色。

我脑子里噌噌噌地蹦出三个字：砸场子。

所谓见面三分情，但凡有些基本道德修养的人，都不会在公开场合说出让别人难堪的话，我以为这种当面打脸的桥段只可能出现在电视剧里，可事实证明，现实生活中有些人脸皮厚起来当真是不可以常理论之的。

气氛一时僵住，许哲抿抿嘴，看样子是要打圆场，我抬手拦住他，冷笑一声，"丘先生有何见教不妨直说。"

"那我就直说了。我认为你之前所说的每一句话、表达出的每一个观点，都在透露着你的初衷，你想拆散世界上所有情侣的初衷。"丘石声音淡淡的，"我很好奇你为什么会有这样极端自私而且邪恶的想法。"

吧唧一声，我将手边的矿泉水瓶捏得变了形，但我依旧和颜悦色地道："这么说，丘先生是不赞同我刚才的说法了？那些人之间就算出了问题，还是应该和和美美地继续凑在一起？"

"别人怎样做决定是他们自己的事情，不用你去自作聪明地指手画脚。"他说，"你并没有仔细了解过他们相处的状况，只听了单方面的哭诉，就迫不及待地规劝别人分手，甚至离婚，完全不从大局上来考虑问题。你有没有想过，或许因为你的误导，原本两情相悦的人只因为一点小事就分道扬镳？甚至别人夫妻之间还没出现明面上的问题，你就建议别人提前为离婚做准备，用这样的方式拆散别人的家庭，你能从中得到快感吗？"

我有超过二十句的脏话涌上喉咙口，又被他紧跟着冒出来的结束语硬生生堵在了那里，他说："还是说，唐小姐你是因为自己感情不顺，然后巴不得别的情侣也统统不好过？"

听到这儿，我反而冷静下来了。丘石今天肯定是来找碴儿的，什么无意间听到，说不定这个猥琐的男人提前三天就写好了发言稿，然后抱着电话守在收音机前等着恶心我。没错，他就是故意来恶心我的，如果我真的被他恶心到了，不是正中他下怀吗？

我顺了顺气，心平气和地说："所以依照丘先生的意思，之前那些感情出现问题的女性朋友，最应该做的是想办法克服问题，而不是碰到一点小挫折就心急火燎地同爱人一拍两散？"

他赞同地嗯了一声。

我问他："丘先生，你是gay吗？"

他像是没听清，"你说什么？"

"我说，你是gay吗？"

"不是。"他硬邦邦地回答。

"那你阳痿吗？"

"唐小姐，你什么意思？"

"我的意思很明确啊。"我用一种无辜的语气说，"因为冲你刚才的那通理论，我完全有理由相信丘先生你压根就没接触过女人，所以我猜测，你要么是gay，要么阳痿，难道有错？"

我听见电话另一头传来急促的刹车声，一时还以为他是受了刺激发生了交通事故，险些拍手叫好。可惜我高兴得太早了，他似乎只是停个车而已。很快，他的声音又传了过来，而且这一次带上了怒气，"唐小姐，我需要你对刚才的无端猜测做出解释。"

"无端猜测？丘先生你听好了，我可是有根有据的。"我说，"你让之前那些打电话进来的女性朋友克服问题，可问题显然没出在她们身上。我不知道你之前听我和她们谈话的时候是在选择性忽略，还是你根本就是有所针对，但你要搞清楚，有问题的，是男人。"

他似乎想说话，不过我没给他插话的机会，"那些出了问题的男人，你不去针对，反而将矛头指向那些来请求帮助的女性朋友，让她们去解决问题，去委曲求全。请问你是脑子进水了吗？女人就活该受委屈？女人就活该受欺负？女人就活该没尊严？女人就活该受男人摆布？明明眼看着凑在一起不会有好结果，还要靦着一张脸去捧对方的臭脚？现在可是二十一世纪，敢情您还生活在十一世纪呢，所以我怀疑你没接触过女人，有错吗？"

说完，我仰头喝了口水，头一次觉得神清气爽。

他沉默了半晌，就在我以为自己旗开得胜，已经逼得他要挂断电话的时候，他却压着声音冷不丁地再次开口，"唐小姐，你这是在偷换概念，我从来没有说过让女性去委曲求全，只是想让双方冷静下来讨论解决之道。就像之前那个全职主妇，我能听出来她的本意是想挽救婚姻，没有哪个女人会希望家庭破碎，当出现问题的时候，很多女人都会很努力地去挽救婚姻。"

"丘先生，我在这里郑重地要求你，通过广播，就以上内容，向所有离异过的女性道歉！"

"为什么？"他愣了愣，"我说错什么了？"

"你说没有哪个女人会希望家庭破碎。"我硬邦邦地说，"照你的意思，那些离了婚的女人，她们家庭破碎的原因是她们没有努力去挽救婚姻？没有努力留住丈夫的心？她们就活该？"

"我并没有这个意思。"

"那你还能是什么意思？"好不容易抓住他的漏洞，我当然要穷追猛打，"的确没有哪个女人希望家庭破碎，但这得有个前提，就是夫妻和睦的时候。有些品德低下的女人，自己弄得夫离子散，这属于自作自受我不管。可其他一心扑在家庭上的女人，她们何辜，为什么要为丈夫的背叛买单？还去挽救婚姻？别可笑了！她们需要挽救的不是婚姻，而是自己的应得利益。换句话说，当明白自己相依为命的老公靠不住的时候，就是该依靠律师、依靠法律的时候了！"

"你这话说得好像夫妻之间不像爱人，倒像是生意人。两个人能走到一起并结合，其最本质的因素是爱情，我指的挽救是这一点。"

"那你大可以直接说挽救爱情，不要说什么挽救婚姻，婚姻保障的是利益不是爱情，这就是为什么有婚姻法而没有爱情法！如果有爱情法的话……"我冷笑一声，"那估计世界上一大半的人都会被抓去坐牢。"

见他不答话，我继续说："可要是照你说的去挽救爱情，那就更不靠谱了！爱情属于主观的自发行为，从哲学的角度来说，就是主观能动性，是不以别人的意志为转移的。对方明明不爱你了，你还上赶着去挽救，能挽救什么？或许在你眼里，这种行为是所谓的为爱情努力，可是在我眼里，用六个字就能概括。"

他顿了顿才说："费力又不讨好？"

"贱人就是矫情。"

"噗！"许哲终于笑出了声。从我问丘石是不是阳痿开始，他就一直在憋着笑，显然那一句"贱人就是矫情"成了压垮他笑神经的最后一根稻草。不仅是他，就连外边的导播也红着一张脸在拼命捶桌子，只是隔着一道玻璃墙，影响不到播音室罢了。

我听见丘石长长地吸了一口气，又过了许久，他的声音才幽幽地传过来，"唐小姐，我觉得你实在是太理想化了。理想和现实是有区别的，没有人能那么简单就从一段感情里走出来。你所说的一切，包括你写在专栏上的内容，都是纸上谈兵，经不起推敲和实践。"

我突然意识到了什么，"这么说，你一直看我的专栏不顺眼，也是这个原因？"

他似默认般不作声。

"那好，你要是坚持认为让一个人从一段深刻的感情里走出来是件困难的事，觉得我的理论经不起实践，那我们就不要纸上谈兵，索性实践一下好了。丘先生，我们打个赌怎么样？"

"什么赌？"

我给玻璃墙后边的导播打了个手势，导播会意，把我和丘石的通话切上另一条线，许哲替我接下了广播，毕竟下面的内容不太适合被别人从收音机里听到。

"现在是咱们私下通话。去年闹得沸沸扬扬的那宗有关帝光传媒二公子岳钧楠的八卦新闻，丘先生你肯定听说过吧？"

"……听说过，怎么了？"

我将语气控制得低沉而哀伤，"岳先生直到现在都还处在情伤之中，独居在一个偏僻的楼盘里郁郁寡欢，并且至今没有和他的父亲和好。没有比这个更好的实践对象了！我想打的赌就是，如果我能顺利帮助岳钧楠走出过去的阴霾，与家人重归于好，你敢不敢在《环球星报》头版刊登对我的道歉启事，并且严肃声明，你以前攻击我的那些评论都是在胡说八道？"

他忽然轻轻笑了起来，"你不要用这么胜券在握的语气说话，或许人家岳钧楠根本就不会理你。"

"这些你管不着，你只需告诉我，你打不打这个赌。"

"如果我赢了，又有什么好处？"

"条件随便开，只要在我力所能及的范围里。不过，我劝你最好打消这个念头，因为你是赢不了我的。"

"看来你对自己很有信心。"

"做事成功与否决定于两个关键因素，一个是恒心，一个是信心。抱歉，这两样东西早就被我刻到骨子里去了。

他许久不再出声，我以为是断了线，接连喂了好几下，才听见他缓缓说："要打赌可以，但不能没有时限，心灵上的创伤可以随着时间流逝而自然痊愈，那样算不得你的功劳。"

"那你有什么建议？"

"一年。"他声音沉静，"我也不想太刁难你，岳钧楠和那个女人的关系维持了一年，现在给你同样的时间，让我看看你的本事能达到怎样的程度。"

我略微一思虑，"没问题，你先构思构思道歉启事要怎么写吧，冲你之前那些刻薄的评论，可别想三两句话敷衍我。"

"等你赢了我之后再说不迟。当然，如果你没有做到的话，我的要求也不会太苛刻，以后我不想再看见你在专栏里胡说八道。"

我哼哼两声，还想再说几句话恶心恶心他，他却已经将电话挂断了。

那天我回到家，遭到了程沐媛无情的嘲笑，不过她脸上敷着层海藻泥，纵使笑声再大，也只能含蓄着表情上气不接下气地对我说："贱人就是矫情……哈哈哈……华妃娘娘……哈哈哈……怎么不再加一句'赏你一丈红'……哈哈哈……我真的好想看那个丘石的表情……哈哈哈哈哈！"

看着她的脸，我也不由自主地感到心里痛快，今天虽然没有成功地从正面挫败丘石，但好歹从明面上狠狠损了他一把，也算是在报仇雪恨之前先收了利息。

陆岩也很快打了个电话过来，他废话向来很少，所以直奔主题，"你太冲动了，我不懂你既然看丘石不顺眼，又何必跟他废话那么多，而且还在公共广播上！编辑部已经接到了上百通读者来电，还有别家媒体的记者，都想问你最后和他到底打了个什么赌。你说这事怎么摆平？"

我正要说话，手机却被程沐媛抢了去，"这事我拿手，我来帮你摆平。"

她现在完全不放过任何一个能和陆岩接触的机会，一边扯着脸上的面膜，一边同陆岩哼哼哈哈，顺便对我挥挥手，让我不要当电灯泡。我只好躲进卫生间洗澡。

我把整个身子埋进浴缸热腾腾的水里，舒服得全身肌肉都在细微地抖动。我闭上眼睛，准备趁着这股热乎劲打个小盹，挂在一边墙上的无线电话却突然响了起来。我以为是陆岩有话没交代完，赶紧拎起喂了一声，隔了片刻，那边传来男人的轻呼，"小尧。"

我手一抖，险些把电话掉进浴缸里，忙正了正身子，在那个男人说第二句话之前把电话挂回了墙上。

号码明明早就换过了，商擎是怎么拿到的？

跟那个男人认识二十多年，我很清楚他绝对不是会轻易放弃的人。果然，十秒钟不到，电话又丁零零一通狂响。

我扯着嗓子朝外边吼："程沐媛！把电话线拔掉！"

拖鞋声嗒嗒嗒由近及远，咔嗒，电话消停了，拖鞋声再嗒嗒嗒由远及近，洗手间的门被人推开，程沐媛换了一种面膜的脸凑了进来，"怎么了？"

我把电话内容一五一十地跟她说了，她眼珠子左转三圈，右转三圈，然后开始阴恻恻地笑，"前男友打电话来还能有什么原因，他该不会是想和你复合吧？"

"和他复合？然后回去继续天天看他和那个英文名叫Crase、中文简称'杜蕾斯'的'小蜜'在客厅里色情表演？"我想起那次捉奸在床的场景，商擎结实漂亮的屁股对着我，而"杜蕾斯"的两只脚都被他架到了肩膀上，整个人几乎被对折压进沙发里，那样高难度的动作，我坦承自己可挑战不来。

"你傻啊，不会装几台摄影机，正好拍下来卖给国外那些AV公司，商擎人品差了点，可长相和身材不错，卖出去价钱绝对不会低。"

我翻了个白眼，大半张脸沉进浴缸里，打定主意不理她。

她大概也明白自己的玩笑不讨喜，索性不再说，哼着歌退了出去。

我以最快的速度又换了电话号码，弄得电信公司还以为是他们的服务出了问题而引起我不满，业务员上门了好几回。程沐媛欣赏他们对顾客的态度，却同样对负责人的能力嗤之以鼻：明明知道对方是女顾客，派上门的人还全是歪瓜裂枣，没一个能看的，真是一点都不会抓顾客的心理。

号称提前迈进单身贵族的她，如今对身边出现的男人越发上心起来，除了通过我这条渠道接近陆岩，还会没事就坐到楼下的露天咖啡厅里观察过路的男人，碰到看得顺眼的，就在面前的记事本里画上一杠，再靠记下来的数量判断这附近优质男人的比例。我对她这种相当不矜持的行为嗤之以鼻，却也没时间计较，因为除了赶稿子外，我还有很多事情要忙，例如和丘石的赌约。

冷静下来之后，我也隐约觉得自己冲动了。和岳钧楠的接触仅有两次，却已经让我明白那是一个非常不好搞定的男人。但是如果重来一次的话，我想我依旧会向丘石提出这个赌约，俗话说"人争一口气，佛争一炷香"，在岳钧楠跟前受点气，总要好过让那个猥琐的丘石骑在我头上耀武扬威。

Part · 03

　　光长得帅的男人看上去讨喜，却没市场，这类人的大部分精力都用来维持他们的外表了，根本没有余力用来奋发上进，简单了说就一个字——穷；长得帅又有钱的男人符合身为大众情人的基本条件，但他们往往觉得自身条件太好而过于刚愎自用，简单了说就一个字——装；长得帅、有钱、性格又不装的奇货可居，所以八成都名草有主，剩下两成是gay——轮不到女人妄想；长得帅、有钱、不装、不是gay又单身的，那他一定不是有怪癖就是有交际障碍——例如那个永远摆着一张别人欠他五百万嘴脸的岳钧楠就可归在此列。

　　这次去岳钧楠家，我特地把自己收拾了一番，没有像上次一样穿套装，换了身轻便的运动服，省得又猝不及防地被拉到菜园子里去"帮忙"。

　　在呼叫器那里按了好几次，里面都没有人回应，正巧碰上有人刷卡进门，我便跟着过了门禁。乘电梯上到顶楼之后，眼前的大门也只是虚掩着，没关好。

　　"兰姨？"我疑惑地试着推了推门，吱呀一声，门开了，客厅里空荡荡的，没有半个人影，一时某些凶杀电影的桥段很合时宜地蹿进了我的脑子里，这简直就是《犯罪现场调查》里凶杀案现场的复刻版，没锁的门，空无一人的客厅，好像只要在前边拐个弯走进房间，就能发现某个高帅富不知是为情为仇还是为财而横死床上的尸体。

我甩了甩脑袋，把那些荒谬的想法赶出去，又往前走了两步，隐约听见从花园的方向传来细细碎碎的声音，像有人在争吵。我轻手轻脚地穿过客厅，绕过两间卧房，在离花园还有一个走廊的距离时，忽然见到前方拐角处迈出一个身材高挑的男人，是岳钧楠。

他依旧穿着那身园丁衣服，手上的塑胶手套也没取下，原本英俊端凝的脸上带着一层怒气。我刚要尴尬地出声打招呼，又有一个矮小许多的身影追在他背后跑了出来，急匆匆叫道："你就一定要这么气我吗？"

那是个娇小的妇人，套装一丝不苟，头发也梳得妥帖，只是她的情绪和动作却与端庄的打扮很不相符，不光扯住岳钧楠的胳膊不放，语气还有些气急败坏，"我都已经帮你做到这个份儿上了，你怎么还是不能理解我的苦心！还不回去，是等着你爸爸对你彻底失望吗？"

"我从来就不觉得我有多看重他的期望。"岳钧楠转过身，"一大家子，个个都在算计利益，算计地位。岳鸿章不是很喜欢操控别人的人生吗？岳钧天和岳钧茹就在那儿，他干吗不去管？听说现在又冒出来一个怀着孕的四姨太，那你干吗还这么心急地拉着我回去受他摆布？"

"阿楠！"妇人重重喝道，"你在胡说什么！"

"哎哟，夫人、少爷，你们一人少说一句吧，母子俩好端端的，何必闹成这样呢！"兰姨胖胖的身体也跟着挤了进来，肥大的巴掌连连摆动，似乎想把两人分开。不过在动作之前，她却一愣，总算是第一个注意到了我的存在，"唐小姐？"

她这一喊，岳钧楠和妇人也同时扭头朝我看来。遭岳钧楠冷冰冰的视线一扫，我脊背莫名一颤，方才尴尬的感觉直接变成了狼狈。

我好像听见了什么不得了的八卦。

"世界还真小，没想到能在这里和唐小姐再见面。"妇人亲自动手，往我面前的红茶里加了两块方糖。

"您太客气了，今天其实是我唐突，看见门没关，就直接走了进来。"我受宠若惊地同她哼哼哈哈客套着，又瞟了瞟坐在一旁的岳钧楠，发现他只是一动不动地侧脸盯着窗外的香蕉树，压根没有要开口的意思。

我实在没有想到这位妇人会是我的一个老熟人，她就是我和景泓误打误撞认识那天，被抢了包的阔太。其实，之前从她端庄低调、有一股深藏不露的贵气打扮上，我就看得出这老太太来头肯定不小，只是现在我才知道她的身份——岳鸿章的二姨太，岳钧楠的亲妈，苏梅。

"唐小姐，既然大家不是生人，有件事我想拜托你，刚才你听到的那些……"她话语里透出迟疑，似乎不知怎么开口。

我倒很能体谅她，"您放心，别人的家务事，我向来听过就忘，是绝对不会说出去的。"

岳鸿章居然又招了一房姨太太，还怀了孕，这消息要捅出去可是桩足以横跨整个头版头条的大新闻，记者们会怎么写我都想得出来：《传媒帝国后宫又添一员，岳鸿章老来得子，家产分配再生疑云》，然后再啰里八唆一大堆，深度八卦岳鸿章为人如何放荡风流，如何骄奢淫逸，如何欲求不满。对于一位接近七十大关的老年人来说，这种让人晚节不保的报道和当面扇两记耳光没有区别，所以要把消息捂得死死的，至少得捂到那位四姨太成功把孩子生下来。

苏梅露出松了口气的表情，又无奈地望了岳钧楠一眼，说："刚才让唐小姐见笑了。"

我忍不住心道：今天这架势，看起来是苏梅想让岳钧楠跟她回家去向他父亲道歉，岳钧楠不愿意，正在扯皮，却被我这个不速之客搅黄了。

"我相信唐小姐绝对不会见笑。"岳钧楠冷不丁地开口，"连私闯民宅这种事都做得出来的人，根本不会去在意那些小节。"

"阿楠！"苏梅对他厉喝一声。

岳钧楠抿抿嘴角，再度将头扭开。我自知理亏，只好故作镇定地埋头喝茶，心里却道：你自己不把门关好，幸亏来的人是我，要是进个什么穷凶极恶之徒，恐怕明天你也不用给你那些菜施肥了，你自己就该变成肥料了。

"对了，唐小姐，今天到这里来是找阿楠的吗？我都不知道原来你们认识。"苏梅看着我。

"算认识吧，我们之前有一点小接触。"我说，"我今天的确是来找岳先生的，因为有些事情想跟他商量。"

苏梅露出好奇的表情，"哦，方便说给我听听吗？"

我正要摇头，这种让长辈知道略显诡异，可是转念一想，岳钧楠之前对我的态度又冷淡又奇怪，我要是直接向他提出说我要对他进行心理疏导，还不知怎么恶心我呢，可要是加上苏梅这个砝码就不一样了。她不是想让岳钧楠回去向他父亲道歉吗，应该对自己儿子的心理状况很是关心才对，我要给岳钧楠做疏导，她还不拍着巴掌欢迎？

于是，我说："是这样的，我的本职工作是给《环球星报》写专栏，专栏内容类似于心理辅导那一类，希望借助文字的力量，帮助在情场失意的人们重新认识自我和感受新世界。"

她似懂非懂地点点头，"然后呢？"

"不久之前，我因为工作关系认识了岳先生，然后知道了一些……他过去的经历。"我垂下眼睛，换上一抹哀伤的神色，"岳先生这一年多来，似乎因为那段经历的影响而始终郁郁寡欢。因为我之前同他发生了点误会，一直想向他表达自己的歉意，所以我想尽我所能给他提供适当的帮助，让他从那段不堪的往事里走出来。"

我一边说话一边注意苏梅的脸色，她的表情果然随着我的话语逐渐变得惊喜，眼角原本就修饰得不明显的鱼尾纹更淡了些，"唐小姐，你说的是真的？你能做到？"

"虽然不完全保证，但是我的专栏已经帮了不少人。"我笑得含蓄，"对我来说，可以在帮助岳先生的同时累积写作素材，为以后的文章做准备，而岳先生接受我的帮助也不吃亏，就看他自己愿不愿意了……"

"我拒绝。"我话还没说完，岳钧楠就在一边硬邦邦地开口。

"你怎么说话呢？唐小姐一片好心好意，有你这么不懂礼貌的吗？"苏梅呵斥了他两句，转过头来满脸感激地看着我，"唐小姐，你能有这种想法，我真的很开心。不瞒你说，我以前也给阿楠请过心理医生，但他就是不愿意和他的父亲和解，我都不知道该怎么劝他。"

我笑眯眯地说："阿姨你是同意我对岳先生做疏导了？"

"为什么不同意？这又不是坏事，只要你能帮助到阿楠，你就是我苏梅的恩人。"

"我说过了，我拒绝。"岳钧楠站起了身，冷着一张脸看着我，"唐小姐，无事献殷勤，非奸即盗。你难道不觉得你别有用心得太明显了？"

"唐小姐之前才帮我在大街上抓住了抢劫犯，你怎么能说别人非奸即盗！"苏梅似乎动了怒，"你别以为我不知道你在想什么！以前对着那些心理医生时，你也是这个态度，那时我妥协了，可现在我不会再由着你胡来！这个忙我还就请唐小姐帮定了！"见岳钧楠还想反驳，苏梅又说："如果你不接受，我今天就坐在这里等你接受为止，在家里受那两个女人的气还不够，到了这里还要受你这个儿子的气，没人体谅我这个做母亲的苦心，我真的……真的……"她声音哽咽起来，抬起手就要抹眼睛。

岳钧楠冰山一般的表情终于出现了一丝裂痕。

　　这招是长辈们的惯用伎俩。我小时候，我妈也特别喜欢用，而且屡试不爽，因为即便明知道她是装的，我也不得不买账，毕竟我不属于那种没心肝的白眼狼。显然，岳钧楠也不是。

　　表面上看，他可以跟苏梅置气，甚至互相指责，可当老太太在他跟前服软，用眼泪赚同情，这个男人也不好再硬声硬气地拒绝了。

　　他下颌缓缓绷起来，好半天才松开，终于妥协地抿了抿嘴角，"我听你的就是。"

　　苏梅眉毛一抖，泫然欲泣的表情立刻收了回去，又换成一副端庄的仪容。她满意地对岳钧楠点点头，又看向我，"唐小姐，既然阿楠也没意见，那他这个人我就拜托给你了，希望你真的能帮我开导开导这个不争气的儿子。"

　　岳钧楠默认般低下头不再说话，苏梅似乎心情很好，又与我寒暄片刻，才道自己与几个老姐妹约了喝下午茶，先行离去。

　　在离去之前，她相当客气地告诉了我手机号，并且当着岳钧楠的面，故意放大音量说："如果阿楠冲你发脾气，尽管来跟我告状。"然后她扭头对岳钧楠说："记得送唐小姐回家。"说完，她便由兰姨护送着下了楼。

　　我和岳钧楠对视一眼，他皮笑肉不笑地说："唐小姐，你那个所谓的辅导是要从现在就开始吗？"

　　"不是。今天我原本只是来征求你的意见，只是没想到会这么顺利而已。"我假装看不见他的表情，"具体怎么实施，我还要再斟酌一下。等我什么时候想好了，会联系你敲定时间的。"

　　他转身一言不发地进了卧房，几分钟后，换了身衣服出来，"那我们走吧。"

　　我疑惑道："你这是真的要送我回去？"

　　他轻哼了一声，用一种明显不服气却无可奈何的语气说："我答应了老太太的事情，就一定会做到。"

　　岳钧楠的车停在地下车库里，居然是一辆半旧的大众高尔夫，车身侧边掉了一大块漆，车顶上还有个来路可疑且完全无法忽视的凹痕。看见他像个没事人一样坐进驾驶室，并且用不耐烦的眼神盯着站住不动的我，我一面慢吞吞挪进副驾驶，一面啼笑皆非地看着他，"你平常就开这个？"

　　他发动车子，手握方向盘，双眼平视前方，丝毫没有要多理我的打算，只道："你家在哪里？"

　　碰了个软钉子，我只好悻悻地扭开头，盯着车窗上一条裂缝报出地址。我实在是想不通，照理说住着这样一套阔气的房子，再不济都该弄辆玛莎拉蒂、兰博基尼之类的车开开。对男人来说，车这玩意儿就和名牌包与高跟鞋对女人的意义一样，是男人的脸面。

一路无话，岳钧楠专注地开车，我专注地看风景。十几分钟后，在离我家还有一条街的地方，车子却被堵住没办法继续前行了。

前面十字路口出了车祸，也算不得车祸，两辆车不痛不痒地擦了一下，掉了点漆。若是平常，司机为了不妨碍交通，都会乖乖把车挪到路边，然后等着交警来处理。可今天这桩不比平常，那两辆车一辆是法拉利，一辆是保时捷，开车的又都是二十岁左右的小年轻，全都是一副天底下唯我独尊的嚣张嘴脸，针尖对麦芒，一个吼我舅舅混黑道，一个吼我伯伯在哪儿哪儿高就，一个吼灭了你，一个吼弄死你，交警夹在中间焦头烂额，群众围在旁边幸灾乐祸——平日里富二代仗势欺人的新闻多了去了，实在难得见到互掐的，自然喜闻乐见。

岳钧楠看了一眼后视镜，似乎想退回去走另一条路。但这种主干道车来车往，他才停下几秒钟，后边就排了一长串，已是个进退不能的局面，只能等前边两位"小祖宗"自己消停。

在这样一个安静且封闭的环境里，两人都不说话，气氛一时有些尴尬。我百无聊赖，掏出手机，开始玩"愤怒的小鸟"，同时悄悄斜眼打量岳钧楠，他依旧是双手握着方向盘的姿势，眼睛平视前方，冷静得像一尊雕塑。

我便不再看他，专心指挥着小鸟们啪啪啪啪把野猪杀得尸横遍野。正玩得兴起，冷不丁听见他在旁边说："你提前知道了我妈今天会来找我，对不对？"

这声音让我手指一歪，小鸟怪叫一声，栽到一块大石头上，GAME OVER。

见我不回话，岳钧楠又问了一遍："你是不是提前知道了我妈会在，才算准了时间找上门的？"

我侧过头，莫名其妙地望着他，"你以为我是谁，会掐指一算的黄大仙？"

"你自然有你的渠道。"他冷淡地说，"联系一些总在豪宅周围活动的小报记者，自然能得到第一手的消息。"

我顿时明白过来。他会这么想也没错，岳鸿章那种人住的地方富豪云集，总有些记者在小区外边蹲点，看能不能挖新闻。加上这年头八卦行业竞争又激烈，自然任何风吹草动都难逃那些记者的眼睛，被他们发现岳鸿章的二姨太出门来见儿子再正常不过。

他继续按照自己的思维推理，"你料定了自己找上门来提这种莫名其妙的要求我不会答应，所以就特别挑了个我妈在的场合，也算准了我妈的心思，从她那边下手，逼我不得不答应，真是好深的算计。"

我眨眨眼睛，不知道该怎么反驳，要说一切都是巧合，也得他相信才行，索性放弃解释，继续鼓捣手机，"你觉得是这样，那就是这样吧。没错，我就是个心机鬼。"

他却不愿意消停，"那你的目的是什么？"

"我没什么目的啊，就是单纯想帮你而已。"啪啪啪，一发炮弹接连干掉三只野猪，我又刷新了一遍纪录。

"你认为我会相信这种解释？无事……"

"无事献殷勤，非奸即盗。"我替他把话说完，同时把手机放回包里，这个人还真是不好敷衍，我正儿八经地侧过半个身子，盯着他乌黑的眼睛说："你真的要听实话？"

他面无表情地与我对视，被他这么看着，我也懒得再打太极了，不好敷衍不如实话实说，于是我一五一十，将和丘石的赌约跟他兜了个彻底。

"事情就是这样，丘石那个'阳痿男'既然要主动把脸伸过来让我打，我也没必要太客气，等成功摆平了你这头，我非要把他的脸打肿了，才能一解心头之恨。"

不知道怎么回事，当我说完这番话后，岳钧楠的表情忽然变得十分"精彩"，就像被人打了一记黑拳，偏偏又不能叫痛，只能郁闷地用脸色宣泄"天凉好个秋"。

"你也不用生气。"我把他的反应定义为身为我和丘石赌约的不甘愿，拍拍他的肩膀算是安慰，"要怪就怪那个丘石不自量力地先来招惹我，我就好好教教他'死'字怎么写。"

岳钧楠脸色僵了半晌，才生硬地扯开嘴角，"你果然很有自信。"

"我当然有自信，不过还得要你的配合。只要我成功帮了你，这就是一桩双赢的买卖，我呢，整到了那个'阳痿男'，你呢，可以迎接人生的'第二春'，没有比这更双赢的了……你有没有在听我说话？"

我正眉飞色舞地讲得起劲，却忽然发现岳钧楠的注意力并不在我身上，确切地说，他虽然的确在看我，目光却从我脸侧擦了过去，直勾勾盯着我背后的什么东西猛瞧。我好奇心顿起，顺着他的视线扭过脑袋，正好看见一个打扮得珠光宝气的女人从车窗旁跑过，与其说跑，倒不如用跳来形容更恰当，因为她脚上的高跟鞋实在是高得很有挑战性。我一看就乐了，这个牌子的鞋向来以海拔高闻名，四英寸基本款，六英寸不嫌高，因为原本的设计理念就是专门给名媛贵妇们穿来走红毯用的，要是让设计师看见居然会有人傻乎乎地穿着在大街上蹦来跳去，表情估计比我还"精彩"。

女人脚踏"恨天高"，一跳三步拐地挪到前边正互相飙脏话的两个小年轻身旁，拉住其中一个人的胳膊说了些什么，看来应该是家属。我以为，既然家属都到场了，事情应该就快解决了，可接下来发生的一幕却让人大感意外：被女人拉住的小年轻，忽然一个巴掌重重抽在了她的脸上。

小年轻下手极重，就算隔着一段距离，我也能看见女人的一只耳环被打得飞了出去，白皙的脸颊上顿时红了一块。那小年轻扇了一巴掌似乎还不过瘾，又抬起手想要再打，女人却被反应过来的交警护在了身后，场面变得越发混乱。

几分钟后，几个打扮得体的中年男人陆续出现。长辈的到来总算让两个年轻人变得消停，他们乖乖退到一边，堵着路的车也退开了，交通终于恢复正常。

后边排成长龙的车队开始狂按喇叭，岳钧楠发动了车子，只是他开得不快，在经过那堆人旁边的时候，还似有意似无意地瞥了那个被打的女人一眼。

女人正被挤在人堆里，捂着脸低头轻声抽泣。

"认识的人吗？"我好奇地问道。

"不认识。"他回答得很快。

我仔细看了看他，没多说。

车子在我家楼下停住，我下了车，没有提出要他上楼小坐的邀请，因为我知道，就算我开口了，他也不会同意。我正准备挥手说拜拜，他却落下车窗来对我说："说真的，我对唐小姐你并没有多少好感，所以今后如非必要，还是不要再见面的好。"

"嗯！以后我要是去找你，绝对都是为了'必要'的事。"我做出一副赞同的表情回应，"谁让我答应了你妈妈呢，没有比这更'必要'的事了。"

他望着我，眼神闪烁了好几下，被我这一通挤对，我以为他多少要还两句嘴，可他最终却一言不发地把车窗升上去，油门一踩将车开得没了影子。

我心里不由得嘲笑了他几声，这个岳钧楠，看上去一板一眼拒人千里之外，里外里却也是个容易妥协的性子，想装酷装不成，倒变成"猪鼻子插葱——装象"。

只是让我预料不到的是，当我花了大力气帮岳钧楠制订出了一套绝佳的"疏导"方案，准备找到他讨论成功的可能性的时候，他却跟我开了一个荒谬的玩笑。

"真是对不住啊唐小姐，少爷出门旅游去了，至于去了哪里、什么时候回来我也不知道。"电话另一头，兰姨带着歉意向我解释，我则忍了半晌才没有让自己的脸当场歪掉。

故意的，岳钧楠一定是故意的。

兰姨像是猜出了我的想法，继续帮她那位不靠谱的少爷解释："唐小姐你也别多心，其实这两年少爷一直有隔几个月就要出门一趟的习惯，从不会告诉别人目的地，都是收拾两件衣服提着箱子就走，不过至多两三个月就回来了。"

开什么玩笑！我和丘石的赌约限定了一年的期限，如果岳钧楠真的一走三个月，我怎么可能赢？因为这种荒谬的原因输给丘石，那我这张脸真的不用要了！

我满怀怨气地放下电话，事已至此，为难兰姨也没有用，我只能抱着最后一丝希望，在心里祈祷岳钧楠可别真的一去三个月。现在时节已经逼至盛夏，卡在这个当儿出去旅游，他也不怕被烤焦。

程沐媛笑话我是在搬起石头砸自己的脚，多管闲事，最后把自己给坑了进去。似乎她理解不到这关系着尊严的问题，我也不指望她能理解。

她整天追看的那部连续剧《离婚的诱惑》正播出到高潮部分，"高富帅"男主角跟外遇对象商量着要怎么做才能不损失一分钱地赶走原配妻子，而原配妻子在调查和抗争中意外发现那个小三竟然是自己丈夫失散多年的妹妹，她准备把这个事实隐瞒下来，等争夺到财产后再给予对方当头一击。这情节让程沐媛看得津津有味，却把被她硬拉着陪看的我雷得外焦里嫩。

"编剧真是妙笔生花，这种禽兽不如的男人就该遭到这样的报应，这段我得多看几遍。"她手臂上贴满了西瓜皮，动弹不得，只好用脚趾摆弄电脑，一边快退一边说："对了，最近怎么没见你那个帅哥编辑上门来找你？"

"平常交稿直接发邮箱就行，又不用碰面。"我把薯片咬得梆梆响，"你要是想见他，就主动去约，又不是情窦初开的少女，装什么害羞矜持！"

"我还没正式离婚，多少得端着些。"她翻了个大白眼，"之前不是听你说要和他一起去谈版权，是又取消了吗？"

"什么谈版权……糟了！"我声音一卡，急忙扔开薯片跑到日历前，对着上边一个用大红圈标注的日期扯了好几下头发。

上周陆岩通知我说有个公司想要签下我上本书的英文版权发行海外版，并且约好了面谈的时间，让我务必出席。偏偏这几天我被岳钧楠折腾得脑子里乌烟瘴气，把这事给彻底忘记了，如果不是程沐媛提起，我完全不会想起来定下的日期就是今天。

怎么办，还要不要去？我看看头顶的挂钟，离约定好的时间还剩下二十分钟，如果打车，时间勉强刚刚好，可万一迟到了，那会是件非常失礼的事情。或者我干脆装病不去？用突发状况当借口，总比"忘了"这样的理由说得过去。

"果然是今天，难道你还打算不去？"程沐媛走到我背后，"Hello，版权费可不是个小数目。"

我顿时惊醒，是啊，我干吗和钱过不去？

我当即不再犹豫，取过外套小跑着出门。可惜"出不逢时"，公寓门口原本一溜待客的出租车，这回奇迹般全都没了踪影。我好不容易在大街上拦到一辆，又接连遇上三次大堵车，等我心急火燎地赶到约好的餐厅时，已经比原定时间晚了半个小时。

也不知道那些人还在不在，我想给陆岩打个电话探探口风，手机摸出来，却只能对着黑漆漆的屏幕欲哭无泪。这简直是独居单身女人最大的原罪，因为平日里根本就没几个人值得联系，手机利用率出奇的低，常常想不起来要给它充电。

门口的接待员听明我的来意，冲我笑了笑，表示那几位还在包间里并未离开，我的心立刻放下了一半。

这是一家介于高档和中档之间的日本料理店，接待员领着我上了楼，在柔软的米色地毯上七拐八拐，停在两扇纸拉门前。

隔着绘有"鸿雁高飞"工笔画的纸拉门，包间里隐隐有笑声传来，这时我另一半的心也放下去了——陆岩这人平常看起来不声不响，交涉的时候还挺有一套，看来气氛并没有因为我的缺席而变僵。

我给接待员丢了个眼色示意他开门，包间的面积并不小，还有个供着陶瓷香炉的小玄关，一只黄铜雕刻成的仙鹤亭亭玉立在木制的神龛里，地上铺了两层手工编织的榻榻米，踩上去有种敦厚感。我绕过玄关，看到长条形的黑木桌边面对面坐着五个人，其中两男一女明显是今天的客人，穿着打扮就是一副要谈生意的架势。另一边是两个男人，陆岩安静地坐在靠外的位置，正端着瓷杯喝茶，看见我进来，他只是轻微地对我点了点头；至于靠里的那位，让我有些傻眼，他长着一副与奥斯汀·巴特勒有七八分像的脸孔，正脸上挂着明朗的笑容同对面那位明显上了年纪的女士谈笑风生。

"说曹操曹操就到。"景泓向我挥了挥手，脸上是热切的表情，"唐小姐，你可迟到了。"

"你……"我狐疑地望着他，同时在陆岩身边坐下，一时不知该说什么好。

"怎么这么晚？"陆岩略微严肃地责备了我一句，开始向我介绍对面来自国外某知名出版社中国办事处的代表，两个中年男人是副代表，一个姓马，一个姓侯，正主是他们中间的那位半老徐娘"朱总"，职位是项目总策，这事谈得成谈不成，得由她说了算。

我们相互问过好，服务员见人到齐了，便开始上菜。我把一盘天妇罗拉到跟前，一边细细地嚼，一边跟陆岩小声说话，"那朱总怎么回事，今天不是来跟我们谈的吗？"

自打我坐下后，朱总就没正眼看过我，依旧热络地和景泓讨论最近大热的微整形。

陆岩压着声音道："你别那么多意见，这朱总在圈子里是出了名的难搞，要不是景泓和她相熟，冲你迟到这么久，人家早就翻脸了。"

"我还正想问你，为什么景泓会在这儿？"

"这事说来话长，出去我们再谈。"

我只好继续默默吃东西，偶尔向对面两位中年男人赔赔笑脸。又是几十分钟过去，我吃完了整整一盘天妇罗，朱总和景泓的讨论总算以苹果肌抽脂画下了句点，到这时，她似乎才想起来今天的主要目的，也明白耽误了不少时间，于是接下来的进程快得出奇，她几乎没做什么挣扎就爽朗地接受了陆岩的报价。拟好了合同，朱总便急匆匆带着两位副代表离开，那迫不及待的模样好像立刻就要去整一整她的苹果肌。

景泓给自己倒了杯清酒，仰头喝完，对着我们笑了笑，"时间不早了，我也该走了。"

"今天谢谢你。"陆岩说，"我们欠你一个人情。"

"无所谓谢不谢，我只是刚好碰上而已，以前和这位朱总打过交道，知道她的喜好，总算能帮到你们。再说，"他忽然顿了顿，目光停在我身上，"再说我和唐小姐多少算个朋友，不知道你还记不记得我上次关于合作的提议，今天你欠了我一个人情，改天是不是可以抽空陪我吃顿饭，顺便聊聊工作的事情？"

"没问题。工作的事情，我随时有空。"上次他跟我提合作，我还以为只是说着玩，想不到是来真的。

"那就好。"他用筷子夹起石板上的最后一块烤章鱼放进嘴里，"这家店的烤章鱼做得真是不错。"然后才微笑着起身离去。

陆岩招过服务员买了单，开车送我回家。他居然换了一辆新车，银灰色的奔驰C300。我坐在副驾驶，看稀奇一般这里瞅瞅那里摸摸，"真看不出，你居然舍得抛弃之前那辆福特福克斯。"

"是公司给的绩效奖励。"他侧过身子帮我将安全带系好，"买车可以拿着发票到财务那里报销一半。"

"帝光果然有钱，也不知道这奖励有没有我的份。"我羡慕地摸着皮质车门。

"你又不是全职合同工，不要痴心妄想了。"陆岩干脆地泼了我一盆子冷水，发动车子，"再说给你也没用，你不是向来奉行'打车比养车划算很多'吗？"

"本来就是这样，还有个帮你开车的司机。"我靠上椅背，觉得有些热，抬手把空调拨到最大，"如今你都开上奔驰了，那位岳二公子居然还守着一辆破大众高尔夫，想想都觉得好笑。"

"你说什么？"

我立刻把上次岳钧楠送我回家的事说给他听，"你说是不是很可笑？我到现在都还没想明白，他是真的只有那一辆车，还是为了整我故意挑一辆最破的。"

我以为这是个很值得逗乐的梗，但陆岩并没有像我想的那样露出笑容，反而轻微地锁住眉头，"他到现在还开着那辆车？"

"你也知道那辆车？这里边莫非有什么内情不成？"我敏锐地察觉到陆岩话中有话。

"没什么，只是以前看他开过，当时我也很奇怪。"他收回表情，适时转移了话题，"不过话说回来，景泓怎么会认识你？今天他突然出现的时候，吓了我一大跳。"

"之前发生了点小意外，然后就认识了。"我说，"你被程沐媛关进衣柜那天，我和他在大街上抓住了一个抢劫犯。"

"这样。"陆岩点点头，"所以他刚才说和你谈过合作的事，也是那时候说的？"

"那时候他提了一句，我还以为他在开玩笑，就没告诉你。"我看着陆岩的脸，"难道这不是好事吗？对方可是景泓，能合作的话，怎么说都是对我比较有利。"

"我没说不是好事，只是总觉得事情没那么单纯。"陆岩放慢车速，开进一条小巷停住，然后侧过身正儿八经地对我说："吃饭的时候，碍于别人在场，我不好说。今天我一直觉得景泓是故意出现在那里的，包间明明是我早就订好的，可等我带着人过去的时候，景泓居然坐在里面喝酒，还说不知道包间已经被别人预订，实在是非常可疑。你是不是向他透露过这次面谈的时间？"

"开什么玩笑，这事我自己都忘记了，还透露给他？"我露出啼笑皆非的表情，"而且你这猜测真的不靠谱，人家景泓又不是闲着没事干，为什么要故意来凑这个完全跟他没关系的热闹？"

"你若是了解景泓私下里是个什么样的人，就会明白他并不是闲着没事干。"陆岩表情越发严肃，"我问你，你对景泓的为人了解多少？"

"难道你要告诉我他人品不行？"

"我并没有下这样的断言，不过你最好在听完我的话之后，再自己做个判断。"他停顿了一下，"他曾经招惹过不少长相漂亮的女编辑，有段时间还同时和两名女性读者保持不正当关系，是个名副其实的花花公子。"

"不会吧？"我瞠目结舌，"这事如果爆出去绝对是大新闻，怎么一点风声都没有？会不会是有人造谣？"

"没有风声，只是因为他解决得好而已，那些和他有过牵扯的女编辑都被高薪请进了《大都会周刊》，至于那两个女性读者，景泓也完全负担了她们出国留学的所有费用。在这种大家都满意的状况下，自然不会有人无事生非地往外抖。"

我好奇地问："你又是怎么知道这些的？"

"我自然有我的渠道，业内还有不少资深编辑也清楚他的为人。总之，景泓这个人，绝对没有外表看上去那样优秀。"

"所以你的意思是——"我眼睛转了一圈，"你在怀疑景泓他是故意接近我，想打我的主意？"

陆岩沉着地点了两下头，说出一句我听了并不见得会开心的话："其实你长得也不难看。"

"我看你完全是在杞人忧天，就算你不说，我多少也看得出来，景泓他不明摆着就长了一张拈花惹草的脸吗？"在第一次和景泓见面时，我就隐隐有这方面的预感了。

我活了二十多年，写的又是情感类的文章，偶尔为了寻找灵感也会去声色犬马的场合采风，形形色色的人见得多了，自然可以用自己的方式把男人分出体系：光长得帅的男人看上去讨喜，却没市场，这类人的大部分精力都用来维持他们的外表了，根本没有余力用来奋发上进，简单了说就一个字——穷；长得帅又有钱的男人符合身为大众情人的基本条件，但他们往往觉得自身条件太好而过于刚愎自用，简单了说就一个字——装；长得帅、有钱、性格又不装的奇货可居，所以八成都名草有主，剩下两成是gay——轮不到女人妄想；长得帅、有钱、不装、不是gay又单身的，那他一定不是有怪癖就是有交际障碍——例如那个永远摆着一张别人欠他五百万嘴脸的岳钧楠就可归在此列。

那天和景泓在酒吧喝酒时，我就已经发现，这个男人一颦一笑都透着性感优雅的气质，加上他的身家，这样的人永远会有人觊觎，也永远不会缺少伴侣，所以被扣上"花花公子"的帽子不奇怪。但他想勾搭谁是他的自由，能不能勾搭上是他的本事，至于愿不愿意被勾搭，决定权在我。对于爱情，我向来秉承纯粹且专一的相处方式，横看竖看，景泓与我在这方面的想法都差了十万八千里，无论怎样都不可能谈到一起去，陆岩委实想得太多了。

"难得你有这种见解，我还以为女人都一个样，见到'高富帅'就不管不顾，只知道往前冲呢。"听完我的解释，陆岩重新发动车子，"不过，我也不是嫌弃你的想法老套，现在的男人大多数都不吃纯粹专一那一套了，男人都很贪心，不用些手段，想让他们自始至终都待在一个女人身边是很困难的。"

"那只是没有遇见对的人而已。"我固执地说，"不管怎么样，我还是相信有灵魂伴侣的存在。如果连这个都不相信，那我继续写专栏又有什么意义？"

"灵魂伴侣吗？"陆岩默然了一会儿，忽然笑了两声，"看你整天没心没肺的，也就这点天真的固执值得欣赏。"

"能有一点让你欣赏，我就谢天谢地了。"我一只手搭上他的肩，"听说过吗？一个女人如果做了蠢事，男朋友会说她'傻得可爱'，男性朋友会说她'傻得可以'，天底下最不会给人留面子的就是蓝颜知己，陆岩你作为大众男闺蜜，已经比一般人称职多了。"

之前就着天妇罗多喝了几杯清酒，车子一摇一晃，我有些昏昏欲睡，陆岩从车载冰箱里抽出一瓶苹果醋塞进我手里，"醒醒酒。"

我迷迷糊糊地喝了一口，却越发想睡，强撑片刻之后，精神还是完全涣散了。

再醒来时，我正以一种十分不雅的姿势躺在家里的大床上，程沐媛哼着歌在厨房里煮意大利面，番茄酱浓烈的酸甜味飘得满屋子都是。

"醒了？"她嘴里嚼着一块切剩下的红肠晃到房间里，"吃饱了就睡，也不怕长胖。"

我晃晃脑袋，"是陆岩送我回来的吗？"

"废话！他送你回来时，你还像八爪鱼一样整个人缠在他身上，都年纪一大把了，真是不害臊。"程沐媛说着，给我倒了一杯香草茶，又将一张楼盘广告单塞进我手里。

"这是什么？"我问。

"帅哥编辑留下的，他说要买房子，请我们过去参详参详，上面写了日期。"

我把广告单翻到背面，果然有个日期，是陆岩的字迹。

"你确定他说的是要'我们'过去帮他参详而不是'我'去帮他参详？"我把"我们"两个字咬得很重。

"不，确切地说，他只叫了你。"程沐媛答得面不改色心不跳，"可是你忍心把我这么一朵惹人怜爱的娇花丢在家里吗？最近没怎么出门，闷都给闷死了，而且看房子我也有经验，自然是要跟你同去的。"

想去看帅哥就直说，非得找这么多冠冕堂皇的借口，我在心里默默鄙视了程沐媛一通。这个女人自从飞出婚姻的囚笼，就在"鸡婆"的道路上越走越远了，也不知有没有一天能浪子回头，不过我是不抱什么期待了。

接下来很长一段时间，我密切注意着岳钧楠家里的动向，可惜没什么成效，岳钧楠并未如我的愿早早返回。中间我抽空联系了一趟苏梅，结果这位亲生母亲比兰姨还要一问三不知，甚至她连岳钧楠有定时出远门的习惯都不知道。到了后边，我索性也放弃了，不在就不在吧，只是他回来后别让我轻易抓住，不然我一定让他尝尝欺骗和玩弄一个心地善良的女人要付出怎样的代价。

夏至过后，我按照约定，帮陆岩去看房子。

他终于下决心要搞个完全属于自己的窝，不用再受房东的气了。我对他这个观念的转变表示相当惊讶，因为就在去年冬天的时候，他还说，在这种房价像芝麻开花节节高的时代，他宁愿一辈子租房，也不会拿自己的血汗钱去便宜开发商和银行，并痛斥我们这些按揭房奴是"助长了资本家的嚣张气焰"，会"一辈子被银行骑在脑袋上作威作福"。

所以，当他突然决定告别"租房族"，摇身一变要当"业主"的时候，我理所当然地怀疑起了动机和原因，并且一度以为他是在为结婚做准备，还旁敲侧击了许久，想问出新娘子的身份。最后他迫不得已，挑明自己也不是愣头青了，家里有长辈安排相亲，让他渐渐将终身大事提上日程。我感慨的同时，不由得想起他窝在那种一梯八户的筒子楼里好几年，终于守得云开，真的让人颇为感慨。至于程沐媛，其胸口则吊起了一块大石头——她自始至终都很担心手边的这块鲜肉会被人捷足先登。

小区在靠近中环的位置，清一色的小高层，十二楼封顶，层层带露台，这在如今高层塔楼林立的市区相当罕见。陆岩看中的是一套朝南的二居。从一进门开始，程沐媛的嘴巴就没停过，各种赞叹之词像流水一样绵延不绝，还不带重样。

为了在陆岩跟前秀出存在感，她这个自己凑上来的"参谋"做得当仁不让，还拍着胸脯说她认识不少室内设计师，陆岩如果有需要大可以开口，甚至在家居摆放方面，她这位"曾经"的已婚妇女也可以提供不少建设性意见。直到说累了，她才停下来，拿出早就准备好的罐装咖啡，硬拉着陆岩跑到露台上去陪她欣赏周边景色。

我百无聊赖地迈着小步子踱到洗手间里观察管道走向。就在这时，我的手机响了，屏幕上跳动的名字让我犹豫了片刻，最终还是接了起来。

"你现在在哪里？"景泓说话的语气好像在对着老熟人。

我没他那么自来熟，只能客套地回应："在外边帮别人看房子。有什么事吗？"

"中午一起吃个饭怎么样？"他连个弯也不转就干脆地开门见山，说完后好像又怕我怀疑他的动机，补上一句："顺便找你谈谈工作的事。"

"今天不是很方便。"我望了露台上的程沐媛和陆岩一眼，"等会儿要和朋友一起吃饭，改天如何？"

"难道敲你唐小姐的行程还要提前预约？"他轻轻笑了一声，"自由作家应该没那么忙吧。"

"可是……"

"好了，我记得上回的事你还欠我一个人情，真不肯赏脸的话，我可就难堪了。"他用一种无辜的语气说，"我会把地址发给你，你看着办，实在抽不出空过来，我也不会怪你。"

说完他就挂了电话，几秒钟后，手机响起一阵信息提示音，他果然把地址发了过来。

我叹了口气，这种以退为进的招数其实算不得多高明，如果是别人的邀约，也许我会真的看见了也当作没看见，但是景泓不行，先别说我的确欠着他的人情，就是为了在事业上值得拉拢的人际关系，我也不会把他一个人晾在那里，扮清高不是我的乐趣，为五斗米折腰也并不丢人。

从楼盘出来已是正午，我跟陆岩言明景泓的邀约，他只推了推眼镜，没说什么，反倒程沐媛似乎很兴奋，不停催着我快去，她心里打什么小算盘我一清二楚，对陆岩歉意地一笑。看着程沐媛借口商讨家装拉着陆岩上了出租去共进午餐，我顺着另一条路，单枪匹马去赴景泓的约。

转了一趟地铁和一趟公交，终于到了景泓给的地址。那家餐厅在一条静谧的街道中央，大门的装修风格相当田园派，却有个不搭调的名字叫Santorini。这名字源自希腊的一个小岛，以世界上最美的落日和海景著称，被许多旅游杂志封为"天国之门"，怎么看都和田园八竿子打不到一块。

景泓已经来了，坐在角落不显眼的位置，正用笔在一张纸上写着什么。昏黄色的光线从餐桌正上方的顶灯打下来，配合着阴影，将他的轮廓勾勒得愈加深刻。

我放轻脚步径直走到他对面坐下，"等很久了吗？"

"你还是来了。"他放下笔，露出微笑。

我隐晦地翻了翻白眼，"你好像很肯定我会来。"

"因为我知道你是一个对待工作一丝不苟的人。"

他一个糖衣炮弹恰到好处地甩过来，我就是心里觉得别扭也说不出别的了，只哼哼两声，望着他面前的纸道："你在写什么？"

"一些突然冒出来的灵感而已。"他倒是不避讳，把那张纸推到我面前，上边零散分布着一些句子，字迹飘逸漂亮。

"我一直想写一个有关爱琴海的故事，碧海蓝天，白云沙滩，蓝白相间的巴洛克式小镇，还有穿着希腊式长袍赤足走在海岸边的少女。"他深邃的眼神里透着向往，"这家餐厅总能带给我许多灵感。"

"你以前不是写过？"我说，"《相会爱琴海》，两万字的小短篇，斩获当年'金蔷薇奖'的最佳短篇小说。"说到这里，我向四周看了看，"说起来，你那篇文章的背景就是圣托里尼岛吧？"

"那是很久以前的事了，而现在我想写一篇有完整结构的长篇故事。"

"如果你想找我合作的是这个故事，我劝你还是打消念头吧。"我无奈地耸了耸肩，"我并没有去过爱琴海。"

他接下来的话让我大感意外，"其实我也没有去过。"

"你没去过？这怎么可能！"我惊讶道。

他坦诚地回答："因为我总觉得有些向往的地方如果真的去了，反而体会不到曾经遐想出来的那种美感和意境了，那样岂非得不偿失？"

"所以说，你之前写的有关爱琴海的文章，那些环境与天候描写，都是想象出来的？"

他点点头。

"你这思维还真是……"我努力想找出一个合适的形容词，半晌才吐出两个字："别致。"

"事实确实如此。说出来不怕你笑，大学时期我曾经很向往印度，于是有一年假期便独自去那里旅行，现在想起来，那段经历还挺让人难忘。"

"怎么了，觉得那地方和你想象中的不一样？"

"不，有些地方是一样的，比如我憧憬的古老氛围，还有一些民族文化特色，可至于其他的……"他牵强地笑了笑，"我简略地说吧，当我早晨在旅馆附近散步，经过恒河边上，看见男女老幼都在用河水洗漱净身，而不远处或许只有几米距离的河面却漂浮着被泡肿了的尸体，那样的场景，我虽然尊重他们的民族传统，也觉得但凡是接受过现代文明教育的人见了都会受不了。"

我正端着杯子喝水，听见他这话忽然之间觉得胃里翻江倒海，咳了两声急忙放下。

"欧洲毕竟不一样吧。"我擦擦嘴角，"爱琴海一贯是旅游胜地，那么受推崇，应该不会让人失望。"

"那唐小姐你去过吗？"

我愣了一下，"我不喜欢旅游。"

这是实话，如果大学时期跟着登山社团到郊外野营不算的话，我的确没怎么旅游过。前些年日子过得紧巴巴，有几个闲钱都会算计着买两斤肉吃，这几年闲钱多了，人却变懒了，而且就算想去，也找不到伴儿。

一个人旅行凄凉得可怕，至于跟团，那不叫旅游，叫参加"无用商品购置大会"。

景泓用一种惊奇的眼神看着我，带着上扬的语气将我的话重复了一遍：
"你不喜欢旅游？"他的表情像是别人第一次告诉他这世界上没有圣诞老人。

"没错，我不喜欢听歌，不喜欢旅游，不喜欢摄影。你要以为我是那种风
花雪月、人淡如菊，没事就爱把大理、丽江、香格里拉挂在嘴边的文艺青年，
就大错特错了。"我用调侃的语气说，"我喜欢的只有油炸食品、碳酸饮料、
重口味电影，还有任何能在半夜三点钟送上门的外卖。"

"听起来倒像是小孩的喜好。"他摆着一张不赞同的脸，"垃圾食品不益
于健康，这种常识你应该知道。"

"我身边不益于健康的东西多了去了，香烟，烈酒，高浓度咖啡，喜欢用
'死鱼脸'对着人的编辑和想男人想到疯的室友。跟这些比起来，那些不痛不
痒的垃圾食品实在是健康太多了，再纠结下去，难道不觉得可笑吗？"一时口
没遮拦泄露了我的秘密，陆岩自己都不知道我私下里会用"死鱼脸"来形容他
催稿时的表情。

景泓被我说得笑了，不是应酬客套的微笑，也不是上次在酒吧那样的大
笑，而是用手撑着脸颊，脑袋侧着，咧开嘴角，以一种优雅随和的姿态笑出
来。他刚喝过水，薄唇湿润发亮，搭配白瓷一样的牙齿，这笑容绝对担得起
"风情万种"四个字。

"我想，你应该经常用这种表情勾引别人玩一夜情吧？"

我忽然说出的话让他的笑容咔嚓一下碎掉了。

"这话是什么意思？"

"那个笑容，"我说，"如果把场景换成深夜的酒吧，你那个笑容的潜台
词就是'快来和我上床'。"

"胡说！你是不是听说了什么奇怪的风言风语，才会对我下这样的判
断？"他掩饰尴尬般在额头上搓了几下，似乎并不善于应付这样露骨的谈话。

我却不以为然，"我都不介意谈这种问题，你一个大男人还矫情什么？"

"真的没有，而且你也不能只靠一个笑容就判定别人的言行，这样好像显
得你很有这方面的经验。"他眯起眼睛幽幽地看着我，杀了我一个回马枪，可
惜这招祸水东引只适合对付一些小姑娘，碰到稍微见过世面的老江湖就不怎么
管用了。

"人吧，十八九岁的时候可以荒唐几次，过了二十岁，就要总结教训，
到二十五岁之后，必须有一双慧眼。到了那个年纪，如果还不会对男人察言观
色，下场肯定好不到哪儿去。"我说，"你要是不信，到夜店去对着所有性取

向正常的女人摆出刚才那副表情，看看她们会是什么反应。"

他惊疑不定地看了我一会儿，"真的？"然后立刻露出若有所思的神色，低语道："真有那么明显？"不过，他很快就收敛表情，端正坐姿，有一些恼怒又有一些怨怼地对我说："我今天请唐小姐你来是为了谈工作的，怎么话题会飞到那种地方去了？"

我耸了耸肩，分明是他自己对我露出那种挑逗的笑容的，我也是顺着一说而已，现在听起来反而好像是我在占他的便宜。

这时，餐厅服务员送了菜单上来。我是饿极了，早上出门前只喝了半杯酸奶，现在腹中空空，无比想吃一些油腻腻的肉食，可翻开菜单看了一圈后，我有些傻眼，扭头朝服务员问道："怎么全是素菜？你别告诉我这里是素食餐厅。"

眉清目秀的男服务员没说话，只定定看着我，露出一副"你才知道"的眼神，然后点点头。

我满脸不可置信，这年头居然会有素食主义餐厅出现，我一直以为这种东西只存在于小说或者电视剧里。

景泓面色如常地报了几个菜名，见我没有要点菜的意思，便又点了几个。打发走了服务员，他温和地对我说："这里的甘蓝菜汁是特色，我要了两杯，你应该会喜欢。"

我却实在掩饰不住脸上的惊异，"世界上怎么可能真的有素食餐厅！"

他一愣，"这有什么好奇怪的？毕竟有那么多素食主义者。"

"得了吧，现在连和尚都不会遵守那些清规戒律。"我将头摇得像拨浪鼓，"那些表面上宣称素食主义的人，十个中有九个是为了沽名钓誉，谁知道他们会不会半夜窝在家里一边看恐怖片一边啃炸鸡排。"

他又笑了，只是经过我刚才一番提点，他这次的笑容明显端庄得多，"怎么听着像是你经常做这种事情？"

我对他的暗讽听而不闻，脸上毫无羞愧之色，只重新强调了一遍自己的观点，"如果真的存在纯粹的素食主义，那对我来说绝对是'世界第九大奇迹'。"

他没再说话，只是把目光挪开，向周围扫去，我不明所以地顺着他的方向看，发现在不知不觉间，整个餐厅都已坐得满满当当，门口半月形的接待区还有好几个人在等位。

"市场是最好的佐证。也许你不相信素食主义，但一家素食餐厅能有这样高的人气，这就足以说明很多问题了。有些事情不是你不想承认就不存在的。"他说话的同时，两杯甘蓝菜汁被端上了桌，盛在小果冻盒那么大的塑胶杯子里，颜色绿得像遭了某种重金属污染。

我看见他端起自己的那杯，在我的杯子上碰了碰，然后仰头喝下，表情看不出异样，还回味悠长地伸出舌尖在薄唇上舔了舔。出于好奇，我也端起来小抿了一口，忽然就明白了这东西为什么要用这样小的杯子装。因为如果不能"一口闷"的话，那种徘徊在舌尖的浓重甘蓝味和催吐剂的效果差不多。

看着景泓依旧淡笑着的脸，我脑子里忽然蹦出个念头：把喝这种东西当成享受，难道他有隐而不宣的自虐倾向？

我最终还是没喝这杯东西，只推到一边，景泓看见了也没说什么，一边跟我闲聊一边等上菜。那杯甘蓝汁本已让我对这顿午饭不抱期望，可后边流水一样端上来的菜肴却清爽而精致，适时扭转了我对这家餐厅的看法。我惊喜地吃完最后一块水果披萨，那种浓郁的香气依旧在唇齿间徘徊不去。

我自诩披萨界的"大拿"，过去许多年的时间里叫遍了这个城市所有能叫到的披萨外卖，光是水果披萨就吃了不知有多少种，也对那种水果和乳酪硬邦邦拼凑在一起的味道腻味了，只是今天这个显然很特别。

"这披萨里是不是加了松露？"我问景泓，"松露的香味好浓，可又不像添加剂。"

他点点头，"纯正的黑松露，老板特意从法国空运来的，不过也只是起到一个提味的作用。你难道没吃出来吗？那个披萨上盖着的其实不是乳酪，是香蕉凝乳。"

"这家店的厨子还……有几分本事。"我咂咂嘴，终于舍得吐出一句称赞。

"饭也吃完了，咱们是不是可以谈一谈工作了？"景泓放下筷子，用湿巾擦手，正色道。

我这才想起来他约我到这里的真正目的，不禁有些汗颜，之前废话那么多，倒把正事给扔到了十万八千里外。

服务生把碗碟撤了下去，收拾干净桌子，端上果汁，景泓从随身带的包里抽出一本《大都会周刊》摊在我面前。

那是本还没发行的样刊，中间空了几个版面，我随手翻了翻，发觉那是以前景泓放专栏的地方。

"你的专栏取消了？"

"没有取消，只是变了个形式。"他说，"最近在小说圈子里流行一种'互动小说'的模式，就是不设大纲，只给一个开头，由两个作者分别交替着接续，因为两个作者互相不知道对方的想法，所以不光读者看着有趣，作者写起来也有趣。"

我听说过"互动小说"，就像故事接龙，表面看上去很新鲜，其实并不好掌控，这种没有大纲的东西，万一笔者的经验不足没把握好方向，故事便会往一个神展开的方向发展，变得一发不可收拾。

"现在我专栏的版面翻了一倍，空白的地方是为你准备的，你如果愿意的话，我想我们可以试试看。"他说，"至于稿费方面，会按照《环球星报》给你的两倍支付。"

这个价格听得我眉毛一跳。

"所以，你指的合作说白了就是让我也来《大都会周刊》和你一起写专栏，对吧？"我说完这句，见他点头，当即无奈地摊开手，"这我就没辙了，我和《环球星报》是签了专栏作者约的，其中有一条禁止竞业条例写得明白，合约期内我不得为其他报刊撰写专栏稿，否则就是违约。"

景泓面色不变，似乎早有预料，"这无所谓，如果那边真的索要违约金，《大都会周刊》会帮你如数支付。周刊的主编也跟我说过，像你这样优秀的作者，他们非常愿意砸重金接纳。"

我已经全部弄明白了，景泓绕了这么大一个圈子，其实是在劝我跳槽。

如今，《大都会周刊》和《环球星报》分庭抗礼，《环球星报》背后有帝光传媒，《大都会周刊》也背靠老牌出版集团伊莱亚斯，这几年两家互相之间没少干挖墙脚的事，如今《大都会周刊》的执行运营总监就是从《环球星报》挖过去的。

景泓说得轻飘飘，开的价格也很有诱惑力，我却不能随便应了他，《环球星报》一直待我不错，何况还有陆岩这一茬，我要是真的什么都不顾顺着那个诱人的稿费就跳过去，别人还不指着我的鼻子骂我忘本，忘恩负义。一时，我应也不是，不应也不是。

景泓知道我在思考，他笑了笑，把杂志放回包里，"我知道这种事不好立刻答复，唐小姐可以回去好好想想。不过在商品社会，人往高处走是正常现象，不需要在心里背什么负担。"

我干笑一声，服务生也在这时端上了饭后甜点，许是把该说的话都说完了，景泓的表情变得轻松而随意，他指着那两碟东西道："尝尝这里的人气甜点，这东西需要提前预订，不然来了都不一定能吃到。"

本已淡忘的甘蓝汁阴影忽然又卷土重来，我僵硬地摇头说："不用了吧，我吃饱了。"一边扫了一眼面前的两碟东西，目光忽然顿在其中一碟极其眼熟的红色小果子上。

小果子外表透亮莹润，我不禁拿起一个扔进嘴里，熟悉的清甜味立刻散开，我又看了看四周座无虚席的场景，忽然间明白了很多事情。

"这家店的老板该不会是岳钧楠吧？"

景泓眉毛一跳，"你认识他？"

我料不到居然真是这样，也不答他的话，只接着说："我找到驳倒你刚才那通市场佐证理论的关键点了。你有没有发现，整个餐厅里除了你一个男人，其他的全都是女客？"

他闻言一怔，朝四周仔细扫视了一圈，脸色变得古怪起来。

女客人们大多二十来岁，从妆容到服饰个个一丝不苟，打扮得像是要去列队参加"奥斯卡"。她们坐在那里一边往嘴里塞沙拉，一边隐晦地观察着餐厅内的动静，眼神既像是在寻找目标，又像是在侦察敌情。

什么素食主义，我就知道人类身处食物链顶端就没有不吃肉的道理，这餐厅火爆成这样，十成十是顾客们醉翁之意不在酒。

回想起一桩在八卦圈经久不衰的轶事，说的是云华地产总裁周彦柏的妻子陶琬。陶琬来自单亲家庭，出身不高，没上过大学，又无一技之长，只能在一些诸如餐厅、酒吧之类的地方打散工，但是她有股不甘平庸的志气，为了摆脱这种底层生活，她开始收集城市里各路富家子弟的资料，并且很快锁定了目标——年轻有为的周彦柏。

陶琬花了许多工夫研究周彦柏的喜好和生活习惯。为了达成目标，她一面应聘进他经常出入的餐厅做服务生，一面又兼职当上了一家福利院的陪护，这也正是她最精明的一点，因为那所福利院的院长正是周彦柏热衷慈善事业的母亲。

周彦柏年轻英俊，却很少像其他富家子弟那样传出什么声色犬马的新闻，也看不上花枝招展的狂蜂浪蝶，于是陶琬在餐厅里努力让自己看起来清爽素净，使出浑身解数吸引周彦柏的注意，同时也在福利院营造出勤劳踏实的形象，博得周妈妈青睐。加上她长得本来就漂亮，一切似乎水到渠成，周妈妈主动给二人引见，周彦柏自己也乐意，周父纵使对媳妇的出身有一百八十个不满意，奈何二比一最终还是败下阵来，陶琬终于成功地爬上了"周太太"的位置，跻身上流社会，跟穷酸的过去彻底拜拜了。

当然，八卦和事实或许有出入，毕竟流传八卦的女人们多少都会嫉妒陶琬这类麻雀变凤凰的典范。我曾经私下里听胡靖容说起过，陶琬虽然没学历，但她自修了三门外语，应付起外国人来很是厉害，才能以服务员的身份引起周彦柏的注意。而且她的成功，除了她懂得投人所好，进退得宜，时机凑巧也占了很大的成分。那段时间正逢周家二公子周彦屿在外边乱搞染上了艾滋病，周父失去了一个儿子，自然对剩下的一个宽容了许多，一些不是问题的问题也没那么计较了，不然以老人家原来的脾气，就算陶琬有周妈妈的支持，下场也比岳钧楠前任的那位护士小姐好不了多少。

但这些，外人是不会知道的。年轻的女孩子们只知道，如果她们学着像陶琬那样做，说不定也能一步登天嫁入豪门，所以，她们不约而同地瞄上这家餐厅的老板也就不奇怪了。

眼前这碟山莓并不是常见的东西，除了岳钧楠的餐厅，我想不出还会有什么地方拿这玩意儿当甜点，更何况这浓郁的田园风格装潢，都让人很难不和他那座菜园子联系起来。

换位思考，对于有野心的女孩子们来说，岳钧楠的确是个好对象，他有着和周彦柏类似的性格——为人淡定严谨，极少出入莺莺燕燕的场合，光是从这一点来看，他就比那些花花公子值得依靠得多。加上他还有着喜欢上"护士小姐"的前科，说明在择偶方面，他会忽略对方的身份地位。虽然他现在失势了，看起来像被岳鸿章扫地出门，但这年头最说不准的就是人心，岳钧楠曾经是岳鸿章最看重也最寄予厚望的儿子，两父子赌气还能赌一辈子吗？如果现在能成功接近他，不光能给他造成"不是为了他的背景而来"的假象，一旦他和父亲重归于好，还能立刻飞上枝头。这买卖是真值得做。

可景泓并不赞同我的看法，他认为这一屋子的女人如果都是因为那种目的而来，实在是太荒唐。我见他一再坚持，知道三两句话说服不了他，又一想，觉得争论这种问题的确很没营养，正准备打个哈哈糊弄过去，悬在餐厅门口的风铃却叮咚一声响，又有人推门进来了。

那人穿着简单的纯色Polo衫和牛仔裤，衣服板型服帖，显得身材相当高挑挺拔，头上鸭舌帽的帽檐压得极低，还搭配了一副挡脸功能远大于遮阳功能的墨镜。

他一身明显是想要遮掩的装扮，可惜起到的效果实在有限，景泓已经语带笑意地压着声音说："这岳钧楠不会是知道我们正在聊他，自己蹦出来了吧？"

我没说话，看着岳钧楠和服务台后边站着的小帅哥轻声聊了几句，然后头也不回地往后厨方向走，他这一动，那些四面八方的女顾客也齐齐动了起来，隔得远的，只能带着懊恼的笑容眼巴巴看着，隔得近的便动作大了些，在岳钧楠与她们擦身而过的时刻，纷纷"不小心"把手边的东西碰落到地上。

这场景要是放在古代，结果不外乎书生拾起了小姐遗落的手帕，从此才子佳人成就一段美满姻缘。可惜这些双目含春的姑娘显然不了解岳钧楠那冷淡到近乎刻薄的性格，落花虽有意，奈何飘进了滚滚长江东逝水里，岳钧楠对那些哗啦啦不停往他脚边掉的东西视而不见，长腿一跨便迈了过去，满地的钥匙、纱巾、LV连个浪头都没翻起来，就可悲地葬身河底了。

景泓被这一幕惊得微微张嘴，看向我的目光也带上一抹敬佩的神色，等岳钧楠的背影消失在了通向后厨的走廊拐角，他对我说："现在我是真的服了你。"

我知道他的意思，可这一刻，我却真的没心思再计较其他，满脑子荡着的只有一句话：岳钧楠不是在外边旅游吗？

我站起来，甩给景泓一个歉意的笑容，"不好意思，我忽然有点事。今天说的我会考虑，你先走吧，不用等我了。"说完，不待他回应，便急匆匆地跟在岳钧楠身后追过去，临近转角却被一个突然冒出来的服务生挡住，他显然经常应付这种状况，动作极为熟练，姿势一摆开，便将路堵得严丝合缝，寻不到一点破绽。

"后厨重地，闲人免进，小姐请回座。"他看我的眼神客套里带着悲悯。

我知道他把我的目的想错了，但不想废话解释，见他没有让路的意思，便果断一脚踏上他的脚背。

这服务生或许从没见过我这样一言不发便动手的女中豪杰，疼得脸蛋一歪，露出个大空当。我哪里肯放过这个机会，侧身迅速突破了他的防线，噌噌噌往里走。进了后厨，一眼扫过去却没有发现岳钧楠的影子，我扯过一个正经过的年轻厨师，"你们老板呢？"

厨师乌溜溜的眼睛在我身上扫了一圈，一时没反应过来，本能地指向我身后。我这才发现走廊另一侧有个通往楼上的楼梯，因为太窄又光线不够，直接被我忽略了。

餐厅二楼面积比一楼小很多，是专门给人休息的地方，最里边一扇门上挂着"总经理"的牌子，门虚掩着，我上前推开，眼前闪过一片白花花的光，竟是一个男人光裸的脊背。

男人上衣脱到一半，刚巧露出光滑结实的背，他腰线结实，肩膀宽阔，肤色是晃着一层瓷光的蜜色。门边的动静让他停了动作，他侧过脸，目光和我对上，然后像没看见我一样，把衣服从手臂上褪了下来。

"小姐你不能进来这里！"被我踩了一脚的那个服务生终于跌跌撞撞追上来了，看到我正和岳钧楠大眼瞪小眼，像被卡住脖子的鸡一般忽然就没了声音。岳钧楠眼睛微眯，越过我甩给他一个"出去"的眼神，他立刻三两步退到门外，还顺手关上了门。

岳钧楠将脱下来的上衣甩到办公桌上，走到墙角打开一个壁式衣柜，取出件白得刺眼的厨师服套上身，系上大围裙，戴上高帽，正眼也不看我一下就又要出去。

我急忙冲他叫道："等一下！"

"有事等我工作结束了再说。"他没停步，自顾自走了出去，完全把我当成一个透明人。

这也的确符合他的个性。

我就是知道岳钧楠不会和颜悦色地和我说话，才会在发现他的第一时间二话不说就直接冲上来，想让他给我解释清楚为什么会莫名其妙消失这么久，现在又怎么肯轻易放他再离开？

只是他已经下了楼梯，楼梯偏窄，我抢不到前面去挡路，又不想和他发生肢体接触，只能亦步亦趋跟在后边。

他进了后厨，一堆厨师哗啦啦把他围在中间。

"老板，这是今天的预订量。"

"早上送来的那批黄豆不太好，我退回去换了一批，已经泡上一段时间了。"

"王大哥说他刚刚在机场拿到香草了，一小时内定能赶回来。"

厨师们围着岳钧楠叽叽喳喳说了好些话，随后他开始发号施令："其他人做好自己的事就行了，你们俩过来清洗黄豆，你去把石磨准备好，你负责奶油和焦糖，还有你，跟我来。"

最后那个"你"，他是看着我说的。

我不明所以地指了指自己的鼻子，他已转身大步迈开，我只好再度跟上，由他带着七拐八绕地绕到后厨中一处较为开阔的地方，一个年轻的助厨已经用手推车推着一个大石磨盘等在这里了。

"黄豆好了吗？"岳钧楠冲不远处人多的地方喊道，很快就有两人抬着一桶湿淋淋的黄豆小跑而来，在石磨边蹲下，用一种特殊的器具一颗颗剥掉豆粒的外皮，再把去皮的豆粒扔进另一个空桶里。

"拿着这个。"岳钧楠往我手里塞了一把大木勺，指着脚边一个木桶说："等会儿生豆浆流出来，你要负责不断搅拌。"

我盯着那个大木勺看了一会儿，思绪回到了他让我埋蚯蚓的那个中午，心里琢磨着：这人就算不可理喻也该有个限度吧，我是来这里吃饭的客人，他这样以自我为中心是得了公主病吗？

"你还愣着干什么，还不快动手！"岳钧楠又冷冰冰地对我喝道，他已经握着手把开始转动石磨，白而软稠的生豆浆顺着石磨周围的凹槽缓缓渗出来，汇聚到一起，顺着壶口流到木桶里。

他这一喝，周围忙碌着的人都停下动作，目光全部落到我身上，各有各的表情。我被那些目光盯得脊背生疼，不得已，只好一面咬牙切齿地瞪着他，一面弯下腰把木勺伸进桶里不断搅拌。

石磨直径有半米，看上去很厚重，除了在央视记录频道见过，我是第一次亲眼看见这种东西。岳钧楠拖着手把一圈一圈匀速转动，做得极为熟练，同时不停地指挥另一个小伙子往磨孔里加豆粒和清水。过了一个小时，总算磨出了满满一桶的生豆浆，我腰酸背痛地直起身，偷偷斜眼打量他，他脸上都是汗珠，也来不及擦，又急匆匆地让人提了那桶豆浆跟着他去厨灶边上。

我又被晾在一边成了个摆设，走也不是，留也不是，看岳钧楠那忙得热火朝天的样子，根本就让人没办法上前插话。

鼓捣了一个小时的生豆浆，也把我一开始想要质问他的那股子劲儿给鼓捣没了。我忽然变得疑惑起来，看之前那个下豆粒的小伙子提了水准备清洗石磨，我不禁问他："你们这餐厅是怎么回事，弄个豆浆都要老板亲自动手？"

"谁说那是在弄豆浆？"他用刷子用力刷着石磨表面，看也不看我，"那是老板在准备限定甜品。"

"限定甜品？"

"咱们店的招牌，因为很难做，顾客想吃都要提前一天预订。你新来的吧，居然连这个都不知道？"他终于舍得回头打量我一眼，略带稚气的脸上顿时又挂上一副惊讶的表情，"哎呀，你进后厨怎么能不穿工作服！这月奖金不想要了吗？"

"我就不是这里的员工。"我无奈地抱手，"一个小时前，我还在外边领教你们这儿的甘蓝菜汁。"

"啊，那你是客人？客人是不能进来的！"

"我进来完全是为了找他。"我指向岳钧楠的背影。

"难道你是我们老板的朋友？"他嘴巴大张，幅度可以塞进去一个拳头。

我没出声，我和岳钧楠算不得朋友，可一时又想不出更好的解释，毕竟一般餐厅的客人可不会闲得发慌到后厨打下手。

我的沉默被小伙子当成了默认，他立刻换上一副略显奇怪的表情，"真是难得，我从来没见过老板有女性朋友。"

对于这一点，我在心里深表赞同，冲着岳钧楠对待女性那毫无绅士风度的表现，没哪个女人会和他单纯"交朋友"。

"你刚才说限定甜品，那东西还需要你们老板亲自动手做？"我问他。

"没有，本来应该是甜点主厨做的，今天早上主厨打电话来说他腰椎间盘突出，老板才自己做来应急。"

我嗤笑一声，"这哪成，他做的能和人家主厨一样吗？你们还真敢给顾客端上去。"

他接下来却说出一个让我惊讶的事实："其实老板做得比主厨还好。这个甜品本来就是老板在国外上学的时候和主厨一起研发出来的，他们算老朋友了。"

我不可置信的目光落在不远处岳钧楠忙碌的背影上，对他这个人的印象再度颠覆了几分。

原来他不光喜欢种菜、开餐厅，竟然在厨艺上也有造诣？

不过是几句话的工夫，那边岳钧楠已经在几位副厨的帮助下将经过处理的生豆浆放进长条形的磨具里，又开始炒焦糖。浓郁的香气逐渐散开，我不禁向前走了两步。他把炒好的焦糖继续用小炉子温着，又有副厨小跑着从外边送来一盒密封着的东西，打开后竟然是香草。

"那个是南太平洋塔希提岛出产的香草，刚刚从机场送过来，绝对新鲜。"刷磨盘的小伙子凑到我耳边小声说，"这是世界上最好的香草了，又香又稀少。我们的限定甜品'奶油香草佐焦糖豆乳挞'能这么出名，有大半的关键都在那个香草上。"

我翻了个大白眼，豆腐脑就豆腐脑，还"奶油香草佐焦糖豆乳挞"，果然是取个洋名，套上一层"限定甜品"的光环，价格就能翻上好几倍。到底是怎样的"人蠢钱多速来"群体在助长这些资本家的气焰？

香草被切碎后和刚制好的鲜奶油搅拌在一起，豆腐也已经成型。岳钧楠娴熟地将豆腐切成拇指大小的长条，扔进温着焦糖的平底锅里滚一圈，助手立刻将其夹出来，点上奶油，一层层堆积在盘子里。

这个过程又持续了大约一小时，所有的豆腐经过相同处理后，在小盘子里堆叠成金字塔的形状，足有十多盘。

到这时，岳钧楠才停下动作，擦了擦额头上的汗珠。

"放进冰箱冷藏，等客人来了再上桌。"吩咐完几个副厨，他迈着大步又打算离开。

幸好我反应得快，上前一步拽住他的袖子，"等一下。"

他总算侧头看了我一眼，"厨房不是说话的地方。"

我松开手，看他终于有了要搭理我的意思，只好继续跟在他后边出了后厨。

回到楼上的办公室，他脱下长围裙和帽子，半长的头发已经被汗水湿濡得贴在额头上，他却不急着整理，只问我："喝点什么，茶还是咖啡？"

他问得突然，我也习惯性地回答道"随便"，他听见我的回复后，露出一记让人毛骨悚然的浅笑，走到办公桌旁边的吧台后边，打开隐藏在柜子里的小冰箱鼓捣片刻，再回来时，手里竟然端着两大杯足足有300毫升的甘蓝菜汁，味道隔着老远便往我鼻子里冲，熏得我险些晕过去。

"你说的随便。"他自己喝了一大口，又把另外一杯递到我面前。

我这才意识到我是挖了个坑给自己跳。

见我并不打算接，他又补上一句："这一杯如果放在店里卖可不便宜，因为你帮了忙，我才特别优待。"

他幸灾乐祸的眼神看得我脑袋疼。

"这种变态的东西你自己留着慢慢喝吧，我不渴。"我盯着他问道："这几个月你跑到什么地方去了，怎么完全联系不到人？"

"我想去什么地方是我的自由，没必要和别人报备。"他见我真的不打算喝那杯甘蓝菜汁，便放在一旁的茶几上，"而且我也不会带任何移动设备在身上，因为我怕吵，既然想要放松，就不要给扫兴的人能打扰到你的机会。"

他一番话说得面不改色心不跳，说完慢条斯理地一点点抿着杯子里碧绿色的饮料，"你是找我有事吗？"

我怒道："装傻也要有个限度！我们本来时间就不多，你这么一下折腾掉好几个月，是不是想等着看我拉下脸来跟那个丘石道歉？"

"这结果也不错。"他居然摆出一副赞同的表情，"当初我只是看在我妈的面子上答应了你的提议，可我没说要配合你的行动随叫随到。"他顿了顿，"能让我答应你那个可笑的计划，我必须承认是唐小姐你的本事，但是愿不愿意配合你，得看我的意愿。"

"所以呢，你现在是想反悔当初答应我的事吗？"

"我可没有这么说，我只是觉得，对一个刚风尘仆仆旅行回来，周身疲惫，还要操心自己餐馆生意的人，不加以理解与照顾，反而质问与斥责，唐小姐你身为文化界人士，实在是有失风度，白白让我们这种浑身葱花味的餐馆小老板看不起。"

果然是名校毕业，豪门出身，讽刺别人都能说得这样冠冕堂皇。以前常听人说，大家闺秀如果被生活击倒，变得粗陋起来，会远不及小家碧玉，这形容套在岳钧楠身上正合适——一个被扫地出门的富家子弟，哪怕之前再是潇洒豁达，风流倜傥，一旦尖酸刻薄斤斤计较起来，从骨子里透出的小家子气简直能惊掉无数人的下巴。

"听着，我没工夫听你耍无赖，大家不妨把话挑开了说，这件事你要是不愿意，干脆现在就告诉我，省得我自作多情瞎操心。"我被惹急了，也懒得跟他打哈哈，声音提高几分，"可当初是你亲口答应的，就算要反悔……"

"谁说我要反悔？"他忽然打断我的话，"我做人虽然没那么爱自我标榜，但身为一个生意人，绝不会在基本的诚信方面出差错，只要是我答应过的事情，就一定会做到。"

"漂亮话谁都会说。"我抱起手侧脸看向窗外，轻哼一声。

这时敲门声响起，有服务生进来说预订了晚餐甜品的客人已经到店了，我才惊觉现在已到了下午，看岳钧楠又作势要跟着服务员出去，我冲他喊道："你到底是怎么想的？给我一个明白话！"

他脚步停住，背对着我说："看在你今天多少也算帮了我的忙的分上，这两天我会抽空主动联系你。"

说完他就出去了，把我一个人晾在办公室里。

"这么小家子气的男人真是世间少有。"我恼怒地抄起手边茶几上的杯子灌了一大口，又瞬间被那恶心的味道刺激得差点吐出来。

离店之前，前台叫住我，说景泓给我留了一样东西。穿着制服的小帅哥从柜台下边提出个透明的塑胶袋，透过那层薄膜，我看清里边装着的是一本画册，封面四四方方，用花写体印着个烂俗的名字——"世界上你不能错过的一百个地方"，背景是一处有着碧海蓝天和浓郁希腊风格白色建筑群的海岛，圣托里尼岛。

通常有两类书籍我不会去买，一类是时尚杂志，一类就是画册。我向来觉得只要审美正常，又花得起钱跟随大牌设计师的脚步，任何人在穿搭方面的天赋都不会逊色于那群时装编辑，没必要花钱买一本又厚又重的广告目录回去。至于画册，比时尚杂志还要无用，杂志里好歹有一些字能看，画册买来能干什么，把里边的画一张张撕下来糊墙？

我弄不清楚景泓的意图，随口问："那个先生有留别的话吗？"

"有。"小帅哥咧开嘴一笑，露出雪白的牙齿，"他说世界上值得一看的地方不少，就算不能亲临其境，至少也可以通过这样的方式欣赏。"

我回到家，浴室里正传出哗哗的水声，程沐媛已经先回来了。我抱着那本画册坐到客厅的飘窗上，顺着目录翻开关于爱琴海的部分，首当其冲的便是一行黑字："圣托里尼岛是美到必须两个人一起去的地方。"

这句话看得我啼笑皆非，现在连个旅游景点也要歧视单身的人吗？

就在这时，程沐媛扔在不远处沙发上的手机响了，起初我没去理会，但那铃声抱着一股"山无陵，天地合，才敢挂电话"的架势连着响了三轮，我深为打电话那人锲而不舍的精神所感动，斜过身子伸长手拿起电话接了。

不出所料，对方是个男人，语气低沉略带一丝宿醉的意味，"仁嘉，还记得我吗？我是刚才请你喝酒的阿健。"

我瞥了一眼依旧传出哗啦哗啦水声的浴室，"我是她朋友。"

"呃，我找路仁嘉，请问她在吗？"

"她在洗澡。"

"噢……那我等会儿再打来。"说完，他就把电话挂了。

我把手机扔回沙发，十多分钟后，程沐媛终于裹着水汽从浴室走了出来。她穿着一件黑色的真丝睡袍，我冲她吹了一个口哨，"路仁嘉，有帅哥给你打电话。"

她拿起手机看了眼通话记录，迅速将那个号码拖进黑名单，然后白了我一眼，站到镜子前开始吹头发。

"路仁嘉"是程沐媛的一个代号。怎么说呢，每当她心情不好，或者和苏睿赌气的时候，她就会打扮得漂漂亮亮的，跑去酒吧里和一些不认识的男人调情，以寻找心理平衡。为了不暴露私人信息，她会用"路仁嘉"这个化名，而那些不识抬举又很自恋的男人在看见美女的时候，根本没工夫考虑这位"路仁嘉"和"路人甲"之间有什么必然联系，只会一股脑儿地凑上去为她买单，而后程沐媛再借故悄悄离开。这样既出了气，又喝了免费的酒，还折腾了那些精虫上脑的下流男人，简直一箭三雕。

接到那通电话时我就想到，程沐媛没准又碰到了什么添堵的事情，于是重操旧业玩起了老把戏，只是这次她明显不够小心，竟然让对方知道了电话号码。

"不是我告诉他号码的。"程沐媛心有灵犀地一边吹头发一边对我说，"大概是我去洗手间的时候，被他偷用了手机。"

"你不是和陆岩一起吃饭去了，"我好奇地问，"怎么还有空去玩这一茬？"

我不过是随便一说，用的还是开玩笑的语气，却好像戳到了她的痛处。她动作一顿，关掉电吹风，嗒嗒嗒走过来，坐在我身边，盯着我的脸看了半晌，才用一种郑重的语气幽幽地说："我怀疑陆岩是gay。"

"你先别忙着帮他否认，听我把话说完。"见我想说话，她按住我的嘴巴，继续说："你觉得一个性取向正常的男人，在面对一个身材、容貌都过关的女人的主动示好的时候，还能坐怀不乱，甚至依旧用冷冰冰的态度应付，表现得好像是我在占用他宝贵的时间？"

我拉下她的手，"首先你得确定你所谓的示好是正常行为，而不会让人觉得你是个变态。"

"那是当然，我又不会在他面前跳脱衣舞。"程沐媛脸色一红，"我只是隐晦地透露了下能不能私下里把他约出来的想法，结果他像完全没听懂其中的潜台词一样，马上就拒绝了。"

"这很正常，陆岩是个很理智的人，你和他还没熟到互相和颜悦色的地步。再说了，"我上下扫了她一眼，"你该不会自恋到觉得全世界看不上你的男人都是同性恋吧？"

"呸，你别血口喷人。"她一巴掌拍到我额头上，"告诉你一件事，别拿理智给男人当托词，男人勃起的时候是没有理智可言的。"

"那我也告诉你一件事。"我说，"女人最容易高估两样东西，一是自己的美貌，二是男人的感情，他也许真的没那么care你。"

程沐媛略显不满，"你一定要和我贫吗？"

我摊开手，"我明明在和你就事论事。"

"你知道我没那么武断，你听听我的看法，相信我，肯定是有确切依据，我才会那么说的。"她抬起双手扣住我的肩膀，眼睛半眯，脸颊靠过来，像是提防有透明人在旁边偷听一样地对我说："首先，他太干净了。"

"你的干净是指哪方面？"

"就是外表端庄整齐，说白了，男人不都应该大大咧咧，不拘小节？除了gay，会有多少男人能整天这么坚持地把自己打扮得一丝不苟？"

"这只能说明他个人习惯良好，陆岩有轻微的洁癖。"

"好吧，或许这说明不了什么，但是我拐着弯打听他的恋爱史，他居然说这属于个人隐私不便透露，这有什么不便透露的？除非他以前的交往对象是男人！"

"我看他会这么说是因为已经察觉到你的变态倾向，开始防备了。"我翻了个白眼，"拜托，小姐，如果有天你走在大街上，突然冒出个男人凑过来问你'嘿，姑娘，能跟我说说你的恋爱史吗'，你保证不会把高跟鞋脱下来敲他一脸血？"

"女人和男人对待这个问题的态度能一样吗？"

"为什么不能一样？真稀奇，原来性骚扰还要以性别来区分性质。"

"唐尧，你到底站在哪一边！"程沐媛终于恼羞成怒了。

"我站在道理那边，而你从刚才开始就在强词夺理。"

她表情扭曲地深吸了几口气，"行，就按你说的，这两条都不能说明什么，但最后一条一定是重点。"她顿了顿，"我问他用什么牌子的刮胡泡，他说他用碧欧泉！"

我眨眨眼。

她用手指着我的眉心，一字一顿地说："没话反驳了吧？"

我忽然有些心虚，我的确是不怎么好反驳她，毕竟那个牌子的男士系列已经被默认为"基佬专用"好多年了，但这事我必须要解释，"可那瓶碧欧泉是我送给他的。"

程沐媛的眉毛一下子竖起来，"什么，你送的？"

"这事不能怪我，专柜有满额赠礼活动，送的就是刮胡泡，我要那玩意儿没用，刚好约了他吃饭，就顺手送给他了。"

"你……"程沐媛用恨铁不成钢的眼神望着我，"你怎么能这么做！"

"我当然能这么做，又不是什么坏事。谁会像你一样没事去纠结别人用什么牌子的刮胡泡？还因为这个误会别人是gay，我都替陆岩觉得冤。"

搞了半天这才是原因，陆岩对程沐媛大献殷勤的冷淡反应加上那瓶碧欧泉刮胡泡，让程沐媛给他贴上了一个"gay"的标签，受出师不利的打击，程沐媛才会一气之下变成"路仁嘉"跑去找别的男人实践存在感。

程沐媛丧气鬼一样揉着头发，终于没在这个问题上继续纠缠下去，重新抱起电脑看她一直在追的肥皂剧。《离婚的诱惑》更新到七十五集，小三为了不让原配妻子在财产分割上占便宜，瞒着男主角雇了个帅哥去勾引女主角，但是帅哥勾着勾着却变成了假戏真做，让女主角知道了小三的企图，女主角以为小三是受男主角指使，大为恼火，决定把他们是兄妹的事实抖出来以牙还牙，可这时候男主角突然出了车祸，女主角一番纠结后心软下来，剧情又进入了胶着状态。

我看得笑个不停，"总算知道为什么离个婚能拍出一百多集的长度了，现在家庭主妇们的口味真重。"

"离婚本来就不是一件容易搞定的事情。"程沐媛仿佛没理解到我和她关注的重点就不在一个层面上，自顾自地说："那么多电视剧，你当我为什么非要看这个？不过是想囤点经验。"

程沐媛花钱雇的那位侦探，这段时间似乎帮她拿到了不少东西，但她一直按兵不动，她在等，等着苏睿察觉不对后主动向她坦白，按她说的，在争取利益这方面最好的方法是敌不动我不动，不然谁动谁先输。

"我有的是时间慢慢耗，反正苏睿肯定比我急，他还要去和司徒易烨双宿双飞呢。"

在她说这句话的时候，我仔细观察着她的脸色，只看见一片云淡风轻，好像她根本不把这事当回事。

不知什么时候开始，程沐媛也学会了掩藏情绪，否则按照她以前的性格，是不会做到这样无动于衷的。我拿不准如今她心里对苏睿到底是个什么想法，又觉得毕竟是别人的家务事，我也不用把手伸得太长去瞎操心。

我只是替她觉得疲惫，现在这社会，聪明不难。

装傻，才最难。

Part
04

他和许多隐性的大男子主义者一样，表面上可以和强势的女性和平共存，但实际上还是希望她们能安分守己地待在家里洗衣、做饭、看孩子。

几天后，我在陆岩的办公室里对他说起程沐媛怀疑他性取向的事，他先是扬扬眉，然后低下头笑了几声。

他这一笑倒笑出了我的罪恶感，我悻悻地说："说到底还是我给你的那瓶刮胡泡惹的祸，你真省啊，居然还没用完。"

"不是，那么小一瓶早就用完了。"他摇头，"现在这瓶是我自己去买的。"

我眨着眼睛看他，他果然补上了一句解释："当然，我不知道这牌子居然还有这种……别致的定义，只是用过你送给我的那瓶之后，单纯觉得不错，比我之前的好用。"

"你之前用什么牌子的？"

"没牌子，我用超市里二十元一大罐的自营商品，买一瓶可以用上半年。"

"也对，我都忘了你是'贤惠型家庭妇男'。"

"我不接受这样的形容，你说'经济适用男'还好些。"

"我没见过有开奔驰的'经济适用男'。"

“也不会有长得像我这么帅的'家庭妇男'。”

接着我们同时开始笑，他说：“你今天特地跑到我这里就是为了和我抬杠的吗？”

“当然不是，只是想在说正事之前活跃活跃气氛而已。”我在脸上拍了几下，把表情止住，“等会儿我就要去找岳钧楠了。”

他习惯性地推了推眼镜，“他终于愿意搭理你了。”

“没错，接到电话的时候，我还吓了一跳。”虽然那天在餐厅里岳钧楠说过要主动联系我，但是我压根没当真，可前天晚上却真的接到了他敲时间的电话。

“看你这信心十足的样子，似乎对搞定他很有把握。”陆岩的声音听上去远没有他的表情平淡。

“这计划我从好几个月前就开始准备了，如果不是岳钧楠消失那么久，我早就开始实行了。”

“到底是什么计划？”

“容我先卖个关子。”我把五指摊开伸到他面前，“把你的车借我用用。”

他一愣，“你要车做什么？”

“当然是开啊。”我搓了搓手指，“只借一天，不要小气嘛。”

“我说你怎么会突然来找我，原来在打我车的主意。”陆岩有些不情愿地摸出钥匙，“你把车开走了，我回家时怎么办？”表情哀怨可怜，像被恶霸欺负了的小媳妇。

那瞬间我身子抖了抖，情不自禁地觉得有必要重新审视陆岩性取向的问题。

我开着那辆崭新的奔驰C300直奔中央公园而去。

如同纽约曼哈顿的中央公园一样，这里的中央公园也是城市地标，许多年前那块地方还是租界，后来经过几十年战火的洗礼破败得不成样子，索性全推平了改建公园，因为绿化好，又地处城市几何坐标的正中心，带动了周围一圈公寓楼的价格飞速上涨，到今天，能住在中央公园旁边的不是名门之后就是商界大佬。

我把岳钧楠约在这里见面其实是有目的的，我要带他去见一个人。

而且，他也并不知道他即将要见到的那个人是谁。

公园门口有一片供游人休憩的茶座，岳钧楠一身简单的运动服，坐在树荫下喝咖啡。同我第一次见到他时一样，他手里抱着本书在看，而在不远的拐角处，停着他那辆刺眼的大众高尔夫车。

我无比庆幸自己来之前长了个心眼，想到向陆岩借车，不然凭他那辆辨识度极高的座驾，将会有80%的概率打乱我今天的计划。

"上车。"我开到他跟前，落下车窗，自以为帅气地对他吹了个口哨。

他抬起头，鼻梁上竟然架了一副细黑框的眼镜，没有用任何定型剂的头发柔软又自然地垂在前额，不光让他显得更加年轻，也让那张脸失了原本冷峻的棱角，整个人透出一股学术范的气质来——如今这在时尚界有个更专业的形容词，叫学院风。

他皱了皱眉，目光不动声色地在车身上晃了一圈，上来后，一边系安全带一边说："借来的车吧？"

"你怎么知道？"我话刚出口，就明白自己又跳进了他下的套。

果不其然，他嘴角一勾，开始朝我打枪，"以你的品位，就算要买车，多半也会选造型做作的车款，而且如果说是租来的，这车也太新了。"他伸出手指在座位上擦了擦，"车主人应该很爱护这辆车，有做定期的保养、清洁和打蜡，不明白他为什么会把车借给你，也不怕你还一堆废铁给他。"

我已习惯了他的冷嘲热讽，也不觉得太生气，只辩驳道："说得那么清楚，好像你自己有多爱护车子似的。"瞟了瞟转角那辆大众高尔夫，再回味他刚才的话，越想越觉得讽刺。

公园里有一座人工湖，我将车开到湖边较为隐蔽的地方，看了看时间，拿出之前顺路买的麦当劳，塞给岳钧楠一包。

他不明所以地看着我，我已经细嚼慢咽地开始吃薯条，可惜放得有些久，薯条变得有些软，口感没刚买来的时候好吃。

"唐小姐，我不懂你的意思。"他说，"我在百忙之中特地挤出一天的时间，就是为了让你速战速决，而不是为了陪你来公园吃薯条……还是说吃薯条也是你那个什么计划的其中一环？"然后他居然露出一副了然的表情，"我明白了，你所谓的计划，难道就是和我约会？"

我可悲地看了他一眼，"太过自恋会影响到智商。"

"其实你不用不好意思承认，想接近我的女人一直很多，只是普遍停留在靠美色勾引的程度，远没有你这样精明，懂得走迂回路线。"岳钧楠无所谓地耸了耸肩。

我不想理他，前几次的接触早已让我充分明白这人讽刺和挖苦别人的技能，他会这么说纯粹是在刺激我，认真我就输了。

于是，我满门心思都放在对付手里的薯条上。这番消极抵抗很有成效，他见我没反应，便将他那份薯条团成一团，从车窗扔出去，稳稳当当地扔进旁边的垃圾桶。

我看到他这番动作，气不打一处来，"喂，这可是花钱买的。"

"我不吃垃圾食品。"他就差没将"冷艳高贵"四个字贴在脸上，"我也劝你别吃，速食店最不健康的东西就是薯条。"说完，他埋下头开始看书，顿了顿，又丢出一句，"如果今天的行程只是看风景和吃垃圾食品的话，麻烦你半小时后送我回去，我还有别的事要忙。"

"用不着等半个小时。"我把最后一根薯条放进嘴里，隔着挡风玻璃指了指前方不远处的湖边凉亭，"喏，人来了。"

一辆保时捷帕纳梅拉轿车缓缓开到凉亭边停住，从上边走下来三个人，一个打扮休闲的胖老头，还有一男一女两个年轻人。岳钧楠看见那个女人时，眉头极其明显地皱了一下，然后迅速低下头，对我怒目而视。

我就猜到他会有这种反应，但我要是提前告诉他，我所谓的计划的第一步就是带着他来见前女友，他恐怕死活都不会答应。

虽然这么说有些令人啼笑皆非，可如果连正视一段感情都做不到，又如何能够坦然地去忘记？一直像个缩头乌龟似的躲着，只会让心底的怨气不断加重。岳钧楠既然饱受前度的困扰，那么就得明确告诉他，那位你一直念念不忘的姑娘早就嫁为人妇了，你再痴心妄想也没用，不如坦然地转身，敞开心胸接纳这个花花世界。

为了探查清楚那位护士小姐如今的行踪，我真的花费了不少心力。我打爆了几乎所有认识的记者的电话，才从一个混迹八卦场的朋友那里挖来了资料。

护士小姐本名叫徐娅，两年前与岳钧楠的事情被媒体曝光后，她一是为了躲清静，二是从岳鸿章那里拿了不少钱，索性回农村老家去避了一阵子。隔了许久，当她以为再也没有八卦记者盯着她的时候，她就回来了，但没有做回本行，而是开了一家小酒吧。后来城里有婚介公司举办了一场富豪相亲大会，徐娅去参加，凭借着还算出众的长相，被一卖猪肉起家的餐饮界暴发户，绰号"猪肉王"的王姓老板看上，迎回家去当了续弦。

了解到这些，我不由得对这位徐娅心生敬佩，且不说岳钧楠与"猪肉王"外表上的云泥之别，单是她一心只向钞票飞奔的人生追求就实在是太坦诚了一些。那位"猪肉王"年龄足以当她爸爸，还有个正处在叛逆期的十八岁独生子，平白捡了个后妈来当，就为了男方的那点钱，我实在是不知该说她什么好。岳钧楠当年到底是什么眼光，才会在最青葱无瑕的年纪看上这种女人？

"猪肉王"没什么文化，他原本是城市外围城乡接合部的"地头蛇"，发家致富之后觉得自己已今非昔比，削尖了脑袋想往上流社会挤，于是砸大钱在中央公园旁边置办了豪宅，努力周旋在同住于附近的名门与富商之间。为了彰显自己的修养与品位，他给自己标榜上了几个雅俗共赏的爱好，其中一项就是钓鱼。

到了夏天，他经常会带着一家人到中央公园的渔区来垂钓。我正是了解到这一点，才算准时间拉着岳钧楠埋伏在附近。并且为了避免被发现，我才会特地向陆岩借车，而没用岳钧楠那辆辨识度极高的破大众高尔夫。

我想让岳钧楠亲眼见见护士小姐如今的境况，也好让他充分明白"天涯何处无芳草"的道理，顿悟为了这样的女人伤春悲秋、自怨自艾实在不值得。

"我知道突然让你来看前女友，你心里肯定会怪我自作主张，但你瞧瞧人家现在生活得多好，夫唱妇随，母慈子孝，哪像你这样成天自己给自己添堵？世界那么大，放眼望去，满街都是女人。"我夸张地伸手一个横扫，"你又何必耿耿于怀一块不可雕的朽木，因而无视整片森林？要知道，别人可不会因为你过得不好而内疚，你所要做的，只是对自己负责而已。"

岳钧楠冷冷地看着我，半晌，才磨牙似的挤出一句话："唐小姐，别人会不会因为我而内疚我不知道，但是现在，我却不想为你的鸡婆负责。"说完，他解开安全带，推开车门，打算独自离开。

事情还没完，我怎么可能让他现在就走掉？我也急忙松开安全带，追了出去，"哎，你等等，我完全是在为你考虑，你怎么能……"

"一点小事都办不好！让你准备鱼饵，这就是你准备的东西吗？"一阵怒骂声突然传过来，打断了我的话。

我和岳钧楠双双顿住身子，回头去看，凉亭边的"猪肉王"正掐着徐娅的脖子，噼里啪啦就是几记耳光。

徐娅像小鸡似的被他拎着，似乎低声辩驳了几句。"猪肉王"那个十八岁的儿子二话不说就冲上来在她身上踹了几脚，脾气、性格跟他父亲一样嚣张，"居然还敢顶嘴！"

这一老一少全然不顾身处的场所，活像古时候恶霸老爷欺负丫鬟一样扯着徐娅一通踢打辱骂，而徐娅居然也由着他们来，既不还口也不还手。四周经过的路人看见这场景都遥遥避开。

我实在看不过他们这样欺负一个女人，想上前呵斥几句，身边的岳钧楠居然转身举步，依旧打算这么走掉。

"你等等！"我扯住他的胳膊，满脸不可置信，"你怎么不上去帮一把？"

"帮谁？"他面无表情地看着我，"那里的人跟我有什么关系？我从来不管别人的闲事，尤其这闲事还是别人的家事。唐小姐，你刚才不是还劝我不要执着于朽木，这才一分钟不到，你就变卦了？"

我表情冷下来，忽然失了跟他磨嘴皮的兴趣，只鄙夷地看了他一眼，迈着大步子噌噌走到徐娅身前将她护住，指着那活像泼皮无赖的一老一小喝道："都住手！"

离得近了，我才发现徐娅被打得多厉害，双颊肿得渗出血丝，白细的脖子上浮现着一个青紫色的大手印，上衣还被扯破了几条大口子，隐约露出的皮肤竟然也有伤痕。

"你是什么东西，老子教训老婆关你什么事？""猪肉王"人如其名，满脸横肉随着他的嘴巴一张一合不断翻滚起伏，看着有些恶心。

至于另一边，他那个一副非主流打扮的儿子想把我扯开继续施暴，我在他碰到我之前毫不客气地用高跟鞋用力在他脚背上跺了一脚，他疼得嗷嗷直叫，又退了回去。

"大柱！""猪肉王"见自己儿子疼得脸色发白，看我的眼神里都要喷出火来，"臭婊子，看老子今天不弄死你！"

看到一团翻滚的肉浪汹涌地向我们扑过来，我知道以我的身板肯定扛不住，我只能护着徐娅不停后退，一边跑一边叫："大庭广众，你们这是在犯罪！"

"我呸，老子上头有人！""猪肉王"来势不减，还喊出了一句经典了许多年的台词。我却不知道该怎么往下接，眼见一个蒲扇大的巴掌就要扇到我脸上，岳钧楠突然出现在我身边，伸出手扣住了"猪肉王"朝我挥来的巴掌，反手一扭，"猪肉王"脸色一白，顺着岳钧楠的这股力道半跪在了地上，杀猪般号叫起来："你他妈的松手！嗷！疼疼疼！"

岳钧楠皱起眉头，似乎对手掌接触到的油腻皮肤颇为不喜，用力一送将"猪肉王"推了出去，"猪肉王"狼狈地在地上滚了一圈，才堪堪站起来，指着岳钧楠浑身抖个不停。

岳钧楠表情不变地取下眼镜，又脱下外套，一股脑塞进我怀里，他里边穿着一件略显紧身的T恤，双手抬在胸前摆出一副格斗的架势，手臂上匀称的肌肉因为用力而鼓出流畅结实的线条，还挺像那么回事。

"你们是什么人？"看着岳钧楠这副像是有些斤两的模样，"猪肉王"倒不如刚才那般蛮横了，估计是觉得以自己的体型，根本打不过眼前这个又高又年轻的男人。

我灵光一闪，从随身的包里翻出一块工作牌挂到脖子上，那是之前帝光传媒举行活动给作者们发的通行证，上边《环球星报》的商标又大又明显，反正"猪肉王"不认识几个字，拿来糊弄他正好。然后我拿出手机，镜头对准"猪肉王"的脸，"我是《环球星报》的记者！"

"妈的，谁允许你拍的，关掉！""猪肉王"手忙脚乱地一边挡脸一边朝后退。

他儿子又想要过来抢我的手机，结果被岳钧楠那一双淡漠到极致的眸子瞪上，立刻露出胆怯，只好跟他爹一起匆匆收拾了东西，跳上车一溜烟跑了。

这一切发生得快，结束得也快，到这时我才放下手机，满脸愤愤不平，"这种混账，就该被媒体曝光，然后抓起来。"

徐娅跪在地上小声哭泣，不时抬眼看一看岳钧楠，似乎欲言又止。

岳钧楠把她扶起来，轻声说："先去医院吧。"是一种我从来没有从他嘴里听过的柔和语气。

看着岳钧楠轻手轻脚地把徐娅扶进车里坐好，我心里忽然划过微乎其微的想法：让岳钧楠再和她搭上真的是件好事吗？

我开车把徐娅送往最近的医院，从上车开始，徐娅就像某种弄坏了开关的玩具，一把鼻涕一把泪地哭诉这段婚姻给她带来的可怕遭遇。

"只要我做错一点事情，任何一点，他们就会对我拳打脚踢，大的是这样，小的也是这样，他们完全把我当成了出气筒……今天就是因为准备的鱼饵不称他的意，他就把我往死里打，要是你们不出现，还不知道会把我打成什么样……"

岳钧楠和徐娅一起坐在后排，用从公园小卖部买来的冷饮替她冰敷脸上的肿胀。我心不在焉地握着方向盘，努力克制住回头去看的冲动，只用力盯着后视镜，从那块狭小的镜子里可以看见徐娅通红的脸蛋和岳钧楠棱角分明的下巴，两人挨得特别近，换个角度看就像是在接吻。

徐娅说了半晌，见没人和她搭话，便也识趣地消停了，车里气氛顿时变得诡异起来。我想了想，还是打破僵局，似不经意般问道："对了王太太，你身上有带医保卡吗？等会儿登记的时候可能用得到。"

徐娅愣了一下，好像才反应过来我这句"王太太"是在叫她，可她还没来得及说话，岳钧楠已经先开了口，"不要紧。我直接付现金。"

我乖乖闭上嘴巴，狠狠磨了磨牙。

到了医院，岳钧楠随着医生把徐娅送进诊间，她的伤都是一些皮外伤，大部分只要敷药就行。我坐在医院大厅的长凳上玩了一会儿手机，不时望向诊疗室的方向，过了半个钟头才见岳钧楠开门出来。他双手插进裤兜里，走到我身边，"没事了，我们走吧。"

"徐娅呢？"我朝他身后看了一眼。

"她还要继续处理伤口。"

"你不用等她？"我问出这一句，察觉到岳钧楠表情的变化，急忙改口，"我是说，把她扔在这儿不管，可以吗？她要这么回去，还不被那个卖猪肉的折腾得更厉害。"

岳钧楠低下头，用看白痴一样的眼神看了我一会儿，才说："唐小姐，你是不是忘了世界上还有一种组织叫'妇女联合会'？负责人一会儿就到，你要是想继续待在这里看热闹，我不会有任何意见。"

我早就被消毒水的气味熏得不行，听他这么说，急忙跟在他身后出了医院的大门。行至车边，我掏出钥匙，却被他一伸手拿了去，然后他率先坐进了驾驶座，我不明所以，以为又是他那股大男子主义派头在作祟，只好绕一圈坐进副驾驶。

结果，等我系好安全带，他忽然将一块创可贴递到我面前，"拿去。"

我盯着他指节分明的手指，半天没动作。

"手腕上的口子，处理一下。"他又把创可贴往前送了送，语气带着不耐烦。

我右手腕上的确有个小血口，是在同"猪肉王"折腾的时候，被躲在我身后的徐娅不小心抓出来的，因为口子小，又很快结了痂，便也没有太在意，如果岳钧楠不说，连我自己都不会察觉到。

我只好道了声谢，接过来扯开包装，却因为左手不灵活，怎么都没办法对准位置。见我别扭的模样，他轻轻喷了一声，又将创可贴夺回去，然后扯过我的手腕，替我稳稳当当地贴好。

我说了一声谢谢，这时一辆高声鸣笛的救护车停在了医院门口，数名护士推着床从大门里挤出来，绕着救护车围了一圈，也把我们前边的路挡得严严实实。岳钧楠熄掉原本已经启动的发动机，静默地望着前方。

被送来的是个年轻女人，身上沾满了血，应该是遭了车祸，另一个年轻男人扑在一旁哭天抢地，不知是男朋友还是丈夫，不过能伤心成这样，两人的感情一定很好。

我和岳钧楠静默地望着前方忙碌的人群，他忽然开口道："你以为我这几年跟家里置气，是还在对徐娅的事情耿耿于怀？"

我扭头看着他，不明所以。

他接着说："我不关注她很久了，否则上次在你家附近遇到她被打，我也不会那么心平气和地离开。"

我心里一动，知道他在指那天的事。

那天他开车送我回家，在附近的十字路口围观了一起追尾事故，有一个踩着"恨天高"的年轻女人作为家属到场，却被肇事者中的一个年轻人狠狠抽了一耳光。

当时岳钧楠就对那个女人有些留意，后来等我查到徐娅的资料并且拿到她的照片时，我才发现原来我早已与她有过一面之缘，所以一直很纳闷这两人好歹有段感情，怎么徐娅大庭广众被抽耳光，岳钧楠却能装作不认识。

"你所知道的任何有关我的事，来源不过是一些八卦消息，还有一群不靠谱的记者。其中到底有哪些是真的，你又了解多少？"岳钧楠面无表情地说，"我与徐娅的事，如果你没有弄清楚其中的牵扯与真相，就不要自作聪明跳出来讨嫌。"

他话说得重，我却没有生气，心中更多的是好奇。

"你的八卦新闻都漫天飞了两年多了。"我说，"之前你完全是默认的态度，从来没出面向媒体澄清过。怎么，你现在的意思是想告诉我那些新闻都是假的吗？"

"有些事你没有必要知道。"丢下这么一句，见前边的路被让出来了，他用力踩下油门，以比我们来时快得多的速度朝原路疾驰而去。

我最讨厌的就是这种人，故意挑起你的好奇心，等你兴趣上来了，他又开始装死。

我们重新回到中央公园门口，岳钧楠二话不说下了车，走向他那辆破大众高尔夫，我落下车窗喊道："你下次有空是什么时候？我还有个B计划！"

如我所料，他头也没回，直到开车离开，他都没有再看我一眼。

"后来我再打电话给他，结果他把家里的电话号码和手机号都换了，我又打去他的餐厅，接电话的自称是大堂经理的助理，我跟那个说话尖酸刻薄的女人说想让岳钧楠给我回电，可我话还没说完，她就甩过来一句'no chance'，然后就把电话挂了。"

九月末的一天，在市中心一家高档法式餐厅，我给程沐媛饯行，原本没打算谈岳钧楠，可当我用餐刀用力锯着羊排时，心底那股抑郁之气到底还是没忍住。

程沐媛穿着一件裙裾曳地的缎面晚礼服，妆容一丝不苟，耳朵、脖子、手指上佩戴着硕大的"钻石三件套"，那是她和苏睿结婚三周年时，苏睿用"年终奖"买给她的礼物，即便在这家名流往来云集的餐厅里也足够惹眼。

她的"拖延战术"取得了阶段性的胜利，苏睿终于主动打电话来向她摊牌。他们具体达成了怎样的协议我并不清楚，只是从她满面春风的表情来看，这位久经风浪的女公关显然利用浑厚的职业经验打了个漂亮的胜仗。两天后，她就会登上飞机，返回上海，同苏睿展开最后的谈判。

为了庆祝她旗开得胜，也为了舒缓我这段时间的郁闷，我砸大钱在这家以贵出名的餐厅订了位置，准备同这位即将恢复单身的独立女性"化悲愤为食欲"地豪吃一顿。可不知怎么就想起那位"大堂经理助理"盛气凌人的态度，即便对着眼前一百块钱一克的松露，我也难以真正高兴起来。

"别气了，都说近朱者赤近墨者黑，那个岳钧楠一贯对你的态度你又不是不知道，难不成你还指望他手下的人会对你和颜悦色吗？有那种性格古怪的老板，下属肯定也是一群势利鬼。我有跟你说过那个麦当娜的助理吧，都不知道是第四助理还是第五助理，年纪轻轻的，看人都用鼻孔。"前两年麦当娜"宛若处女"世界经典巡演开到上海，新闻发布会和媒体答谢会都是由程沐媛任职的公关公司负责操办，当时程沐媛就打电话给我抱怨过，说被那帮事事挑剔的外国佬气得险些破功。

她动作优雅地用小叉子将海螺肉从螺壳里挖出来，蘸上一点调味橄榄油，放进嘴里，脸上露出幸福的表情，"这种只需要享受的时刻，干吗还要去想那些有的没的破事？把心情放松，关注关注眼前的美食，还有周围的帅哥。难道经历过商擎那场'滑铁卢'之后，你就没想过再找个靠谱点的男人吗？"说完，她隐晦地扫视了周围一圈，"我已经发现四个长得相当对我胃口的男人了。"

我笑她，"还不知道是谁之前对陆岩抱着一副志在必得的架势，现在目标却转移得这么快。"

"我对你那位仙子般的帅哥编辑早就看淡了。"她一口喝干杯子里的红酒，"只要人家对我没意思，我就不会上赶着贴过去。反正我们还年轻，要脸蛋有脸蛋，要身材有身材，还怕没人识货不成？"说罢，她还挤了挤胸口，让原本就被大开领的礼服集中托高的"事业线"更加明显。

女人之间的饭局向来不用故作矜持，前菜、开胃菜、主菜三道菜的工夫，我俩已经喝了好几轮，程沐媛兴致正高，唤过服务生又叫了一瓶酒，我却因为喝得太多有些内急，趁程沐媛加菜的当儿，提着裙子去了洗手间。

高级餐厅为了让顾客感受到全方位的舒适度，连厕所服务都相当全面，全面到了怕顾客如厕的时候无聊，在每一个隔间里都装了个小书架，上边排满了八卦杂志，并且还像香烟盒子那样在书架边多此一举地贴了个"如厕阅读有碍健康"的小标示。

不得不说，这是个非常贴心的设计，像这样的餐厅接待的大多数是在各自的圈子里有头有脸的人物，而有头有脸的人往往不方便当着别人的面看八卦，在这样私密的小空间里借着上厕所的机会醐畅淋漓地阅读，既无伤人雅，又能满足人类与生俱来的探知欲，还不会有人说闲话——反正大家都心照不宣。

我随手取下一本，封面上的男人与岳钧楠有七八分像，下边依旧是带着闪电特效的大标题：花花大少的基层镀金。

我饶有兴致地顺着页码翻开，通篇文章在讲的只有一件事，即帝光大少爷岳钧天游乐花丛许多年，似乎终于玩累了，也明白过来男人想要博得名气并不能只靠花边新闻，偶尔还得顾及顾及脸面和形象，于是高调地宣布浪子回头，将在家人的安排下入驻基层，任职帝光事业部一个普通经理，决心踏踏实实帮助父亲，让家族事业再创高峰。

当然，这文章将表面上的意思写得滴水不漏，懂行的人自然可以看出其中隐藏的内涵。镀金镀金，名头漂亮，还不是巴巴望着等老爸作古之后名正言顺地当继承人吗？

岳鸿章属意的继承人之前一直是岳钧楠，并且不喜欢岳钧天这个不成器的大儿子，所以在岳钧楠出走后，他依旧没有安排岳钧天进入董事会，另外从苏梅的态度也可以很清楚地弄明白，岳鸿章心底还是想让岳钧楠回去的。

将杂志放回书架，我叹了一口气。老话说平凡是福，这些豪门家庭有钱是有钱，可破事也多，岳鸿章年纪一大把了却享受不到天伦之乐，大儿子没出息只惦记着他那点家产，二儿子又为了感情问题同他翻脸，女儿"交际花"的名号也是艳名远播，没准屋里三房姨太太还整天围着他掐架，这样的日子，只是想想，我都替他觉得累。

洗手间门边传来一阵略显凌乱的脚步声，又有人进来了，我整理好裙子打算出去，却听见一阵男人的低声哄笑，还有不太正常的吮吸声。

这里是女洗手间，哪里来的男人的声音？

我瞬间警觉起来，将隔间的门拉开一条小缝望出去。

我所处的是最靠近洗手台的一间，门缝正好对着安装在洗手台上方的大镜子。透过那面镜子，我清楚地看见一个西装革履的男人正将一个女人压在墙上又舔又啃。

男人身量很高，完全将女人挡在身前，只能看出女人穿了件裸色的洋装，脚上是双镶嵌了金色铆钉的麂皮高跟鞋。

我在心里将这对"野鸳鸯"骂了好几遍，早不快活晚不快活，偏偏等我完事了才来快活，现在堵在厕所门口，倒弄得我陷入了一个进退不能的局面。

"最好能有人这时候进来看看你们的丑事。"我低声诅咒了一句，盯着表开始数时间，三分钟，五分钟，十分钟，那个男人依旧不停在女人脸上啃着，并且一只大手还变本加厉地顺着大腿摸进了女人的裙子里，将她的内裤轻轻扯了下来。

"我×！"我骂了句脏话，觉得再放任这二位下去，说不定他们会就地来一场"野战真人秀"，便急忙从手包里掏出手机，准备给程沐媛发条短信让她来救急。

这时候，男人吮吸的部位总算从女人的脸挪到了脖子，再挪到胸口，高大的背影蹲了下去，露出女人一张泛着红光的脸。

我正在发短信的手指忽然停下了，一双眼睛直愣愣地盯在那张脸上。

我怎么都想不到，居然会在这里碰见她。

女人的内裤已经被拉到膝盖，男人一只手留在她的裙子里抚摸挑逗，弄出一连串让人想入非非的滋溜声，另一只手隔着衣服按在她胸口。她脸色潮红，男人舌尖在她脖颈处留下的津液映衬着洗手间里昏黄的灯光，泛着层淫靡的光泽。

这个女人我认识，虽然见面的次数不多，但是我无论如何都不会忘记这张脸。

她姓杜，英文名叫Crase，我更喜欢把她称为"杜蕾斯"，在这之前，我最后一次见到她是在商擎家的沙发上。

没错，这个女人就是我那个不靠谱、EX的青梅竹马的前助理，现女友。

但现在这个和她颠鸾倒凤的男人却绝对不是商擎。

我和商擎认识二十一年，绝对没有认不出他背影的道理，而且商擎为人重面子，也不可能在公共场所做出这样的事。

我站在隔间里发愣。

那边，男人似乎也知道这地方终究不是"上垒"的好场所，总算放开了女人，理了理弄乱的西装，转过身对着镜子开始洗手。

他眉目英挺，也是个英俊的男人，只是眉宇间却有些泛青，显然纵欲过多，目光自然而然带着一股下流的味道。

我眼皮狠狠地跳了三下，深觉眼前这事情是越来越乱了。

"杜蕾斯"扔下商擎跑来和别人偷情我已经百思不得其解，结果她偷情的对象居然是我刚才研究了半天的八卦杂志封面人物！

就在十分钟前，我还拿着杂志在思考岳钧楠与岳钧天这对兄弟的相像之处。对丁岳钧天那些花花经历，本着耳听为虚、眼见为实的原则，我之前没有太当一回事，可现在我真心觉得的确是百闻不如一见，岳钧楠那人性格虽然刻薄了些，好歹为人正派，哪里像这个岳钧天，恐怕连"廉耻"两个字怎么写都不知道。

可仔细一想，对于"杜蕾斯"会搭上岳钧天，也没什么好见怪的。当她披着一层"小白兔"的皮成功接近商擎并且勾搭成奸以后，我就知道她和徐娅是同一个品种，而商擎虽然挂着一个总经理的职位，到底还是替别人打工的，哪里比得上岳钧天这样有雄厚家世的少爷。

两人分别整理好衣服，又调笑了一会儿，才互相勾搭着施施然去了。到这时，我才心情复杂地从隔间走出来。

回到桌边，我终究没忍住，把刚才所见告诉了程沐媛。她如我所料地一拍桌子，"活该，商擎那个贱人就该有这种报应！"

她显然是喝多了，眼神迷离，脸颊飞起两块酡红。在我离开的这段时间，她居然一个人喝掉了大半瓶新送上的红酒。

周围有几桌顾客皱眉朝我们看来，我歉意地向他们笑了笑，招过服务生买单，然后扶着程沐媛打算离开。她靠在我身上，一路走一路骂，先骂苏睿，再骂商擎，翻来覆去就是那几句"贱人不得好死""负心汉都该遭报应""只有看见他们过得不好，老娘心里才会舒服"，等出了餐厅，冷风一吹，她终于扛不住了，蹲在路边吐了个昏天黑地。

我帮她拉住头发，轻轻拍着她的背。她吐了一阵，好像潜意识里也知道"再这么吐下去，那这顿花了大钱的晚餐就白吃了"，终于渐渐消停下来。

我小跑到不远处的便利店买了瓶水，喂她喝了几口，就在我看她精神恢复得差不多，准备拦下一辆的士打道回府的时候，她突然搂住我的肩膀，哇的一声大哭起来。

"唐尧，我不想离婚，我一点都不想离婚，呜呜呜。"

她的模样吓了我一跳，我急忙扶她到路边的长椅上坐下。她靠着我的肩膀，哭得整张脸都皱成了一团，身子随着哽咽的喘息不断抽动，"苏睿那个王八蛋……他居然都不解释一下……连道歉都没有……这几年我到底哪里对不起他了……该死的东西……"

我不断拍着她的背，又掏出纸巾来在她脸上擦了擦，她顺势抓住我的手腕，顶着一双被弄湿的眼妆糊得花里胡哨的眼睛直勾勾地望着我，"真的，争来了多少财产并不重要，失去了一个关心你的男人，财产什么的就都没有意义了。"

"你冷静点。"我抱着她，"没事的，一切都会好的。"

"我要告诉你一件事，世界上有两种男人，一种只知道和你上床，另一种会披着愿意与你执手到老的皮和你上床。"她靠在我怀里，抽泣声终于逐渐转小，"这些男人一文不值，我们都是孤独的。"

"我们一点都不孤独，我们还有彼此。"我抬头望着夜空，心想难得程沐媛也会说出这样富有哲理的话。

我终于知道了她为什么会突然情绪失控，她只是在与那个曾经让自己为之全心付出的男人分道扬镳之前，借着酒精把憋在心里那么多天的屈辱释放出来而已。

在离婚这件事上，她表现得或许很干脆强硬，但她内心深处仍有一块柔软的地方在期待苏睿的挽留与重视，可苏睿干脆的态度让她彻底心碎了。

同女人不同，男人一旦说分手，那么无论外里内里都只有一个意思：分手。

而女人在这场战役里肆意挥霍感性的后果，那便多半是痛不欲生。

第二天，我送酒醒了的程沐媛去机场。

经过一晚上的休整，她彻底恢复了原本潇洒的状态，头发绑成高马尾，白T恤，牛仔裤，一双倾斜到极致的高跟鞋，同大学时期做毕业论文答辩时的装扮一模一样。

办好行李托运，离上机还有一段时间，我们去星巴克一人买了一杯薄荷摩卡，然后坐在落地窗前的长椅上，看着外边一架架飞机或起飞或降落。

那枚她取下了许久的结婚钻戒又回到了手上，之前她同我商量过等真正离了婚，这枚婚戒该怎么办，那时我建议她找珠宝店改成耳环或者项链，现在很多品牌都有这样的服务，不过最后她还是决定把戒指卖了，再加上些现金，凑个首付买房子。

她对自己在房产分割问题上的形势看得很明白。他们现在住的房子是苏睿一手包办，那时程沐媛曾说过她也可以拿一笔钱，只是被苏睿拒绝了，因为苏睿说那是他特地为他们准备的二人世界，为了证明他的确有能力那么做。程沐媛因为相信他，也不在乎产权证上没有自己的名字，结果现在看来，倒成了她的一大失策。

"自己买套小房子住着也好，换个环境，安心又舒心。"她转了转手指上的钻戒，喝完最后一口咖啡，"时间该到了，我走了。"

我陪她到安检口，临过去之前，她将一沓卡片塞进我手里，我一看，全是上海各类餐厅、酒店和娱乐场所的内部代金券。

"全是之前客户送的。"她说，"知道你过段时间要去上海参加APA会议，特地留给你，到时候吃喝玩乐用这些，能省不少钱。"

我想告诉她这种因公出差轮不到我自己花钱，但想到她一番好意，只得乖乖揣进口袋里。

程沐媛在我家里闹腾了几个月，她这一走，我忽然对空荡荡的房间不太习惯，每天倒有大半的时间坐在离家不远的咖啡厅里赶稿子。

岳钧楠依旧不搭理我，我知道上次那件事是彻底惹毛了他，其实后来仔细想想，我自己也后悔不已，毕竟不论是出于什么目的，瞒着别人带别人去见前女友本身就是一件非常不尊重人的事情，也无怪乎他会说我鸡婆——这就像如果有人瞒着我带我去和商擎见面，我恐怕会立刻翻脸，岳钧楠能在之后心平气和地与我说那么多话，已经很给我面子了。

所以为了表示尊重，在最初的几次尝试失败后，我就没有再去主动触霉头，想着等他消了气，再找机会去实践自己的B计划。

并且这段时间里，我也正好有别的事情要忙。

APA会议，全称"Asia Publish Ally Conference"，亚洲新闻出版联合峰会。每年秋天，来自亚洲各国新闻出版机构的编辑和作者们，都会借着这个由头齐聚国际大都会上海，对外宣称是共同探讨如何促进新闻出版业的繁荣发展，本质上就是各个出版商掐架的舞台，老总们争夺市场份额，主编们争夺人力资源，编辑们争夺作者资源，作者们一面端着香槟围观上边三出戏，一面说着八卦、聊着偶像剧，顺便攀比一番各自的容貌与时尚度，然后回去在自己的小圈子里交换谈资。

这会议对我来说跟公费旅游没什么两样，去年我就跟着陆岩出席了一次，最大的印象除了酒会里无限供应的香槟和海鲜，就是能见到一些平常没机会见到的出版界名人。

今年《环球星报》的与会团队依旧由主编带队，却不是像去年那样集体行动。陆岩把时间表发给我的时候就说了，主编会带着他们编辑团提前一星期出发，去找一个在网络上大红大紫了很多年的风云人物约稿，我旁敲侧击地问了一下那位"大拿"的身份，陆岩嘴巴却很紧，只告诉我是机密，让我直接去上海，在会议开幕式上同他们会合。

我对这次旅行非常期待，就算我并不喜欢外出旅游，可一年动弹那么一两次对健康也是有益处的，更别说全程免费的条件还充分满足了我这种小市民占便宜的心理。

再有一个，程沐媛回上海之后就没有再和我联系，也不知道她和苏睿的事情处理得怎么样了，我正好可以趁着这次机会去看看她。

只是老话常说事与愿违，期望越高失望越大，我无比在乎的这次旅行，出发那天却闹了桩乌龙。前一天晚上，我因为怕太兴奋睡不着，一边看电视一边喜滋滋地小酌了点自己用芬达汽水和伏特加调成的马丁尼助眠，结果因为电视节目太精彩，不小心就酌过了头，加上之前我几乎每天都在咖啡店里写稿，完全忘了给早就罢工的闹钟换电池的事，结果顺理成章地一觉睡到日上三竿，等我火烧眉毛地赶到机场，原本要搭乘的那班飞机已经在五分钟前乘风而去。

无可奈何之下，我只能丧气地到服务台改签，好在运气还算不错，另一班飞机就在一个半小时之后起飞，但是只剩下一个商务舱的座位了，也就是说如果我想改签到这一班，就得加钱升舱。

明明是一桩不要钱的旅行，居然会这样出师不利。我咬牙交了钱，拿到机票后，肚子里传来一阵饥饿感，想到今天出来得那样匆忙，又是一阵后悔。

反正已经迟了，早知道真该在家里吃过饭再出门，至少不用在贵得要死的机场餐厅里挨宰。

拖着行李在候机区晃了一圈，我挑了家看起来没那么贵的日式快餐店进去。一碗热乎乎的茶泡饭下肚，本来因为宿醉而痉挛成一团的胃柔软地舒展开，我因为花了冤枉钱而受创的心才跟着好受些。

现在不是饭点，快餐店里客人不多，只在与我隔了两张桌子的地方坐了一对正打情骂俏的小情侣。我摸摸肚子，感觉没吃饱，想要招呼服务员再点一些天妇罗，眼角却忽然瞟到一个身材高挑的男人撩开门帘走了进来。

我急忙低下头，胡乱扒了两下头发将自己的脸挡住，他似乎也没发现我，径直从我身边走过，在前方的空位上坐下。

果真是人点背喝凉水都塞牙缝，怎么好死不死地居然会在这里碰见他？

如果时间推前几天，我很乐意这人"踏破铁鞋无觅处，得来全不费工夫"地主动出现，但今天不行。我知道自己现在的状况，酒精让脸水肿得厉害，右脸颊还冒出了一颗青春痘，早上着急出门也没有洗澡，头发乱得像鸡窝。那人本来就看我不顺眼，我可不想再被他看到现在的邋遢样子，省得平白给他送话柄。

我抽出两张钞票放在桌上，提起手边的行李，做贼一般轻手轻脚地溜出了快餐店，又快步朝候机区的方向走了好长一段路，等转过弯了才稍稍放下心，然后立刻开始思考岳钧楠为什么会在这里。

一个大胆且可能性极大的答案冒出来，他横竖都是岳鸿章的儿子，莫非也要去上海？

猜想一旦开头，就刹不住车了，如果他真的同我目的地一样，按照时间、地点以及肥皂剧理论推断，我们极有可能会坐同一航班。

我用力摇摇头，把这个疯狂的想法甩出脑子，自我安慰：岳钧楠不是很爱旅游吗？这次他说不定也是出去旅游的，一个机场每天的航班那么多，没道理会和我同路。

上机之前，我始终都抱着这种相当给人安慰的"精神胜利法"。可是，当我在空姐的微笑注视下迈进机舱，走到自己的座位上，并且看见自己邻座的那个人之后，我才深刻领会到"造化弄人"这四个字的确切含义。

岳钧楠抬起头，目光与我对视了一会儿，轻微皱起眉。

我不知道该用什么表情面对他，只能尴尬地站着，空姐拍了拍我的肩，"不好意思，小姐，您挡住别的乘客了。"我扭头，正好看见一个戴着金边眼镜的老大爷对我怒目而视，急忙一扭身子坐下，把通道让出来。

岳钧楠没说话，但我知道他肯定在看我，目光毫不掩饰地在我身上上下移动，从散乱的头发，到褶皱明显的衬衣，再到脚上一双明显不搭的踝靴，脸上带着活招牌一样冷淡而厌恶的表情。

几秒钟后，我听见他说："酒臭味很重。"

我身子不可避免地僵硬了一下，拉过头发闻了闻，果然有股诡异的味道。

"既然要来坐商务舱，唐小姐多少也该把个人卫生打理一下才是。"觉得一枪不够，他又开了一枪，这才收回目光，抖开刚才看了一半的报纸。

听着那种活像是在鄙视刚进城的"乡巴佬"的语气，我脸色一阵红一阵白，又不能反驳，毕竟我身上的确带着酒味，而他又是这股味道的受害者。不过，我原本因为徐娅的事对他心存的那点愧疚也因为他这番话烟消云散了，甚至我还懊恼自己居然会对这样一个刻薄又偏激的人心存愧疚。

机长广播飞机很快就要起飞，我打定主意整个航程都不理会身边的人，系好安全带后便取出眼罩戴上，仰头大睡。

飞机缓缓腾空，摇晃的频率相当助眠，我迷迷糊糊睡了一阵，忽然感觉有人在叫我，睁开眼一看，空姐正将一张菜单横在我面前，让我点餐。

我是第一次坐商务舱，从来不知道飞机上还能提供点餐服务，顿时觉得很新奇，接过菜单仔细研究起来。岳钧楠倒干脆得很，连菜单都未接，只要了简单的白水和三明治。

我虽然在上机前吃过一点快餐，但那也只是起个垫肚子的作用，并没吃饱，加上受了岳钧楠一顿气，更觉得饿，不由得小声问了空姐一句什么餐的分量最大。空姐笑眯眯地望着我，帮我将菜单翻到最后一页，指着彩图上一大碗看起来相当丰盛的牛肉面，对我心照不宣地比了个拇指。

我也心照不宣地把菜单还回去，对她比了个拇指。

商务舱的乘客不多，大多点的都是精致量少的食物，鲜有我这种饿死鬼投胎的另类。餐点是全做好了由推车一起送上来的，隔了老远，我就闻到一股浓郁的牛肉面香味，馋虫立刻被勾了起来。

空姐端着碗放到我面前，轻声对我说："唐小姐，我其实是你的粉丝，你每篇专栏我都有看，今天这面条里我悄悄给你多加了一倍的料，是特别招待。"说完她还眨了一下左眼。

我顿时有种热泪盈眶的感觉，怪不得早就觉得这位空姐面善！再看那碗面条，上面盖着几大块牛腱肉，旁边附着光滑剔透、看上去就很有嚼劲的牛蹄筋，汤色清亮，还放了香菜做点缀。

岳钧楠忽然皱紧了眉头，将脑袋偏过去。

"你不用羡慕嫉妒恨。"我看着他面前清汤寡水的餐点，难得起了揶揄他的兴致，"要我分块肉给你吃不？"

"香菜。"他用手掩住口鼻，脸色有些白，"香菜的味道太呛了。"

我奇怪地看着他，"你不吃香菜？"

他没回答，只是站起身，急匆匆朝洗手间走去。我无所谓地耸了耸肩，开始享受眼前这碗诞生于三万英尺高空的美味。

也许是在飞机上很难吃到牛肉面的缘故，我的味蕾宽容不少，我觉得这碗面的味道出奇的好，如果不是胃容量有限，真想连汤也一并喝光。等我满意地停下筷子，用湿巾擦了擦嘴，岳钧楠还没回来，他那盘三明治孤零零地摆在餐盘上，有些凄凉。

我盯着三明治上盖着的厚片土司，忽然一个邪恶的念头从脑子里冒了出来。

空姐将我吃干净的碗盘收走之后，足足又过了十分钟，岳钧楠才从洗手间的方向回来。见我已经吃完了面，他脸色好了些，回到座位上先喝了一小口水，然后才拿起三明治。

我装作正仔细阅读航空公司附赠的逃生指南，眼角却偷偷瞄着他，看见他把三明治放在嘴边咬了一口，也只咬了那么一口，他忽然浑身一颤，像吃到了什么毒药一样猛地把嘴里的东西吐了出去。

这不出我所料的场景让我喜上眉梢，可我嘴角的笑容还没绽放到一定程度，接下来的事情就让我怎么都笑不出来了。

因为岳钧楠的反应实在太过了些。

他明明已经把嘴里的东西吐出去了，可脸色却依旧白得像张纸，额头上逐渐渗出了一层细汗。

"喂，你怎么了？"我有些不好的预感，心想不过是些香菜而已，至于反应这么大吗？

他没有理我，只是用手捂着嘴干呕了几声，英俊的五官皱成一团，喉结不断颤动，脖颈紧绷，皮肤上浮现出一层青筋。他这副阵势真把我吓住了，我急忙起身把他从座位上扶起来，想叫空姐看看到底怎么回事，结果我们刚挪出位置，他便双脚一软，整个人跪倒在了地上，双手卡住喉咙不停干呕，一双眼睛都涨成了红色。

我彻底慌了，不断晃他，其他乘客也发现状况不对，帮忙叫来了空乘，几个人手忙脚乱地把岳钧楠抬到空乘们的休息区，有懂得基础急救的空姐取来医药箱，开始查看他的状况。

岳钧楠脸和手都一片冰凉，双眼紧闭，似乎晕了过去，空姐检查了一会儿，说："看状况像是过敏。"

"过敏？"我惊道，"会死人的那种？"

"倒没那么严重，从这位先生所表现的体征来看，只是身体的一种自发排斥反应，他应该过一会儿就能醒来，不过为了万全起见，我们会联系地面医院，降落后送这位先生去检查。"

安排别的空姐去进行地面联络后，她又转过头来问我："小姐，你和这位先生是一起的吗？"

"算是吧。"我尴尬地点头，想着要不要坦白刚才自己做的"好事"。

"那降落后请小姐跟这位先生一起去医院吧。现在请您回座吧，再过三十分钟，我们就要降落了。"她对我做出一个"请"的手势，然后便忙着用安全带将岳钧楠固定在那张简易折叠床上，开始为降落做准备了。

我又看了岳钧楠一眼，他脸色比起刚才稍稍恢复了些，只是眉头依旧皱着，似乎虽然昏过去了，可还是不舒服。看着他的样子，我不光没有得到任何报复得逞的快感，反而后悔与懊恼接连涌上心头，变成了一种自我折磨。

这趟旅行从一开始就波折不断，也不知道后边还有怎样的事情在等着我。

下机后，我随着救护车和岳钧楠一起到了医院。为了掩饰自己犯下的错误，同时不给飞机上的空姐添麻烦，我只能扯谎说岳钧楠是吃了我自带的零食才会变成这样，并且再三声明我并不知道他有忌口。我去交诊疗费，岳钧楠则被护士们推着在门诊部绕了一圈，做了一系列大检查，最后的结果让我啼笑皆非，他身体没有任何问题，至于为什么会昏迷不醒，多半是因为大脑受到了外部刺激而开启一种自我保护的状态，简单了说，就是香菜的味道让他产生了"我要晕倒"的心理作用，然后，他就真的晕了。

能对一种食物忌口到都没吞下去就产生这样大的杀伤力，我在觉得荒谬的同时，也算是见了回世面，只可惜白白心惊肉跳了好半天。

因为没什么大事，岳钧楠最后被安置到集体病房，护士给他挂上葡萄糖，又在床头的表格上唰唰划拉几笔，告知我"明天就能出院"。

我丧气地坐在床边，身边堆着我们俩的行李，最上边还摊着一本我在上飞机之前买的《上海旅游指南》。

这种明显的"来旅游，结果出师未捷身先死"的架势，吸引了周围不少人的目光。集体病房里病人很多，旁边病床一个看起来上了年纪的胖老太太轻拍我的肩膀，满脸热心地问："小两口一起出来旅游的吧，小伙子出什么事了？"

"吃错东西了，还有阿姨，我们不是那种关系。"我身心俱疲，可也必须解释清楚误会。

"哎呀，这可糟糕。"老太太居然用一种全然不信并且充满同情的目光看着我，"小伙子病了是挺扫兴，不过小姑娘你心里也得体谅体谅人家，要为了这事闹别扭、耍脾气，可不讨人喜欢呀。"说完，她一面咂嘴一面摇头，附近好几个床位的病人和家属们也纷纷跟着摇头。

我僵硬地扯开嘴角，恨不得立刻离开。可把岳钧楠一个人丢在这里又太不地道，既然是自己惹出来的事情，就得负责到底，于是认命地晃了晃脑袋，也懒得再和这帮自以为火眼金睛的三姑六婆解释，索性单手撑在床头柜上开始打盹。

傍晚的时候，岳钧楠醒来了。

我正端着外卖送来的盒饭吃晚餐，看见岳钧楠睫毛颤了几下，手也跟着动了动，似乎想要去揉眼睛，忙丢下筷子抢先将他的胳膊按住，"别动，还在输液呢。"

他睁开眼，漆黑的眼珠子盯着天花板，像是没弄清楚自己为什么会躺着。片刻之后，他的目光轻飘飘地斜过来落在我脸上。我尴尬地同他对视了一会儿，说了句"我扶你起来"，然后狗腿地一手托着他的胳膊，一手扶着他的肩膀，帮他撑起身子靠在床沿上，又在他腰后垫了个软枕。

"这里是哪里？"他声音干涩沙哑，不等我回答，他的目光就向周围扫视一圈，然后自己给出了答案，"原来是医院。"

我给他倒了杯水。

"医生说了，你明天就能出院。"看见他端着杯子不说话，我觉得气氛有些僵，只能先开口，顺便试探一下他的态度，"你现在……觉得怎么样？"

"是你做的吧？"他忽然转过头，眼神淡漠地望着我，直奔主题，"我三明治里的香菜，是你偷偷放进去的吧？"

我涩然地笑了笑，为自己辩解道："只是想开个玩笑而已，谁知道你的忌口这么厉害。"

"很多意外杀人案件最开始也不过是开玩笑。"他冷冰冰地说，"你……"

"哎哟，小伙子醒来啦！"隔壁床的老太太在楼下散完了步，正由护士搀着从外边走进来，看见靠床坐着的岳钧楠，脸上堆满了笑，"你说你这小伙子是不是扫兴？年纪轻轻的，身体居然这么差，折腾得人家姑娘也跟你一起受罪。"

岳钧楠看着她，好歹把脸上僵硬的表情收了回去，"您是？"

"我是谁你就别管啦，赶紧地，好好给人姑娘道个歉。"老太太爬上床，接过护士递给她的茶，豪迈地漱了漱口，几大口吞下去，说道："你们现在的年轻人本来工作就忙，小两口好不容易出来旅个游，自己倒先躺下了，难怪人家姑娘会跟你生气，换成老婆子我心里也会不痛快。不过生气归生气，就冲人家姑娘今儿个在你床边守了一天，你身子好了一定得好好补偿人家才成。"

岳钧楠看了看老太太认真的神色，又把目光挪到我脸上，表情似笑非笑，"小两口？"

"那可不是我说的。"我立刻摇头，转身对老太太道："都跟您解释过了，我们不是那种关系。"

"是是是，老婆子我多嘴，你们不是那种关系。"她揶揄地瞪了我一眼，竟然甩过来一个"这么大了还害臊"的眼神。

岳钧楠再度开口，我以为他要将刚才的质问继续下去，心里正盘算着该怎么答，结果他居然直接跳过了这个话题，嘴角微动，吐出来三个字："我饿了。"

"什么？"我一愣。

对着我困惑的眼神，他又不耐烦地重复了一遍："我饿了。"

听清楚他的确是在表达对食物的渴求之后，我顿时表示理解，他的飞机餐因为我的缘故打了水漂，他等于从早上到现在都没吃过东西。

"可是，"我说，"这个时候外卖应该很难叫，需要等很久……"

"我也没让你再去买。"他看着我摆在床头柜上那盒只动了几筷子的盒饭，"我吃现成的就行。"

"那可是我吃过的。"我心里咯噔一下，"你也不嫌脏。"

"如果你承认你有传染病，我也可以不吃。"他就这么望着我，摆明一副"非吃不可"的样子。

我不舍地看了那盒饭一眼，那是套餐中最贵的"大综合旗舰版"，里面鸡腿、鱼排、红烧肉等一应俱全，我因为从小养成了"最好的东西最后吃"的习惯，之前几口吃的全是青菜和酸萝卜，真正的肉类主菜一点没动，想不到居然会便宜他。

但我也无力反驳，今天这通闹腾到底是我惹起来的，只能认命地说："那你拿去吃吧。"

结果他又得寸进尺地说道:"你让我自己吃?"他指了指自己插着针管的右手,"别忘了我在输液。"

我只能把盒饭端起来,在隔壁老太太笑眯眯的目光中,夹了一大块色泽鲜亮的红烧肉,塞进他半张开的嘴里。

"明明这么能吃肉,还开了个素食餐厅,果然是为了沽名钓誉。"我一面嘀咕一面喂他。

两三口之后,他又嫌弃筷子太慢,而且饭菜不好搭配,让我改用勺,中途我还得不时递上清水帮助他吞咽。

"你现在是不是觉得很饿?"吃完后,他左手拿着纸巾优雅地擦掉嘴角的油光,"不过,反正你中午在飞机上吃了一碗牛肉面,女人过午不食对身体有好处,至少不会发胖。"

我知道他这句话一定是说来气我的,至少他眼睛里那股得意的神色怎么都掩饰不了。

岳钧楠吃饱了饭,又看了会儿书,压榨着我伺候他洗漱完毕,自顾自地躺下睡了过去。

短期病房没有给陪护家属提供休息的地方,不过好在病床较宽,如果有家属不想离开的话,可以和病人同床而卧,也能方便照顾,我却显然不能这么做。

夜晚渐深,护士过来将病房的大灯关掉,只留了几盏小壁灯。

四周呼声渐起,我只顾着肚子饿,睡意全无,于是抱着电脑坐到病房外走廊的长凳上,点燃一支香烟,想学着卖火柴的小女孩那样画饼充饥。

可惜才吸了一半,就有个护士迈着大步子噔噔噔走过来,狠狠瞪了我一眼,说:"医院里禁止吸烟!"

我只好把剩下半支丢在脚边踩灭,对她歉意地笑了笑,她又瞪了我一眼才扭着屁股离开。

窗外吹来一阵凉飕飕的风,秋寒料峭。果然,在沿海城市,就连秋老虎也只能夹着尾巴当病猫。我盯着眼前雪白的文档页面,手指在键盘上停了半天,一个字都写不出来。

不知怎的,在这样夜深人静、秋风萧瑟的情境下,我又想起了在那家法式餐厅洗手间里见到的一幕,岳钧天的低笑,"杜蕾斯"的轻吟,还有在我撞破商擎"好事"那天,他从"杜蕾斯"身上抬起头看见我时脸上惊恐的表情。

我忽然觉得商擎有些可怜，他会和"杜蕾斯"勾搭成奸我其实不奇怪——他是一个相当要面子的人，并且成长的途径太过一帆风顺，从小学的"大队长"，到中学的"市级三好学生"，再到大学的"学生会主席"，就连进入职场也以最快的速度晋升为高级干部。这样的男人最想要的是一个能让自己掌控的伴侣，而且最好可以让他能随时从伴侣身上获得优越感。显然，我并没有让商擎体会到那样的优越感，因为我从来没有在他面前表现出软弱的一面，哪怕当初我们商量结婚买房子的时候，我也坚持要出一半的首付，以证明我有能力赚钱养家，而不是一个完全需要依靠他的家庭主妇。

但我做不到的事情，"杜蕾斯"做到了，她青春，可爱，小鸟依人，可以很轻易对男人露出崇拜的眼光，那些正是商擎所渴求与期望的。现在想想，我和商擎分其实是好事，他和许多隐性的大男子主义者一样，表面上可以和强势的女性和平共存，但实际上还是希望她们能安分守己地待在家里洗衣、做饭、看孩子。

我给不了他想要的，长此以往，只能让双方互相厌弃，最后也不会有好结果。

可是，如果商擎他知道"杜蕾斯"给他戴了"绿帽"，以他那种强烈的自尊心，真不知道会气成什么样。

我恶趣味地摸出手机，想着要不要索性告诉他算了，可又忽然发现，他的号码早就被我删掉，现在回忆，竟然是完全记不起来。

电脑屏幕闪了一下，提示电量不足，我看了眼只打下一个标题的文档，轻叹了一口气，合上屏幕抱起电脑往回走。

岳钧楠却不知何时披着外套站在了病房门口，活活吓了我一大跳。

"拿去吃了。"他递过来一包真空包装的东西，然后头也不回地转身回到床边再度躺了下去。

我看着手里的塑胶袋，外边印着Santorini餐厅的商标，似乎是他餐厅的外带产品，撕开包装后，里面整整齐齐排列着四个芋泥球，外表光泽湿润，和刚做出来的没两样。

"送个吃的，语气还这么臭，说两句好话又不会怀孕。"我冲他的背影瞪了一眼，拿起一个芋泥球轻轻咬了一口。

Part
· 05

　　我永远不会相信"因为爱你，所以成全你"这样的鬼话！爱一个人，心里唯一所想的就是两个人长相厮守，这样才是真正的幸福。不要说我这种想法自私，爱情本来就是自私的东西，你有见过三个人share爱情的事？幸福是自己争的，不是靠别人给的。

　　第二天早晨，我是被一阵吵闹声惊醒的。病房里有个老大爷今天出院，到医院迎接的家属足足有一个连，围在病房里熙熙攘攘闹腾个不停。我揉了揉眼睛，刚直起腰就觉得后背酸得不行，昨晚趴在床沿睡了一夜，就算是铁打的身子都受不了。

　　岳钧楠也起来了，正站在床边整理身上的衣服，他昨天穿的衬衫因为一通折腾早就皱得像咸菜，这会儿换了件新的，加上他昨晚似乎睡得不错，整个人看起来神清气爽，哪还有一丝病歪歪的样子。

　　我昨天已经付过住院的费用，护士直接来病房替他办了出院。我们一人拖着一个大箱子站在医院门口，岳钧楠斜眼看了看我，"要我替你拦车吗？"

　　我翻了个白眼，"我自己又不是没有手。"

　　"也对。"他自言自语，"只有面对Lady的时候，男人才需要展现绅士品格，面对你这类的不需要。"

　　"什么时候拐着弯骂人能让别人听不出来才算真境界。"我对他的奚落不屑一顾，换了个话题，"我都还没问你，你也是来参加APA会议的吗？"

"那种一群人围着互相打官腔的八卦会议我可没有兴趣，虽然也的确收到了邀请函。"他难得心平气和地回了我的话，并且还回得相当全面，"我是来考察市场和进货的，上海有家甜品店研发的马卡龙很适合中国人胃口。"

　　"那么女性化的东西，你一个大男人居然也感兴趣。"我露出嫌恶的表情。

　　"任何东西一旦职业化起来就没有性别区分了。"他视线顺着我的脸下滑，顿在我胸前，"这就像我如果告诉你你内衣的款式出自一个男性设计师之手，难道你还能立刻脱下来扔掉？"

　　我顺着他的目光低头看，惊觉自己的上衣不知道什么时候绷开了两颗扣子，隐约露出文胸绣着标签的边缘。

　　"流氓！"我急忙用双手捂住胸口。

　　他朗声一笑，这时两辆出租车一前一后排停在我们身前，他提起箱子率先上了一辆，临关车门之前还对我举手示意，"希望这次上海之行不要再碰见你了，唐小姐。"

　　"我呸，这句话该由我来说！"看着那辆出租车一溜烟地扬长而去，我一面跟在后边追了两步一面怒骂。

　　无数肥皂剧里都有一个演烂了的情节，即当女主角对男主角大吼"我再也不要见到你了"，她的潜台词一定就是"快点过来抱住我安慰我啊，浑蛋"。所以通常当我听见这句经典台词出现的时候，我会立刻意识到过不了多久这对"苦命鸳鸯"就要再碰上，然后干柴烈火，满足编剧们恶俗的口味，赚足"师奶"们廉价的眼泪。

　　但是当剧本照进现实，却又非得让我感叹一句"艺术的表现方式万变不离其宗，果然切实源自于生活"。

　　仅仅过了一个小时，我与岳钧楠再度狭路相逢，只是地点换成了酒店前台，而彼此的心理姿态，也换成了我来俯视他。

　　"对不起，先生，如果您不能提供有效证件，也无法使用现金或者信用卡付款的话，我是不能收取您的支票的。"长得颇像刘玉玲的酒店前台摆着一副公事公办的口吻，把一张支票推回到脸色阴晴不定的岳钧楠跟前。

　　我在旁边抬着眉毛欣赏他犹如吞到苍蝇般的表情，发现自己很乐在其中。

　　事情的详细经过得退回到十分钟前，当时我拽着行李急匆匆走进酒店办理住宿手续，准备赶紧洗个澡，然后扑上柔软的床铺狠狠睡上一觉，抚慰抚慰自己酸痛的腰。

房间是提前订好的，因为是公费，我压根就没想过要给财大气粗的帝光省钱，理所当然把五星级和海景纳入了必须挑选的范畴。酒店就在黄浦江边上，与"东方明珠"隔江相望，大门前还有一排颇受外地游客赞誉的景观雕塑，可惜我从昨天早上开始就没洗澡，蓬头垢面加上一身在医院沾上的消毒水味，毫无心情去欣赏近在咫尺的美景，一通直走到前台，报上名字，递上身份证，等着前台里的小帅哥帮我登记。

就在这时，身边另一个正办理入住的男人转过身，与我对上了眼。

我吓了一跳，真想大呼一句"真是冤家路窄"，岳钧楠却显然不想搭理我。他英挺的眉毛微微蹙起，手在上衣口袋里仔细翻找着，结果什么都没翻出来，于是又转移到裤口袋，还是一无所获。最后他蹲下身去将身边的行李上上下下检查了一通，才摸出一本支票夹，唰唰地签出一张，推给正面带微笑看着他的前台小姐，"皮夹好像不见了，证件也在里面，我先用支票付款如何？"

然后，便发生了刚才的那一幕。

"支票绝对是真的。"岳钧楠声音有些压抑，却不慌张，"你们可以打去银行核实。"

"问题并不在于支票，如果您无法提供有效证件的话，除非是无合法经营资格的小旅馆，不然任何一家酒店都不可能为您办理入住。""刘玉玲"的笑容肯定是有刻意练过，嘴角的弧度恰到好处，既让人看不出怠慢，又把一种"付不起钱就请出门左转"的姿态表现得淋漓尽致。

"你的钱包丢了？"我也跟着"刘玉玲"有样学样，用一种听起来稀松平常，又带着股深藏不露的嘲笑的口吻向岳钧楠问道。

他总算转过身看着我，说："关你什么事！"

不知我有没有看错，他脸色居然有些发红，我一下就乐了，实在想不到这个"万年死鱼脸"居然也会有害羞的时候。

"没错，的确不关我的事，反正你昨天也睡了一晚的医院，今天再睡一晚大街也没什么大不了的。"

他似乎没话反驳，就安静地站在那里，脸上有种进退不能的窘迫。不知怎的，看见他的表情，我心中最初的快意渐渐褪去了，转而演变成一种嘻嘘的滋味。

明明我一个大活人就在这里，双方又不陌生，只要他肯拉下脸来向我借钱，我绝对没有不给的道理，可他就是不说话，无法在要面子和睡大街之间权衡出结果，我倒看不出他脸皮这么薄。

但很快我就发现，我的这通想法完全是自欺欺人。

岳钧楠像是做出了什么决定，忽然挤到我身边，对我面前正在帮我登记的小帅哥微微一笑，"不好意思，我和这位小姐是一起的。"

"你！"我瞠目结舌地瞪着他，刚才我是哪根筋不对，猪油蒙了心才会觉得他脸皮薄！

"你最好不要拒绝，因为让我落入这个境况的始作俑者可是你。"岳钧楠在我出声之前淡淡发话堵住了我的嘴巴，"我想了一遍，从昨天到现在，唯一有可能会遗失钱包的地方就是那个人多手杂的集体病房，所以归根究底，这都是你害的，你必须负责。"

"你这是神逻辑！"我压低声音朝他怒道，"为什么我的钱包好好的？自己没脑子看不住东西就不要怨别人，信不信我大喊一句抓流氓，你今晚大街也别睡了，直接睡到派出所去。"

他竟然无辜地一耸肩，"你要喊便喊，我只说我们是两口子出来旅游，然后你在任性发脾气，大不了把昨晚病房里那个老太太请出来当证人……或者再把事情闹大些，惹出一两个记者，到时候咱俩一起上头版，没准还能帮你多卖两本书出去。"顿了顿，他或许也觉得自己这番行为太过无赖，于是补上一句："只有今天，明天我就会联系人送钱过来。"

这已经是威胁，是赤裸裸的威胁。他早两年就是许多人饭桌上的八卦，我却不想也跟着变成别人酒足饭饱之后的谈资，就算他破罐子破摔不要脸了，我还是要的。

所以，我识趣地闭了嘴。

然而，就在我默默接受了败北，开始努力回忆自己预订的房间到底是大床房还是双床房的时候，前台小帅哥却抬起头对我说出了一番犹如晴天霹雳的话："对不起唐小姐，您之前的确有预订过，但入住日期是昨天，因为您没有按时到店，又未办理延期，所以房间已经被取消了。"

"取消了？"我一愣，"那现在还有房间吗？"

小帅哥歉意地对我笑笑，"标间全部客满，只有商务套间才有空房。"

"这不可能！"我说，"你们在取消房间之前都不给我打个电话确认一下？"

小帅哥面不改色地回应："按照规定，我们应该给您去过电话通知。"

我急忙掏出手机查看，果然有一个未接来电，时间是昨天半夜，估计我睡得太沉没接到。

"商务房就商务房吧。"岳钧楠在旁边说，"你要去参加APA的话，是公费，住饭店又不用花自己的钱。"

"你说得轻松，还不是因为你那个小气的爹只肯报销标准间的住宿，那张商务舱的机票已经折了我一笔钱进去了，现在还要我自己掏钱住酒店，想都别想，门都没有。"我手指在大理石的柜台上敲了敲，"这事不能这么办，我要见你们经理。"

"稍等一下……不好意思唐小姐，刚才是我的失误，你的房间其实并没有被取消。"小帅哥双手在键盘上噼里啪啦敲了一阵，话语间忽然峰回路转，"您之前预订的标准客房的确因为未按时入住被取消了，但是有人帮您改订了帕丽斯套房，需要的话，现在就可以为您办理入住。"

"等等！"我抬手举到他眼前，"我不太懂你的意思，什么帕丽斯套房？"

"这家酒店最高级的套房，一个晚上的门市价是两万块。"岳钧楠冷冰冰又带着股戏谑的声音响起。

我瞪大了眼睛，觉得头皮一阵发麻，险些对着柜台后的小帅哥尖叫起来，"我才不会花两万块来住一个晚上的酒店！"

"事实上，已经有人为您付过钱了。"小帅哥又噼里啪啦敲了一阵键盘，"一位程小姐已经帮您预付了接下来一周的房费。"

"什么？"

"因为您昨天没有按时入住，我们也未与您取得联系，所以联系了您留下的另一个电话。将情况告知接电话的那位程小姐之后，她为您将房间升级成了帕丽斯套房，并且预付了一周的房费。"小帅哥面带微笑地解释了一番。

预订酒店的时候，为了方便与顾客联系，酒店要求留下两个电话，一个顾客本人的号码，还有一个紧急联络人的号码，因此我除了自己的电话，理所当然也填了程沐媛的。按照前台小哥的意思，他们是联系到了程沐媛，然后这什么帕丽斯套房就是那位小姐整出来的幺蛾子。

可让我不解的是，程沐媛到底哪根筋不对，她莫非中彩票了不成？

我还在发愣，那边前台小哥已经招呼侍者提起了我的行李，连带着岳钧楠的也一起堆放在行李车上，簇拥着我们走进了电梯间最里边那架连门上都文着金色花纹的电梯。

"这家酒店一共有四间帕丽斯套房，都在同一楼层，用这部电梯能刷卡直达，私密性与安全性非常好。"进了电梯，岳钧楠接过侍者递来的金色卡片，同时对我解释道，似乎对这类烧钱的地方相当熟悉。

侍者的模样更恭敬了，显然岳钧楠的一番话让他理所当然地把我们当成了经常光顾的豪客。

出电梯后，映入眼帘的是个圆形的室内花园，楼层是特地挑高的，显得非常气派，花园外围有四道呈环形排列的双开门，相当有诗意地用"梅兰竹菊"四个字当了房号，我嗤笑一声，这样的房号，加上"帕丽斯套房"这个洋名，往好听了说叫中西合璧，往差了说就是洋不洋土不土，看来这酒店老板的品位也不怎么样。

只是，不管老板的品位到底如何，我也不得不承认，这种能漫天要价的套房，要想得到顾客的认可并且获得客源，还是需要一定性价比的。

"套房包含两间带有多功能浴室的卧房，一间会客室，一间配备了私人酒吧的书房，一间24小时供应食物的私人餐厅，还有一间小型的家庭影院，可以点拨任何正在线上热映的大片。"侍者带着我们穿过迷宫一样的房间，依次介绍各项设施的功能，"套房内所有设施都由中央电脑控管，而且每个房间里都有遥控终端，上边附着说明，操作非常简便。"

见他这么殷勤，介绍了半天都不走，我知道他在等什么，转头去看岳钧楠，偏偏那人像个没事儿人一样自顾自拎了行李，走进卧房，砰地关上门。

我咬咬牙，摸出钱包，手指在绿色的钞票上挣扎了一会儿，终究觉得现在不是小气的时候，眼睛一闭，抽出一张大红钞票递了出去。

"谢谢。"侍者面带微笑地接过，表情上看不出对这份小费到底满不满意，嘴里却说了句让我相当满意的话，"那位先生怎么能让女士付小费？真是太失礼了。"

或许他是故意这么说来讨好我的，可实在说到我心坎里去了，并且让我觉得自己面对的是一个坚实的同盟——就连服务生都和我想法一样，认为岳钧楠那人实在不怎么样。虽然我明知道根本原因是岳钧楠他身上没钱。

打发走侍者，我走进余下的一间卧房，摸出手机给程沐媛打电话。

电话响了两声就转到了语音信箱，她似乎并不方便接，我只好留言说我已经见识到了她在饭店给我准备的"惊喜"，让她得空后立刻回电解释。

然后，我在浴室硕大的按摩浴缸里放满了水，三两下脱光混合着酒味与消毒水气味的衣服，舒舒服服地泡了进去。

浴缸旁边居然还配了一个小冰箱，里边冰镇了许多饮料。我抽出罐啤酒豪饮了一大口，趴在浴缸边任由鼓动的水流蹂躏着我的身体，心里开始自相矛盾起来，一面非常享受这种平常压根想都不敢想的待遇，一面鄙视资本家们奢侈淫靡的生活。

一个小时的各式水流按摩让我险些睡死在浴缸里，好在我还保留着最后的理智，撑住眼皮吹干头发换了睡裙，在持续了两天一夜的疲劳排山倒海而来之前，努力爬上了床。

再睁开眼时，天色已经黑尽，我没有拉上窗帘，城市夜空上密集的灯光透过窗户照进房间里，斑斑驳驳，十分好看。我伸了个懒腰，向远处的地标明珠塔眺望了一会儿，然后才看见摆在床头柜上的手机正一闪一闪发着光。在我睡觉这段时间里，手机收到两条留言：一条来自程沐媛，她居然在青藏高原边陲的一个旅游小镇里参加当地时兴的冥想课程，要过几天才回来，说见面时再聊；一条来自陆岩，跟我确认明天会议开幕式的时间，说会过来接我去会场。

我看完留言，把手机插上充电器。

睡了一天没吃东西，肚子里隐隐有股饥饿感传来，我想起侍者说过套房里有个日夜供应的餐厅，便起身走了出去。

所谓的私人餐厅其实就是一个类似于小吧台的地方，上边有播放菜单的平板电脑，想吃什么随便点，自然会有餐厅服务生主动送上来。

点完餐，我估摸着离做好还有一段时间，便又走向小酒吧，交了两万块一夜的房费，不喝白不喝。

经过一个幽暗的房间门外时，我忽然听见里边有动静。

房门没关严，透过那道缝隙，可以听到里面的细碎声音，看到忽明忽暗的光亮。我悄悄往里看，这房间和卧房一般大小，摆着几个足够将三个人团成一团塞进去的大沙发，正对着门的墙上装着占了半面墙的屏幕，正在播放一部激烈的枪战片。

"想看的话就进来看，不要在门口像个变态一样偷窥。"岳钧楠带着丝沙哑的声音忽然从房间里传了出来，把我吓了一跳。我将门推到半开，果然看见他靠坐在其中一个沙发上，身上穿着黑色的浴袍，整个人都融进黑暗里，不留神还真难以发现。

我本能地想要走开，可在抬脚的一瞬间，又猛然意识到自己干吗这么窝囊。

整个套房都是程沐媛给我订的，我才是主人，怎么能被一个蹭床位的人反客为主地唬住？

理了理身上还算整齐的睡裙，我摸黑迈进房间，挪到一个空沙发上坐下，还蹦了两下屁股——这沙发果然够软。

岳钧楠修长的身子斜靠在我对面，浴袍只在腹部懒散地打了个结，胸口露出来的肌肉精悍结实，与他略微瘦削的脸颊有些不符，但也在情理之中，整天像个农夫一样打理自己的菜园，身材总要好过那些花天酒地的富家子弟。

等我眼睛好不容易适应了这片黑暗，又注意到他面前的小桌上摆着一碟吃了一半的龙虾肉沙拉，还有用锥形水晶瓶盛装的青色酒液。

我还从来没见过这种颜色的酒，难免觉得稀奇，不禁多看了几眼。

"这是梅酒。"像是注意到了我的目光，他开口道："原料是青梅，用土法酿造的。"

"五星级酒店还有这种原生态的东西提供？"我从小桌下层取出干净的高脚杯，给自己倒了半杯。酒液一入口，一股酸涩的味道便在唇齿间迅速漫开，偏偏又透着极淡的甜，加上酒精特有的辣，活脱脱像一口酒喝下人间百味，酸甜苦辣都占尽了。

"不用觉得奇怪，就算法国的名酒庄也有梅酒出产，只是量少，不像红酒那样有名。"岳钧楠一手搭在沙发背上，一手端起自己的杯子晃了晃，幽暗的房间里，摇晃的酒液映衬着电影的亮光，像是绿宝石一般。"我喝过的最好的梅酒在苏州乌林镇，十八巷的弄堂，走进去第二条小道右转，有个卖腌菜的老婆婆，她酿的梅酒滋味要胜过许多名酒庄。"

"你从哪本故事书里看来的吧。"我又给自己倒了一杯，"十八巷弄堂走进去第二条小道右转，卖腌菜的老婆婆会酿酒，听起来就像鹳雀楼三楼靠窗坐着的说书先生，其实是个兵器谱排名第一位的武林高手。"

"老婆婆的主业是做腌菜，酿酒只是副业，因为腌菜需要用到梅子汁。"岳钧楠居然一本正经地向我解释起来，"我曾经在她那里学了一段时间，本来想要将这门技术引进店里，最后发现无法复制。要用当地的青梅，当地的井水，当地的陶土坛子，里面还要加入茶叶的花粉，老婆婆也很会看时气，水土不和的话，无论怎么酿，味道都会有差别。"

我奇怪地看着他，"那种巷子深得连酒香都飘不出来的地方，你是怎么找过去的？难道网上有攻略吗？"

"只是碰巧。"他扔出一个说了等于没说的答案。

餐厅很快将我订的饭送了上来，我端着那个描着青花纹的大瓷碗回到房间，打开瓷盖，本就不算大的空间里立刻充斥了浓浓的酱香味。

岳钧楠朝碗里丰富的内容看了一眼，"猪脚饭，有意思。"

我没听懂他的"有意思"指哪方面，嗯了一声，熟练地将旁边附带的调味酱油淋了一圈上去。

我是真的很饿，所以才没有点菜单上那些华而不实的食物，只要了一碗能充分带来饱足感的中国式米饭，外加让人一看就很有食欲的猪脚和酱汁。

"你知道脂肪和碳水化合物是它的主要成分吧？"岳钧楠又说了一句。

"如果你想从这个角度来攻击我的话，就不要痴心妄想了。"我用筷子把焖得软糯松软的猪脚分成一块一块，"我和那些整天不吃东西的女人可不一样，猪皮里含有丰富的胶原蛋白，对我这种经常对着电脑的人来说是非常好的营养品，关键还能丰胸。"

"我只是善意提醒。"他说，"而且我也相信那些胶原蛋白在把你的36B变成34C之前，会先把你的M号变成L号。"

"你不说话没人把你当哑巴！"我恼羞成怒地回了一句。我不轻易饿肚子，而且我有通过规律的运动来保持身材，可他刚才那番话，对任何一个人生观正常的女性来说，都是恶意十足的诅咒。

他耸了耸肩，露出一个无所谓的表情，把目光挪回到电影上。

电影放的是老片《史密斯夫妇》，有点胸线外扩的安吉丽娜·朱莉和身材早就走样的布拉德·皮特正互相搓着大腿调情，对消食并无帮助。遥控器离岳钧楠很近，我对他说："换一部怎么样？"

他似乎也对这两位半过气的明星夫妇不怎么感冒，拿起遥控器开始换片，电影有很多，我原本想让他找一部正在上映的，这样就不用再花钱跑一趟电影院了，可话还没出口，屏幕闪了闪，英格丽·褒曼那张光彩照人的脸带着老电影特有的胶片感忽然蹦了出来。

"停。"我急忙喊道，但是意外地，在我出声之前，岳钧楠已经先放下了遥控器。

"你知道这部电影？"他看向我，模样有些新鲜。

"《卡萨布兰卡》，英格丽·褒曼整个演艺生涯最漂亮的扮相就在这部电影里。"我用筷子夹着半块猪皮，对着屏幕连点了好几下，以为岳钧楠没看过，忙不迭地做介绍，"而且男主角是亨弗莱·鲍嘉，整个四十年代的男明星里，就数他的眼睛最好看。"

"不要说得这么老气横秋，好像你看过首映一样。"岳钧楠又给自己倒了杯酒，开始享受那盘他吃了一半的龙虾沙拉，"我只是想不到你也喜欢这部电影。"

我注意到他用了"也"字,不禁一愣,"你也喜欢?"

"Here's looking at you, kid."他忽然说出了这句电影里的经典台词。

"如果我对这句台词不熟,肯定会以为你在跟我调情。"我心里隐隐地惊喜,觉得遇见了知音。程沐媛对这部电影不屑一顾,她一直认为在二十一世纪,只有内心不安定的文艺青年与激进的民族主义者,才会一边高歌"拿起机关枪",一边看这种不知该归类为谍战片好还是言情片好的历史遗留物。

"这句话,鲍嘉在电影里对英格丽说了四遍,我爱到就差没裱起来挂在床头。"猪脚饭的汤汁很黏稠,沾在舌头上让我说话有些口齿不清,我急忙喝了口酒顺下去,发现酸甜的梅酒与猪脚饭的酱香味竟然出奇地搭。

"你平常喜欢看老电影?"岳钧楠像是对我会与他有一样的爱好感到很新奇。

"并没有,我不怎么看电影,最近一次进电影院还是去年的事。"我实打实地说,"这部电影是个意外,大学时我特别迷贝蒂·希金斯,他有首歌叫《卡萨布兰卡》,我对此很好奇——连三十年后的大明星都为之着迷的奥斯卡电影到底是什么样的?况且女主角还是英格丽,一个时代的女神不管过去多少年都是女人们攀比的对象。"

抹了抹嘴角,我又问他:"你呢?我可不觉得你是单纯爱电影的人。"

"我?"他眉毛一挑,眼神忽然有些散,像是回忆,又像是发愣,几秒钟后才恢复过来,不动声色地说:"也是上大学时偶然在别人宿舍看的VCD。"

"男生宿舍会弄这种电影来看?"我略带惊奇。

"不然你以为男生宿舍该看什么?"

"A片。"我毫不羞涩地吐出两个字,然后伸手一指,"一群精力旺盛的半大小伙子凑在一起看黑白老电影,这场景光是想着就有点毛骨悚然。"

"低级。"他一边喝酒一边扭开头。

我们不再说话,似乎都把注意力放在了欣赏电影上,电影插曲《时光流转》的旋律在房间里缓慢地回荡,映着夜色听起来格外温婉。我的猪脚饭早就吃完了,我一边看着电影里伊尔莎与里克缠绵悱恻,一边一杯杯小酌着青色的梅酒。醉意涌上头时,电影也播到了尾声,男人穿着风衣站在雨中,读着女人留下来的信,然后独自守在一家酒吧,等着一个或许再也不会推门进来的女人。

"整部电影最让我感动的场景就是这一幕，但最让我觉得可笑的也是这一幕。其实仔细想想，这部电影完全可以算是全世界所有肥皂剧的鼻祖。"我脑袋有些昏，只能斜靠在沙发上，对岳钧楠感叹道。

"怎么这么说？"

"已婚的女主角在丈夫死后爱上了男主角，结果有一天她的丈夫却活着回来了，她舍不得男主角，又不忍心背叛丈夫，而男主角知道后做出了成人之美的痛苦抉择，留下一个让观众唏嘘不已的结局。"我说，"这个故事放在韩剧里都会被嫌弃恶俗。而且如果把男女主角的性别转换一下，伊尔莎会是个人人喊打的负心汉，而里克会是个让全世界女人都恨不得把高跟鞋砸在他脸上的第三者，可偏偏这部电影演出来，他就成了英雄和情有独钟的代表，用一个酒吧里的侧脸赚了无数人的眼泪。"我又条件反射地要去倒酒，却没倒出来，才发现那一整瓶的梅酒都被我们俩喝完了。

"难道你不觉得里克情有独钟？"他忽然问我。

"难道你觉得他情有独钟？"我反问他一句，咯咯笑了几声。

他侧过身，用左手撑着脸颊，有些意外地看着我，"听起来你似乎对里克有意见。"

"我只是觉得他并没有电影塑造的那样伟大而已。"我实诚地说，"他要是真的对伊尔莎一往情深，就不会那么潇洒地放她离开，然后转过身在自己接下来的人生里继续潇洒。"

"我相信成人之美也是表达爱情的一种方式。"他皱起眉。

我夸张地把手按在胸口，"你现在是想跟我这个写情感专栏的人讨论爱情观？"

"只是你刚才说的话让我很感兴趣，你似乎觉得里克并不爱伊尔莎。"

"他当然爱，只是没有观众想象中那么爱。"我看他表情认真，便也实打实说起了自己的想法，"如果里克真的深爱伊尔莎的话，他可以死心，但绝对不可能做出这种将心上人拱手让人的事，更何况还做得这么潇洒，所以追根溯源，他其实也没那么爱她。"

"他只是想让自己心爱的人幸福而已。"岳钧楠居然说出了一句让我大跌眼镜的话。

"说真的，岳先生，你坦白告诉我，你是不是有晚上偷偷躲在被窝里打着手电筒看三流言情小说的习惯？"我揶揄了他一句，"这种拿来骗满肚子纯情的小女生的话，你也信？"

"我信。"他表情不为所动，甚至还一本正经地对我说："因为深爱，所以放手，因为深爱，所以假装潇洒坦然，这样的事情是很有可能发生的。"他眼神认真，模样就像是在印证某种信念。

被他用那样的眼神盯着，我的酒意渐渐退了些，坐姿也变得端正起来，我轻声问他："如果是你，你会这样做吗？"

"我会。"他答得完全不带停顿，"如果这样对方能幸福，我会。"

"那你要么是个懦夫，要么就是没那么爱。"我冷笑一声，"我永远不会相信'因为爱你，所以成全你'这样的鬼话！爱一个人，心里唯一所想的就是两个人长相厮守，这样才是真正的幸福。不要说我这种想法自私，爱情本来就是自私的东西，你有见过三个人share爱情的事？幸福是自己争的，不是靠别人给的。你看着我的眼睛，再摸摸自己的心，重新回答一遍，你真的会将自己的心上人拱手让给别人，只因为觉得这样可以让对方幸福，嗯？"

他一双凌厉的眼睛阴晴不定地闪烁了一会儿，里面划过很多东西，那是我从未在他眼睛里见过的情绪，有执着，有悲伤，有悔恨，有愤怒。他嘴唇微张，想要再说些什么，却忽然间站起了身子，大步走了出去。

我莫名其妙地回头看着他离去的背影，他最后看我的眼神是带着责怪的，这让我百思不得其解，我只是在评论电影和阐述爱情观，好像也没说招惹他的话啊！

这天晚上的事情只是上海之行的一个小插曲，等我第二天酒醒的时候，岳钧楠已经搬出了这间套房，只在床头柜上留了张纸条给我，说联系到了朋友，感谢我昨晚的照顾，纸条下边还附着张两万块的支票。

我在感叹岳钧楠多少有点礼貌的同时，又不禁怒骂：在一个女人的床头柜上留这种言语暧昧的纸条，再加上钱，真像某种特定时刻才会出现的场景，这人到底有没有脑子？

APA会议的开幕式在下午，我洗漱一番，换了身得体的衣服，算准了时间站在酒店楼下等。十二点刚过，一辆黑色林肯轿车停在我身前，车门打开，陆岩在里面对我招了招手。

他穿了身全黑的西装，模样很是笔挺英俊，我上了车还来不及赞叹一句，他就把一本杂志塞进了我怀里，"你看看第十八页。"

那是一本刚出版的《大都会周刊》，我狐疑地翻到页数，发现陆岩说的是一篇评论文章，题目叫《被扭曲的职业素养》，作者是景泓。我转着眼珠子往下读了几行，情不自禁地猛然一拍大腿，"好！"

"你听听这段。"我眉飞色舞地冲陆岩念道，"'我们给予评论员地位，是为了让他们更好地履行自己的职责，那就是引导公众树立准确的价值观，而不是借由这个平台发泄自己的私欲。那些在自己供职的报纸上胡言乱语，靠不断诋毁一个努力的作者而上位、成名、炒作自己的评论员，无可否认，是整个业界的污点。至于纵容了这些污点继续横行的报刊，我也不得不质疑其专业性与包容性。'这活脱脱就是在写那个丘石嘛，巴掌抽得可真响，太解气了！"

"没错，你是解气了，因为现在气全堵在我这里。"陆岩疲惫地搓了搓额头，"难道你没看出来？景泓这篇文章表面上是抽了丘石一巴掌，实际上是抽了整个《环球星报》三巴掌，所以主编看见后，抽了我降龙十八掌。"

"这有什么？那么大的《环球星报》，还怕这个？而且说到底，丘石能这样往我脸上踩，还不是有主编撑腰！"我不以为然。

"但是你也不要忘了，你一开始也是靠主编撑腰才有专栏可写。"陆岩压低了声音，"关键是，主编觉得这是你授意景泓这么做的。"

"我？"我哭笑不得，"景泓为什么要听我的？主编的想象力也太丰富了吧。"

"毕竟你认识他，而且之前景泓的助理也曾打电话到我这里谈过合作的事情，主编那里有备案，他知道你们有来往。"

"所以呢？你的意思是，主编不能拿景泓怎么样，所以她打算拿我出气？"

"那倒不至于。只是现在时机很微妙，刚好撞在APA会议开幕的时候，你应该能想象等会儿开幕式上别人会怎么看我们，我就是先提醒你，总之因为这件事，主编很不高兴。"

"我问心无愧得很。之前主编由着丘石一直往我身上泼脏水，现在被别人揪出来扇巴掌了，难道还要我去帮她挡不成？"我满不在乎地抱起手臂看向窗外，不再说话。

陆岩在我身边摇着头叹了口气。

《环球星报》的主编华宇，有个男人的名字，却是个实打实的女人。她是几年前帝光砸大钱挖回来的业界资深人士，哈佛毕业，曾供职美国康泰纳仕。她在传媒圈名声很响亮，风评有高有低，高的在于工作，类似她一手将《环球星报》操办成了龙头大刊，将老牌杂志《大都会周刊》稳稳地压下去的光辉事迹；低的在于私生活，外号"DragonLady"，离了三次婚，四十五岁还单身，同一个十八岁的鲜嫩男模特有说不清道不明的暧昧关系，最后一任前夫还是帝光死对头——伊莱亚斯传媒的副总裁郭志豪。

有传言说她之所以会接受岳鸿章的招揽，是为了在事业上报复郭志豪。在伊莱亚斯传媒公司里，郭志豪属于实权人物，并且有三大特点：聪明，强悍，瞧不起女人。他们当初离婚的导火索就在于伊莱亚斯有意聘请华宇接手原本郭志豪负责的《大都会周刊》，结果被郭志豪从中作梗搅黄了，华宇一怒之下，不光离了婚，还闪电般加入帝光，扬言要在最短的时间内让那个有眼无珠的男人见识一下"Power Woman"的厉害。事实上，她也真的做到了，自从《环球星报》的发行量超过《大都会周刊》，并且领先优势拉得越来越远之后，郭志豪在伊莱亚斯董事会里就很不得脸，职位也从首席执行官降成了副总裁。

总之，不管是大局势下两家公司为了"分蛋糕"争得头破血流，还是小局势下一对前夫妻因为私人恩怨互相掐架，两份报刊明里暗里互相挖墙脚、使绊子的事情都没停过。头顶悬着这样一个大疙瘩，如果内部出现了"里通外国"的奸细，华宇会生气就变得很理所当然了。

但她不该怀疑我，要知道我曾经不顾钞票的诱惑拒绝了景泓抛过来的橄榄枝，这样的怀疑实在让人愤怒。

开幕式的会场设在江边一艘豪华游轮上，甲板装潢考究，铺着绛紫色的地毯，护栏边缀着流苏，巴洛克风格的白色小圆桌鳞次栉比，每张桌子的正中心都摆放着插在水晶瓶中的白玉兰。

随着宾客陆续到齐，属于大人物们的发言时间也跟着拉开帷幕。一个来自新闻出版署的某主任，在一堆马蹄莲簇拥的讲台上，热情洋溢地诵读他那篇不下五十页的讲稿，我则和几位不甚熟悉的作者坐在一起聊天。等他念完第五页稿子时，我们已经聊完所有关于报纸、杂志的话题，几个人纷纷埋下头去开始鼓捣手机，我则微微伸了个懒腰，百无聊赖地朝隔壁桌望去。

那一桌全是帝光高层，包括几个主打期刊的主编和出版人。华宇坐在正中心的位置，正和身边的胡靖容低声说话，她穿着身利落的裤装，短发剪得整齐，五官瘦削深刻，颧骨高高的，整个人都透着一股刻薄锐利的味道，将董事之一却做一副温婉打扮的胡靖容彻底比了下去。

或许是察觉到了我在看她，她似有似无地朝我瞥了一眼，我立刻窝囊地埋下头，装作研究桌布上的蕾丝边。

原本我还打算就陆岩告诉我的事找她理论一二，但此时此刻，这些雄心壮志都随着她那一记眼神可悲地落花东逝水了。不愧是"Power Woman"的精神领袖，冲着这眼神，她的外号不该叫"Dragon Lady"，该叫"美杜莎"才对。

好在她很快挪开了目光。

某主任冗长的演讲终于接近尾声，几个拿着乐器的金发小帅哥在甲板一角坐了下来，侍者们也端着各类精致的美味佳肴鱼贯而入，宴会开始了。

这样的聚会，社交派对是重头戏，它表示大佬们的博弈正式展开。餐桌上没人愿意谈工作，穿着礼服端着香槟，觥筹交错，才是真正的战场。

当然，这里边没我什么事。屈服于华宇那一眼的淫威之下，我现在唯一想做的就是远离各种权力倾轧，同时塞饱我的肚子。

抱着这样的想法，我将自己窝在长条形餐桌的角落，专心对付那几只肉质鲜嫩的大虾。这番行动颇有成效，衣香鬓影的人们不会有兴趣搭理一个只顾着埋头大吃、连脸都看不见的人，我也很享受悠闲的用餐时光。

直到一个穿着花格子洋装的年轻女人在我身边惊叹道："这酒的味道好神奇！"

我抬头看她，她梳着洋娃娃一样的发型，身上裙子的花样让我想起了包着头巾的苏格兰少妇，手里端着盛了半杯青色酒液的高脚杯，眼睛瞪得老大。

我觉得这个女人有些眼熟，一时又想不起来是谁，只当是以前见过的某位作者，便随口解释道："这是梅酒。"

"梅酒？"她一下把脸转了过来。

"原料是青梅，用土法酿造的。"我脸上摆出一副深谙此道的模样，"这不是很有名的酒，所以不常见，而且酿造时很注重水质与时气，酒液带着青梅特有的清香，会比其他酒好入口一些。"

"哇，你好懂！"女人望向我的眼神里立刻带上了崇敬，看得我有些发虚。

这还得谢谢岳钧楠，我心底暗想，要不是昨晚他跟我显摆了那么多，现在我也没资本扮博学。不过，今天会场上居然会这么巧地出现了梅酒，刚看见的时候我也着实诧异了一会儿。

"不光是这些，梅酒还有开胃消食的功效，解腻的效果也绝佳，放在宴会上饮用，会比香槟更健康。"穿着笔挺西装的中年男人来到女人身旁，自然而然地搂住她的腰，然后对我点头示意。

他身材高大，有一张端正敦厚的脸，五官间带着一股浑然天成的威严，不过大概是上了年纪的缘故，眼角的细纹让那股威严多少打了些折扣。

我认识这个人，不光是我，我想在场所有人都应该认识这个人，伊莱亚斯副总裁，《大都会周刊》的出版人，郭志豪。

忽然之间，我想起来为什么我会看那个女人眼熟了，她是郭志豪和华宇离婚后找的"替补"，两人结婚的消息还在八卦周刊上热炒了好一阵。

"看来唐尧小姐也对梅酒很有研究。"郭志豪瞟了一眼我挂在胸口的入场证，语气轻缓，似乎心情不错，就着身边女人的杯子细品了一口酒液，露出陶醉的神情，然后对我说："喝了这么多年的洋酒，早就觉得腻了，梅酒不错，养生又能过酒瘾，所以我才建议主办方准备一些，算是照顾老年人。"说完他还笑了两下，似乎觉得自己这番带着自嘲的话十分有趣。

我却笑不出来，心里只恨自己瞎多嘴，怎么就偏偏和这二位起了话头。之前华宇还怀疑我和景泓有所牵扯，如果现在再让她看见我和郭志豪谈笑风生，那这个大黑锅岂不是要在我脑袋上扣得严丝合缝？

我不动声色地向周围扫视几圈，开始寻找退路，结果低头转身的工夫，刚巧看见一双黑色麂皮高跟鞋的鞋尖停在我面前。

顺着鞋尖朝上望去，是裁剪妥帖的西裤，缀着镂空花纹的衬衫，和垂坠到膝盖处的缎面长外套，再朝上是女人齐颈的短发和戴在耳朵上的两只半克拉的钻石耳钉，透过她耳朵和脖子的缝隙，刚好能看见陆岩正站在女人后边拼命地对我挤眉弄眼。

我终于把视线挪到了女人脸上，她也正冷淡地打量着我，眼里看不出喜怒哀乐。我忽然想起了《穿普拉达的恶魔》里的魔头主编米兰达，一边忍不住在心里盘算着华宇和米兰达之间那少得可怜的不同点，一边挂着讪笑先说了开场白："华主编，你好。"

她却像当我不存在一样，直接从我身边走过去，走到郭志豪面前停下。华宇原本就不矮，如今还蹬着双六英寸高的高跟鞋，完全和身量高挑的郭志豪平起平坐般眼对上了眼。

他们没有说话，却有股冷飕飕的杀气横扫开来。我挪到陆岩身边，莫名其妙地看着他，他朝我摇了摇头，低声说："我们没有拿到张碧莲的稿子，被《大都会周刊》捷足先登了。"

刹那间，我忽然对华宇有些同情起来。

张碧莲，就是《环球星报》这次集体出动想要拿下的奇女子。关于她的话题，无论是在互联网上，还是在报刊杂志上，都风靡了近十年。从在网络上直播自己与某著名摇滚乐手的性爱过程，发布大量详细描写与许多明星一夜情细节的博文，到自我标榜"顶级富二代""上流社会女神"，频繁游走于各大电视台的综艺节目并乐此不疲，关于她的新闻始终是热门话题。直到两年前，她突然宣布结婚，然后彻底从公众视野中销声匿迹。

大家都很好奇她到底嫁给了谁，更有不少媒体曾经想要深挖她结婚的细节，但她消失得很彻底，直接移民去了国外。谁承想两年多的时间过去，就在大家快要淡忘这个曾经的"话题女王"的时候，她又自己蹦出来了，大张旗鼓地在网上发帖公布自己已经恢复单身，并且还准备写一系列的文章剖析她这两年的婚姻生活。

华宇的目的就在于这些文章的发表权，或许她并不在意《环球星报》能不能夺得发表权，但是她很在意《大都会周刊》会不会夺得发表权，因此她率领编辑团队提前一周远赴上海同张碧莲接洽，为的就是无论如何都不能让郭志豪得到这块肥肉。

这些消息都是在来这里的路上陆岩告诉我的，那时他还有些忐忑，因为张碧莲说会在今天给予他们答复。现在答复的确出来了，却是华宇最不愿意看到的局面，在她这样一番围追堵截下，竟然还是被郭志豪捷足先登，也难怪她会专程找上郭志豪较量霸气。

"她就把这件事看得这么重吗？只是几篇稿子而已。"我小声对陆岩说。

"任何能跟《大都会周刊》扯上关系的事，她都会很不高兴。"陆岩声音带着苦恼，"其实这里边也有我的责任，想弄张碧莲的稿子一开始是我的主意，如果我不说这个提案，也就不会生出这么多事来。"说到这里，他忽然把语气压得极低，"我能看出来，她很生我的气。"

"这又是怎么回事？"我丈二和尚摸不着头脑，"怎么又跟你扯上关系了？"

"之前因为景泓的那篇稿子，她就对我有意见了，你是我手下的作者，而你与景泓来往这件事，我却没有加以阻止。"他顿了顿，"你是供稿的作者，她也不能把你怎么样，可我是她的下属，她想怎么折磨我都可以。"

我想说他杞人忧天，还没开口，那边和华宇对峙半晌的郭志豪就轻咳一声，开始说话了，"张碧莲稿子的事情我听说了，很遗憾，你慢了一步。"

得了便宜还卖乖，这男人好贱。

显然华宇与我英雄所见略同，不过她却直截了当多了，嘴唇微张蹦出一个单词："Bitch。"

郭志豪的笑容歪了歪。

"你现在也就只能在嘴皮子上占一点便宜。"郭志豪稳定住表情，露出一副胜券在握的模样，"《大都会周刊》这次拿到了张碧莲的稿子，下一期的发行量估计会上涨不少，你觉得有没有可能超过《环球星报》？"

华宇冷笑道："用那种哗众取宠的粗俗东西来当卖点，《大都会周刊》都落到这步田地了，你竟然会当成一种荣誉，真是可笑！"

"是吗？可也不知道是谁大张旗鼓地带着一堆编辑要来跟我争这种哗众取宠的东西，而且别忘了，这一行最有说服力的永远是市场。"郭志豪一直戴着的面具在华宇的步步紧逼下似乎终于挂不住了，脸色阴沉下来。

华宇不甘示弱，"以前或许是这样，不过现在我手里有了更好的资源，就算把张碧莲让给你，你也翻不起风浪来。"

"更好的资源？"郭志豪一挑眉毛，"莫非你想结第四次婚，然后拿这个来炒新闻？"说完，他放声笑了起来，身边的女人也跟着他一起嘻嘻哈哈。

以我旁观者的身份，听到这句话也不禁心头起火，郭志豪作为一个男人，怎么可以这样作践自己的前妻！

然，华宇果非常人，被当面羞辱，表情竟看不出一丝变化，只是微微仰头，翘起眼角，"我的新闻早就成了冷饭，炒不动了，只是不知道张碧莲的那些稿子跟褚徽大师重返文坛的出山作比起来，又能有多少含金量？"

她这话一说出口，我心头狠狠一跳，立刻看向陆岩，谁知陆岩也是一脸的莫名其妙，同样讶异地望向华宇。

郭志豪嘴唇微张，脸上带着不可置信的神情，过了半晌才低吼道："不可能，你怎么可能请到褚徽出山！"

"事实胜于雄辩，希望到时候你的张碧莲能带给你预想中的效果，不然，你依旧是我的手下败将。"华宇留下一记极淡的笑容，转身迈步离开，陆岩赶紧跟了上去。

我扫了郭志豪一眼，发现他脸色相当难看，心道这地方铁定不能久留，便也急忙三步并作两步追上去，同陆岩肩并肩走在华宇身后。

直到走到甲板的另一头，华宇才停下来。她转过身看了我一眼，语气平静地说："你之前认识伊莱亚斯的郭总？"

终于来了，我知道从她看见刚才那一幕开始，这一刻就迟早会来临。

"不认识。"我将头摇得像拨浪鼓，"不认识，不熟，没见过，完全没听说过。"

她点点头，没有再说什么。

这样轻描淡写就带过去了反而让我有些无所适从。

陆岩适时出声，"主编，褚徽先生要给我们写稿子是什么时候的事，怎么之前一点风声都没有？"

这也是我现在最关心的问题，我一双眼睛立刻一动不动地盯着华宇，等着她的答复。

结果，她却轻飘飘说："我也不知道。"

我和陆岩同时愣住。

"所以，这才是我要交给你立刻去办的，算是弥补你在张碧莲这件事上犯下的错误。因为你那个愚蠢的提议，我们不光白费了一番工夫，而且成了郭志豪取笑的对象。为了挽回《环球星报》的颜面，我不得不提出一个新的构想，至于怎么将构想变成现实，那是你将要考虑的事情。"顿了顿，她继续说："总而言之，在离开上海之前，我的办公桌上一定要出现一样东西，褚徽的手稿，或者你的辞职信。"

华宇的语气就好像是让陆岩去帮她买杯咖啡那样简单，"你是一个很棒的编辑，我相信你的能力。"

"这不可能。"陆岩干笑一声，"你知道的，褚徽先生他……"

"对于你处理这件事的细节，我不感兴趣，我只要结果。"华宇打断陆岩的话，连个辩驳的机会都不给他。

陆岩的脸色一阵青白，愣愣地看着华宇回到胡靖容他们中间，继续端着香槟和几个有头有脸的人物谈笑风生。

"你……打算怎么做？"我忐忑地问陆岩，心里也十分不明白为什么华宇要突然拿他开刀。

"还能怎么做，拿着把刀冲到褚徽家去？"陆岩用力抹了把脸，"这个疯女人！她怎么不干脆叫我去约 J.K. 罗琳？"

这是陆岩第一次在公共场合，并且没有喝酒的状态下，辱骂他的上司。

我在心里盘算了一下此行成功的概率，最后默默地决定支持他发泄。

谁让华宇塞给他一个不可能完成的任务！

褚徽，这位早在上世纪名声就享誉华语文学界与艺术界的泰山北斗，早就成了一个传奇。

他已经脱离了依靠销量来衡量作家身价的阶段，晋级到了另一个层面。这就像古董，一般的瓷器必须要以年份决定价值高低，相比之下，翡翠、玉石和黄金，就算抛开年份的附加条件，其本身的底蕴也足够让人一掷千金了。而褚徽，就是后者。

文学界同影视界很像，习惯用引领风骚的人物来划分时代，三十年前的影视界是周润发的时代，三十年前的文学界则是褚徽的时代。最巅峰的时刻，他的作品在书店里占据了半壁江山，拯救了时值低迷的文化产业，养活了一大片的出版社、印刷厂、民营书店与评论家。之后他牵头设立了"金蔷薇奖"，以基金的形式奖励那些才华横溢的作家。

时至今日，"金蔷薇奖"已经成了文学界的最高奖项，而褚徽，幸亏现代社会不时兴个人崇拜，否则他倒极有可能被世人封个"子"字辈人物，继老子、孔子、孟子后，成为二十一世纪的新一代"大拿"——褚子。

当然，这些都不能成为让陆岩抓狂的理由。任何一个文字工作者，只要他还在线上活跃，编辑就有可能约到稿子，其过程不外乎比拼个专业高低、人脉高低和价格高低。这件事真正困难的地方在于，褚徽在十年前就公然宣布封笔，并且还封得相当彻底——中间有数个不信邪的编辑找上门去，全部铩羽而归。

更有甚者，一个地产商想投钱拍电影，打算请褚徽担当编剧，好借此加以炒作。为了保证马到功成，他领着保镖扛了一麻袋的钱亲自上门，在褚徽家的茶几上堆起了一座"钞票山"，并且豪气地说钱送来了就不会带走，至于剧本褚徽写不写都没关系，大家权当交个朋友。

原本按照他的想法，既然他死皮赖脸地送上了钱，就算说了客套话，出于人情世故，褚徽也会乖乖写好了剧本奉上。不料，褚徽居然大大方方地收了钱，然后转手就捐给了孤儿院，对着那地产商依旧是硬邦邦的两个字：不写。

地产商吃了个哑巴亏，势必不肯善罢甘休，于是联络黑社会想给褚徽点颜色瞧瞧。可惜他低估了褚徽的名望，随着警方的迅速介入，那些黑社会还没有开始动手就尽数落网，警方更顺藤摸瓜抓到了地产商偷税、漏税且数额巨大的把柄。那家伙搬起石头砸了自己的脚，一夜之间锒铛入狱。

这事在当时闹得极大，还上了报纸。人们在茶余饭后闲话家常的同时，更普遍认同了一件事：褚徽，是真的封笔了。

华宇明知道这些，还让陆岩去约稿，除了故意刁难，我想不出其他动机。

我试着安抚他，"华宇可能是心情不好，你要不等过两天她消气之后再跟她说说？"

"不，你跟她接触得不多，还不了解她，我可是整天都忙着应付她。"陆岩揉了揉眉心，"我还是试着联系褚徽看看吧，总比什么努力都不做就直接放弃来得好。"

傍晚的时候下起了雨，派对不得不在一阵匆忙中结束，我坐着来时的车返回酒店，陆岩并未和我一路，他联系上了褚徽现在的助理，正要去见面。

亚热带季风气候笼罩下的上海降水比北方要厉害许多，起初还是淅淅沥沥的小雨，后边逐渐变大起来，很快整个城市都挂上了一道雨幕。

地滑难行，主干道堵车线拉得老长，我看着窗外撑伞匆匆而过的人们，脑子里不断过滤自己的人脉圈，想知道有没有能帮到陆岩的渠道。可我交际不广，能想到的那几个人陆岩也都认识，至于景泓，暂且不说他并没有来参加会议，只说华宇突然拿陆岩开刀，保不准就有我和景泓来往的原因在里面，现在这个时机还是少与他联系为好。

之后两天，我待在酒店里没出门。为期一周的会议，除了第一天的开幕式和最后一天的书展签售会，其他时候需要作者出面的地方少得可怜，我也乐得清闲，索性将这帕丽斯套房里所有能提供的服务都享受了个遍。

第三天早晨，陆岩告诉我一个让人沮丧的消息，他试过了所能想到的方法，却连褚徽的面都没见到，看来这次是无力回天了。

"她不能这么做。"我对着电话尖叫，"让你离职，难道我以后的稿子要直接交给她？"

"应该会有新编辑来跟你对接。"陆岩声音听起来倒比我预料中的平静，"没关系，我只是提前让你做个准备，这几天我也会再努力看看。"

放下电话后，我开始计较陆岩离职会给我带来的得与失，结果发现那将会是让人不可承受的——最关键的一点，我可不敢保证新接手的编辑会容忍我破绽百出的拖稿理由而不加以点破。

可以陆岩那样广的人脉都搞不定的事情，我又能帮上什么忙？我站在大落地窗前，顺着手机的名片夹一个电话一个电话往下翻，直到翻到岳钧楠的名字。我的手在他的名字上停了下，想了想，一咬牙拨了过去。

"这忙我帮不了。"他声音冷淡得像在应付电话推销员，"褚徽？如果换成我，会想办法让华宇收回成命，而不是傻乎乎地真去执行这种荒谬的任务。"

"你好歹是帝光的二少爷，别说不知道华宇是什么人，这话她是当着郭志豪的面撂下的。在女人的尊严和下属的职位中间做权衡，冲她那个性子，怎么都不可能选第二个。"我说，"我真的是很认真地在求你，你以前出任过帝光的董事，肯定跟在你父亲身边接触过许多渠道，难道就没有几个能帮上忙的？"

"就算我现在还是帝光的董事，这个忙也帮不了。想想你们的对手是谁，伊莱亚斯的郭志豪！"岳钧楠冷笑一声，"以他在伊莱亚斯的职位与可调动的资源，难道在过去那么长的时间里就没想过邀请褚徽再出山？醒醒吧小姐，这件事在可行性上是完全用不着多加讨论的。"

"好吧。"我丧气地长叹一声，"我明白了，你不能帮忙，可我不会放弃的，我要以同为作者的身份亲自上门拜访，就不信通不过那什么德拉琳达小姐的防线见到褚徽先生的面。"说完我就打算挂电话。

可在那一瞬间，我原以为没兴趣再跟我废话的岳钧楠突然说了声："等等。"

"你还有事吗？"我不明所以。

"你刚才好像说了个名字。"他声音还是一贯的平稳，但不知是不是我的错觉，竟然觉得他语气有些诡异。

"你说德拉琳达？"我明白过来，笑道："褚徽的私人助理，全名艾丽萨·德拉琳达。你也觉得这名字够可笑的，对不对？明明是华裔，要取洋名也不知道选个正常点的，德拉个屁啊，她以为名字中间加个'德拉'就能高端大气上档次地变成奥斯卡·德拉伦塔①吗？"

我对这位琳达小姐很不满，陆岩的几次上门拜访都夭折在了她手里，因此在形容时免不了带了嘲讽。

"也许这是别人父母取的名字。"出乎我预料的，我以为很可笑的事情，岳钧楠却毫不动容，反而问我："你现在在哪里？"

"酒店啊。"

"半小时之后出来，我们在你那附近的地铁站碰面。"

"我现在很忙。"我说，"没工夫和你……"

"如果你不想帮你那位编辑了，也可以不出来。"他打断我的话，接着咔嚓一声，电话由此收线。

我呆呆地看着手机，只觉得这一切的转折实在太过戏剧性，都说女人心海底针，这岳钧楠的心思倒比华宇还不可预测，明明刚才拒绝得那么斩钉截铁，现在却这么积极，这几秒钟之间到底发生了什么？

---

①奥斯卡·德拉伦塔：英文为Oscar De La Renta，国际知名设计师，时尚教父。

因为挂心这件事，我提前十五分钟就出门了，可赶到地铁站时，发现岳钧楠已经站在出入口。他一身休闲打扮，正靠在玻璃墙上喝咖啡，还低调地戴了顶棒球帽，看上去年轻了许多。

"跟我来。"见我到了，他将手里提的另一杯咖啡塞进我手里，带我进了地铁站，刚好赶上一趟正要关门的列车。

不是高峰期，地铁里显得很空荡，我们挑了一处空位坐下，我咬着吸管喝了一口冰咖啡，问他："我们这是去哪儿？"

"去我一个朋友那里。"他说，"去取一样东西。"

我们乘地铁来到一条古玩店聚集的街道，岳钧楠轻车熟路地摸进一家拐角的店铺。

店铺的掌柜居然是个金发碧眼的外国人，似乎和岳钧楠还很熟。两人埋着头在柜台附近聊了一会儿，就见那外国人愁眉苦脸地走进里间，再出来时，手里拿着一本用塑胶膜仔细包好的线装书。

等出了店铺，回到地铁站，我才问他："这是什么？"

"可以帮你拿到稿子的东西。"他简短地回答了一句，可能觉得自己解释得不够全面，又补充道："褚徽很喜欢收集古籍，他几年前就在寻找一本叫作《南山杂记》的古书，而很不巧，我不久前意外得知，一个在上海开古玩店的大学同学弄到了一本。"

"这玩意儿很难弄到吧？"我看着那本书说，"他怎么这么容易就拿给你了？"

"我自然有我的方法，你不需要关心。"他简单地结束了谈话。

我想说这并不全是他的事情，他也是为了帮我和陆岩，可他的语气实在是让人很难和颜悦色得起来，我也知趣地闭了嘴。

地铁比来时挤些，没有座位，我身边站着一个嘴巴正大嚼口香糖的年轻女郎，她戴着一双张牙舞爪的假睫毛，身上一股浓郁到让人反胃的脂粉气。我眉头轻皱，不禁往岳钧楠身边靠了靠，忽然闻见他身上也有极淡的香味。

那香味让我觉得很熟悉，我细心闻了闻，辨认出是高田贤三的清泉香水。当年程沐媛为了给苏睿选生日礼物，握着做了一个月家教的工钱，拉我在商场柜台里磨蹭了一个下午，其间还和势利眼的"柜姐"掐了一架，最后才选定这个，为此我印象十分深刻。

但也就是这一点让我很纳闷，因为这明明就是一款情侣香水，程沐媛正是看中这一点，才给自己和苏睿一人买了一瓶，岳钧楠这个单身汉要不要这样骚包！

褚徽的家在老城区里一个很安静的小区，六层封顶的旧式公寓楼。他从小就生活在这里，虽然也有几处别的房产，但一直没搬家，还在老邻居搬走后把同层的几户都买了下来，并全部打通，连成了一套大房子，里三层外三层设了好几道关卡，他自己则生活在最里面。

陆岩之前来过几次，都被挡在最外边的工作室，连褚徽的面都没见到，因此这番和岳钧楠上门，我已经做好了要吃闭门羹的心理准备。

老式公寓没有门禁系统，我们直接上楼，按过门铃后，开门的是个二十出头的年轻男人，戴着银边眼镜，理着小平头，衬衫西裤，一副学究模样。

他目光相当不客气地在我身上扫了一遍，又在岳钧楠身上扫了一遍，才硬邦邦问道："什么事？"

我刚想说话，岳钧楠却直接说道："我们找褚徽先生。"

这个傻子，我心里一通大骂，这么莫名其妙找上门，别人会见你才有鬼了，怎么都该找个借口，比如说是送快递之类先混进去再说。

果然，平头青年白眼一翻，二话不说要关门。

可岳钧楠身子一侧，伸出手将门抓住，"我们有预约。"

"这里又不是吃饭的地方，从来没有预约那回事。"青年用力关了两下门，可他那细胳膊细腿明显拧不过岳钧楠，大门纹丝不动，他只好作罢，语气变得更加不客气，"你们是来找碴儿的吗？"

"你都不进去问问，怎么知道我们没有预约？"岳钧楠这话说得毫不心虚，还带着股理直气壮的气势，"难道你是这里的主人吗？"

"什么人在外面？"这时又有一个声音插了进来，是个年逾四十的女人，一身服饰打扮很是富态端庄，我隐约觉得她长得眼熟，想了一会儿便记起来，她叫褚俪，是褚徽的大女儿，褚徽的工作室平常都是她在打理。

"这两个人说要见老先生，还说他们有预约，可老先生之前并没有说过约了什么人见面。"平头青年一副告状的语气，恶狠狠地瞪了我们一眼。

"抱歉，我们这里从来没有预约这回事。你们是跟谁约的？"褚俪态度要比青年温婉许多，举手投足间都带着淡淡的书卷气。

岳钧楠说："和琳达小姐，她知道我们会过来。"

这人真是越说越离谱了，我背心冷汗直冒，才跟他说过那位德拉小姐的事情，他居然就拿着鸡毛当令箭。

"美晴？"褚俪回头朝身后望了一眼，"可是她现在不在。"

我轻舒一口气，直叹幸运，不然要是人家真把德拉小姐叫来和我们对质，我还真不知道该怎么办。在听见褚俪的话后，岳钧楠眼里掠过失望的神色，轻语一句："不在吗？"

"没有错，她临时出去办点事情。"褚俪解释了一番，又问："你们找我父亲有什么事？"

我害怕岳钧楠又扯出让人心惊肉跳的谎话来，看他没有要开口的意思，立刻抢着说道："我们手上有一本《南山杂记》。"

其实从刚才到现在，我一直很心虚，我并不知道岳钧楠嘴里的褚徽的古籍收藏癖靠不靠谱。可现在没的选，都到了这一步，哪怕只有万分之一的机会，我都不想被狼狈地扫地出门。

按照正常的反应，如果褚徽对这本莫名其妙的古书有兴趣，想必褚俪会立刻三恭六敬地请我们进门。

而事实是，她不光不为所动，看向我的眼神也变得诡异起来，那目光沉默地在我身上扫了三个来回。

然后，她将手扶上门框，竟然开始关门。

我眼睁睁地看着那扇胡桃木双开门以一种缓慢却坚定的速度缓缓闭合，一时没了主意，更顾不得去抱怨岳钧楠的不靠谱，只想着如果真让这扇门就这么关掉，那么我一定会失去陆岩这个并肩作战的战友。心急之下，我也学着岳钧楠刚才的架势，伸出手将门卡住。

褚俪皱起眉头，对我丢过来一个"你还想怎么样"的眼神，我用脚踢了岳钧楠一下，示意他给点反应，他从刚才开始就处在放空的状态，也不知在想些什么。

可我这一脚却像是踢在了木头上，他依旧直挺挺地站着，纹丝不动。

"那什么，我们真的不是坏人。"事急从权，我只有自报身份看能不能取信眼前这个女人，"我叫唐尧，也是个作者，在《环球星报》写专栏。"我从随身的包里把报纸翻出来，打开到有我专栏的那一版，指着我的照片说："看，这就是我。"

"所以呢？"女人关门的动作是停下了，但表情没有任何改变。

"我是真的有急事想见褚徽先生。"

"每天都有很多人有'急事'想见褚徽先生。"她一句话给我顶了回来，"褚徽先生要休息，谁也不见。"

褚俪拨开我的手，之前那副和蔼可亲的模样荡然无存，还重重哼了一声，指了指我，又指向岳钧楠，"像你们这种想打着各种旗号浑水摸鱼的人我见得多了……"

她手指停在岳钧楠鼻尖前，忽然没了声音，眼睛眨了几下，手指上抬，撑住岳钧楠棒球帽的帽檐，往上顶了顶。

从刚才开始就一直莫名其妙发着呆的岳钧楠终于在褚俪的动作下给出了反应，他落下目光望着褚俪，英挺的眉毛轻微皱起。

"哎呀，你不是，你不是……"褚俪嘴巴张大，一连说出好几个"你不是"，过了片刻才像是想起来，脱口而出："你不是岳鸿章那个被赶出家门的二儿子吗？"

世界上有这么一种人，他们要么不说话，可一旦开口，往往语不惊人死不休。

好歹也是大文豪褚徽的女儿，怎么说话如此失礼？

岳钧楠眉头皱得更深了，他重新将帽檐压下，扯过我的手腕，道："我们走。"

我即便不甘心，也发觉继续在这儿待着也没意思，别人摆明了就不想让我们进去，再多费唇舌也只是自取其辱。

更别说冲刚才褚俪对岳钧楠说的话，明明是已经开始辱了。

"请等一等。"我们刚迈出两步，褚俪就追了出来，"你们刚才说你们手里有一本《南山杂记》，这是真的？"

我们没人说话，继续下楼。

褚俪见我们不为所动，只好一边在后面跟着我们下楼，一边说："如果你们真有那东西，我可以安排你们和我父亲见面。"

听见她这话，我先止了步子，又扯着岳钧楠让他停下，才转身半信半疑地开口："真的？"

褚俪点头。

我用手肘撞了岳钧楠一下，示意他把东西拿出来，岳钧楠看了我一眼，才十分缓慢地从口袋里掏出那本用报纸包着的线装书。

包装拆开后，褚俪推了推眼镜，在封面上仔细端详了片刻，什么都没说，侧开身子对我们做了个"请"的动作。

褚徽家里的空间被明显地隔成了两个区域，楼下是他的工作室。穿过工作室，顺着楼梯来到跃层的楼上，便是褚徽生活起居的地方。

褚俪让我们在一间类似书房的房间里稍待，摆上茶水后，她开始道歉，"之前没让你们进来，真的是因为现在骗子太多，误会了。"

茶杯里漂着的茶叶是上好的雨前龙井，清雅香气将我之前的不满拂去了些，听见她这么说，我便问道："骗子很多吗？"

"很多。"褚俪在我和岳钧楠对面坐下，"最近还算好些了。前两年，外边的人知道我父亲在找那个孤本，都谎称自己手上有，其实全是编辑用假货找上门来想约稿子，折腾了好几次，把我父亲给气病了，后来就由我先把关，把那些看上去像骗子的一律挡在外头。"

"原来我们长得像骗子。"我嘀咕了一句。

褚俪似乎并未听见，眉飞色舞地继续说："刚开始看你们年纪轻轻的，以为也跟以前那些找上门的编辑一样，打着孤本的幌子想忽悠我见我父亲的面，所以才会有那些误会，真是不好意思。"

"那你后来又怎么突然想起来要请我们进来？"

"因为我之前没认出他来。"褚俪的目光落在岳钧楠身上，"如果我一早认出你是岳钧楠，就不会这么折腾了，我父亲以前就说过想再见你一面。"

我看向岳钧楠，发现他也是一脸惊诧。

"我父亲说过，你是他接触过的年轻人里最有个性的一个。几年前你和你父亲闹翻，他看见报纸还笑了好久，说他早就料到你迟早会这么做。"褚俪重新站起来，"我父亲应该午睡刚起，我去看看，你们稍等。"

目送女人出了房间，关好门，我问岳钧楠："褚徽认识你？"

"小时候的事了，那时褚徽还没有封笔。"岳钧楠平静地说，"我父亲牵线搭桥，让我跟他学习过一段时间的古代文学，不长。"接着他便紧闭双唇，像是不愿再说，一动不动盯着眼前杯子里旋转着的茶叶。

几分钟后，书房的门再度被推开，穿着一身睡衣的褚徽走了进来。

他长了一副就差没在脑门上顶着"德高望重"四个字的标准脸孔，脊背挺得像杆标枪，除开花白的头发和脸上的皱纹能与"花甲老人"联系上，他完全保留了一种年轻人才有的状态。

这样一个文坛名宿活生生地站在我面前，饶是我这两年见过不少大场面，仍免不了像小学生第一次戴上红领巾看升旗那样心怀激动，所以我急忙站起身，露出一副庄重且敬仰的表情。

褚徽却并没有理我，或者说，他完全忽视了我的存在，从迈进房间的那一刻起，他的目光就落在唯一还坐着的男人身上。

"你这小子，模样还和从前一模一样，一点都没变。"褚徽半是嗔怪半是抱怨地说出一句话。

岳钧楠抬头，看了褚徽一会儿，"老师还记得我？"

"我只知道我这辈子碰到的最不识抬举的学生，就只有你一个。"褚徽重重哼了一声，在沙发上坐下，开口直接进入了正题，"我听说你们有本《南山杂记》，拿出来吧。"

岳钧楠再次从包里取出那本线装书。

封面露出来的那一刻，褚徽眼睛一亮，不知从哪里摸出一副眼镜，对着书封细细打量。半晌，他长出一口气，"没错，是真品！好小子，你从哪儿弄来的？"

岳钧楠说："一个朋友那里，他也是意外得到的。"

褚徽将书重新包好，用一种预料之中的语气道："说吧，你们有什么要求？"

我一直在等这个机会，急忙开口："我们想请你写一篇稿子。"

"稿子？"

"对，给《环球星报》。"我怕他不答应，努力让自己显得诚恳，"我的编辑受到他们主编刁难，如果拿不到先生你的稿子，他就得离职了。"

"但是你们应该知道，很多年前我就对外宣布封笔了。现在让我写稿子，不是等于让我出尔反尔？"他板起一张脸，神色不悦。

我被他一堵，不知道该怎么往下接话了。前辈终究是前辈，只是往那儿一坐都能给我一种无形的压力，这感觉比我面对华宇时还要强烈。我只能求助般斜斜望了岳钧楠一眼，想让他帮我解围。

他神情略微一顿，也开口说："老师……"

"行了行了，看在这本《南山杂记》的分上，我可以给你一篇我没有对外发表过的手稿。"褚徽对我挥挥手，"小女娃你先去外边等等，我和这臭小子还有话要说。"

我早已被褚徽的那一句"行了"惊得喜上眉梢，不等他多说，便自动转身出了房间，然后迫不及待地给陆岩打电话报喜。

"真的？"饶是陆岩向来严谨，听见这个消息也不禁在另一头惊呼道："你简直救了我的命！"

我们又聊了一会儿，大多是在数落华宇的不是，陆岩憧憬着将那篇稿子摔到那位恶魔主编脸上时她会有什么表情，我则在想该不该把岳钧楠在这当中起的作用告诉他，可想想还是算了，到底是我私下里请来帮忙的，犯不着让陆岩背这个人情。

挂上电话，岳钧楠还没从房间里出来。门是虚掩着的，我悄悄透过门缝朝里看，两人面对面坐着，正在研究茶几上摊开的一幅水墨画，模样极其认真，像极了一对情谊深厚的师徒。

我不太敢相信那个尖酸刻薄的岳二少竟然也会有这样附庸风雅的时候。

看他们的状况，像是还要研究好一阵子，我只好来到外间的会客厅，在沙发上坐下。刚想小憩片刻，就有个女人从外边推门进来，她明显没料到屋子里会有人，看见我的时候还愣了一下。

那是个很年轻干净的女人，手里抱着一摞书，略带褶皱的白衬衫下边很不怕热地配了一条牛仔布长裙，脚上穿着白色的坡跟鞋，一头又黑又亮的长发梳成中分，恰到好处地将那一张相当不食人间烟火的脸修饰得很仙子。我注意到她额角还挂着几颗汗珠，参照窗外那一轮烈日，推断她应该是刚从外边回来。

"你是老师的客人吗？"她开口向我问道，声音清泠动听，同她的长相倒很般配。

我还没说话，褚俪紧跟着也进来了，"唐小姐你怎么出来了，和我父亲聊完了？对了，给你介绍一下，"她拍拍"白衬衫"的肩膀，"这是詹美晴，我父亲的助理。"

"助理？"我眼珠子一转，立刻恍然大悟，"哦！你就是那个德拉小姐？"

她歪了一下头，然后轻轻点头，"那个……叫我美晴就好。"

我也意识到自己失言了，但自我认为情有可原，在我的想象里，那位德拉小姐怎么都该是一位典型的物质拜金女，和眼前这位仿佛背上一把吉他就能上大理、丽江、香格里拉唱民谣，或者穿着雪纺长裙站在布达拉宫前吟诵仓央嘉措的诗还一点不会显得突兀的女子扯不上任何关系。

"美晴刚才有事出去了不在，不然就是她来接待你们。"褚俪从詹美晴手里接过那一摞书，对她说："唐小姐来找我父亲有事，我来招呼就好了。厨房里给你留了午饭，你快去吃，省得凉了。"

詹美晴点点头，又看了看我，才转身去了。

褚俪得了空，拉着我不停唠嗑，偏偏三句话不离岳钧楠，恨不得从我这里将那位少爷的隐私挖尽了才好。我心里却一直在回忆那位詹美晴，不停地惊叹现实与想象之间的差距。

岳钧楠足足又待了半个小时，才和褚徽一前一后从房间里出来，手里拿着一个大号信封。褚徽没再看我，径直由褚俪扶着休息去了，岳钧楠神色有些晦暗，似乎不太想说话，只把信封递给我，"你要的稿子。"

"这么快！"我忙不迭接过来拆开看了看，的确是一篇手稿无疑，我欣喜得忽然扑上去对他熊抱了一下，"今天真是托了你的福！"

他脸上闪过错愕，竟然像是措手不及般退了一步，对我低喝道："唐小姐，请你注意分寸！"

"你矫情个什么劲儿！"我喜滋滋地把信封放进包里，"我一个女人都不怕被占便宜，你个大男人还怕什么？还是说你有那么金贵，碰不得挨不得？"

"看来你对你的编辑相当重视。"他上下扫了我一眼，用诡异的语气说："不是你自己的事情也能高兴成这样。"

"你不懂，我们这些小作者与编辑向来是一荣俱荣一损俱损，再说我和陆岩的关系也不仅限于工作上……"我想宣扬一番我与陆岩之间坚定的友谊，岳钧楠已经大步朝前走去，摆明了对我接下来的话毫无兴趣。

我只好闭上嘴。

在地铁站，我和岳钧楠告别，准备乘反方向的车去给陆岩送东西。

"你先走吧，我不急着回去。"他说，"过两天就离开上海了，我在这附近逛逛。"

我问他："你这么快就走？"

"事情办完了自然要回去，我可没有什么不痛不痒的会议需要参加。"

"机票订了吗？"

"后天晚上十点。"

"那后天一起吃午饭吧。"脱口而出的瞬间，我才意识到，这种邀约由女人向男人提出来，怎么看都有种诡异的暧昧。

他像是丝毫没体会到其中的尴尬，表现得很坦诚，"你请我？"

"你今天帮了我那么大的忙，也该请你吃一顿。也不光是吃饭，我要顺便和你谈谈疏导计划的第二步，那个才是正事。"

他眸子里闪出疑惑的神色，似乎不明白我说的"疏导计划的第二步"到底指什么。当他明白过来，疑惑变成了愠怒，而我已经站在关了门的地铁里，对他比了比拇指。

Part 06

　　"如果"真是一个很引人遐想的伪命题，世界上每秒钟都有成百上千的人在为过去后悔，要是"如果"两个字真能化腐朽为神奇，就不会有那么多的痴男怨女生离死别：樊梨花遇不上薛丁山，梁山伯遇不上祝英台，阮郁遇不上苏小小，杨乃武遇不上小白菜……皆大欢喜，天下太平。但现实终究是现实，在唯物主义意识形态的引导下，"如果"两个字最大的功效不过是给心灵一种虚浮的慰藉，然后潜移默化地规劝你"乖乖认命"。

褚徽的稿子让陆岩打了个漂亮的翻身仗，说到具体情况时，他更是眉飞色舞。

　　"看现在的状况，年底我申请内容总监的事是十拿九稳了。"

　　《环球星报》原来能干得体的内容总监一个月前被《大都会周刊》挖走了，这是华宇心中不可承受之痛，痛到隔了这么久还让那个职位空着没有找人接班。

　　"我把那份稿子放到她面前时，她发了足足有三秒钟的呆。"APA第二次大规模的例行讨论会结束后，陆岩和我肩并肩靠在长条形的餐桌旁，他一连喝了几杯香槟，脸颊透着兴奋的红，"我应付华宇这么久，发誓这是第一次看见她发呆，而这全是你的功劳。"

　　"我也不过是碰巧。"我目光越过陆岩的肩膀，望向会场另一头，华宇正气定神闲地和郭志豪说话，男人脸色铁青，偏偏还要维持住嘴角的微笑，显然被气得不行。

"你真的不打算告诉我你是怎么办到的？没有比把别人的好奇心勾起来又什么都不说更可恶的了。"陆岩拿起第六杯香槟，想了想，又放下，端起了旁边的柳橙汁，"一不小心就喝多了，忘了下午还要出席书展。"他看着我说："今天下午的书展很难得，你确定不去吗？"

我笑了笑，"我有私人事情要处理。"

程沐媛从西藏回来了。我是昨天晚上得到消息的，她半夜两点从机场给我打电话，说打不到车让我陪她聊天，结果一直聊到天快亮了才挂，害得我差点睡过头误了正事。我有许多疑问没有在电话里问她，觉得还是当面说的好，她也很爽快，约我在她家附近的西餐厅见面。

程沐媛家的房子在浦东，地段和视野都很好，从窗户望出去还能毫无遮挡地看见明珠塔。程沐媛曾说他们买房子的时候走了运，正逢上海楼市一蹶不振，再加上这套房子的前任房主是个贪官的"二奶"，贪官落马，"二奶"急着套现出国，不敢明目张胆地卖，走关系搭上了苏睿。当时苏睿刚刚结束了一个大案子，领了一笔数目可观的分红，"二奶"要价也不高，于是就便宜了他们。房子买后没几年，价格就翻了五六倍，程沐媛为此没少在我面前炫耀苏睿的目光独到。

工作日鲜有人在西餐厅里小资，我一眼就在偌大的厅堂里看见了程沐媛，她穿着一件格子衬衫和一条牛仔裤，学着外国人那样将衬衫下摆拉起来在肚子上打了个结，露出玲珑白皙的小腹，整个人以一种高端大气上档次的姿势斜坐着，正吊着一双眼睛和身边服务生讨价还价。

"我在这边住了三四年，从来没听过有不让吸烟的规定。"她两根手指夹着细长的女士烟，指甲在大理石的桌面上敲得梆梆响，"就算真有这么个规定，写在哪里？标在哪里？你指给我看看啊。"

那服务生满脸赔笑，"实在是您影响到了其他的客人，毕竟是公共场所，小姐您看是不是互相体谅一下？"

"体谅？行啊，要体谅也可以，我不是不讲道理的人，你既然跟我提到了体谅，那我就好好跟你辩一辩什么叫体谅。"程沐媛一双眼睛吊得更厉害了，"你说我影响到了其他客人，那你先数给我看看，这屋子里到底有多少客人？"

服务生被她顶得脸色相当难看。整个大厅里算上她这一桌，总共才四五张桌子有客人，还零零散散分布在不同角落，互相隔了老远，别说抽烟，就算搭炉子烧烤估计都影响不到，难怪程沐媛会生气。

"真的非常抱歉，因为那边的客人向我们提了意见。"服务生看敷衍不过去了，只好实话实说。

程沐媛顺着他示意的方向看，两个四十来岁的中年妇女坐在隔了她四张桌子的地方，正半眯着眼睛，用审视的目光朝这边打量，两个四五岁的小孩绕在她们身边追追打打，不停发出尖叫。

"那边的客人说了，您在这里吸烟会影响她们孩子的健康，您看是不是……"

"我也觉得她们的小孩吵到了我，你是不是也能帮我去把那俩小孩的嘴巴缝上？"程沐媛掐掉烟蒂，唰地站起来，直接遥遥冲那两个中年妇女开腔："自己家的小孩会养不会教，就不要带出来丢人现眼！好歹先把自个儿的噪音污染掐了再来嫌弃别人，自己的屁股都擦不干净，还装成一朵不食人间烟火的'白莲花'给谁看呢，让别人看花瓣上的屎印子吗？"

许久没有领教过程沐媛这张嘴，我差点忘了这位系辩论队队长的实力。

她话音未落，其他几桌客人已全部开始闷笑。那两个中年妇女的脸噌地绿了，急匆匆扯过旁边闹腾的小孩，噼里啪啦一阵训斥，闷头迅速结账走人，三两下便没了踪影。

"能带俩熊孩子在身边，我还以为这俩熊家长多厉害呢，搞了半天不过是两个色厉内荏的草包。"我在这时走过去，程沐媛这话像对着我说，也像是对着旁边目瞪口呆的服务生说。服务生抖了一下身子，回过神，匆匆将菜单塞到我手里，脸上带着冷汗回了服务台。

"你干吗这么认真？"我说，"不过是两个不懂事的小孩而已。"

"只有不懂事的大人，才会带出不懂事的小孩，这样的人不给点厉害，绝对会得寸进尺。"程沐媛又给自己点了一支烟，忽然嘿嘿一笑，对着我仰起脸左右转了两下，"怎么样，有觉得我变漂亮了吗？"

我盯着她的脸颊仔细打量了一会儿才看出端倪，"你整容了？"

"打了两针肉毒，又做了个脸颊提拉术。"她手指轻抚自己尖俏的下巴，"这段时间瘦了一圈，弄得脸都有点松弛，不得已才去整了整，没想到效果还不错。"

说到这里，我们忽然都不说话了，人只有在不顺心的时候才会急剧变瘦，而这段时间程沐媛为什么不顺心，我们俩心知肚明。她忽然咧开嘴一笑，对我略带调侃地说："如果你要俗气到给我一个安慰的拥抱，我肯定会对你翻白眼。"

我在心里叹了一口气。虽然我已经知道她和苏睿离婚了，但在真正面对事实后，仍然免不了唏嘘和惋惜，不过我也很快想起了今天有个重要的问题要向她求证，"我现在住的酒店套房到底是怎么回事？"

"哦，你说那个。"程沐媛满不在乎地用小汤匙搅着面前已经冷掉的咖啡，"你就安心住着吧，不是什么大事。"

"你有多少家产，你当我还不知道呢？就算财产分割的时候你拿了大头，可也不能这么败……"

"我没有拿大头。"她打断我的话，"我拿的是全部。"

"全部？"

"之前我那么处心积虑地转移财产，结果真是白费功夫了——除了换洗衣服，苏睿什么都没带走，不光如此，他还给了我这个。"她拿过皮包，从里面掏出张纸拍在我面前。

A4纸上写着显眼的标题：财产转让书。在数清楚上面一连串的零后，我舌头打结得好半天都说不出话来。

"你说我要不要马上搬到汤臣一品里面去做个有钱的寡妇？"

"你还有心思开玩笑！"

我迅速将这东西叠起来，让她收回包里，脑子被疑问塞得满满的，"你能不能给我解释一下，苏睿怎么会突然冒出上千万的身家来？"

"关于这个问题，我也很好奇。"程沐媛幽幽地说，"他走的那天早上，我送他下楼，到了楼下，他塞给我这个，然后什么都没说就开车走了。之后我联系他，他只说美国一家公司要聘请他做财务顾问，这钱是那边提前打来的合约金，又说自己马上要出国了，让我别再联系他。"

"你信吗，一个顾问的合约金能有这么多？"

"不信又能怎么样，难道还把钱退回去？"顿了顿，她说："其实想想也没什么，人家华尔街的高管年薪都能高达几百万美金，或许苏睿只是走了狗屎运，摊上个钱多得没处花的土豪公司而已。"

原以为不过是普通的离婚，却飞来一笔别人也许一辈子都赚不到的"横财"，尽管这里边处处透着古怪，程沐媛却表现得毫不在意。当然，说她不在意，是因为我看不透她是真的不在意还是假装不在意。

无论如何，从她的态度来看，这笔钱她收得心安理得，并且花得毫不拖泥带水：自己飞去西藏潇洒走一回不算，还让我也跟着沾了光，在酒店的高级套间里享受了一回。

我问她今后有什么打算，她缄默不言。普通人怀揣巨额身家，说不定下半辈子都不会工作只考虑享福了，但我知道程沐媛不是这种人，确切点说，我并不相信她真会放心大胆地接受这笔钱。

"谁知道呢，反正最近一直在闹金融危机，公关行业不景气，不如先休息一阵吧。"她像是想到了什么，片刻之后，又说："你还记不记得咱们大学时的梦想？"

"大学时的梦想？"我想了想，"你指开店那个？"

初入大学校园时，我们正是十八九岁的风骚年纪，又受了不少网络"小清新"与低俗肥皂剧的误导，整天幻想着能开一家高档精致的蛋糕店，然后每天打扮得像个文青一样坐在柜台后面，一边小口喝咖啡，一边读安妮·普鲁或者玛格丽特·杜拉斯，同时等待某个路过的穿着白衬衫的帅哥推门进来，共同谱写一曲"蓝色生死恋"。后来年纪渐长，这种可笑又不切实际的想法被我理所当然地抛诸脑后，没想到程沐媛居然还记着。

"当然，开一家甜品店是每个少女的终极梦想。"在我瞠目结舌的时候，程沐媛对我挤挤眼睛，"不要这样看着我，我的少女心一直都在的，现在既然有了启动资本，干吗不付诸实践一下？"

"我觉得你完全是把钱往水里砸。"我实诚地道，"还不如开家牛郎店，真的。"

她翻了个白眼，知道我不感兴趣，便绕开了话题。

我们又聊了聊最近双方的生活状况，她单身贵族的日子过得潇洒，我却没有那么好命，来上海这些天，除了出席各类自始至终皮笑肉不笑的聚会，剩下的时间全在为陆岩那档子事操心，等全料理完了，才发现居然还没在这座国际大都市好好玩一趟。

"上海好玩的地方？有很多呀。"程沐媛想了想，"田子坊的弄堂，南京路的商场，还有城隍庙，这些你去过了吗？"

我一路摇头，我就只在程沐媛婚后不久来过一次上海，待了两天，唯一玩过的地方是崇明岛，连市区都没怎么逛。

"你居然没去过城隍庙？"程沐媛震惊地看着我，"就算不为了玩，为了吃你也该去一趟！那地方的蟹黄小笼包可是一绝，我看看我有没有时间陪你去逛逛。你什么时候走？"

"等参加完后天的最后一个酒会。"

"那就是明天有空了。"她翻出手机，噼里啪啦一阵划拉，"明天我有空，那早上十点在城隍庙街口碰头，不见不散。"

程沐媛一贯守时。至少在过去很多年的时间里，我是这么认为的。她曾经说过在公关这行混，可以说话糙些，可以长相丑些，但不能不守时，因为这属于最基本的职业素质。曾几何时，我也相信她会把她的这种"职业素质"持之以恒地贯彻下去，可我偏偏忘了最重要的一点：她从苏睿那里接过巨款，转身就把工作辞了。连个职业都没有的人，还素质个毛线！

等我领悟到这一点，我已经傻乎乎地在人来人往的十字路口等了一个多小时。

听完第十二遍"您所拨打的电话无应答"后，我决定停止这种毫无意义的等待，转身走向最近的一家咖啡厅。

被正午的太阳炙烤一个小时，除了大杯的冰镇薄荷摩卡，没有任何东西能治愈我冒烟的喉咙。

咖啡厅却没有营业。

推开那扇玻璃门，厅堂里没有开灯，四周的客座上盖着一层塑料布，柜台光洁如新，货架上摆放着各式器具与原材料，像是刚整理过的样子。

"有人吗？"我绕着大厅走了一圈，放开嗓子喊了好几句，却没有人应答。

喉咙传来的干渴感一阵阵刺激着我的神经中枢，我想出去另寻一家店，但外边灿烂得过分的阳光又阻止了我。

"算了，等人来了我再付钱又不是不行。"我自言自语一句，也当是给自己壮胆，走到柜台后边开始查看那些瓶瓶罐罐。谢天谢地，冰柜通着电，里面放着新鲜的牛奶和咖啡豆，居然还有一盒密封得极好的香草末。

我打开咖啡机，用最快的速度煮了满满一大杯现磨咖啡，兑上冰镇过的牛奶，又打了满满一大坨奶泡盖在上面，并且还就地取材地在奶泡上洒了薄薄一层香草末。

第一勺混合着咖啡的奶泡放进嘴里的时候，我尝到了一股清新淡雅又十分熟悉的香味。

"不好意思，你是……"就在这时，一个轻柔中带着疑惑的声音从背后传来。

我急忙转身。

在柜台后一扇极容易让人忽略的小门边，有个留着长发、穿着白衬衫的年轻女人正看着我。

还是个认识的人。

"詹小姐，你好。"我微笑着向她点头打招呼，这个突然出现的女人与我有过一面之缘，正是几天前在褚徽家里碰到过的年轻助理，詹美晴。

詹美晴盯着我的脸看了一会儿，她应该也认出了我，却似乎不知道该怎么称呼，嘴角挂着尴尬的笑容。于是我又自报了一遍家门，"我是唐尧，之前在褚徽老师家里见过的。我路过外面想进来买点东西喝，谁知道没营业，因为太渴了就自己弄了一杯。"我扬了扬手里堆着奶泡的马克杯。

她这才了然地点点头，走过来将手里提着的两袋东西放在柜台上，一袋是真空包装的咖啡豆，另一袋是一小盆富贵竹。

"这是你的店？"我问她。

"不是，朋友的店，我偶尔会过来帮忙。"她点点头，笑着说："因为今天没营业，刚才看见一个陌生人站在这里，我还以为来了小偷呢。"

从她身上飘来一股清香味，我闻了闻，竟然也是高田贤三的清泉香水，与岳钧楠用的那款刚好能凑成一对。

"是我不请自来，还说先自己动手，等老板来了再买单。"我一时有些不好意思，若早知道会碰见认识的人，就不会干出这么尴尬的事了。

詹美晴却表现得很大度，冲我摆摆手，"一杯咖啡而已，唐小姐不用太见外。"顿了顿，她又说："唐小姐也会煮咖啡吗？"

"对于一个经常熬夜的人来说，这是必备技能。"我见咖啡机里还剩下小半杯，便也倒出来，依样画葫芦又弄了一杯奶泡摩卡，推到她面前。

她目光奇异地盯着掺有香草末的奶泡看了一会儿，并没有立刻端起来，似乎没见过这样的喝法。

"这香草很香呢。"我说，"是塔希提岛出产的香草吧？味道非常醇厚。"

她目光又挪到我的脸上，用一种惊奇的语气说："你也知道塔希提岛的香草吗？"

我一愣。

"国内很少有人了解塔希提岛的香草，就算知道，也几乎不会去用，因为就成本来说太不划算了。"她说，"比起这些价格昂贵的进口调料，一般餐厅的厨师更喜欢用国产货，因为价格低廉，反正也很难有人会吃出差别——看来，唐小姐对烹调很有研究。"

我被她说得一阵汗颜，论起厨房里的功夫，我是实打实的"下三流"，能做出的让人吃得下去的东西转来转去就那么两三样，"对烹调很有研究"这顶高帽是无论如何也不敢往头上戴的。事实上，如果不是在岳钧楠那里吃过一次，对这种香草细腻独特的味道有印象，现在我也压根吃不出来这是"何方神草"。

詹美晴像是被撬开了话匣子，端着一副"他乡遇故知"的模样，不停说着她对这些香草的执着，"为了弄到最新鲜的，我光是代购就换了好几家，有时还会亲自跑到原产地去看香草田，我喜欢香草刚摘下来的味道。"

"看来你是真的很喜欢香草啊。"我附和道。

"我小时候在外婆家长大，附近就有一块香草田，外婆用那里现摘的香草烤的小甜饼是我最喜欢吃的东西。"她眼里现出无限向往的神情，不过很快又转为落寞，"只是外婆去世后，那里搞开发，香草田不见了，我就再也没有尝到过小时候喜欢的那种味道。只有这些塔希提香草能带给我七八分儿时的感觉，算是捡回那时候的回忆吧。"

"既然这样，你为什么不干脆做香草生意，反而要做褚徽的助理呢？"

"我外婆以前和褚徽老师是同学，所以我小时候便跟着褚徽老师学习过一段时间，他是我见过的最伟大的学者，能做他的助理我很荣幸，而且跟做香草生意比起来，我更想成为一名作家。"

我上下打量了她几眼，从中分的直发，到白衬衫，到纺布的长裙，再到系带坡跟鞋，然后笑着说："你还蛮有文艺女青年气质的。"

那天我终究没有去成城隍庙，而是和詹美晴聊了一个下午。这一个下午的相处彻底扭转了我对她的印象，我臆想中那位爱慕虚荣的"拜金小姐"形象，如今无论如何都与詹美晴对不上号了。

余下的两天我都没有联系上程沐媛，就在我以为她是碰到了什么意外打算报警的时候，又接到了她主动打来认错的电话，而那时我已经下了飞机，正泡在自己公寓的浴缸里洗"接风澡"。

程沐媛的忽然失踪并没有别的隐情，而是她十分狗血地丢了手机，然后她的手机又更加狗血地被个帅哥警察送回来了。

事情的来龙去脉大概是这样：同苏睿离婚后，程沐媛为了眼不见心不烦，决定把家里重新装修一遍，结果装修公司派上门的工人里有个惯偷，趁她不注意顺走了她的手机，然后那个惯偷又在当天晚上做另一桩窃案的时候被路过的警察逮了个正着，还没来得及处理的赃物手机就落到了那名警察手里，警察又按照手机里的信息，亲自登门把手机还给了程沐媛。

警察叫肖铖，是个二十出头的小伙子，去年才从警校毕业。

我虽然不是程沐媛肚子里的蛔虫，但听她叙述这件事时的语气，也能将她的心思猜个八九分，"是个帅哥吧？"

"还行，高高大大的，待人也很有礼貌。"

"以你的标准，评价泰勒·洛特纳也是'还行'两个字。"我说，"跟苏睿比呢？"

"半斤八两吧。"

"那你还等什么，上啊。"我调笑道，"国家公务员，那可是'铁饭碗'。"

"拉倒吧，我还没饥渴到要吃嫩草的地步，而且看他那么年轻，谁知道是不是处男，我可不想做帮他打开新世界大门的那个人。"

"你说，要是给那个警察弟弟知道你居然在想他是不是处男，他会是什么表情？"

"你少说两句又不会变成哑巴！"程沐媛愤愤地挂了电话。

结果，到最后她都没有为那天放我鸽子的事正儿八经地道个歉，不过冲着她给我讲了个八卦，我也懒得和她计较了。

从上海回来后，景泓盯我盯得很紧，我与他合作的那本书已经进入最后的校稿阶段，因此隔三差五，我就得去他的工作室报到。

他当初提出的"互动小说"方案没有在杂志上实行，但他说服了我以直接出单行本的方式展开合作，这样既没有违反我与《环球星报》的合约，又能达到一种双赢的效果，而且这也是一个我从来没有接触过的领域，很值得挑战。

从最初的合作到现在，已经过了近两个月的时间。

以一个成功的作家来说，景泓的工作室显得很寒碜，他不像褚徽那样就开在自己家里，而是另租的写字楼，就在《大都会周刊》编辑部的楼上，只有二十平米大小，四台电脑，两个助理。

稿子早就写完了，所以我们现在的工作重点就是讨论删节问题。景泓平常在外边总给人优雅温柔风度翩翩的错觉，可执着起来完全就像另一个人，加上我也是块硬骨头，两个人在一块儿总免不了有吵架的时候。不过，一回生二回熟，这么吵着吵着，我与他的关系也拉近了不少，不再似从前那样，我虽然能以一颗平常心与他相处，却总免不了会带着对前辈的崇敬之情。

每次争论完，他都会请我吃饭，有时是昂贵的路边摊，有时是实惠的大排档，味道都不错，但对我来说，饭桌上的食物的诱惑力远没有景泓嘴巴里吐出来的八卦那么吸引人。

他不像我只单纯写专栏，因为太出名，偶尔会担纲编剧，因此和娱乐圈有着千丝万缕的联系，八卦消息来源也异常得广，每次都能让我听得津津有味。一开始我也觉得男人和女人在一起聊八卦略显诡异，但久而久之，出于对八卦的喜爱，我便逐渐忽略了这个无关痛痒的问题，而把关注的焦点放在了内容的准确性与劲爆程度上。

"今天有什么新料吗？"同往常一样，刚在餐厅坐下，我就迫不及待地问道。

景泓一边慢条斯理地看菜单，一边说："新料有很多，不过我并不觉得今天的新料你会愿意听。"

"怎么了，难道是和我有关的？"我一愣。

"目前看来是没多少关系，不过你听完之后会不会去发展一段关系，这我就说不准了。"

"别卖这种关子，我最讨厌的就是把别人好奇心勾起来又什么都不说的人。"

"那我可就说了。"他把菜单放下，似笑非笑地看着我，"岳钧天有一段性爱视频被人传上了网。"

我翻了个白眼，"我和岳钧天都不认识，那种花花公子就算被人在网上扒皮，又跟我有什么关系？"

"我还没说完。"景泓说，"有个怀孕的女人跑到岳家大宅门口嚷嚷说自己怀了岳钧天的孩子。那女人被岳钧天暴打一顿流产了。岳钧楠被人捅了一刀。凶手是ME科技的副总经理。我说完了。"

这几个消息接连撞进我的耳朵里，连一点缓冲都没有，我花了半天工夫才将它们各自的意思整理清楚，然后就因最后两个消息而震惊了。

岳钧楠怎么会被人捅刀子先放在一边不论，凶手是ME副总经理这条却真正让我震惊，因为这个头衔后边代表的名字，是我的前男友，商擎。

我瞪着眼睛半天没作声，景泓露出一副"我就知道你的反应"的表情，"需要我再帮你把它们连贯起来吗？其实，拆开了说，这是五条八卦，可要总结在一起，也能变成一条。"

我咽了口唾沫，"怎么说？"

景泓开始向我解释这件事情的来龙去脉，照他所言，是岳钧天最近玩了个新女人，结果没留神，不小心让那个女人怀了孕，他有意出钱让对方把孩子打掉，女人不依，非要岳钧天娶她，还扬言如果岳钧天不娶，她就把自己偷拍的两人做爱的视频放到网上去，让岳钧天名声扫地。

岳钧天是个标准的"万花丛中过，片叶不沾身"的花花公子，怎么可能受一个女人威胁？所以压根就没理会。那女人见岳钧天居然真的对她不闻不问，索性一不做二不休，就把视频放了出去，也点燃了引发后边一连串事情的导火索。

视频在网上曝光后，很快就因为帝光传媒的施压而遭到全网删除。女人见事不可为，便直接找上门，在岳家大宅门口大吵大闹。岳钧天因为视频的事情挨了岳鸿章好大一通训斥，本来心底就有气，见始作俑者居然还敢找上门来，自然新仇旧恨一起算，抓着那个女人的头发一顿老拳，三两下就把孩子给打没了。

事情本来应该到此为止，女人没了孩子，再没有要挟岳家的砝码，岳鸿章也息事宁人地给了她一笔钱，虽然不是什么happy ending，却也勉强称得上圆满落幕。可就在这个时候，之前在网上发布过的视频却被有心人保存了起来专程拿去给商擎看，并且问他，他的女朋友怎么和别人搞在一起了。商擎气得不行，怀疑被岳钧天打掉的其实是他的孩子，当天晚上也找上岳家要说法，因为天黑错认了回去看母亲的岳钧楠为岳钧天，三两句话不合就拿出随身的水果刀一刀捅了上去。

"现在情况怎么样？"听完整个事件，我着急地问。

"想都想得到，一个进了医院，一个进了局子。"

我沉默着不说话，半晌，端起杯子喝了一口水，又长叹一口气。

景泓见我不言语，问道："你这就接受了？都不怀疑是我在开玩笑？"

"你见过有人会为了开玩笑特地编出一个起承转合都如此精彩的故事吗？"我白了他一眼，"而且，商擎的女朋友和岳钧天搞在一起，我是亲眼见到过的，只是不知道……"只是不知道一向自诩聪明的商擎居然从头到尾都被蒙在鼓里，他真是蠢得可以。

"哦？"景泓扬了扬眉，"你既然早就知道，怎么不想着提醒一下自己的前男友？"

"我和他早就没关系了，又有什么必要在背后嚼舌根？这到底是他们的私事。"我看着景泓，疑惑道："还有，你怎么知道我和商擎的关系？"

"陆岩告诉我的。"他显得很坦诚。

"陆岩？"

"你忘了吗？当初决定合作后，是他来替你谈的合同，当时我们聊起过这个话题。"他说，"我好奇你'失恋万岁'这个专栏主题的来由，陆岩就把这一切的来龙去脉都告诉了我。"顿了顿，他又补上一句："其实我很少见到有女人在这方面能像你一样看得这么开，我挺佩服你的。"

"我哪里是看得开，只不过不想自寻烦恼罢了。不然你在这里自怨自艾，别人却在那里风流快活，你不是没事找罪受吗？"

"你能和他分开其实也未尝不是件好事，他好歹是个受过高等教育的人，居然因为一点小冲突就去行凶……"景泓摇了摇头，忽然见我拿过包站起了身，诧异地看着我，"你要去哪里？"

"我去医院看看岳钧楠。"

"先吃饭吧，吃完了我送你去。"景泓站起来想拦我。

我满怀歉意地对他笑了笑，不知为什么，我一点也不想等，商擎怎么说都是我的前男友，岳钧楠被他伤了，我要是不亲眼确认一下情况，估计会一直良心不安。

我在餐厅外拦了一辆出租车，然后打电话从陆岩嘴里问出了具体的医院和病房号。陆岩惊讶于我会这么快得到消息，因为这就是前几天的事情，而且到底不是什么光彩的事，被岳鸿章控制媒体整个压了下来，业内知道的人都很少。

我一路心头忐忑地赶到医院。

专门给有钱人住的贵宾区门禁森严，在前台登记时居然还要家人验证才能探视，我报出苏梅的手机号勉强蒙混了过去，像是探监一样穿过重重关卡，终于乘着电梯来到了病房外。

走廊里很安静，连护士都没有。眼前的房门虚掩着，可以看到里边棕黄色的地毯。我悄悄推门进去，病房是个套间，外边配了客厅、沙发、电视之类的家具一应俱全，看起来还颇为高档。里间鹅黄色的窗帘让屋子里的光线显得很柔和，房间里没有输液架，没有乱七八糟的仪器，就连病床都是实木的，上边垫着厚厚的绒毯，整间房里唯一能与"病房"联系起来的东西，就是岳钧楠身上蓝白条纹相间的病号服。

岳钧楠躺在那里,似在熟睡,眉心浅浅地皱着,毛毯只盖到胸口,上衣领口的扣子解开了几颗,露出里边白色的纱布。

听景泓和陆岩都说得那么轻描淡写,我以为岳钧楠受的这一刀不在胳膊上就在腿上,总之不会是在关键部位,没想到看纱布的位置,居然是在胸口。

我抿了抿嘴角,在床边的凳子上坐下,心里想着等他醒了该说些什么话。最先想到的是道歉,可又觉得人也不是我捅的,为什么我要来道歉,让别人听去了没准还以为我对商擎那个负心汉余情未了;但说是专程来探病的也不合适,我同岳钧楠的关系还没有好到可以来探病的地步,说白了,之前的几次交集,要么是形势所迫,要么是因利而聚,此时说自己来探病,往轻了说,他会觉得我是虚伪和假惺惺,往重了说,搞不好就会被误会是黄鼠狼给鸡拜年没安好心。

哗啦一声,原本拉得严实的窗帘被一阵风给吹开了,阳光照进房间,晃得我一阵眼花。我走过去把窗帘重新拉好,一转身,就突兀地对上了一双漆黑深邃的眸子。

岳钧楠连姿势都没变,依旧轻皱着眉,只是眼睛睁开了,一动不动地盯着我。我想干笑一声缓和下气氛,但因为脸颊太僵硬,嘴角扯了半天没扯开,努力了许久,才拼命挤出一个不伦不类的笑容,"你、你觉得怎么样?"

"一副僵尸的表情,你是刚打过肉毒杆菌吗?"

在这一刹那,我对岳钧楠的同情忽然转变成了对商擎的体谅,因为现在连我都想上去补一刀,好让他永远闭上这张嘴。

从来没发觉一个人张嘴与不张嘴之间差距会这么大。

"怎么不说话?你到这里来,不是专程为了表演僵尸吧?"他又说了两句,眉间的褶皱舒展开,眼睛也随之闭上。他瘦了很多,本就轮廓分明的五官更显得突出,苍白色的脸颊泛出病态的虚弱。

我原本愤怒的情绪在看见这样的场景后缓缓散去,变成一种啼笑皆非的感觉。这人都这副模样了还不忘挖苦我两句,到底什么心态?

"如果我说我是专门来看你的呢?"见他醒了,我索性重新把窗帘拉开,屋子里亮堂起来,比昏黄暗昧的光线让人舒服。

"看来唐小姐你很闲,可惜我这里探病没有茶果招待,你请自便。"

"虽然我是来看你的,但看并不等于探病,我只是来看看你死没死。你要是死了,我的第二阶段计划没法实施,那我和丘石的赌约要怎么算?"刹那间,我给自己找了一个非常光明正大的理由,还略微还击了他之前的讽刺,不禁有些自鸣得意。

"是吗？"他点头，"这你不用担心，看情形，我一时半会儿还死不……咳咳……"他忽然剧烈地咳嗽起来，每咳一声，脸颊就抽动一下，似乎承受着相当大的痛苦。咳得差不多了，他便费力地伸出手到一旁的床头柜上摸了摸，想端起杯子喝水。

我看不下去，走过去替他端起杯子，又把他扶起来半靠在床头，喂他喝了两口，说道："还贵宾区呢，居然连个值班的护士都没有！这医院到底有没有职业道德？"

"护士一个小时会来巡房一次，我不让他们守在这里，我睡觉的时候不喜欢有人在旁边看着。"他擦干嘴角的水珠，对我说："谢谢。"

他一声道谢来得突然，我不知怎么的心忽然跳得厉害，急急抽回手想让他重新躺下去，不想因为动作太快扯到了他的伤处，他倒吸了一口凉气，眉宇间皱成了一个结。

"啊，对不起！"我重新小心翼翼地扶着他躺下，忐忑地问："伤口很厉害吗？"

"肺叶穿刺伤，你以为很轻？"他平复了一会儿呼吸，"医生说幸好那人用的是水果刀，不长，没有真正扎透，不然就不是能这么简单救回来的了。"

"那个人……为什么会和你起冲突？"想了想，我还是问出了这个问题，我并不相信景泓口中"认错了人"的说法，说到底，他也不过是听别人说的，而岳钧楠与岳钧天虽说是兄弟，却因为同父异母，长得并不像，商擎不会蠢到连人还没分辨清楚就用刀子捅上去。

"具体情况我也说不清，那家伙应该喝了很多酒，而我说话也没有太客气，可对于跑到家门口闹事的人，我也没必要客气。"岳钧楠看着我，"你怎么么问这个？"

"我有必要向你道歉。"我长叹一声，觉得如果不说，还是过不去心里那道坎儿，"刺伤你的人，其实是我前男友。"

我以为听到这个事实，他多少会表现得很惊奇，然后再说一些尖酸刻薄的话宣泄怒气。可我低着头等了半天，却半点声音都没听到，再抬起头时，却发现他居然在那里一脸平静地看报纸，似乎完全没把这个话题继续下去的兴致。

"你就没有什么要说的吗？"我怀疑他是没听见，伸手压下他的报纸，"我说，刺伤你的人是我前男友。"

"所以你想让我说什么？"他反问我。

我惊奇地问："你不怪我？"

"你也说了，是前男友。"岳钧楠重新把报纸拿过去，"而且就算是现男友又如何？别人做下的事情，你没有必要也没有立场去负责。"

我看着他，忽然发现这人也并没有我以前觉得的那样讨厌。

"谢谢。"

"不过有一点我却很好奇。"岳钧楠又补上一句，"我记得你第一次到我家来埋蚯蚓的时候，说过你和一个男人在一起很多年，就是那个人？"

我点头。

"那样一个冲动无脑的男人，你是出于一种怎样的精神和他在一起那么久？"

"你这是在拐弯抹角地骂我蠢吗？"我哭笑不得。

他竟然一脸认真地说："不全然是。"

"或许你不知道，在爱情里，许多女人所求的不过是一份安定。"我头一次没有因为他的挖苦而生气，"你能遇见一个人，可以一辈子相互扶持，对彼此的感情忠诚，这就是最好的爱情了。可就算是这样，还是有那么多的女人求不到，那么多的男人做不到。"

"所以你的意思是，只要对方不出轨，就能把一段感情永远地维持下去？"岳钧楠皱起眉头，"你们女人想要的难道不是浪漫吗？不浪漫的爱情你们也愿意要？"

"要是天天玩浪漫，那不叫浪漫，叫浪费。"我默默翻了个白眼，"人的新陈代谢七年就可以把全身的细胞换一次，你还指望激烈如火的爱情能坚持多久？细水长流才是保证两个人天长地久的根本。"

"无论如何，我还是要谢谢你。"说完这些，我换了种轻快的语气，"不为今天你的大度，只为在上海的仗义相助，我还没有正儿八经地谢过你呢。"

他却把头扭开了，不知是不是错觉，我隐约发现他苍白的脸颊上泛着层浅浅的红色。

"用不着谢。"他放缓了声音说，"如果没别的事，你就回去吧，我要休息了。"

我点头，起身朝门外走，临到门边，又被他叫住，可等我回过头，他又笑着说："没什么。"

我很少看到他的笑脸，从第一次遇见他开始，他脸上就似乎永远只有平静与皱眉两种表情，就算偶尔露出笑容，多半也带着一丝讥讽，不似现在这样，笑得简单平静，眼角弯起，嘴角上扬，整张脸的锋锐都被涤荡得失了棱角，变得温柔而精致。

我心里有个声音在说，这才是岳钧楠卸下所有的冷漠武装后，面具下真正的样子，同所有无忧无虑的年轻人一样，英俊、开朗、阳光，不会因为任何阴郁回忆的包裹而老气深沉。我想了想，又倒回去，踩着高跟鞋噔噔噔走回到床边，对他说："等你好了，我会再来找你，我们还有正事没办完。"

"什么正事？"他疑惑地看着我，像是没反应过来。

"我与丘石的赌约，之前护士小姐那次是我的失误。"我对他眨眨眼睛，"下次的B计划，我保证让双方都满意。"

他的笑容在刹那间消失得无影无踪。

天气渐冷，我在圣诞节的前一天接到程沐媛的电话，说要过来陪我过年，让我第二天早上去接机。

现代城市的交通会在逢年过节的时候将"水泄不通"这个成语演绎到极致，我早料到圣诞节会全城大堵车，因此特意起了个大早，因怕打不到出租，又提前向陆岩借了车。可即便这样，我还是低估了堵车的程度，好不容易出了城区，绕上高速，又天公不作美，飘起了雪，于是全线限速，一路缓行，等我赶到机场，程沐媛手里捧着的一杯大号星巴克已经喝得见底了，她应该在大厅的长椅上坐了许久。

"不好意思，我晚了二十分钟。"我拍着沾在外套上的雪花走过去，"你的飞机是正点到的吗？"

她表情显得很茫然，半天才把焦距对准我的脸，说："我的晚了两个月。"

"什么？"

"唐尧。"她扯住我外套的下摆，指节泛白，像是用了极大的力气，许久才开口说："我怀孕了。"

砂锅里煲着热气腾腾的鸽子汤，鸽子是我绕了大半个城市跑到农贸市场去买的现杀乳鸽，为了让汤滋补驱寒一些，我还在里边放了足量的黄芪和姜片，煮得滚烫后，才用小碗盛好端进房间里。

程沐媛裹着被子，素面朝天地坐在床上，一会儿看看电视，一会儿拨弄拨弄指甲，显得很心不在焉。我把碗重重放在床头柜上，她像是才发现我进来了一样，身子一抖，然后对我咧开嘴嘿嘿笑了两声。

"你还笑！"我恨铁不成钢地望着她，"你在电话里说的是来陪我过新年，可没说还打包附赠一个小孩！"

"我是没想好要怎么跟你说，而且这样的事情电话里说不清楚，还是当面解释会比较好。"她端起汤，小心吹开上边的油花，咕噜一口，又抿抿嘴，"有点咸。"

"你可以选择不喝。"

"你生气了？"

"我是在奇怪。"我抱起手，"一个离了婚的女人，打着来过新年的幌子从天而降，开门见山说的第一句话居然是怀孕了？这不是在拍新年蒙太奇。就算要我牺牲未来七八个月的私生活照顾一个孕妇，也总该先给我一个说法和理由吧。比如那个该死的男人到底是谁？是那个姓肖的警察吗？"

"没有，我们还没亲密到那个地步，当我发现这个孩子的存在后，我就和他分手了。"程沐媛低声说，"过去那几个月，我就只和一个男人上过床。你说是谁？"她把那碗她嫌弃咸了的鸽子汤一口喝干，打了个饱嗝，手在腹部揉了揉。

"你和哪个男人搞了我怎么知道！"忽然间，我嘴巴张开，惊得半天合不上，"难道是苏……"

"临别一搞，无套，我不在排卵期，他又有大半射在了外面，这样都能中枪，他的精子一定训练过马拉松。"程沐媛开了个不痛不痒的黄腔，"那段时间我一直月经不调，压根就没想到是这回事的影响。你说苏睿是不是故意和我过不去，留个小孩在我肚子里还藏得严严实实的，没有孕吐，没有失眠，食欲正常，我还定时上健身房，硬生生挨到体检时才发现！"

我看着她藏在被子下的小腹，"已经三个月了？"

"算上这个月的话。"程沐媛低下头，"唐尧，这个孩子我不能要。"

的确不能要，关于她的这个决定，我不会有任何意见。程沐媛最近正和那个小警察肖铖打得火热，虽然还没正式确立恋爱关系，但也差不离了。这时候要留着这个小孩，别说到手的姻缘会鸡飞蛋打，"单亲妈妈"无论对大人还是小孩都是种折磨。

更何况这个小孩还是属于已经离了婚的前夫的，如果生下来，程沐媛以后看着这个孩子就会想到苏睿，她一辈子都别想甩掉那段失败婚姻所带来的阴影。

"我不能在上海做流产手术，弄不好会碰见熟人，我只想悄悄地送走这个孩子，然后当作什么都没发生过。唐尧，你得帮我。"

我叹了口气，"你这几天先休息，我去帮你联系医院。"

不知道是不是因为天气太冷，大家晚上没事干都习惯早早往被窝里钻的缘故，排队做流产手术的人出奇的多，最有名的医院居然已经预约到了年后，一般比较有保障的大医院也要等上半个月，小医院我又不敢带着程沐媛去，最后我通过七拐八绕的关系，总算打听到一家医院有临时空出来的名额，立刻找了个时间赶过去，想替她占上位置。

医院的妇产科与外科共用一个候诊区，长椅上坐着的大多是来产检的孕妇，我挤在中间坐了一会儿，觉得浑身不自在，便起身走到开阔的地方，打算透透气。

这时，有人在背后拍了我一下，我扭过头，发现竟然是岳钧楠。

我这才想起来，这家医院就是他住院的地方。

"你怎么在这里？"他略带惊奇地看着我，"病了吗？"

"呃，有点小感冒。"我不好暴露自己的真实目的，只能随便扯了个谎，然后岔开话题，"倒是你，"我看他穿的不是病号服，"你出院了？"

他点头，"上周出的院。"

"恢复得怎么样？"

"还好。"他耸了耸肩，"其实医生还想让我多住两个星期，我不想总泡在医院里而已，只答应了会按时回来复查。"

"哦。"我闷头应了一声。

"你……"他拖长了一个音，似乎想要对我说什么，可那边妇产科室的门却被哗啦一下推开，走出个穿着白大褂的胖护士，扯着嗓门对整个候诊区大嚷道："唐尧！来登记预约流产手术的唐尧是哪位？"

那声音像块砖头一样砰地砸上我脑门，在我反应过来的时候，岳钧楠的表情已经在霎时间变得十分精彩。

从来没有任何一刻像现在这样，我无比地想掐死这些白衣天使。

"已经一个小时了，你笑够了吗？"

一小时后，在岳钧楠的素食餐厅，我看着他明明想笑，又似乎考虑到我的感受不敢笑出来，只能强忍着嘴角一抽一抽的模样，无比地想把桌上那盘盖了厚厚芝士酱的水果比萨整个盖上他的脸。

"抱歉，我真的……"他用手撑着额头，挡住大半张脸，好一会儿才将情绪平复下去，"我真的很久没有遇到这么有趣的事了。"

"你觉得这很好笑？"我抱起胳膊，只感觉到一种前所未有的羞耻，红着脸说："就算怀孕的人真是我，可这到底有哪里好笑了？难道你觉得我能怀孕是件很可笑的事？"

"我也不知道，但就是觉得有趣。"他抽出一张纸巾擦了擦眼角，看情形竟然是连眼泪都笑了出来，我一时无语，又听见他说："连我都不明白自己怎么会笑成这样。"

我无奈地扯出一块披萨，把它当作岳钧楠的脸狠狠咬了几口。生气归生气，他这里的东西却还不能错过，不然我也不会在见识了他在医院里那通人神共愤的大笑后，还大人有大量地接受了他的请客吃饭赔礼。

"不过我很奇怪，你朋友做手术，为什么要你来帮她预约？"岳钧楠问我。

我说："她不是本地人，对这里不熟，她家在上海。"

"那她怎么跑到这里来做手术？"

我想了想，反正岳钧楠和程沐媛互相不认识，说出来也没什么，而且关于这件事，不知怎么我心里总觉得有点不靠谱，多一个人的意见做参考也好。于是我便把整件事的来龙去脉都告诉了他。

听完后，岳钧楠英挺的眉毛渐渐皱起，语气也不似刚才开朗，变得冷静下来，"你的意思是，她不想告诉男方，打算自己悄悄地把孩子处理掉？"

我摊开手，"这是目前来看最好的解决方式。不然，一个单身女人带着个小孩，这像什么话！"

岳钧楠的眉头却越皱越深，"但男方应该有知情的权利，这不是她一个人的孩子，她怎么能自己单独做决定？"

"可她已经离婚了，就算孩子的父亲知道了又能怎么样，生下来交给他去养？想想都不可能。"我冷笑一声，"而且说到底，也是那个男人始乱终弃先出轨的，现在他保不准正和那个'小三'风流快活呢。这样毫无责任感的男人，只会把孩子当作累赘。"

"每个生命都有来到这个世界上的权利。"岳钧楠沉默了许久，忽然说出这么一句话，"不应该在他还不能自己发表意见的时候，就自作主张地剥夺他生存的权利。"

"确切地说，那东西现在还不是个生命，只是个胚胎。"我多少理解他的想法，只能放缓语气，"长痛不如短痛，她没有选择。"

"你呢，你做过这种手术吗？"突兀地，他忽然对我抛出这个问题。

"没有。"我像条件反射一般立刻答道，"没做过。"

他眼神闪烁了一会儿，点点头，过了一会儿才开口，但已经跳到了另一个话题上，"关于上次你在病房里跟我说的B计划，如果不加快一点速度，农历新年之前我恐怕都没工夫陪你实行了。"

"什么情况，难道你又要出远门？"

"去一趟莫斯科，从北京坐火车走，横穿西伯利亚平原，六天五夜的路程。"

"六天五夜？！"我吓了一跳，"这么远，你为什么不直接飞过去？"

"西伯利亚平原的风景很不错，坐在飞机上是看不到的。"

从餐厅出来，早上还朗朗晴空的天气，此时却飘起了雪，岳钧楠提出要送我回去，被我谢绝，于是他给了我一把伞。那伞是他们餐厅特别定制的礼品，湖蓝色的外表看起来平淡无奇，可撑开之后，内里却被画上了圣托里尼岛的海景，碧海蓝天，艳阳高悬，仿佛与外边的漫天雪花彻底隔绝，伞里伞外是两个截然不同的世界。

我撑着那把伞在车站等车，时不时抬头看一眼伞内虚构出来的阳光，想着刚才有件事情我没有对岳钧楠说实话。

他问我有没有做过流产手术，我说没有，但我骗了他。上大学的时候，有次同商擎没有做防护措施，事后发觉不太对，于是他请假带我去了趟医院，过程记不清了，只记得很疼，还有事后商擎在病床边用力握着手，痛哭流涕地说对不起我。现在想来，真的像是上辈子的事情。

但我为什么要骗岳钧楠？我自己也不明白到底有种怎样的情绪在里面，只是看着他沉默的表情，在谎言脱口而出的那瞬间，我心里有个声音在不停回响——最好不要让他知道这件事。

程沐媛顺利排上了医院的手术日程，在等待排期的那段日子里，时间变得特别难熬。也许是那个还未成形的生命预感到了自己即将要面对的命运，所以在程沐媛的肚子里开始了无声的抵抗，于是她之前从未出现过的那些妊娠反应，呕吐、失眠、食欲不振、头晕乏力，全卡在这两天一股脑地排山倒海而来。

这对两个从来没有过怀孕经验的女性来说是件极大的挑战，才几天工夫，我就为了照顾她而被折腾得心力交瘁，程沐媛首当其冲，更是糟糕至极，本就不胖的身材瘦了一大圈，彻底跳过了"苗条"的段数，变成所谓的"骨感"，而小腹却明显地鼓胀起来，成了一块让人完全无法忽视的存在。

因为整夜失眠，她眼底下形成两块巨大的瘀青，人也变得精神恍惚，一天有大半的时间都睡着，偶尔醒来，也会神经兮兮地专门找一些育婴杂志来看。一天我参加完新书的选题讨论会回家，看见她坐在沙发上，正对着电视上的教学片学织毛线。

"书上说编织能静心，我这几天心里烦得很。"她织的是一只小孩穿的袜子，已经完成了大半，穿针引线的动作也有模有样，还不时地展开看看。

"你该不会不想去做手术了吧？"我看她这个架势，不禁有些担心。

"不会。"她摇头，"我只是觉得不甘心而已。以前想过很多次，我和苏睿生的孩子会长什么样，如果是男孩会不会和他一样帅，女孩会不会和我一样漂亮，可因为生活还没安定下来，一直不敢要孩子……结果，老天反倒在最可笑的时候送来一个大惊喜。"

她把手放到小腹上，"我也想过不要去在意，可似乎总能感觉到小孩在肚子里面动。"

"那只是你的错觉。"我没好气地说，"三个月都不到，哪里来的什么胎动！"

"如果我没有遇见过苏睿就好了。"她忽然说，"要是我失恋那天晚上没有去学校的湖边喝酒，也就不会遇见他，要是没有遇见他，或许会遇见另一个与他完全不一样的人，过着一段完全不一样的日子，平平淡淡，细水长流，哪里会像现在这样风波不断。"

如果……

我在心里轻叹一声，这真是一个很引人遐想的伪命题，世界上每秒钟都有成百上千的人在为过去后悔，要是"如果"两个字真能化腐朽为神奇，就不会有那么多的痴男怨女生离死别：樊梨花遇不上薛丁山，梁山伯遇不上祝英台，阮郁遇不上苏小小，杨乃武遇不上小白菜……皆大欢喜，天下太平。但现实终究是现实，在唯物主义意识形态的引导下，"如果"两个字最大的功效不过是给心灵一种虚浮的慰藉，然后潜移默化地规劝你"乖乖认命"。

我不知道程沐媛现在对苏睿抱有一种怎样的感情，但两个人已经彻底分道扬镳，以程沐媛向来果决的性格应该再无牵挂，她嘴上也的确是这样说，只是她这些天所表现出来的情绪又让我迷惑，以至于我忽然觉得，我或许从来就没有真正认识过她。

到了手术那天，程沐媛一反常态，心情好得出奇，起了个大早不说，还一边哼歌一边上了层淡妆。我送她去医院，一样的候诊区，一样的长椅，对面两个挺着大肚子正等着做产检的孕妇高声谈论着奶粉和尿布的行情，一个说国产奶粉不可靠，一个说让人从国外代购比较好，然后如数家珍地开始八卦各种国外品牌的知名度、奶源地、性价比，聊得热火朝天，吸引了周围不少人参与讨论。

程沐媛或许被叽里呱啦的声音吵得心烦，伸手在自己包里摸了半天，没摸出东西，又问我："你带烟了吗？"

我摇头，"有我也不能给你，孕妇不能吸烟，再说这里可是医院。"

"哦。"她低应一声，缓缓转过头去，"反正马上就要拿掉了，也不算孕妇。"

这时她看见身边一个女人在钩毛线，拆了钩钩了又拆，似乎总也弄不好，眉心都皱成了疙瘩，便轻声提醒说："那里要走十字针，不然线绕不过去还会打结。"

女人一愣，照她说的走了一通线，很快便惊喜地眨眨眼，扭过头来说："谢谢！"

程沐媛抿嘴一笑，没说话。

女人却没有冷淡下去，反而看着程沐媛隐约有一丝弧度的小腹说："你也是来做产检的？"

"不。"程沐媛回答得异常干脆，"我来……"她声音忽然顿住，看着那个女人的笑脸，抿了抿嘴角，把"堕胎"两个字吞了回去，只摇着头说："刚怀上不久，也检不出什么。"

"那也要当心啊，怀孕这种事可马虎不得。"她目光落在程沐媛脚上，"我看你穿的还是高跟鞋，以后别再穿了，很伤身的。"

"你的月份很大，应该快生了吧？"程沐媛伸手在女人高高耸起的肚子上轻抚了一会儿，忽然满脸惊讶地把手抬起来，"他踢我了。"

"预产期就在下个月，最近这小家伙是越来越不安分了。"女人满脸红光，眼睛都笑成了一条线，"真想快点生出来，看看是个怎样淘气的小家伙。"

"生孩子会很疼，你不害怕吗？"

"刚怀上的时候是挺害怕的，尤其是看电视剧里那些生孩子的女人叫得那么可怕，加上我妈总唠叨什么要预防难产、预防胎位不正。有段时间，我还动过跑到医院来悄悄把孩子拿掉的心思呢。"

"那后来呢，后来是怎么克服的？"

"从他在肚子里面踢了我第一脚开始。"

女人脸上露出一种奇妙的神情，"我还记得当时正在吃饭，吓得碗都摔在了地上，脑子里只有一个念头，'哎呀，他踢我了！'那一瞬间我忽然领悟到，待在我肚子里的小家伙是个真正的生命，是我的孩子，我要把他平安生下来，至于以前那些害怕的东西，好像一下子全都变得不值一提了。"

"我妈妈听说之后还跟我开玩笑。"女人笑着说，"她说，婴儿的一脚，把一个女人踢成了一个母亲，所以打是亲骂是爱。我的母爱都是被这个淘气鬼给一脚踢出来的。"

女人说得开心，根本没注意到程沐媛听得心不在焉，直到被护士叫到，她才停下来，抄了一串电话号码塞进程沐媛手里，"月份大的时候会腰酸腿肿，这个按摩师是别人推荐给我的，功夫不错，你到时候可以去找他。"

程沐媛神色茫然地抓着那张纸条在手里揉过来卷过去，直到纸条变得皱巴巴的不成原样，我实在看不过，说了句"不想留着就扔了吧"。她没理我，纠结了很久，最后还是收了起来，然后静静坐着，盯着自己高跟鞋的鞋尖出神。

护士来叫她的时候，带来一件灯罩似的绿色外袍，让她先去一旁的更衣室换衣服，准备手术。在进去之前，她忽然一把抓住我的手，似在问我，又似在问她自己，"唐尧，告诉我，我的决定并没有错。"

我盯着她漂亮的眼睛看了一会儿，轻轻靠上去，温柔地抱住她，在她耳边说："这是你的孩子，你有自己做决定的权利。"

她闭上眼睛，随即又睁开，点点头，跟着护士头也不回地走进了手术室。

农历新年过后，我收到了岳钧楠从西伯利亚平原寄来的明信片。

明信片是时下流行的"拍立得"明信片，正面是明信片的规格，背面却是现拍的照片。岳钧楠和满脸胡子的俄罗斯大叔端着酒杯坐在一个类似吧台的地方，一旁的窗口外是飞驰而过的风景，从他轻松自然的表情来看，他似乎很享受这趟六天五夜的火车之旅。

明信片上总共没几句话，大意是在网上看到了我新书发行的消息，祝畅销，然后略带调侃地让我尽管抱着一种轻松愉悦的心态去享受成功时刻，不必担心有人会蹦出来煞风景，因为据他所知那位天杀的评论员"丘石"正有别的事情要忙，不会在这个普天同庆的时刻朝我泼冷水。

我和景泓合作的那本新书终于在一遍又一遍的赶工和校稿中，赶在初一这个辞旧岁迎新春的时刻大张旗鼓地上架了，并且创造了一个用陆岩的原话说"是出版界畅销里程碑"的奇迹——热情的读者们居然在大年初一这种不会有人逛书店的日子里排起长龙，在几小时内就将刚到店的第一批书扫了个精光。

我明白这大半是因为景泓的缘故，但仍不免沾沾自喜。只是我想不到，岳钧楠会为了这个特地邮寄一张明信片来道贺。

"他要是真有诚意恭喜你，应该亲自打电话来，而不是不痛不痒地寄一张明信片。"程沐媛用两根手指从我手里夹走那张明信片，正过来倒过去研究了一会儿，咂着嘴道："字这么漂亮，不是他本人写的吧，搞不好是助理写的。现在很多人喜欢这么干，老板太忙，不想为这些不痛不痒的事应酬，就交给助理帮他打理人际关系。"

她肚子又大了一圈，现在已经有了明显怀孕的迹象。冬天屋子里暖气很足，她却还是害怕受寒，特地从网上买了一个号称360°保暖的孕妇专用毛绒围腰圈在肚子上，加上防辐射的睡袍和羽绒雪地靴，像极了一只袋鼠。

她终究还是没有拿掉那个孩子。

我也不知道我为什么会支持她的这个决定，只是那天当她扶着护士的手从手术室里出来，红着两只眼睛对我说出"我做不到"四个字时，我几乎想也没想就开口说："那就把孩子生下来，大不了我帮你养。"

做好这个决定之后，程沐媛又恢复了从前的模样，好像完全不担心多了一个孩子会从此改变她的人生轨迹。

"你刚才说，这个家伙为了去趟莫斯科，要坐六天五夜的火车？"程沐媛竖起眉毛，又把明信片塞回我手上，"他是吃饱了撑的还是怎样？"

"他说那是世界上最长的一条铁路，可以沿途欣赏西伯利亚的风光，我刚开始也不理解，不过仔细想想，似乎也很有格调。"

"我呸，格调个屁！你以为现在格调有那么好装吗？"程沐媛对我的话嗤之以鼻，"想当年我去美国旅游，少不更事，也企图格调一回，于是坐火车从宾夕法尼亚到加利福尼亚，横穿整个美国，以为能看到多美的风景呢，结果才坐到一半我就受不了了。别以为火车上的风景很容易看，等你满脸油光、四处爆痘、浑身酸臭还没地方洗澡的时候，你就知道什么叫真正的'格调'了。"

不过是一张明信片，想不到居然能引发她这么长一通宏论，倒让我颇为惊讶，"你怎么好像对岳钧楠有意见？"

"你知道的，我向来对'富二代'没好感。"

"他其实算不上'富二代'。"我说，"我的意思是，他和一般的'富二代'不一样。"

"有什么不一样的？有个钱多得能砸死人的爹，不用工作，每天吃喝玩乐坐地收钱，心情好了还能坐六天五夜的火车去玩玩格调。我也想玩格调，可恨小老百姓要赚钱养家糊口活命呀。"

"得了吧'富婆'，你得了那么大一笔分手费，要是还自诩小老百姓，那全城的人都该饿死三遍了。"我对她翻了个大白眼。

"咦，唐尧，我怎么记得你一直是看那个姓岳的'富二代'不顺眼的，怎么现在倒帮起他说话来了？"程沐媛盯着我看了一会儿，忽然瞪大眼睛，嘴巴张成O形，"你不会是春心萌动，看上他了吧？"

我整张脸先是僵住，然后一阵涨红，想也没想便抽过沙发上的抱枕砸过去，"胡说什么！"

"哟嗬，还恼羞成怒了！别乱动手啊，我可是孕妇！"程沐媛把肚子一挺，活脱脱将那个无辜的孩子当作挡箭牌，好让我投鼠忌器，"我说真的，你要是动了那门心思还不告诉我，可别怪我翻脸，罔顾我们之间多年的狼狈为奸之情。"

"不可能！"我重重地吐出三个字，然后像是力竭了，软绵绵地瘫坐到沙发上，有气无力地说："你就算想象力丰富，好歹也要靠谱一些，岳钧楠那个大少爷完全不是我喜欢的类型。你既然自己都说了与我狼狈为奸这么多年，好歹也该知道我的口味是什么。"

"也是。"程沐媛坐到我身边，扯过鬓边一缕头发在手指间打着卷，"我记得你喜欢闷骚话少的男人，还说男人安静沉稳的时候最帅。"

"那就是了，你也不想想那个岳钧楠一张嘴有多讨嫌，我就算跑回去和商擎旧情复燃，也不会在他身上动心思。"

"说到商擎。"程沐媛眼珠子一转，"你后来……还有去看过他吗？"

我沉默。

上次的事情发生以后，我除了去医院探望过岳钧楠一回，也留意打听了商擎的境况。据说出事那天晚上他就被岳家人扭送到了公安局，好在岳钧楠表示不予追究，加之商擎的确是酒后冲动作案，并没有主观上的蓄谋故意，而且认错态度良好，又赔了岳家不少钱，公安局这才小惩大诫，很快就把他放出来了。

只是这么一折腾，他好不容易搏来的副总经理职位是彻底打了水漂，公司并没有直接把他裁掉，而是让他"待岗"。待岗是好听点的说法，往不好听了说，就是"我们用不起你，要么另谋高就，要么自求多福"。

　　商擎看起来沉稳持重，可个性最是要强，二话不说就主动辞了职。

　　之后，我便再没有打听到他的消息。

　　"看与不看又有什么区别？"许久，我低语道，"我跟他早就没什么好说的了，不如不见，双方也能轻松些。"

　　"也对，到底是他出轨在先，在这一点上我是支持你的。"程沐媛点了点头，"只是你们到底曾经在一起那么久，老话说买卖不成仁义在，人在社会里打转，没有谁会是谁一辈子的仇人。感情那方面断了就断了，可如果是为了这个，就把所有的情分都一股脑断掉，却不值得了。"

　　"说得这么大度，如果苏睿再出现在你面前，你又该如何？"我撞了撞她，半开玩笑地揶揄道。

　　"苏睿，我不恨他，但也不想原谅他，至少过去那些时光，我过得很快乐。"程沐媛语气伤感，不过很快又振作起来，"说不定等我儿子出落成一个标致的大帅哥以后，我还会主动带着到他面前去秀上一秀。"

　　我咂嘴，手指头点了她几下，"这招够毒。"

　　"反正我是认命了，舍不得拿掉这坨肉，以后就好好守着他过日子，这辈子就差不多了。倒是你，好歹也是写情感专栏的，这样一直单着，别人会质疑你文章的权威性。如果碰到不错的对象，可要好好把握机会。我看景泓就不错，你以前不是一直把他奉为男神吗，又是同行，要真能凑在一起绝对是天作之合。"

　　我震惊地看着程沐媛，她今天对于这方面的感慨真是出奇的多。都说女人怀孕之后大脑会受影响，以前我还不相信，如今瞧她的情形，智商变没变我不知道，情商倒是彻底上升到了另一个境界，让人不得不感叹：天哪，好生鸡婆的孕妇！

书上说，感情纤细或者受过伤害的人，会用许多表象的情绪来武装自己，好把自己的心藏得严严实实的，以避免任何受伤的可能性。以前看见这样的内容我只当笑谈，觉得是文青们故作忧郁的矫情观点，可当我意识到岳钧楠或许从来没有直面过自己本心的时候，我才明白，越是害怕，便越是不敢去触碰，藏得也就越深，所谓近乡情更怯，或许就是这个样子了。

新年伊始，万物复苏，各大行业全都高调地蓬勃发展，出版行业也不例外，各类新年书展、图书订货会相继开展，举办得如火如荼。这时候，即便是平常闲散惯了的自由作家，也不得不绷紧了身体里的那根弦，跟着营销团队四处跑场子。

刚入行的时候，出席这样的场合，那些铺天盖地的闪光灯曾经一度满足我可悲的虚荣心。但次数多了后也不免厌烦起来，一连好几个小时坐在那里，一边保持端庄优雅的姿态，一边应付主持人或者下边观众抛上来的各种问题，简直苦不堪言。如果问题的内容真的与书相关倒也罢了，偏偏有大半的问题集中在"作家是不是很有钱""编辑会很帅吗""出书的时候会不会遇到潜规则""×××到底什么时候才能出来和我们见面"——×××是排在后边开发布会的一位新锐人气美少年作家——这类问题上，每每此时，我都欲哭无泪。

不过今年我有了躲懒的机会，这也是和景泓合作的另一个好处。向来出书不开任何发布会的他，这一次不知道为什么随起了大流，头一次决定在媒体面前正儿八经地露脸，于是便理所当然造成了万人空巷的局面，也导致今年我要出席的发布会多过往年。可我却并不觉得有多累，因为有着逆天名气的景泓恰如其分地吸引了大部分的目光与问题，我在一边沦为摆设的同时，也乐于享受这份难得的悠闲。哪怕有记者把目光聚焦在我身上，问出的问题也千篇一律："能和大牌合作，有什么感想？"我只用像背书那样把一溜烟的敬仰之词连珠炮般放出来就行了，由于说了太多遍，最后连脑子都不用动了。

那段时间，景泓几乎占据了所有报刊的读书板块，一些报纸还将他列为头版，连带着我也难得地在大众传媒上狠狠露了一回脸。可惜这脸露得褒贬不一，有不少声音讽刺我是踩着"大神"的肩膀上位，就差没将"不知廉耻"四个字拍在我的脸上，惹得程沐媛看见这些报纸后在家里破口大骂。

我却完全没当一回事，所谓树大招风，忽然有了这么大的名气，付出点代价是正常的。

书卖火了，庆功会也紧跟着来了，出版方伊莱亚斯豪气地把庆功地点挪到了泰国普吉岛，邀请了所有的编著人员，自然也包括原著者之一的我。

我在接到邀请的那一刻就打电话给景泓，告诉他我不方便跟他们一起去。

原因用不着多解释，华宇和郭志豪之间势同水火的关系大家都知道，我身为《环球星报》的专栏作者，能和分属伊莱亚斯的景泓合作一本书已经很不容易了，出于对帝光这边情绪的照顾，怎么说我都不能去参加伊莱亚斯举办的庆功会。

"只是一个庆功会而已，他们又不能干涉你的人身自由。"景泓不以为意，"这可是五星级度假景点的旅行，所有费用全免。"

"可是……"

"当然，如果你真的不想去，我们也不能强迫。但我想错过了这次机会，你一定会后悔的。"他顿了顿，"你完全可以把这个当成私人性质的旅行，毕竟不会有人谈工作，如果《环球星报》因为这个而给你压力，那只能说明他们心胸太狭隘。"

景泓强大的说服力让我哑口无言。

"普吉岛啊，那可是个好地方，我上回来找你就是刚从那里回来。"程沐媛得知我要去公费旅游之后，表现得比我还兴奋。最近她日子过得并不舒服，出于她有孕在身的考量，我删掉了菜单里所有油腻辛辣的食物，并且严禁烟酒，控制数码设备的使用时间，并且还敦促她进行适当的胎教，这对向来散漫慣了的程沐媛无疑是种折磨。我这一走，预示着她可以在无人管制的情况下为所欲为几天了。

在这样的兴奋驱使下，还不等我准备好行李，她就已经为我列了一张长长的单子，按照她吃喝玩乐的经验把普吉岛上所有值得一去、值得一吃的地方列了个遍。

到了启程那天，她又自作主张地为我打包了一个花花绿绿的箱子。

我原本不想带着那么扎眼的箱子招摇过市，可是程沐媛一味地坚持，最后我只能勉为其难拎着它上了飞机。

下飞机后，转过汽车和快艇，我们踏上了这个号称"安达曼明珠"的海岛。伊莱亚斯豪气冲天地包下了一块沙滩，而我们的居所则是沙滩旁的配套别墅。那些别墅用木质角楼搭在海里，白色的墙面，亚麻布窗帘，铺着稻草带有复古风格的屋顶，别有一番情调。

我和景泓身为作者，自然享受到了最好的待遇，两个人分到了一栋单独的别墅，房间里配有宽大的落地窗和阳台。我们到达时正值傍晚，夕阳映照在海面上，一片通红。

一天的旅行让我浑身酸痛，我躺在床上眯了一会儿，看时间快到饭点了，才起来准备收拾收拾去餐厅吃饭。

这时外边有人敲门，景泓的声音透过门传进来，"唐尧，你在吗？"

我应了一声，过去把门打开。景泓换了一身当地特有的民族服饰，上边是绣有花纹的布衣，领口开得很大，露出两根修长有致的锁骨；下边的束带裤很宽松，不过因为他的腿长，倒也显得一点都不臃肿。整个人帅气得我就差没吹个口哨。

"这衣服很配你啊。"

景泓笑了笑，对我露出一个"多谢称赞"的表情，"快换身衣服。"他拍了拍手，"那边露天夜市快开始了，我带你去逛逛。"

"这个时候逛夜市？"我扭头看了一眼窗外的天色，"我连晚饭都没吃。"

"夜市上有很多吃的，完全能把你喂饱。"他扳过我的身子，一边往房间里推一边催促道："动作快些，我们得趁现在人还不多赶紧过去，省得到时候挤。"

我奇怪于明明有那么多人在，景泓为什么偏偏找我。不过我也没想那么多，慢条斯理地把行李箱从橱柜里拖出来，准备换一身轻便的衣服。

可在打开箱子的那一刹那，我彻底傻眼了。

箱子是我的箱子，从品牌到型号都一模一样，可里面的东西却差了十万八千里，居然是满满一箱男人的衣服。

难道是下车的时候拿错了？我想也只有这种可能。从机场出来的时候，一辆旅游大巴里坐了好几拨人，行李却是堆在一起的，箱子外表一样的话一不小心就会互相拿错。我抓了抓头发，我的箱子里虽然没什么值钱的东西，但装满了我这次旅行的换洗衣物，我总不能穿着身上这件过好几天吧。

我默默地将箱子重新关上，又瞄向了程沐媛给我准备的那个小箱子，抱着死马当活马医的心态，打开翻找了一会儿，看有没有能换洗的衣服。

让人欣喜的是，箱子里的确有好几条裙子，但问题也随之产生，那些裙子，居然全都是程沐媛所钟爱的"度假标配战袍"——缀满了流苏的波西米亚长裙。

景泓看见那些裙子的时候，如我所料地眼睛都直了，半晌，才闷笑着说："你居然也有这么开放的时候。"

我羞愧得恨不能找个地缝钻进去。

这么多年，我的穿衣打扮一直走保守路线，就算出席一些重要场合，礼服大多也选择黑色，很少会有花里胡哨的时候。而程沐媛的这些裙子，颜色夸张得像是要去给麦当劳代言就罢了，偏偏还袒胸露背，衣不蔽体，实在让人很难为情。

"你不要用这种眼神看我，这不是我的衣服。"我花了好一会儿工夫才向他解释清楚我的箱子和别人的拿错了，身上这件也是别人帮我准备的不是我买的。

他了然地点点头，"你的那个朋友也很有品位嘛，出来度假就要这样鲜艳一点有热带风格才好。"

"你觉得好的话我借给你穿？"我翻了个大白眼。

"如果有我的size，我不介意。"他狡黠地笑了笑。

从沙滩到夜市要坐一段路程的摆渡车，绕过沿海的公路，然后进入邻近小镇的中心。夜市刚刚开场，摊贩不多，但游人已经密集如雨。

"你是第一次来泰国？"他问我。

我点头，"不过我一个朋友来过，把这里吹得天花乱坠的，说是有全亚洲最清澈的浅海。"

"这个形容也算名副其实。"景泓点着头说，"普吉岛周围的浅海的确很美，尤其日落的时候，是我见过的最美的海湾。"

"如果和圣托里尼岛比呢？"我忽然说道。

"虽然我没去过那个地方，不过在我看来，爱琴海最美的应该不是它的海景，"景泓冲我眨了眨眼睛，"是romantic。"

我们在路边买了两串炭烤的鱿鱼当晚餐，一面吃一面往人群深处走。没走几步，景泓便驻足在一个摊位前研究起一个花纹繁复考究的水烟壶来，我看到旁边有一家卖民族服饰的店铺，又看了看身上这件别扭的裙子，转身朝店里走去。

店里的老板操着一口生硬的中文与我手舞足蹈地交流了半天，才明白我要找的是不鲜艳、不暴露、大方得体的裙子，于是挑挑拣拣许久，拎给我一条湖蓝色的长裙，让我去二楼的更衣间试试。

我顺着木质楼梯爬到二楼，这里用布帘子隔出了两间更衣室，其中一间有个金发碧眼的外国人守在外面，不停朝里问着"It's ok？"，我料想里面有人，便伸手去拉第二间的帘子。当那块布被拉开，一个男人白花花的背撞进我眼里时，我才发现坏了事，忙惊叫一声，重新将帘子拉好，连珠炮一样吐出好几个"sorry"。

里面的人没出声，隐约能听见窸窸窣窣的声音，似乎还在换衣服。我尴尬地低头站着，想一走了之，可又觉得这不算什么大事，悄悄溜走是不是显得太没骨气了，而且那人至少还穿了条内裤，没有被我看光。

想到内裤，我不自觉咽了口唾沫，虽然只是惊鸿一瞥，但我还是看清了那个男人包裹在黑色莫代尔内裤里的屁股十分结实挺翘，下边的两条腿又长又直，脊背也挺拔宽阔，不知道正面看有没有几块亮眼的腹肌。

正想着，帘子再度拉开了，我一直低着头，只看到一双男人的脚出现在我眼前。

他穿着用草绳编制的海滩凉鞋，脚趾干净修长，应该是有在运动的关系，骨节微微凸出，卡其色的长裤挽起了裤脚，露出一小截结实的小腿。

"I'm so sorry to bother you。"在这样的旅游胜地，凭皮肤是判断不出国籍的，我也只能用国际通用语道歉，同时想抬起脸来偷瞄几眼，看看这人是否与我想象中一样是个帅哥。

"没事，不用道歉。"他吐出一句字正腔圆的中文，抬起步子，打算绕过我下楼。

我在听见他声音的那个瞬间猛地直起了腰，用一种不可思议的嗓音惊呼道："岳钧楠？"

男人离开的背影顿时停住，接着转过身，目光先是落在我的裙子上，然后挪到我脸上，狭长的眸子眯起来，又挪到我的裙子上，半天没说话。

"是我，唐尧。"我把披散下来的长发用手扎到脑后。

他又盯着我的脸看了一会儿，瞳孔渐渐放大，片刻之后，我听见他轻启嘴唇，发出一声极轻微的喷。

我发誓，这是我今年以来听到的第一句比脏话更显恶意的语言攻击。

"就算你觉得这件衣服不好看，也不能对一个女人发出那种声音，弄得我好像是什么脏东西一样！"十分钟后，我换上那条湖蓝色的长裙出来，怒气冲冲地把换下来的波西米亚流苏裙摔到岳钧楠身上。

"那我应该说什么，难道直截了当地说'唐小姐，你穿着这条裙子真的很像一只芦花老母鸡'？"岳钧楠把那条裙子拎在手里撑开打量了一会儿，摇着头说："我今天才发现我需要重新认识你了。"

"Shut up！我已经说过了这不是我的裙子，而且你要是再用那种表情对着我，我就真的让你重新'认识'我一次。"我咬牙切齿地对他比了比手指，又把裙子抢回来，"我要走了，景泓在外面等我。"

他露出微妙的表情，"《大都会周刊》的那个景泓吗？你和他一起来的？约会旅行？"

"少来！我跟他们一起来开新书大卖的庆功会。"我双手叉腰，得意地扭了两下，正要往楼下走，冷不丁听见他说："我劝你现在最好不要下去。"

"怎么了？"

"因为下面的情况有一些……混乱。"他双手抱胸靠在窗边，斜眼打量着下面的街道。

我疑惑地走过去，把头伸出窗户朝下看，原本还算疏松的街道居然被人群给挤满了，还有几辆大花车缓缓行在路中央，车上站着一群衣着艳丽的姑娘，一人拿着一个精巧的盆子，不时往周围人群的脑袋顶上泼水。

"今天是泼水节吗？"我四处扫视着想找到景泓，可人群实在太密集，又水花四溅，根本分不清谁是谁。

"我要是你，就乖乖待在这上面，等下边消停了再出去。当然，除非你想重新穿回那件'芦花母鸡装'。"岳钧楠指了指我怀里团成一团的衣服。

我白了他一眼，却也听了他的劝告在旁边坐下。他站起身走到楼梯口，用泰语朝楼下喊了几声，一会儿工夫，服装店的老板就端着个铜壶上来，为我们俩一人倒了一杯咖啡。

"这是泰国咖啡。"岳钧楠介绍说，"用肉豆蔻和小茴香制成，你尝尝。"

"看不出来你还会说泰文。"我喝了一小口咖啡，然后默默放下杯子。说实话，这味道比他卖的甘蓝菜汁好不了多少。

"只会一点，还有阿拉伯语和巴西语，我经常要从这三个地方买香料。"他不知从什么地方拿出一个小铁罐，捻出一点里面的碎屑撒进他的那杯咖啡里，又用小调羹轻轻搅拌了一会儿，将杯子推到我面前，"你似乎不喜欢这个味道，这杯我加了点肉桂，你再尝尝。"

我半信半疑地端起来，这回味道没有刚才那么古怪了，可以喝出一种奇异的香气。

岳钧楠主动解释道："他们本地的咖啡香气很清郁，可惜不对外国人的口味，所以我在尝试做出改良，成功的话，这将是我餐厅的新饮品。"

"说真的，跟这种别出心裁的玩意儿比起来，我更乐意喝摩卡和卡布奇诺。"我看着他，"我从刚才就想问，你不是在莫斯科吗，怎么一转眼又跑到泰国来了？"

"因为我要参加明天在曼谷的春季香料市场订货会。"他像是怕我不明白一样，又补充道："泰国出产的柠檬叶和香茅品质与印度的一样，但价格要低上三分之一。"

"真高端，卖个香料都要按季节来，弄得像在办时装周一样。"我失笑，忽然又想到个严重的问题，"你要去曼谷，那里不是正在下暴雨吗？"

这是我出门之前无意间在网页新闻上扫到的，因为两股热带低气压在曼谷上空相遇并演变成了一场热带风暴，导致多趟航班延误。

"没错，我原本是要搭下午的航班走的，可到了机场才被通知航班停飞。"岳钧楠无奈地耸了耸肩，"所以才会来夜市闲逛，然后又很倒霉地被你占了便宜。"

我张大嘴，"别说得好像我是故意要看你的裸体一样！你以为我会对一块'白斩鸡'有兴趣？"

"如果你没有打扮得像一只芦花母鸡，我想我也许会赞同你的话。"

我知道不能再说下去了，论起嘴皮子上的功夫，我承认我没有他那样高的段数，与其自取其辱地跟他互掐，还不如保持沉默来得清净。

我的默不作声似乎让他很不适应，他一直盯着我看，用一种我说不出情绪的目光。我不由得悄然检查自己的装束：新买的湖蓝色纺布长裙整洁干净，内衣肩带没有外露；我在过去二十四个小时内擦过脚上的露趾凉鞋，修剪过指甲，做过SPA除毛；我的头发既没头屑也不油腻，脸上没有任何可以让人取笑的妆容。

他不是第一次用这样的目光看我了，在我的记忆里，他总喜欢这样审视别人，对，就是审视，一种不会让人觉得不礼貌但又无法坦然接受的目光，因为我总不能直截了当地告诉他：你的眼神让我身体不适。

窗外的喧闹持续了将近一个小时才宣告结束，狂欢的人潮逐渐远去，只留下湿漉漉的街道和许多在自家店门口收拾的小贩。我来到楼下，还是看不到景泓的影子，或许他早就被人群挤到其他地方去了。

"看情况你是有麻烦了？"岳钧楠在我身后问。

"我不知道怎么回去。"我坦诚地说，"我坐度假区配备的摆渡车来的，要打电话给司机，他才会来接人，而我没有电话。"

"不能走路回去吗？"

"我住在海边的别墅区，那里离这儿少说有五六公里，更何况我还穿成这样。"我展示了一下裙摆，不住朝四周打量，"也不知道这里有没有出租车。"

"不用看了，他们举行泼水活动的时候，是不允许车子开进来的。"岳钧楠一句话险些浇灭了我的希望，不过好歹他还有些人性，很快又补充道："不过我知道路的另一头有个出租车待客专用的停车场，我正准备去那里搭车，不如我们一起走。"

我点点头，只好跟着他沿路往前走。被水泼得稀疏的观光人群很快又再度聚拢起来，出于不想再被挤得要一个人去找出租，我刻意和岳钧楠挨得近了些，闻到他身上散发着一股极其幽微的香气，不禁开口问："你换香水了？"

他转过头，疑惑地看着我。

"我记得你以前用的是高田贤三的清泉香水。"

"哦。"他点点头，"我最近戒掉了用香水的习惯，如果你闻到了香味，应该是这个。"他抬起手，将袖口给我看。

他上身穿着一件很随和的白衬衫，袖口挽到手肘的位置，在褶皱的缝隙里塞着一片青翠色的植物叶片。

"是薄荷叶？"

"薄荷的味道好闻，还能安神，也比那些昂贵的香水自然。"

"是挺新奇的。"我附和道，"不过我觉得清泉香水的味道跟你很搭，怎么不用了呢？"

"因为我不想用了，就这么简单。"他脚步忽然变快，"今晚人多，再不走的话，也许就拦不上出租了。"

"害什么羞啊。"我嘀咕一句，也加快步子跟上去。

夜市的后半段是餐饮区，刚走到这里，我就被那一排排陈列在路边的各式海鲜给镇住了。空气里飘着浓郁的甜辣酱香味，耳边上还能时不时听见有东西被下进油锅里发出来的滋滋声，我的肚子相当应景地咕噜了一下。

岳钧楠忽然停下身子，扭头似笑非笑地看了我一眼。

"你听见了？"我不可置信地望着他，"这里明明这么吵！"

"虽然我不像一些专业的厨师能靠听觉来判断食物油炸的程度，但经营餐厅久了，对于一些经常能听到的声音，哪怕再小也很难不去注意。"他眼睛里划过一抹得意的神色，"你没吃晚饭？"

"本来是想在夜市上就地解决的，结果除了一串炭烤鱿鱼，其他的什么也没吃到。"我一边说话一边在心里埋怨了景泓一通。

"所以你想现在吃？"

"我可不想自己第一天的泰国夜市之行，唯一的战利品就是身上这条裙子。"我头也不回地走向最近的一家大排档，对他挥挥手，"你想走的话就先走好了，反正我已经看见了搭车的地方，自己能回去。"这里已经是夜市的尽头，可以看见不远处有出租车不断驶过。

可他并没有离开，而是跟过来坐在了我的对面，并且主动抬手招过老板，开始熟稔地用泰语点菜，然后对我坦然无比地吐出四个字："我也饿了。"

莎士比亚曾经说过，任何行业只要浸淫得久了，都会变得美感与艺术。这一点被大排档的老板很好地诠释了出来，一只大龙虾在他手上噼里啪啦鼓捣几下，就摇身一变成了三道生冷美味，加上铁板烤制的生蚝和用海水煮出来的螃蟹，光是看着我就已经食欲大增。菜一上桌，我立刻迫不及待地捞起一只煮得通红的雪花蟹，熟练地掰开蟹壳，淋上特制的泰式酱汁，吹吹冷便往嘴里塞。

跟我比起来，岳钧楠实在是斯文太多，同样对付一只螃蟹，他却可以慢条斯理地把所有的蟹肉与蟹黄都剔到盘子里，再用筷子捻着蘸酱吃。优雅是优雅，可在速度上却落了下风，当我开始处理第三只螃蟹时，他连第一只都还没吃完。

我实在看不下去了，"照你这速度，这一桌东西会有大半进我的肚子。"

"我对你的食量一点都不感觉惊讶。"岳钧楠终于吃完了一只螃蟹，把蟹壳倒进脚边的垃圾桶，"还记得在上海的那一晚吗？你可是一个人吃掉了一整份的猪脚饭。"

我本来想讽刺他吃饭娘娘腔，却料不到他会忽然翻旧账，这一记黑枪放出去，反倒打在了自己身上，顿时胸口一阵闷痛。

饭吃到一半，街对面被人挪出了一块空地，架起了好几张桌子，有个花白胡子的老头拎着一个铜锣爬上旁边一架旋梯，当当敲了几下，直到吸引了周围路人足够的注意力后，才叽里呱啦开始吆喝。

"那人在说什么？"我好奇地问岳钧楠。

"他说他们在办游客烹饪大赛。"岳钧楠吃完了两只螃蟹后就一直在喝芒果汁，见我问他，便一边听一边翻译道："这是这个夜市的习俗，摆大排档的老板们会推选出一位代表，和自愿参加的游客进行烹饪比赛，评委就是过路的其他游客，如果游客能战胜大排档的老板，就能得到五千泰铢的奖金，现在他们在号召愿意去参加的人……你在做什么？"

不怪岳钧楠惊讶，因为我在听完他的解释之后，已经把手高高地举了起来。

敲锣的老人眼尖，一下便看见了我，锣鼓敲得更欢了，周围一些围观的游客也对我这第一个表示要参加的人鼓起了掌。

"你不急着回去了吗，怎么还有心情参加这种东西？"岳钧楠奇怪地看着我。

"确切地说，不是我参加，是你，我最擅长的菜式只有方便面加鸡蛋。"我在岳钧楠震惊的眼神里，礼貌地对前来请我们过去的一个年轻人合掌点头，"萨瓦迪卡！"

"你疯了不成！为什么要拉上我？我可不想在大庭广众之下跟一群人比这些无聊的东西！"岳钧楠火速站起来走到我身边低吼。

我安慰地拍了拍他的肩膀，"反正大家都是出来旅游的，就当是个旅游项目找点乐子嘛，再说还有奖金呢。我知道你做菜的本事不错，而且我也会给你打下手的。"

"为了五千泰铢，一千块人民币？"岳钧楠用力揉了揉眉心，"唐尧，你不能……"

他话还没说完，我已经抓着他的胳膊，拉着他硬往那个方向拽。周围的掌声更热烈了，我能感觉到岳钧楠想把手抽回去，只是他在人群的簇拥下不能挣扎得太明显，终究功败垂成，被我赶鸭子上架一样拉到一张烹饪桌边。

烹饪桌共有六张，绕成圈摆着。在老人不停的吆喝声与锣鼓声中，陆陆续续也有其他经过的游客表现出兴趣，人数很快就凑够了，而那位游客们要挑战的大排档代表也出现在最后一张桌子旁边，礼貌地向我们行礼。

到了这个时候，岳钧楠也明白没法临阵脱逃了，用力瞪了我一眼，我被他瞪得心里发虚，只能讨好地问："要准备些什么？"

桌子上提供的食材不多，海鲜占了主要地位，都是大排档随处可见的东西。敲锣的老人宣布开始后，岳钧楠扔给我两个柠檬，语气简练而干脆，"榨汁。"他自己则拿过几个鸡蛋，敲进碗里用筷子飞速搅拌起来。

我怕打扰到他，因此没有多嘴问他想要做什么，只是照着他的吩咐做事，榨完柠檬汁后，又处理了一些香蕉、芒果和奇异果，把果肉全部切成细小的丁块搅拌在一起。岳钧楠把打成泡状的鸡蛋液倒进另一个大碗里，然后放了些高筋面粉，再加进柠檬汁和食盐，开始大力揉搓，直到搓成一个金黄色的面团，接着一小团一小团地揪起来，擀成面皮扔给我，嘴里又吐出三个字："包饺子。"

"就用这些？"我不敢置信地指着那碗水果肉丁，直到他确定地朝我点了一下头，我才发现他是来真的。

"我跟你保证，这种饺子只要一下水立刻就会变味。"我一边包，一边好意出言提醒。

他却无动于衷，三两下把锅子刷干净，倒了半锅油，开大火，然后拿过我包好的饺子，盛在网兜里进油锅猛炸，噼里啪啦的油炸声响得极其欢快。

此时，边上已经有好几桌人完成了各自的作品，能看出有些游客是真的来凑热闹的，但也不乏正儿八经摆出菜肴的人。参与比赛的大排档老板也已经完工，是一道来泰国必吃的菜式——甜辣虾。

当岳钧楠把炸得金黄透亮的水果饺子摆上桌时，我忍不住先吃了一个，饺子很烫，却外热内凉，脆皮酸酸咸咸，内里又充满了水果清甜的气息，不会让人觉得腻，总结下来就两个字：好吃。

评选开始，之前在周围看热闹的人们在白胡子老头的组织下，排着队顺着桌子一道道菜吃过去，再用一张小纸条评分。我看着流水一样的人群，心里喜滋滋的，说不出的欢快。不知道为什么，我就是有信心岳钧楠的这道菜能赢。

评分的小纸条最后汇总到那老头的手里，他开始一张张拆开计票，计票的结果展示在一块大黑板上。随着票数渐渐唱出来，我傻了眼，岳钧楠的饺子票数不但没有领先，甚至还在中游偏下的位置，只比那两个专门来凑热闹的好一些。

最后，一个瑞典来的游客凭盖着浓厚起司的土豆泥拔得头筹，拿到了头奖。当老人将包着奖金的红包递过去时，所有人都围着那张桌子鼓掌，而其他人则被彻底晾在了一边，也包括我们。

"这不公平！"我不信邪地说，"我不相信一些盖着奶酪的马铃薯会比这盘油炸水果好吃！"

岳钧楠的反应却很平静，像是早有所料一般。他扬了扬眉，将盘子端到我面前，"你不如再尝尝。"

盘子里的饺子还剩下一些，我不假思索地夹起一个塞进嘴里，牙齿咬下去的那个瞬间，味蕾感受到的不再是之前清甜的香气，而是一股浓重的胡麻的味道。我狼狈地吐出来，一看，饺子上不知什么时候被撒上了一层细碎的胡椒面，不留意根本看不出来。

我立刻明白了这是岳钧楠干的好事，百思不得其解地看着他，"你什么意思？"

"没别的意思，只是不想那样的场面发生在我身上而已。"岳钧楠用手指了指对面，对面正是那位优胜的瑞典游客，热情的人群已经把他整个人举了起来开始游街。

"那有什么不好，你一个大男人还怕那个？"

"你难道不觉得很蠢吗？"

"是你自己会害羞吧。"

"无论如何，"他摆了摆手，"我都不会让自己变成那副德行。我从很久以前开始就厌恶被人群围在中间的感觉，可偏偏总有许多像你一样的人要把我往人堆里推。"他忽然加重语气说了这么一句话，然而在话音落下的同时，他自己的表情先僵了僵，然后又放低了声音说："对不起，我没有要针对你的意思。"

我并没有觉得他是在针对我，也没有生气，只是觉得惊讶，"你有密集恐惧症？"

"没有，我只是不喜欢被太多人注意的感觉，那会带给我压力。"他扭过脸去，把最后几个饺子倒进垃圾桶里。

"可既然这样，"我说，"既然这样，你为什么不学着另外几个人那样，抱着一副凑热闹的心态就好？费心做出一盘好吃的东西，又悄悄毁掉，不是多此一举吗？"

"因为我知道东西做出来了你一定会第一个伸手。"他说出了一个让我感到诧异的答案。

"你的意思是，你是为了我？"

"不然呢？这里只有你知道我的底细，'一个餐厅老板自己做的东西都无法入口'，这样自砸招牌的事我可不干。"

"只是这样？"我无法形容自己的表情到底变了几次，只是盯着岳钧楠面无表情的脸，用极慢的速度摇着头说："可是我怎么觉得，你人变得体贴了？"

"……"

"不要着急否认。"我伸出手指挡住他微张的嘴唇，"刚才也是，你居然因为一句话跟我道歉，换作从前你绝对不会为了这种事跟我道歉。"

"你爱怎么想就怎么想，那只是你的臆断。"他像是逃避我的眼睛般迅速错开身子，脸颊竟然蒙上一层浅浅的红色。

"岳钧楠，你脸红了。"

"是你眼花了。"

"我眼神好得很，你的确在脸红。"

"可能我刚才不小心吸进了胡椒面。"

"你确定？"

"我确定。"

说完这一句，岳钧楠转身大步走开，脊背挺得直直的，一副问心无愧的模样，我却不自觉想到了一个词——傲娇。

只是一想到要把这个散发着"萌"属性的舶来词套在向来喜欢摆出一副"全世界都欠我钱"嘴脸的岳钧楠身上，我猛地打了个寒战，刹那间感受到了来自全世界的恶意。

到了夜市尽头的广场，总算看见待客的出租了，我和岳钧楠也到了分道扬镳的时候。

"你今天晚上住哪里？"我问岳钧楠。

"机场的酒店。"他说，"我很万幸地订到了一间房。"

这时一辆出租车在我面前停下，我做了个谦让的手势，他却摇摇头，"你先走好了，我再拦一辆。"

"那咱们回国再见。"我坐进车里，把脑袋伸出车窗对他挥挥手，"今天谢谢你了。"

他没有回应我的道谢，我向司机报出地址，车子缓缓朝前开，透过后视镜，能看见岳钧楠一直对着这个方向站着，直到他缩成一个小点再也看不见了为止。

出租车拐了个弯，绕上来时那条沿海公路，月光下的海面平静而柔和，我心里却并不安宁，总觉得好像忘了什么东西，想了一会儿，才惊呼一声，用力拍着司机的靠背用蹩脚的泰文示意他再倒回去。

我把程沐媛的裙子忘在了岳钧楠那里。如果仅仅是条裙子也就罢了，可那条裙子口袋里装着我的钱，我可不想刚来到这颗"安达曼明珠"就因为坐霸王车被起诉。

出租车重新开回了候车的广场，那里已经没了岳钧楠的影子，我想他可能已经拦到车走人了，却不甘心，又让司机朝前开了一段，万幸地，在不远处的路边看到了他。

他正悠闲地顺着公路朝前走，那条裙子被他团成一团夹在腋下。几辆空载的出租车从他身边驶过，但奇怪的是，他并没有伸手去拦。

出租车缓缓停下，我落下车窗叫了他一声，他转过身，扬起眉毛看着我，"你怎么没回去？"

我指了指被他夹在腋下的裙子，他才明白过来，把裙子递给我。

"你呢？"拿到裙子后，我反问他，"你不急着回酒店吗？"

"不急。"他说，"我想先散散步。"

"散步？刚才走了那么远，你难道还没走够？"

"在人挤人的地方和空旷的地方感觉不一样。"我一直盯着他看，他语气虽然平静，眼神却不由得闪烁起来。

这时我心里冒出一个猜测，"其实你没有订到酒店吧？"

他半晌没说话，末了，双手一摊，"你猜对了。"

在旅游旺季出行总有那么些不方便的地方，其中一点就体现在订酒店上，如果不提前预订，想找到空房间是件很难的事情，尤其是碰到突发事件的时候。岳钧楠也算倒霉，曼谷在下暴雨的事他比别人知道得晚了些，也没有第一时间得到航班停飞的消息，于是晚起的鸟儿没虫吃，他只有两个选择：没有证照的黑旅馆，或者机场候机厅的长椅。因为大量滞留机场的旅客早已把仅有的几间机场酒店挤得满满当当的了。

按照岳钧楠的性格，很明显这两个选择都不在他的选项之内。

"原本我是想在夜市看看有没有通宵营业的正当娱乐场所，可事实似乎让我失望了。"岳钧楠双手插在裤袋里，嘴上说着失望，表情却很淡定。

"那你现在要去哪里？"

"从这里往前走不远，有一个夜间垂钓区。"他说，"至少那里提供的吊床要比机场长椅舒服许多，还有免费的蚊帐。"

"你知道……或许你可以去我那里住一晚。"在我反应过来自己在做什么的时候，我的嘴巴已经发出了邀请。

"你那里？"他一愣。

"不要想歪，我住在别墅区，房间都很大，再架一张床完全不成问题，而且，"我看了看他身上的衣服，"而且我不觉得你穿着今天这身过夜会舒服。"

因为在夜市上鼓捣了一顿饺子的缘故，他原本平整的白衬衫起了不少褶皱，还被不小心溅出来的蛋液和果汁泼洒出许多大大小小的斑点，拉出好几道造型怪异的条纹，现在天黑还看不出来，但我保证一到早上，那些条纹和斑点就会变得异常扎眼。

很明显他也意识到这个问题了，原本的犹豫顷刻间消失殆尽，果断拉开门上了出租车。

"你那里有衣服给我换吗？"车开动之后，他疑惑地问道。

"很抱歉我有，你应该感谢上苍这是你不幸中的大幸，否则你就只有穿这件'芦花母鸡装'凑合一晚上了。"我将手里的裙子在他眼前抖了抖，"当然，这对我来说挺可惜，因为那样的画面……说实话我还蛮期待看到的。"

下出租车时，时间已近午夜，别墅里黑漆漆一片。我领着岳钧楠轻手轻脚回到房间，然后从衣柜里拖出那个装满了男人衣服的箱子，一件件拎出来朝他身上比画。

可惜，这个箱子原来的主人从体形上看是个十足的"婉约派"，整箱衣服从上衣到裤子没有一件能合上岳钧楠高挑的身材，直到最后，我从箱子底层翻出了一身绣着传统花纹的民族套装。

这套衣服下午我才在景泓身上看到过，板型很宽大蓬松，说不定他穿得下，于是便递给他。他皱着眉头扫了那些花纹几眼，硬邦邦地说："我不穿这个。"

"可是你也看见了，没别的衣服了。"我把翻得底朝天的箱子亮给他看，见他还在犹豫，又指了指程沐媛的那个箱子，"除了这个，就是裙子。"

他终究没再说什么，拿起那件衣服神色复杂地往浴室去了。我把他换下来放在浴室门口的脏衣服扔进洗衣机，自己也到楼下的小浴室匆匆冲了个澡，换上浴袍，然后打电话给客房服务，打算让他们派人来再加一张床。

可电话刚接通，我就透过落地窗看见一个本不该这个时候出现的人正在外边开门。

景泓？他不是早就该回来了吗？

我抬头朝对面看去，之前看对面的房间漆黑一片，还以为他已经先回来睡下了。

景泓一身湿答答的，头发还在往下滴水，看模样是被夜市上那群泼水的折腾得不轻。上楼之后，他并没有立刻回房间，而是拐了个弯，朝浴室的方向走去。

刹那间，我的头皮开始发麻，岳钧楠还在里面没出来，这要是让他撞见可怎么办，不说别的，光是"带个男人回来过夜"这盆脏水泼上身，我就是跳进黄河也洗不清了。看景泓离浴室越来越近，就要伸出手去扭门把，我大叫："住手！"然后跌跌撞撞跑过去挡在他和门之间。

"咦，你回来了？"景泓惊奇地看着我，"我还在夜市找了你半天。那帮泼水的人简直太疯狂了，我被挤得完全分不清方向，好好的一身衣服也变成了这样，回来的时候差点连出租车都不拉我。"他抹了一把自己湿答答的头发，"等我先洗个澡，出来再跟你说，湿衣服穿在身上可不舒服。"

"不行，你不能进去。"我双手撑开挡在门的两边。

"为什么？"他问道，忽然抬头看见了浴室里的灯光，"咦，里面怎么有人？"

"里面没有人。"我僵硬地笑。

"可是我听见有水声。"

我脑子搅成一团，飞速思考着要怎么找个借口把他从这个地方弄开，这时手里的电话传出咔嗒一声，似乎被接通了，接着前台小姐的声音传出来询问要什么服务，我灵光一闪，立刻拿起电话朝他们咆哮道："我们浴室的水龙头坏了！对，打开以后就关不上，弄得浴室里全是水，完全没办法洗澡！对对对！这里是别墅区三号楼，你们快点派人来处理！"说完我猛地按断电话，摆出一副"事实就是这样"的表情看着景泓。

"水龙头坏了？"他疑惑地问，"怎么坏的？"

"刚才我在洗澡，结果洗完以后就发现关不上了，手忙脚乱地折腾了好半天。还高档度假区呢，连个水龙头都弄不好。"我一连抱怨了好几声，然后伸手推了推他，"里面被水冲得乱七八糟的，我在这儿等他们派人来修，你去楼下的浴室洗好了。"

他没再多问，只耸了耸肩膀，回自己房间拿了几件换洗的衣服去了楼下的浴室。到这时，我身后的水声才适时停下，片刻之后，岳钧楠带着一身水汽走出来，当头就是一句："你说谎的本事真拙劣。"

那身民族服饰穿在他身上还是偏小，本应该宽松的袖子和裤筒绷得略紧，飘逸感荡然无存，反而变得有些喜感，不过还好，至少让他避免了在一个女人的房间里袒胸露背的尴尬。

"总比被他误会我把你岳二少当成'鸭子'带回来过夜要好。"我推他进房间，让他安静地待在里面别出声，自己留下来应付随时可能会到的维修工。

不得不说，身为五星级的度假区，他们在服务方面的态度果然比其他地方要殷勤许多。十五分钟不到，面相憨厚的维修大叔就在下边敲门，我迎出去说了一通好话，解释其实是我自己操作失误，现在水龙头已经没问题了，又塞给他几张小费，才把人打发走。

一转身，景泓正擦着头发站在我身后，似笑非笑地看着我，"水龙头又好了？"

"是啊。"我干笑一声，"莫名其妙就好了。"

"好了就好。"他点点头，又看了我一眼，上楼回了房间。

不知是不是我的错觉，我总觉得他好像发现了什么。不过很快我就坦然起来，发现又怎么样？他既然不挑明，就是很有涵养地打算发现了什么也要当没发现，再说，我又没有做什么见不得人的事，有什么好怕的！

只是可惜，这么一折腾，没办法再让前台派人来加床。

我琢磨着该让岳钧楠睡在哪儿，缓缓走回房间，却发现屋子里并没有人，通向阳台的玻璃门开着，夜风将落地窗帘吹得高高扬起，隐约能看见远处海上倒映的月光。

岳钧楠果然在阳台上，他不知道从哪里找出了一张折叠沙滩椅，正姿态悠闲地坐在上面，凝望着海面出神。

"你最好不要睡在这里。"我说，"晚上海风大，当心吹感冒。"

他却没有回应我的话，而是问我："你这里有酒吗？"

"有，不过你要酒做什么？"

"自然是拿来喝。"他看了我一眼，"不是我有意冒犯，只是这样的环境下与你单独相处，我有些不自在，小酌一杯有益于缓和气氛。"

也是，月明星稀，观海听涛，这样宁静闲适的场景，偏偏和岳钧楠凑在一起欣赏，我也觉得气氛古怪，便起身回房间拿酒。房间里配了一个小酒柜，估计是景区为了满足一些酒鬼而准备的人性化服务，里面放了各式各样的酒，我先抽出一瓶香槟，想了想，又换成一瓶度数更高的伏特加，拎着两个杯子回到阳台。

"如果你会调酒的话，我更愿意来一杯玛格丽特，那边的酒柜里有的是材料。"我把杯子递给他，为他倒了小半杯酒。

"鸡尾酒我只会调一种，可惜不是玛格丽特。"他晃了晃杯子里透明的酒液，小抿一口。

"哪种，最简单的马丁尼吗？"

他没说话，从我手里拿过那瓶伏特加往房间里走，我不明所以地跟在他后面，看见他蹲在酒柜前取出一瓶君度酒、调酒壶、高脚杯与几罐密封好的果汁，一应放在一旁的圆桌上，然后再将各种原料按份数倒进调酒壶里，一阵摇晃后，滤除两杯浅红色的酒液，并将一杯推到我面前。

我端起来浅尝一口，酒液的酸度和甜度刚刚好，吞到舌根后还会有辛辣中带着苦涩的后劲蹿上来，是一种很奇异的味道，至少之前我从未喝过。

"味道挺别致。"我好奇道，"这酒叫什么名字？"

"四海为家。"

他平淡地吐出四个字，也端起自己那杯，却并没有立刻喝进嘴里，而是望着澄亮的酒液出神。

当他说出这个名字时，我便想起来了。这酒在鸡尾酒界很出名，至少向来对酒类没什么研究的我都听过，并且知道它的调制方法不那么简单，倒不是说过程有多烦琐，其实也就是伏特加、君度酒、柑橘汁与柠檬汁的组合，难就难在调酒师对酸味与甜味的把握，把握得好了，酸甜会融合得很巧妙，把握得不好，哪怕是稍微过甜或者过酸，都是失败品。

"你调得出'四海为家'，居然不会调别的？"我有些好笑地望着他，"别逗了，就算我之前没喝过，也尝得出来这有顶级调酒师的水准。"

"我骗你做什么？我只学过这一种酒的调法，也只练这一种酒，其他品类我都不知道要怎么调。"他总算收回落在酒液上的眼神，举起杯子喝了小半杯。

"那你为什么不多学几样？"我说，"其实调酒是门艺术，而且饮食向来不分家，学好了，无论对你开餐厅还是泡妞来说都无往而不利。"

他眯起眼睛望着我，"听起来，你好像在这方面很有经验。"

"其实我有段时间很想去学调酒。"我压下声音，像是在说着什么秘密，"我觉得调酒师特别帅，穿着禁欲气质很强的制服站在吧台后边，手里拿着调酒壶像耍杂技一样高抛低接，砰的一声落定，就能变出好几杯五颜六色的酒来，顿时赢得周围一片掌声和口哨声。多风骚！"

"那你为什么不去学？"

"时不我待呗。"我用手拍了一下他的肩膀，"现在在说你呢，怎么绕到我身上了？快告诉我你为什么不多学几样。"

"我并不是因为对调酒有兴趣才特别去学的，跟这些洋酒比起来，我还是比较喜欢陈酿的梅酒。"他沉默了一会儿，才说："当初会对'四海为家'感兴趣，也只是因为这个名字而已。"

"因为名字？"

他点点头，"我喜欢这个名字，总觉得它代表着自由。"

"自由？"我重复了一遍，疑惑地说："你难道觉得自己不自由？"

"至少那个时候是这样没错。"他把剩下的半杯一口喝完，抿了抿嘴唇。

"你……"我看着他，犹豫了半晌，开口道："你愿意聊聊吗？"

他抬起眼，"你哪只眼睛看出我想聊了？"

"随便说说看嘛，就当是一种倾诉，我看得出来你有心事。"我抬起一只手放在胸口上，努力让自己的表情变得温婉柔和一些，"朋友的一个功能就是要义务充当'情感垃圾桶'，如果你愿意说的话，我很愿意倾听，而且说不定还能提出一些有建设性的意见。许多人都说我的意见很有效。"

他奇怪地望着我，"我们算是朋友吗？"

我彻底愣住，这个突如其来的问题是彻底问倒我了。

我头一次开始认真思考我和岳钧楠的关系，我们算是朋友吗？这的确不好界定。我们之间并没有"朋友"应有的特质，我们没事的时候不会打电话、发短信聊天，我们没有相似的兴趣，闲暇时不会一起娱乐，甚至反而常常有一些言语上的冲突。但偶尔我们也会发生一些符合"友谊"概念的情况，例如在上海那次他不求回报的慷慨相助，再例如现在这样孤男寡女共处一室，过夜，喝酒。

"不算朋友，也算熟人。"想了想，我说："你想想，在国外还有人为了说两句心里话专门跑去教堂找牧师呢。跟那些要花钱的比起来，我这里有多物美价廉。"

"我又凭什么非说不可？"

"拜托，心里有事的话，说出来对身心健康都有好处。我不信你以前没有跟别的朋友分享过心事。"

"我没有可以分享心事的朋友。"他却忽然说了这么一句。

我一愣。

"从我有记忆开始，直到我出国上大学，我都没有那种朋友。"他重复了一遍，"你说得对，人有时的确需要倾诉，而那个时候我能说话的对象只有我母亲，可她并不愿意与我多交流，在她看来，我只要学好自己该学的东西就可以了。"

我想起苏梅那张脸，潜意识里觉得她不像是个会苛待孩子的人，更何况是自己的亲生儿子。

"你妈妈不愿意搭理你？"我疑惑地皱起眉头，"会不会有什么地方搞错了？"

"唐尧，你是不是一直以为富家子弟的生活都特别光鲜亮丽——香车，美酒，女人，华丽的衣服，精致的食物，还有一大把可以任你挥霍的钞票？"他反问道。

我没回答，算是默认。这几乎是一个被默认的常态，更别说他们家还有一个因花天酒地整日上新闻的岳钧天。

"我没有。我童年的所有记忆，就是一个四四方方的房间，一张桌子，一摞永远也看不完的书，还有一群家庭教师的生硬脸孔。"岳钧楠眼睛里现出追忆的神色，"我每天除了一个小时可以自由活动，剩下的时间全都要在那间屋子里度过，学习三门外语、古文和数学，那个时候我才八岁。"

"他们不送你去上学吗？"

"我父亲说，学校不会教给我有用的东西，而且一群同龄的小孩混在一起，说不定还会让我染上别人的坏习惯，还不如待在家里由他请来的老师教导，这样才能确保我长成他所想象的样子。"

我张大嘴，"你们家就是这样教育小孩的？那你的哥哥……"我想说如果岳鸿章是这样一个严父，那他怎么会把自己的大儿子岳钧天惯成那样一个"二世祖"。

可我还没说完就被岳钧楠打断了，"你是想说岳钧天吧？其实我父亲并不是故意要区别对待，他恰恰就是因为在岳钧天身上栽了跟头，才想着要把我约束起来。"他顿了顿，"岳钧天大我六岁，他十四岁的生日，是在戒毒所里过的。"

我情不自禁地张大了嘴巴，这可是从来没听说过的大新闻，岳家大少爷以前居然进过戒毒所！

"你很惊讶对吗？我父亲在岳钧天书包里发现大麻和摇头丸的时候，也是这样的表情，当然他要更失望与心痛。"岳钧楠缓缓说，"把岳钧天送进戒毒所后，他一直觉得是由于他对孩子疏于管教，放任他在学校里面和一些不靠谱的同龄人混在一起，金钱上也是予取予求，才造就了他的那些恶习，于是就想在我身上亡羊补牢。"

"可那样你不是很惨？"我问他，"你妈也不帮你说两句话。"

"她有什么能说的？父亲对我严格，说明是重视我，她高兴还来不及。"

杯子里的鸡尾酒喝完了，岳钧楠没有再调，将就着给自己倒了一杯伏特加，"直到后来，有次褚徽来家里做客，父亲提出让我跟着他学习一段时间，我才短暂地脱离那间房子，去上海待了半年，那半年也算是我童年里最美好的一段记忆了。"

"就因为这样，你才一直没有交到朋友吗？"

"我的生活里没有'交际圈'这个词，来来去去就那么几个人。也许就因为这样，我养成了远离人群的习惯，即便后来进了大学，也很少与人交流。"

所以他才会喜欢"四海为家"。

我看着岳钧楠沉静的脸，一股淡淡的忧愁从心底漫了上来。岳钧楠这样出身高贵的人，含着金汤匙出生，拥有那么多平凡人可望而不可即的东西，可他们也为此付出了巨大代价，于岳钧楠而言，他失去的是一个人最珍贵的东西——自由。

"没有人喜欢那个感觉，一种你的人生被别人操控的感觉，仿佛你这一生都是在为某个人而活，至于你这个人、你的灵魂、你的梦想，统统都不重要。"岳钧楠用低缓的声音说，"我憎恨这种感觉，即便那个人是我的父亲。"

恍惚间，我好像明白了什么，"其实你并没有那么喜欢徐娅，对不对？"

他看了我一眼。

"你告诉我，我有没有猜对？"我情绪有些激动，像是发现了什么不得了的秘密一样，"当初你和徐娅玩私奔，原因根本就不是外界传的那样因为岳鸿章不同意你们结婚，是不是？"

不怪我这样想，自从上次拉着他与徐娅见了一面之后，我就感觉到他对徐娅的态度很奇怪。如果他们真的如外界传言的那样爱得死去活来，甚至不惜抛弃家人一走了之，那么当看见徐娅被人暴打的时候，即便他们已经分开了，岳钧楠也不该表现得如此淡定。而徐娅也是，在医院里，她看岳钧楠的眼神只是透着惧怕，完全瞧不出有一丁点情义在里面。

当时我没多心，只将这些诡异的场面归类为岳钧楠对徐娅的报复和徐娅对岳钧楠的心虚，可现在仔细一琢磨，便觉得里面大有文章。

"我和她，不过是各取所需罢了。"果不其然，岳钧楠一句话等同坐实了我的猜想，"原本是一件对双方都有利的事情，只可惜她太贪心。"

"你的意思是……两年多前你们闹出的那桩大新闻，结果从头到尾都是假的？"

"不全是，如果徐娅不是那么见钱眼开，我的确会和她结婚。"岳钧楠对着我瞪大的眼睛说，"当然，这只是暂时的，等让我父亲知道我的人生并不是他所能掌控的之后，我会按照协议帮徐娅取得绿卡，然后再分手。"

"就这样？"

"就这样。"

"还真像电视剧里才会出现的情节。"我说，"不过最后你的目的还是达到了吧？闹出了那么大的新闻，也把你的父亲气得不轻。"

"那又如何？他最后还不是私下里找徐娅谈条件，又摆了我一道吗？"岳钧楠表现得很嗤之以鼻，"他是在明明白白告诉我，不管我在打什么主意，他都有能力破坏掉，并且将一切导回原轨上来。为了这个，他不惜将我赶出家门，就是想让我在外面活不下去之后，主动回去向他低头。"

"可你现在不是好好的？我看你活得挺自由的啊，你父亲已经管不到你了，没必要再为这事烦心。"

"如果他真的管不到我，那唐小姐你又为什么会出现？"他忽然说出这句让我听不明白的话，语气生硬，对我的称呼也从"唐尧"变成了"唐小姐"，"你的出现，你在我身上所抱有的目的，不就是想让我主动回到那个冰冷黑暗的家里继续生活吗？"

"你什么意思，你以为我是你父亲派来的人？"我有些生气，"我从来就没见过你父亲的面。当初会想要帮你，完全是我在知道你的事情之后，自己主观下的决定。你怎么能往那种方向想？"

他似乎也知道自己说错了话，表情僵硬了一会儿，半晌，才吐出三个字：

"对不起。"

接着，他又说："我从来没有和人说起过这些事情，如果有冒犯的地方，对不起。"

我本来已经怒气冲冲，谁料他会这样突然服软，一时间我却不知该说什么了，只觉得很累，是心理上的也是生理上的，白天囤积的疲劳缓慢地由四肢百骸弥漫上来，我揉了揉眉心，说："算了，不聊了，我准备睡觉，你困吗？"

他摇头，"你睡吧，我不吵你。"说完，他拿着那瓶还剩下一大半的伏特加回了阳台，还顺手关上了玻璃门。

夜风声和海浪声瞬间被阻隔在外，房间里静谧得有些空洞，我疲惫地爬上床，用被子将自己裹了一圈，脑子里不断回荡着岳钧楠刚才的那句话："你的出现，你在我身上所抱有的目的，不就是想让我主动回到那个冰冷黑暗的家里继续生活吗？"

这一觉我睡得相当不安稳，梦见自己站在一个悬崖边上，有股力量将我往下推，我则拼命抵抗着，双方较了半天的劲，我还是被推了下去。啪的一声，心中的慌乱感与身体上的疼痛感让我一下子惊醒，我这才发现自己原来是从床上摔了下来，后背沁出了一层密密麻麻的细汗。

床头的摆钟显示现在是凌晨三点，离我躺上床刚刚过去两个小时。

屋子里依旧静悄悄的，我不知道岳钧楠是不是还在外面，喊了他一声，却没有人回应。

我从地上爬起来，将被子裹在身上，拉起窗帘推开落地窗。岳钧楠一动不动地躺在那张沙滩椅上，像是睡着了，旁边的小桌上放着已经空了的酒瓶。

夜里风凉，又是海边，他这么睡着肯定会感冒，我把身上披着的被子抖开，想轻轻帮他盖上。可动作却依旧惊到了他，他身子颤了一下，没有睁眼，只是迷糊着动了动，脑袋偏过来，脸颊忽然枕在了我的手背上。

我吓了一跳，触电般把手抽回来，心忽然间跳得很厉害。他脸上细滑皮肤的触感让我手背上一阵发痒，我用力挠了好几下，还是觉得麻麻的。

"也不知道怎么保养的，一个大男人这么好的皮肤。"我看了看手背上被自己抓出来的红印子，不由得又凑近岳钧楠的脸仔细打量，小麦色的皮肤平滑紧致，以一个男人的标准来衡量，几乎完美得人神共愤。月光正好，将他五官的线条勾勒得柔和又不失棱角，几缕头发被海风吹拂着轻苴在前额上，整个人显得安静了许多，这样的画面，使我脑子里很不恰当地冒出了"落花人独立，微雨燕双飞"之类的形容。

如果他知道我把这类形容纤纤淑女的话用在他身上，会说什么话我不知道，但眉头铁定会皱成个疙瘩。

岳钧楠似乎经常皱眉，这像是他的习惯，就像现在这样，哪怕是在睡觉，他的眉心也是微微拢着的，很难有彻底舒展的时候。

他不开心，说起来，自从认识他，我就没见他开心过。以前总以为他是天生凉薄的性格，性子孤傲，不喜人情世故，所以没少在心里编派他，今天听了他一番酒后真言，我才发现，所谓的天性凉薄，不过是人生经历在灵魂上的折射，那不是"天性"，是在环境的诱发下，他给自己编织的保护茧。

这么想着，倒把以前常常暗地里骂他的我想出一身罪恶感来。

第二天早晨睁开眼，我发现自己盖着被子四平八稳地躺在床上，阳台的玻璃门是打开的，早晨风大，将落地窗帘吹得高高扬起。透过窗帘的缝隙，我看到阳台上已经没了人影，岳钧楠似乎离开了，沙滩椅和空酒瓶他都收拾得干干净净，也拿走了我放在烘干机里的他的衣服。

我盯着被子看了一会儿才想起来，昨晚我似乎是趴在阳台的小桌上睡着的，而且还是可耻地一边欣赏岳钧楠的脸一边睡着的。想到此处，我顿时羞愧不已，也不知道他醒来时一睁眼就看见我趴在旁边会是什么表情，不过既然他好心地把我挪回床上，应该是没有生气。

那箱衣服的失主终于在这天的傍晚出现了，让我惊呆的是，我原以为失主是个实打实的男人，可出现在我面前的却是一个不折不扣的华裔"波霸"辣妹，自我介绍来自曼谷，在一家人妖夜总会工作，艺名芭芭拉。

芭芭拉见到我时，热情程度像是碰到了他失散多年的姐妹，拉着我激动地叽里咕噜半天，最后我才听明白，他会这么热情，是因为舍不得我那一箱衣服。

跟我打开他箱子时的反应一样，他打开我箱子的时候，第一反应也是吓了一跳，不过这种惊吓很快转变成惊喜，他花了一个晚上的时间，像个T台模特一样把我箱子里的所有衣服试了一遍，并且挣扎许久要不要就这样把箱子默默独吞。可后来他又领悟到自己是一名有良知、有品德的"人妖"，于是想方法联系到我，把箱子还了回来，顺便当面称赞了一番我的时尚品位。

"说真的哈尼，你的衣服好看是好看，但颜色太单调了吧，黑白黑白的看得我都快变成'斑马眼'了！"他涂得像朵喇叭花似的嘴唇张成大大的O形，"我们女人还是要多穿鲜艳的颜色，这样才能把那群男人迷得神魂颠倒。"说完，他把双手叉在腰上，用力扭了扭高高挺起的屁股。

我盯着他那一对浑圆的屁股看了一会儿，想到他刚才说的把我整箱衣服都挨件试了一遍的话，默默扭开了脸。

我把芭芭拉的箱子还给他，他打开略微清点了一下，忽然咦了一声，"我的度假装不见了！"

听见"度假装"三个字，我脊背一阵发寒，忽然发现自己似乎对岳钧楠做了一件不可原谅的事。

浑噩中，我也没注意自己是怎样向芭芭拉解释的，只记得当我提出要把那条被岳钧楠称作"芦花母鸡装"的波西米亚长裙当赔礼送给他时，他激动得险些抱着我转三圈，直嚷嚷这是他见过的"最有品位"的一条裙子，还立刻为之前讽刺我衣服颜色单调的事做出了诚恳的道歉。

送走芭芭拉，我明白从今天开始有两个秘密一定要烂在肚子里：第一，我绝不能让程沐媛知道她的审美和一名"人妖"的步伐如此一致；第二，我绝不能让岳钧楠知道被他穿走的那套衣服的原主人是谁。

出了这样的小插曲，让我在接下来的两天里突然失了四处玩乐的兴致，每天除了在房间里睡觉，便是想一些乱七八糟的东西。到了旅行结束那天，我从机场回家，进门扔下行李后的第一件事，就是对正在客厅中央练普拉提的程沐媛说："我知道B计划怎么做了，我要给岳钧楠介绍个女朋友。"

程沐媛依旧系着那件"袋鼠围兜"，左脚立着，双手在身后拽着右脚，整个人摆出一副"金鸡独立"的架势，说道："然后呢？"

"然后？然后我要给我介绍几个靠谱的人选。"我把外套脱下来挂到衣架上，"你交际圈子那么广，把长相、身材、学历都过得去，年龄适中，价值观正常，又未婚单身的女性都给我列个表出来，地域不限。"

"拜托，还列个表，你以为这是给皇帝选秀女呢。"她换了个姿势，这次抬脚的方向从后边变成侧面，"金鸡独立"变成了"白鹤亮翅"，"要长相、身材、学历都过得去，还得年龄适中，价值观正常，又未婚单身，有这样的条件，哪个不是有大把大把的男人上赶着往跟前凑，还用得着你来介绍？"说完，她奇怪地看了我一眼，"你为什么要突然帮他做这种事？"

"因为我突然想起了一个古老的道理。"我说，"知道什么叫'新的不来，旧的不去'吗？只要这个女朋友能帮岳钧楠纾解心结，那么我和丘石打的赌就稳赢了。"我这句话没说全，其实和丘石的那场赌约我已经不是很在意了，而且也已经许久没有再见到丘石的评论了，我只是在那晚知道了岳钧楠以前的经历后，觉得自己有必要帮帮他，让他开心起来，就算不为别的，也要为他在上海的仗义相助而做点什么。

这并不是一份简单的差事，以岳钧楠的背景和长相，我相信一兜出来，就会有许多女人上赶着凑上去，就像他经营的餐厅里总是招来无数醉翁之意不在酒的女食客一样。只是，这样的人无论如何都不会被列入我的考虑范畴。这个时代，谈婚论嫁要说完全不看重物质未免可笑，但两相比较，还是品德情操上档次又真心实意些的人好一点。

程沐媛嘴上说着不愿意，到底还是帮我联系了几个她觉得不错的对象，其中也不乏长得漂亮和学历高的，可惜接触下来，最后都被我否决了：长得最漂亮的那个平均半年换一任男友；学历最高的那个是性冷淡；个性最柔和温婉的那个在听到我的目的后，跟我坦白自己是同性恋；唯一一个能在三项条件上取平均值的，乍一看是再合适不过，可惜老家在山区，岳钧楠要是和她凑一块儿了，哪天早上起来被一群脑袋顶着苞谷的穷亲戚堵在大门口，他还不恨死我。

把最后一个人的资料扔进垃圾桶后，我的挑剔让程沐媛恼羞成怒，"这也看不上，那也看不上，你怎么不干脆自己上啊！"

"我？"我被她的话惊呆了，"我怎么能自己上？"

"男未娶女未嫁，有什么不行的！"程沐媛翻了一记白眼，"我觉得这事你还是自己搞定算了，省得让我挑挑拣拣，十足的麻烦！"

"不可能，绝对不可能。"我重复着这两个词，"我和他？开什么玩笑！"

"唐尧，不是我说你，你这几天对那个岳钧楠表现得也太上心了一点，也许你自己感觉不到，但是不要不相信孕妇的敏感神经。"程沐媛凑近我的脸，悄悄地说："你那么关心他，难道不是对他有意思吗？"说完，又用手托住下巴，做出一副沉思的模样，自言自语道："其实想想也情有可原，岳钧楠那样的'高富帅'的确很讨女人喜欢，更别说你还和他接触那么久了。"

"就是因为接触得久，知道他的性格，所以我才说——不！可！能！"我双手比了一个大大的×，"你知道那人是什么样的个性吗？尖酸刻薄，自私自利，狂妄自大……"我努力从肚子里搜刮着可以往岳钧楠身上套的贬义词，可越说，自己却越心虚。

尖酸刻薄？自私自利？狂妄自大？如果在刚认识他的那段时间，这些话我可以说得理直气壮，完全不拖泥带水，可当经历过后面的许多档子事后，我忽然意识到：认识这么久，我真的了解岳钧楠的个性吗？

要是他真的尖酸刻薄，在第一次见面被我甩了那巴掌后，肯定会立刻打电话到编辑部投诉；要是他真的自私自利，在上海的时候就不会因为我的请求而去帮助与他没有任何交集的陆岩；要是他真的狂妄自大，就不会在还完全算不上朋友的我面前，坦白自己小时候那些不堪回首的往事。

"你怎么不说话了？"我突然之间的沉默，让程沐媛奇怪不已，她伸出手在我面前晃了晃。

我闭上眼睛，把思绪拉回来，有些无力地说："没什么。"之后便软软地瘫坐在沙发上。

程沐媛不明所以，但似乎也不想继续争论下去，以"晚饭叫寿司好不好"为结语，就进了厨房去给送外卖的打电话。

我感觉脑子里像一下塞进了许多东西，却理不出个头绪来，这感觉和在普吉岛的那个晚上一模一样。最初我以为我足够了解岳钧楠，可在后来一次次的交集中，又逐渐否决了过去的认知，他整个人就像罩着好几层迷雾，拨开一层，你会发现还有好几层，你永远不知道哪一层才是真实的他。

书上说，感情纤细或者受过伤害的人，会用许多表象的情绪来武装自己，好把自己的心藏得严严实实的，以避免任何受伤的可能性。以前看见这样的内容我只当笑谈，觉得是文青们故作忧郁的矫情观点，可当我意识到岳钧楠或许从来没有直面过自己本心的时候，我才明白，越是害怕，便越是不敢去触碰，藏得也就越深，所谓近乡情更怯，或许就是这个样子了。

"能把他变成这副模样，真难想象他以前到底过着什么样的日子。"我轻声叹了口气。

一周后，陆岩忽然找到我，让我帮他接待一位"尊贵的客人"。

褚徽要来本市以自己的收藏品为基础办一场展览。这是最近轰动业内的一桩大新闻，更难能可贵的是，他居然摈弃一切主动找上门的公关公司，将这件事的主办权委托给了《环球星报》编辑部。

自从《环球星报》在褚徽宣布封笔许多年后，成功得到其授权刊登一篇新作，他们双方的联系就变得紧密起来。褚徽对这次展览很是重视，他向来喜欢收集古籍字画，可东西收得多了，自己每天看着也没多少意思，便决定取出来办个展览，以供世人观瞻，弘扬国学文化，顺便再把一些自己看腻了的东西拍卖出去，将所得捐献给慈善机构以促进教育事业的发展。

褚徽本人的郑重其事，加上展览品的规模、价值，以及此次展览所蕴含的慈善因素，都让《环球星报》不敢不重视。从一周前，《环球星报》就开始张罗了，由华宇亲自牵头，领着几名核心编辑，为选场地、发邀请函、布置会场之类的工作忙得不亦乐乎。

此时离展览开幕还有一段时间，褚徽自己有些琐事抽不开身，于是他指派了一位代表来代替他查看准备进度，陆岩负责接待。可这位代表到达后做的第一件事，不是立刻履行身为褚徽代表的职责，而是点名让我作陪。

"詹美晴？竟然是她？"坐在陆岩车上听到这个名字时，我着实吃了一惊，我一直以为褚徽派来的代表会是那个胖胖的女人褚俪。

"原本应该是褚俪来的，不过听说她吃坏了东西在闹肚子，而且听说褚徽也有意培养詹美晴往文化圈发展。詹美晴办好这趟差事，正好还可以趁机多认识些业内的人，以后入行也能更顺畅些。"陆岩一边开车一边解释，"不过我都不知道，原来你们互相认识。"

"算不上多熟，上次帮你要稿子的时候见了一面，后来她又陪我喝了一杯咖啡。"我解释了一遍，"你确定是她主动要求见我的？"

"我确定。"陆岩顿了顿，说："主编把这个看成是以后能和褚徽长线合作的契机，整个编辑部都把那位詹小姐当祖宗伺候着，你可千万兜着点。"

"人家一个大姑娘，又不会吃人。"我嗤笑一声。

陆岩把我带到了詹美晴下榻的酒店，果真是按照贵宾待遇做出的安排——五星级酒店，高层套房。进门的时候，詹美晴正坐在大落地窗边画画，依旧是我印象里的那副打扮，梳成中分的长直发，白衬衫，加上一条纺布长裙。看见我们进来，她眼睛一亮，立刻丢开画笔，"唐小姐你来了。"

陆岩去泡咖啡，詹美晴很热情地招呼我陪她坐在窗边。我注意到她的画是一幅用炭笔勾勒出来的海景图，线条简洁，没有上色，可我看着总觉得眼熟，想了一会儿，问她："你画的这是爱琴海吗？"

她露出惊喜的表情，"你去过爱琴海？"

"没有，只是有人送过我一本画册，上面有对爱琴海的介绍，我留意看了看。"我不料自己一猜即中，表情也有些惊异。

"上大学的时候，爱琴海是我的梦想。"詹美晴青葱样的手指在画上轻轻抚了抚，"唐小姐最喜欢爱琴海的哪里呢？"

这问题我不好不回答，也难以回答，毕竟我没有去过，想了想，我说："圣托里尼岛吧。"爱琴海我就对这个地名熟悉，那里也着实漂亮。

谁知她眼神更加惊喜，"我也最喜欢那里！"

她说得激动，脸颊两侧的头发都晃起了一阵细碎的波浪，"我曾经读过一篇有关圣托里尼岛的文章，是景泓写的，那是第一次我因为一篇文字而爱上一个地方。"

"景泓？"

"嗯，景泓是我最喜欢的作家，那篇《相会爱琴海》我甚至还亲手抄写了一遍贴在床头。"她似乎也觉得不好意思，摸了摸自己的鼻子，露出腼腆的笑，"尤其是后来我亲自去过那里之后，我才明白文章里的描写有多么精妙，简直就是一幅文字版的海报。"

我在心里嘀咕：可惜了，文章的原作者亲口对我说过他自己都没去过那里，写文章靠的全是意淫。

詹美晴不断抒发着她对景泓滔滔不绝的敬仰，从他的第一本书，一路说到他最近发表在《大都会周刊》上那篇讥讽丘石的短文，竟是对他所有的作品如数家珍。最后，她终于抛出自己的最终目的，"不瞒你说唐小姐，冒昧请你过来，其实我也挺不好意思的，但是我有事想找你帮忙。"

所谓无事不登三宝殿，从陆岩说詹美晴指名要找我的时候，我就猜到了她找我不可能只是要我陪聊天那样简单，况且之前听她说了那么多，我就是再笨都该明白她的意思了，"你想见景泓，对不对？"

她垂下头去，脸色微微泛红，轻轻点了点，"我一直很喜欢他，他这次的新书是和你合作的，我想你们应该很熟，所以……"

"你是褚徽的助理，还能没有机会见到景泓？"我有些不可思议。

"老师他很久以前就不参与业内的事情了。"詹美晴抬起头，双眼晶亮地看着我，"如果你能让我和景泓见上一面，我会感激你一辈子的。"

我看着她，她现在的模样和一个追星的小姑娘完全没区别，那双期待的眼睛让我想起了大学时的自己，那时我也是因为喜欢景泓的文章而傻乎乎地跑到《大都会周刊》编辑部，只为了见他一面。现在想起来，虽然觉得可笑，但也佩服自己的执着。

我问她："这次展览，你们会邀请景泓，对吧？"

"对。"她点头，"但是景泓的助理拒绝了，说是他要构思新书没时间，不然我也不会找你。"

"我会说服他去的，算是还你那杯香草咖啡的人情。"我笑了笑。

那天我回到家，便给景泓打了电话，邀请他一起出席国学展。

"你的意思是，想请我当你的男伴吗？"景泓声音带着笑意，"这样的请求，我已经从好几个女编辑那里收到过了。"

"男伴？这可是很有格调的文化展览，你以为是出席时尚派对呢！"

"现代社会，只要是一群打扮入时的人凑在一起，都能被称为派对。"景泓一句话便颠覆了我的认知，"你难道不知道他们还安排了宾客走红毯的环节？"

"红毯？我一直以为只不过是普通的展览，就和以前去少年宫看儿童画展一样。"

"你好歹也看看这是什么档次的展览，看展的又都会是些什么人。"景泓以他特有的腔调把我教训了一遍，"凡是文化圈里叫得上号的人物，最优秀的学者、作家、艺术家、收藏家、政界人士与商界领袖，几乎都收到了邀请，而且但凡觉得自己有那么一丝品位的人，就一定会出席，不为别的，就为了主办人褚徽这个名字。"

"那么你呢？"我说，"我怎么听别人说你收到邀请却拒绝了，难道你觉得自己没品位？"

"错，我就是觉得自己太有品位，才不想去。"我似乎能隔着电话线看见他在另一头摇手指，"作为一个名声还算过得去的流行小说家，只要出现在那种场合，难免要去应付一堆莫名其妙的人，我最讨厌打官腔了。"

"好吧，我明白了，你不去，那我和陆岩一起去。"我叹了口气，打算挂上电话。

"等等，谁说我不去了？"他声音忽然拔高几分，似乎是怕我没听见，又喂了两声。

我重新接起来，奇怪地问："你要去？"

"我只是说不想去，又没有说一定不去，既然你都开口请了，我就看看我那天的安排。"那边传来哗哗翻书的声音，他像是在查找什么，"唔，当天我的行程安排……Yeah, all clear! 看来你运气不错，我可以去当你的男伴。"

我决心忽略掉他这通没营养又不搞笑的台词。

跟他敲定好时间后，我挂上电话，准备去洗澡睡觉，谁知才走开一步，电话又响了，我以为景泓还有话说，接起来自然而然地问："还有什么事？"

那边沉默了好一会儿，才传来一个比景泓要平和许多的声音，"打扰到你了吗？"

我一愣，急忙把电话拿下来看来显，"岳钧楠"三个大字撞进眼睛里，我像是遭到了某种电击，忽然莫名地紧张起来，吞了口唾沫，对那边说："没有，你、你有什么事？"

"你有没有收到褚徽展览的邀请函？"他直接跳过了寒暄，开门见山。

"收到了啊。"

"有时间的话，能不能一起去？"

我不敢置信地又重新看了看电话的显示屏，的确是岳钧楠打来的。

"你是在……"我声音忽然哑得不行，急忙用力咳了几下，还是觉得堵得难受，"你是在约我？"

"我想你也应该收到了邀请，方便的话，我们一起去。"岳钧楠淡定地说，"上次我们找上门去请老师帮忙，这次有必要再一起当面向他道谢。你什么时候出门？我开车去接你。"

原来是为了这事。我暗骂了景泓一句，他之前那通"男伴女伴说"差点让我误会了岳钧楠的意思。我还奇怪呢，以岳钧楠的个性，怎么可能莫名其妙向我提出这类邀请。

我心里高高提起来的大石头咕咚一声落了回去，松口气的同时，心里又莫名觉得有些空落落的，"那个，对不起啊，我已经约了别人了。"

"是吗，你和谁一起？"他声音完全正常，听不出一点责怪的意思。

我放松下来，"和景泓，我答应了一个朋友，要介绍景泓和她见面。"

"原来是这样。"他说，"那好，我挂了。"

"等一等。"我忽然叫住他，"可我也觉得你说得有道理，这样吧，等我处理完那边的事情，再和你一起去跟褚徽道谢怎么样？"

这样的做法很合乎常理，我原以为他会爽快地答应，结果他却一改之前的语气，硬邦邦吐出"不用了"三个字，然后咔嚓一声，在我反应过来之前，挂断了电话。

我保持着接电话的姿势，足足发了半晌的呆，直到程沐媛在我肩膀上拍了一下，"你中邪了吗？"

"跟中邪也差不多。"我木然地放下电话，向她问道："你觉得男人也会有'大姨妈狂躁症'吗？"

事实证明，男人并不会得"大姨妈狂躁症"，而前列腺的好坏也只会造成生理问题而不会造成心理问题。所以，我只能安慰自己：又不是不知道岳钧楠的性格，明明碰过不少钉子，还不会学着习惯，还在这个上面纠结，简直是我活该。

$$Part$$
$$08$$

　　帅哥是所有女人都会喜欢的类型，这是一个不可逆命题，除非你
的审美有问题。

　　褚徽的国学展览被媒体评论为"年度最具内涵的文化盛宴"，因为所有
展品的确够档次，除了大量的古籍、名贵字画、历史手稿外，还有一些稀奇古
怪的东西。例如向来以画大雁闻名的崔白，展品中却有他一幅被鉴定为真品的
《山鸡图》，还有康有为亲笔所书的两个斗大毛笔字"厕所"，听说还是褚徽
当知青时，从一户乡下人家茅厕外的墙上揭下来的……凡此种种，数不胜数，
不怪乎还没开展就赚尽了眼球。

　　《环球星报》别出心裁地将展览地点设在了中央公园里，于最大的一块空
地上搭建了许多展台与照明设施，一应规格参照的都是最高级的展会布置，长
长的红地毯一路蔓延到公园门口，更有大批的记者在红毯两旁蹲点，排场、气
氛果真和景泓说的一般无二。

　　我穿了一件把自己捆得很紧的束身裙，整条裙子都是用黑蕾丝勾出来的，
花纹繁复，还带着透视感。这是程沐媛的杰作，当初范冰冰在戛纳红毯上以一
袭龙袍震惊时尚圈，程沐媛这位"时尚教主"便立刻不屈居人后地定制了一件
蕾丝旗袍裙。她刚拿出来的时候，我死活不肯穿，觉得实在是太招摇了，可她
一句话说到了重点，"等你和景泓一起出席的照片登出来后，你要是不想被他
那群少女粉丝比喻成插了一朵鲜花的牛粪，大可以自由地随便穿一身套装拿着

公文包去走红地毯。"

这话恶毒了些，却也明了直观，让我明白了人生在世总有那么些时候需要豁出去。

至于景泓，在看见这条裙子的时候，也很配合地哇哦一声，吹了个口哨，"小姐，你可真隆重！"

陆岩在公园门口当迎宾的司仪，他惊异的眼神在我身上上上下下扫了好几个来回，忽然说："我以前居然没发现你身材这么好。"

我淡定地回敬他，"如果我脱下来给你穿，相信你的身材一定比我还要好。"

他露出无奈的表情，递了笔过来让我们在签到簿上签到，我刚弯下身子，就听到他的声音再度响起，"咦，岳钧楠居然真的来了。"

我扭头看去，在成双成对走过红毯的来宾里，形单影只的岳钧楠显得很突兀，缎面修身西装将他的身形修饰得更加高挑挺拔，头发也细心地用发胶打理过，搭配英俊的面容，风采丝毫不逊色于周围精雕细琢般修饰过的大腕儿。

见他越走越近，我直起腰，脸上带着笑容，想等他过来后主动上前搭话。可当距离够近了，近到我已经闻到他身上淡淡薄荷草的味道，他却只冷淡地扫了我一眼，然后一侧身，迈着步子从我身旁走了过去，竟然停也没停。

我的笑容僵在脸上，一时不知道该摆出什么表情才好。

"我还以为他不会来呢，以前任何活动发邀请函给他，他都不出席。"陆岩在旁边自言自语。

"也许因为这是褚徽的展览吧。"我喃喃说着，想起来我并没有告诉陆岩，他能拿到褚徽的稿子，其实是岳钧楠帮的忙。

陆岩没再说话，转身继续去接待别的来宾。年前的人事调动，他并没有如愿以偿拿到内容总监的职位，我挺替他惋惜，他自己却很看得开，不但对本职工作没有一丝懈怠，还又扛了一些别人不愿意接的零碎活儿在身上，比如像现在这样司仪的活儿。所以，最近一段时间，他比以前更加辛苦，也更加忙，以至于我们见面的机会越来越少。

进会场后，我向四周扫视，想看看岳钧楠在哪里。可岳钧楠没找到，却一眼看见了詹美晴，她站在广场正中，对每一个进场的人微笑鞠躬，一直梳成中分的头发今天绑了一个马尾，搭配一身象牙白色的长裙，风韵间透着一股青春盎然。

我对一直跟在身边的景泓说："我带你去见一个人。"

景泓好奇地问："是谁？"

"就站在那边，穿白裙子的那个女人。"我指向詹美晴的位置，想顺便问他觉得人家漂不漂亮。

景泓却突然睁大了眼睛，"詹美晴？"

"你认识？"我一愣。

"岂止认识，就算她化成灰我都认得出来。"景泓脸上的表情非常不自然，见有侍者端着托盘经过，他急忙拿起一杯香槟挡在脸上，压着声音对我说："难道你主动约我过来，就是为了把我介绍给她？"

"有问题吗？"

"大问题，那个女人就是个疯子，你知不知道？"景泓气急败坏地说，末了又像意识到自己失态一样，抹了抹嘴唇，声音压得更低了，"你在电话里就该把这事跟我说清楚，那样我无论如何都不会自己凑上来找晦气。"

"你冷静一点，说了这么多，我都没明白到底怎么回事。"我一头雾水。

景泓深吸一口气，"她是不是告诉你，她很喜欢我的文章，但是从来没见过我本人，想拜托你介绍她跟我见一面？"

我点头。

"她每次只要搭上任何与我有关系的人，说辞都一模一样。"景泓说，"那我现在就告诉你，我和詹美晴不光见过面，还见得很早，从上大学的时候开始，她就来烦过我很多次了。"

"你们读的同一所大学？"我惊讶道。

"不是。不光不在同一所，还隔得很远，坐火车得四个小时的车程，所以我才为她这种可怕的行为感到震惊。"这时，詹美晴似乎发现了我们，目光朝这边扫过来，景泓拽着我后退两步，躲到一棵粗大的梧桐树后，避开了她的视线。

"具体的到底是个什么情况？"我被景泓说得云里雾里，好奇心也愈加旺盛。

"这事说来有些复杂，我发表第一篇文章的时候，正在美国上大学。"景泓平复了一会儿情绪，开口说："而詹美晴，也在美国上大学。"

詹美晴是景泓的粉丝，这我知道。

但我不知道的是，我低估了詹美晴的"粉丝值"。

世界上有那么一类行径夸张的粉丝，他们外表看上去或许和正常人无异，但一旦遇见与自己偶像相关的事物，身体内分泌便会瞬间失衡，脑容量瞬间变小，肾上腺素瞬间成反比上升，从而做出一些疯狂的事，包括但不限于对偶像的窥视、跟踪、挖掘隐私、干扰生活，以及更变态的自我代入与妄想。

人们把这类粉丝称为"脑残粉"。古往今来，这样的人有不少，为某某明星跳楼的，朝某某明星海报下跪的，衣服里塞块棉花然后向媒体自曝怀了某某明星孩子的，以及像詹美晴这样，莫名其妙坐四个小时火车跑到别人宿舍楼下求偶遇，然后满眼粉红泡泡地说出一句"你和我注定是天生一对"的。

詹美晴刚开始带着一脸崇敬的目光出现在景泓面前时，景泓只当她是一般书迷，还为自己初出茅庐就能收获这样热情的粉丝而欣喜不已，但很快他就发现事情并非自己想象中的那样和谐，因为詹美晴只要一有空必定到景泓跟前报到。后来景泓实在烦了，告诉她以后没什么事的话写电子邮件交流就好，不用亲自过来，结果随后他就从詹美晴嘴里听到一句让他震惊不已的话："你要和我分手吗？"

"不会吧……"听到这里，我忍不住打了个寒战，再看不远处一身白裙的詹美晴时，忽然觉得有些毛骨悚然。

"你对比自己现在的想法，设身处地地想想，我身为当事人，当时心里是个什么感觉。"景泓一口喝干杯子里的香槟，定了定神，接着说："我告诉她：'你是不是搞错了，我们之间从来就不是那种关系。'她却用一种理所应当的语气说：'你和我注定是天生一对，我们迟早会在一起的。'"

"然后呢？"

"然后？然后我就逃了。对于这样的疯子，难道我还要继续和她凑在一起吗？只是你不会想到，更可怕的事情还在后面。我关照了宿舍区的警卫，告诉他们不要再放她进来，结果她居然利用社交网站搜罗到了所有与我有关系的人，得到他们的信任之后，拜托他们制造机会带她来见我，用的就是跟她和你说的一模一样的台词。"景泓一口气说了许多，听得我连连摇头，到了最后一句，别说是他，连我都有一种荒谬的感觉。

我感叹道："她怎么能这样！"

"所以说，为什么我出道这些年一直都很低调，就是因为刚出道就遇上了这样的疯子。所以我吸取教训，对一些面向大众的活动能避开就避开。最近为了配合新书宣传，好不容易狠下心秀了几回，以为不会有事，没想到她居然这么快又贴上来了，找的还是你这条渠道。"景泓不停摇头，"唐尧，这事你得负责。"

"我哪里知道这些情况。"我说，"我认识詹美晴的时候觉得她挺正常的，就是一个热爱文学的普通女青年。"

"无论如何，我是不能继续待在这里了，得趁那个疯子还没发现我赶紧离开。"景泓把手里的空杯子塞进我手里，猫着腰悄悄把头探出去，确认詹美晴没有再注意这边，便头也不回地朝入口走去。

我在原地呆愣半晌，觉得事情的发展已经超出了我的认知，但无论如何，既然景泓不愿意见詹美晴，我也只好去把这个自己挖的坑填平。

我从梧桐树后边绕出来时，到场的人已比我们来时多了许多，这一路免不了碰上许多相熟的业内人士，也不得不陪着寒暄一二，等我靠近詹美晴之前所在的位置时，她已经淹没在人群里找不到踪影了。

我在四周找了找，始终没发现她，只好询问一名过路的侍者，好在詹美晴作为这场展览的主办人员之一，侍者都认得，他指向广场的角落，"詹小姐跟一位先生一起往那边的凉亭去了。"

那个位置临近湖边，环境清幽，且少有人去，詹美晴会和一个男人去到那样的地方，我心里顿时玩味起来，不禁对景泓刚才的话信了两三分。之前还那么迫不及待地想要一见心目中的偶像，结果转身就和陌生男人到偏僻的地方勾勾搭搭，这行为正常人都做不出来吧。

难道詹美晴真的属于人前人后两张脸的类型？

带着好奇，我不动声色地朝凉亭方向挪，转过拐角，踏入通向那里的静谧小径。这里果然一个人都没有，安静得能听见细微的风声，只有不远的亭台处有两个身影肩并肩站着看月亮。

按照衣服的轮廓分辨，个子矮的那个必然是詹美晴无疑，至于个子高的那个——我心里惊疑起来，那个背影太眼熟了，只是我不确定能不能和我记忆里那个看过许多次的背影重叠，于是我又走近了些，在这样安静的环境里，甚至能听清他们之间的对话。

女人说："我在报纸上看见你那条新闻的时候，真的吓了一跳。"

男人说："都不是大事，当个笑话看便行了。"

女人说："那你最近过得怎么样？"

男人回答："不好不坏，开了一家餐厅。"

女人笑了，"我总觉得你会开一家酒吧。"

男人问："何以见得？"

女人说："就像《卡萨布兰卡》的男主角那样，你以前说过。"

男人沉默了一会儿，说："你还记得？那部电影我很久没看了，情节早就忘记了。"

女人说："原来如此。"

之后他们又说了些什么，但风忽然大起来，树叶拍打的沙沙声淹没了那细碎的谈话声，我怕再待下去会被发现，便顺着原路退出小径，回到人来人往的展区。我在人群中站了一会儿，始终没有消化掉从刚才那三言两语里听来的大量信息，只觉得口很干，于是叫过不远处一个侍者，把他托盘里剩下的三杯酒喝了个一干二净。

"原来你在这里，从展览开始之后，我们就一直没说上话呢。"陆岩从旁边走过来，他似乎终于处理完了身为司仪的任务，正用一张纸巾轻擦着前额上的汗珠，"褚徽已经到场了，马上要上台致辞。"见我不答话，他盯着我看了看，关切地问："你怎么了，表情那么硬？"

"陆岩……"我正要开口说话，周围的光线忽然暗了下去，一道光束打在展场正前方的主席台上，掌声中，穿着一身唐装的褚徽由褚俪扶着走上台，站在由各色鲜花簇拥着的一堆话筒中央，开始发言。

詹美晴不知什么时候也出现在了台上，一身白色长裙，温婉清丽，光束绕着那层白色晕开，成了一层若隐若现的光圈。

"陆岩，你说那个詹美晴漂不漂亮？"我低声说。

"还行吧，挺清秀的。"

"是啊，是挺清秀。"我附和了一句，没再出声。

那天的展览空前成功，一些展品接连拍出高价。我没有在此起彼伏的竞拍声中待到最后，而是趁着所有人的注意力都集中在那把拍卖槌上时悄悄退了出来，走到外边的大街上。

夜已经深了，四周看不到出租车，我提着繁复的裙摆，准备走到邻近的主干道上去打车回家。

刚走出两三步，一辆红色的跑车忽然在我身边停下，景泓的脸从车窗探出来，"这位小姐，需不需要我送你一程？"

我惊讶不已，"你不是早就回去了吗？"

"我只说我要离开会场而已，可没说我要回去。"他无辜地耸了耸肩膀，"在没有确认随行的女士安全回到家之前就独自离开的男人，绝对称不上绅士。"

我没再客气，果断上了副驾驶，一边系安全带一边说："其实我可以让陆岩送我。"

"那你可有的等了，据我所知，在展会结束以后，陆编辑还要留下来善后。"

"善后？他没告诉我他要善后呀！"我疑惑道，"我怎么感觉这整个展览从头到尾都是陆岩一个人在操心打理。"

"目前看来是这样，或许你并不了解你的编辑现在在《环球星报》的处境。"景泓说，"你应该知道《环球星报》的内容总监换人了吧？"

"这个我知道。"

"但是你知道他们新上任的内容总监是个什么样的人吗？"景泓斜过眼睛看了我一眼。

在知道陆岩竞争那个职位失败后，我虽然替他惋惜，但也没再往其他地方想，无论升职还是不升职，工作是要照常做下去的。但现在听景泓这么一提，我顿时就朝不妙的地方展开了联想，"你的意思是，他们新上任的内容总监在给陆岩穿小鞋？"

"职场上的事情不就是这样？"景泓说，"老话成王败寇，如果一个心胸狭隘的人上位了，对于自己以前的竞争对手，你觉得他会放弃这个打压的机会？"

"可我听说那个新任总监是跳槽来的，按道理不会和陆岩有过节，这里边是不是有什么地方弄错了？"

"正因为是跳槽，所以才会对可能威胁自己地位的老员工更加警惕。"景泓语重心长地说，"看来你对自己的编辑缺乏了解啊。"

他这句话说得我汗颜，我经常自诩是陆岩的老朋友，但是有关他的事情，除了公事与一些明面上的私事外，我的确是全无概念，但是我的疑惑也由此而来。"不对啊。"我说，"这些帝光内部的事情，怎么你好像很清楚似的？"

"你知道什么叫'知己知彼，百战不殆'吗？别忘了，和你隶属帝光传媒一样，我可是隶属伊莱亚斯的作者，还挂着名誉副主编的名头，收集对手的情报并加以分析可不是只有国防部才会做的事。"

"也不算多正大光明的事情，倒被你说得这么理直气壮。"我静下心来，觉得出于朋友的立场，有些事情的确要向陆岩了解清楚。

"对了，还有一件事。"我说，"既然你早就认识詹美晴了，那你……"我顿了顿，仔细琢磨了一下要怎么说出接下来的问题才会让人觉得不鸡婆，可思来想去，还是找不到足够委婉的句式，索性开门见山，"那你知道詹美晴以前认识岳钧楠吗？"

景泓没说话，却忽然放慢了车速，靠在路边停下，他让我在车上稍等，自己下去在路边的便利店里买了几包零食，再回到车上时，将一个玻璃瓶塞到我手里。

四四方方的玻璃瓶上贴着大红色的标签，我定睛一看：红星二锅头。

"我觉得在知道那些事情之前，你有必要来点烈酒。"

我心中划过一丝不妙的预感，"知道什么？"

"你会那样问我，自然是察觉到了某些东西。"景泓说，"而且我也知道，没有任何一个女性能心平气和地了解自己男朋友与前女友的那些鸡毛蒜皮，这时候，烈酒就是能让她们麻痹到暂时保持理智的灵丹妙药。"

"你在胡说什么？"我不明所以，"什么男朋友、前女友的，我怎么听不明白！"

他疑惑地看了我一眼，"你和那个岳钧楠，不是正在交往吗？"

他这话像一记重拳打在我的鼻子上，一股热流从我的下腹部直冲上脸颊，"胡说八道！"我又羞又怒，"我怎么可能和他交往！"

"别掩饰了唐尧，你当在普吉岛的那个晚上我真的什么都不知道吗？"景泓露出鄙夷的眼色，"不远千里地跑到国外带男人过夜，我都替你觉得累。"

"你……"我瞠目结舌地看着他，怪不得那晚景泓看我的眼神怪怪的，"你是怎么发现的？"

"浴室的喷头坏了，你的确很会找借口，但是我真的请你在下次做同样事情的时候，把留在门口的鞋子收一收。"他一本正经地说，"我看见门口大喇喇放着一双男人穿的鞋，就什么都明白了。我想不到的是，第二天早上从你房间里出来的人居然会是他。"

"没错，他的确在我房间里过夜了，但是我绝对不承认和他是那种关系。"我辩解道，"这纯粹是意外，他的飞机误点了，他又找不到地方住，我就顺便留他住一晚，纯粹是朋友间的互相帮忙。"

"好吧，随便你怎么说。其实你也不用对我解释，反正听见我后面的话后，你别不舒服就好。"景泓摊开双手，做出一副投降的姿态，"詹美晴是岳钧楠大学时期喜欢的对象，当然，这是个秘密，至少国内没几个人知道。"

"你的意思是……"我张大嘴巴，"詹美晴在和岳钧楠交往的时候，又跑去骚扰你？"

"确切点说，他们并没有交往。再确切点说，纯粹是岳钧楠的单相思，虽然他在很热切地追求詹美晴，但詹美晴似乎并不领他这份情。"

　　景泓语出惊人，直接挑战了我认知的接受度，以岳钧楠那个冷言少语、浑身长刺的性格，他会很"热切"地追在一个女人后边？那样的场景，光是想想我都觉得诡异。

　　"你又是怎么……"

　　"我又是怎么知道的，对吧？"景泓打断我的话，"是詹美晴自己告诉我的。那时我还没有跟她撕破脸，就问她老是坐这么久的火车跑来跟我探讨学术问题，她的男朋友难道不会担心，结果她坦荡地说自己没有男朋友，还说的确有个高年级的学长对她很好，长得也挺帅，但是双方并没有确立关系。"

　　"当时她还拿了两个人的合照给我看，那时候我并不认识岳钧楠，等到大学毕业回国后，才知道他的身份。"景泓一口气说了许多，又盯着我的脸，"我所知道的就是这么回事，不过你又是怎么发现的？"

　　"你走了以后，我撞见他们在公园凉亭里聊天。"我旋开二锅头的瓶盖咕咚一大口，热辣辣的酒液烧得我喉咙滚烫，声音瞬间沙哑起来，"我偷听了一会儿他们的谈话，怎么听怎么像三流肥皂剧里前欢旧爱之间的寒暄，才起了疑心，没想到居然是真的。"

　　"据我所知，当时他们算不得前欢旧爱，但事实是不是真的这样，我就不清楚了。"景泓重新发动车子，"詹美晴这个人，以我那时的几次接触来看，她对写作有一种近乎偏执的热爱，最大的梦想就是当个作家，我猜她接近我有大半的原因是想靠着我来实现她的作家之梦，后来在褚徽身边当助理应该也是出于这个目的。"他说到这里忽然笑起来，"你说詹美晴要是知道曾经被自己拒绝的人是个比我还要厉害的跳板，她会不会后悔？"

　　詹美晴会不会后悔我不知道，因为我脑子里现在回荡着的就只有一个问题——岳钧楠会不会和她死灰复燃？

　　对于这个问题，"知心孕妇"程沐媛给出的解答是："他们要死灰复燃就死灰复燃呗，这不是正好如了你的意？省得你还要费心继续给他物色女朋友了，你省事，我也省事。"

　　过了两天，我还没从这个问题里绕出来，便拉了程沐媛去逛书店，然后在一堆《好妈妈不如好老师》《亲子教育一百招》《宝宝聪明从胎教开始》等家教书中间，向她求教起来。

　　我说："詹美晴如果和他死灰复燃，看上的绝对不会是他这个人，你信不信？"

"拜托。"程沐嫒翻了个白眼，"现在那些成天想找'高帅富'结婚的女孩，又有几个人是真正看重男人本身了？她们要的就是银行卡里的数字，当然，男人如果床上功夫够好就更锦上添花了。"

我叹了口气，"你还是没明白我担心的点儿，我是担心詹美晴一旦从岳钧楠身上得到了她想要的东西，会一脚把他踹掉。"

"那不是更好？"程沐嫒一拍手，"你一直看岳钧楠不顺眼，这可是件值得普天同庆的大好事。"

"谁说我看岳钧楠不顺眼了？"我辩驳道，"我只是偶尔觉得他说话刻薄了些，他为人其实还是不错的。"

"咦，唐尧，你怎么好像转了性了，处处在帮岳钧楠说话。"程沐嫒凑近我的脸，用直勾勾的眼神盯着我，"真是让人不得不怀疑你的动机。"

"我能有什么动机！"我被她盯得不好意思起来，把头扭开，装作研究书架上的一本《孕期煲汤大全》，"我只是不想让他在同样的地方摔第二次，不然我和丘石打的赌不是输定了吗？"

"你是真的在乎那个赌约还是在乎别的事情，小女子不才，可还是能看出一二的。"程沐嫒端着一副高深莫测的样子，伸出手将我的脸扳回来，"唐尧，你对岳钧楠的关心有些过线了。"

我回敬她的目光，"你觉得我喜欢他？"

"这个问题要问你自己。"

"我不是小女生了，喜不喜欢一个人自己心里清楚。"

"就是因为不是小女生了，所以你才不清楚。"程沐嫒字字珠玑，"小女生天真烂漫，无拘无束，所以她们最遵从于自己的本心，察觉到喜欢一个人也不会掩饰，哪里像乌七八糟的大人，成天不是顾虑这个就是顾虑那个，总会条件反射地否认！"

我怕程沐嫒越说越荒谬，连忙反驳："但他不是我喜欢的类型啊！"

"帅哥是所有女人都会喜欢的类型，这是一个不可逆命题，除非你的审美有问题。"程沐嫒伸出食指在我眉心点了点，又指了指她自己，"就拿我来说吧，你是知道我以前的审美的，苏睿是我喜欢的类型吗？很明显他不是。但你能说这些年我不喜欢他吗？很明显又不能。所以说，世界上但凡'不是我喜欢的类型'之类的托词只能建立在无其他突出亮点的前提下，一旦碰到个出彩的，立刻就'我花开后百花杀'了。帅，在男人的吸引力法则上是个亘古不变的真理。"

"你刚才那句话如果写在哲学论文上绝对能拿A。"我无力地靠上一旁的书架。程沐媛依旧嘴巴一张一合在阐述她的道理，最近她闲来无事看了不少女性杂志，哲学爱情观简直一套套信手拈来，我只好努力把她的声音隔绝在耳朵外面，视线越过她的肩膀朝书店巨大落地窗的外面飘出去。忽然，我的表情凝住了，然后迅速一侧身躲在了书架后头。

　　程沐媛不明所以地看着我，见我拼命指着她身后，她才疑惑地回头去看。隔着落地窗，能清晰地看到岳钧楠与詹美晴正从街道的另一头肩并肩走过来，因为靠得太近，袖摆几乎都贴在了一起。过马路的时候，岳钧楠一只手臂轻轻托着詹美晴的后腰，俨然一副情侣派头。

　　"哟嗬，真是说曹操曹操就到！你躲起来干什么？还不赶快去自证清白地打个招呼！"程沐媛打了个响指，想把我从书架后边拉出来。

　　我用力摇头，同时无比痛恨程沐媛这种鸡婆的行为，如果她不是孕妇，我早就一高跟鞋跺上她的脚背。

　　不知道为什么，这时候看见岳钧楠，我心里发虚，根本就不想和他们俩碰面。

　　我们在这里拉拉扯扯的时候，岳钧楠与詹美晴已经进了书店。詹美晴穿着一身布质连衣裙，简单素雅，岳钧楠则像是配合她一样，纯色的Polo衫搭配休闲裤。两人在柜台前停步，詹美晴拿出几本厚重的硬壳书——这家书店同时也有租赁业务，她像是来还书的。

　　"程沐媛，你要是再不放手，我今天就把你扫地出门，你等着去中央公园的长椅上生孩子吧！"我压低声音，还在努力想挣脱程沐媛的爪子，她却忽然抱住自己鼓成半球的肚子，哎哟一声大叫，就这么坐了下去。

　　她叫得惨烈，我以为是自己用力过大伤到了她，急忙也跟着蹲下，手忙脚乱地问："怎么了怎么了？是肚子疼吗？要不要去医院？"一边说一边掏出手机准备叫救护车。

　　"不用。"她深吸了几口气，抓住我的手，表情非常奇妙，"刚才，他好像踢了我一下。"

　　"真的?"我惊疑不定地看着她的肚子，忽然间意识到了什么，迅速抬起头。

　　果然，书店里所有人的目光都万分整齐地落在了我们身上，自然也包括刚进门的那两位。

　　我在不到十分之一秒的时间里掩藏好自己脸上惊慌失措的表情，将程沐媛从地上扶起，那边岳钧楠与詹美晴已经拨开人群挤了过来，詹美晴看见我，脸上挂着惊喜的神色，"唐小姐，是你！好巧。那天晚上之后我们就再没见过呢。"

"关于那天晚上的事，我还没来得及跟你道歉。"我努力把目光集中在詹美晴脸上，全然忽略她身边高挑的男人，"景泓他实在抽不开身，所以……"

"没关系，这件事我根本就没放在心上。"她冲我甜甜一笑，"昨天虽然没有见到景泓，但是和一个好久没见的老朋友重逢了。"说完，她自然而然地挽起了岳钧楠的手，"给你介绍一下，这是岳钧楠，我大学时的学长。"

话都说到这个份儿上了，就算我有心回避，也不得不与岳钧楠对上眼。可我还没说话，岳钧楠就先开口了，他像是第一次见到我一样，端着一副客气又疏离的语气说："你好。"

这一声"你好"，将我所有想说的话都堵在了喉咙里。

我脸色难看，想必程沐媛也发现了，她握住我的手，"我不太舒服，你陪我去趟医院怎么样？"

我点点头。

"啊，你们如果还有别的事情就赶快去吧，我们也只是来把借的书还了，然后去吃午饭。"詹美晴又对我笑了笑，不待我回应，便拉着岳钧楠转身朝外走。

岳钧楠没有再说话，一直沉默着由她拉住。我目光落在他的背影上，直到他们出了店门。转弯的时候，岳钧楠似不经意般侧过眼睛，落地窗挡住了他眼里所有的神色，我所能看见的，只是一双深不见底的漆黑瞳仁。

程沐媛在我耳边说："那就是詹美晴？长得也不怎么样嘛。"接着又感叹道："现在你也用不着纠结了，看这情形，死灰复燃是妥妥的。"

我把头低了下去。在看见岳钧楠眼神的那一瞬间，我心里没来由地难过起来。

仔细算算，和岳钧楠认识这么久，我去他家的次数满打满算只有三次。第一次是上门赔礼道歉，结果帮他埋了一个下午的蚯蚓；第二次是为了和丘石的赌约，莫名其妙又和他结下了一桩梁子；而这第三次，我却要上门打听他的私事。笼统地算下来，竟然没有一桩是正常情况下的友情拜访。

在经历了好几天的思想斗争以后，我终于对自己做出了妥协。我很好奇岳钧楠和詹美晴现在到底是一种怎样的关系，虽然心里已经有了猜测，可我还是忍不住想要确认，想听他亲口承认这件事。

　　大半年不见，没想到兰姨还记得我，她热情地把我迎进会客厅里，说岳钧楠正在菜园子里忙活，快到夏天了，杂草长得飞快，他每天回来后有一大半的时间是待在那里除草和照顾新长出来的作物幼苗。

　　兰姨招呼我坐下就继续忙她的事情去了，我坐在沙发上喝了半杯咖啡，终于还是按捺不住，起身顺着记忆中的路线来到菜园门口，一眼就看见岳钧楠背对着门蹲在苗圃里忙活的身影。

　　他身上的白色T恤被汗浸湿了大半，紧贴在背上，勾勒出轮廓分明的脊背线条，那线条张弛间所带出的除了一种律动的美感，还有淡淡的朴实气息。

　　放在平时，我觉得"朴实"这个词实在难以与岳钧楠联系起来，无论是他的样貌、气质，还是出身，都与"朴实"风马牛不相及。但这一刻，这样的画面，偏偏就让我感觉到了朴实，一种淡然悠远、只属于小桥流水人家的宁和感。

　　"要帮忙吗？"我问。

　　他回头，擦了擦额角的汗，显然对我的突然出现有些惊讶，"你怎么来了？"

　　"如果你觉得我算不速之客，那我现在走掉也没关系。"我挽起袖管，"说吧，是要除草，还是要埋蚯蚓？"

　　他似笑非笑地看了我一会儿，半晌，递给我一个小竹筐，"如果你硬要帮忙的话，可以摘一些青梅。"他指向一团长着许多青色梅子的植物，"梅子真正成熟要在夏末，不过现在的酸青梅拿来酿梅酒正好。"

　　"你居然真的在酿梅酒？"我接过竹筐，走到植物边，将青梅一粒粒摘下。

　　"自己喝而已，并不会拿去店里出售，还没那个资本。"岳钧楠除完最后一株杂草，放下镰刀，又开始浇水。

　　他事情做得认真，倒让我不知怎么开口问他问题，只好闷头摘青梅。竹筐不大，半小时后，我端着一筐梅子直起腰，庆幸自己今天极有先见之明地穿了运动服，没有像上次那样狼狈。

　　"这些应该够了。"岳钧楠停下手里的事情，对我说："你跟我来。"我端着那筐青梅随他回到屋子，七拐八绕进了厨房，岳钧楠指挥我把梅子倒进水池里倒腾了几下，再用另一个竹筐装好，等它自然沥干。

　　做完这些，我已经累得汗流浃背，好在岳钧楠算是有点良心，没再抓着我这个送上门的廉价劳动力继续折腾，而是回到客厅，给我倒了一杯冰镇的梅酒。

"这是我去年酿的，你尝尝。"

湛青色的酒液，颜色比在上海喝的深些，入口后也少了些甘醇，多了些酸涩感。

"味道不怎么样。"才喝一口，我就皱起眉头，"果然不适合放在店里卖。"

"你在评价的时候多少也该考虑给我留点面子。"岳钧楠倒是对自己那杯毫不客气，三两口就全部喝下了肚，末了又问我："你今天过来有什么事，难不成为了丘石又想到新方法来折腾我了？"

"没有，其实我今天是想来问你一个问题。"我想了想，觉得旁敲侧击不如开门见山，"你和詹美晴……好像很熟？"

他正在给自己倒第二杯酒，闻言动作顿了顿，才说："算熟，大学同学。"

"也许你会觉得我是在多管闲事，但我是真的很好奇。"我仔细注意着他的表情，"你们是在交往吗？"

"你问这个做什么？"

"前几天在书店，我看你们好像很亲昵的样子。"我耸了耸肩。

"看起来很亲昵就是在交往？"他轻轻挑起眉角，"我现在与你又是一起劳动，又是一起喝酒，看起来关系也很亲昵，你的意思是我们也在交往吗？"

"少来，我可不会跟你亲昵到手挽手的地步。"我双手抱在胸前，想到那样的场景，莫名觉得后颈有些痒，抬手抓了抓。

"那或许是学生时代遗留下来的习惯，要知道，在国外可没有男女授受不亲这回事，简单挽个手表达下同学之间的亲睦友好是无可厚非的。"岳钧楠回答得很冷静，脸上也看不出任何端倪，如果不是景泓告诉我他上大学时或许与詹美晴有过一段情感纠葛，大概我就会被他这番说辞给糊弄过去了，只是我还没有向更深处发问，他却突然反问我："你这样关心我有没有和她在一起，又是为什么？"

"因为我觉得奇怪。"我眼珠子一转，想出了一个自以为很得体的答案，"你明明挺受女孩子欢迎，却一个女朋友都没有，所以在经历过徐娅那档子事后，我把你归类到永远不会找女人的类型。可现在，事实证明我之前的结论是错误的，我得考虑把你重新归类。"

"在你把我的分类归来归去之前，你需要先明白两件事：第一，我的性取向完全正常；第二，我的私事并不需要你来操心。"他语气礼貌语境粗暴地堵回了我的话，还顺手把我空了的酒杯加满。

"事实上，我有不得不操心的理由，如果你因为詹美晴而再度感情受创，那我之前为了开解你所做的努力岂不全都付诸东流了？"他一直模棱两可的回答终于让我按捺不住抛出了最后的撒手锏，"我知道你读大学的时候和詹美晴之间发生过什么事。"

我没有办法形容那一刻岳钧楠脸上的表情，确切点说，他脸上并没有表情，从头到尾，他五官的位置都没有任何变化，但我就是觉得他的脸色刹那间阴郁下来，像是静谧无风的大海，看似风平浪静，其实在酝酿着一场无法预知的风浪。

那是一种诡异的氛围，安静到就连兰姨在隔壁打扫屋子的声音都忽然消失了，我能清晰地听见自己的心跳声，越来越重，也越来越快，以至于让我的血压逐渐上浮，眼眶都开始发胀。我不敢再看岳钧楠的脸，只能低下头，用力眨了几下眼睛，想赶走那股酸涩感。

直到过了许久，我才听见他缓慢地吐出六个字："你怎么会知道？"

"景、景泓告诉我的。"我居然开始结巴，"他、他上大学的时候，詹美晴去缠过他一段时间……"

"原来是这样，看来你和景泓关系不错。"他嘴角勾起一抹古怪的笑容，看着我，一字一顿地说："你们上过床了吧？"

我愣住，"你说什么？"

"你和景泓，你们上过床了吧？"

"你说这话是什么意思？"我不敢置信地看着他。

"不然他怎么会把这种事情都告诉你？你们又会有怎样的契机与闲情逸致来讨论别人的私事……"

哗啦——

我握着酒杯的手停在半空，岳钧楠睁大双眼，青色的酒液顺着他脸颊的轮廓从发丝滑落到下巴，再滴到胸口的衣服上。

从前在电视上看到女主角往男主角脸上泼水时，我都会一笑置之，因为那实在是太假，轻飘飘的一杯水带来的效果远不如一个响亮的巴掌有震撼力。可现在我明白了，有人选择往男人脸上泼水，所求的或许并不是震撼力，而是对方那副惊愕与狼狈交织的模样，毕竟对方整个造型与"痛打落水狗"有异曲同工之妙。

但在最初的视觉享受过去之后，我却没有发泄了怒气的快感，反而觉得有些悲哀。岳钧楠挂满酒液的脸定格在我的眼睛里，他没有抬手去擦，只定定地与我对视。

"景泓告诉我那件事，并不是因为我们之间刚好有八卦别人的契机，而是我主动问他的。"也不知过了多久，我开始说话，"我之所以会问他，是因为我在褚徽的展会上，听到了你和詹美晴的对话，而我又刚刚好从景泓那里了解到詹美晴曾经有多么死缠烂打地纠缠过他，我怀疑她这时候找上你，只是为了得到她从景泓那里得不到的东西。"

我放下酒杯，拿起自己的包，走到门口开始穿鞋，"我自己都觉得奇怪，我竟然会对你的私事那么上心。按道理，你和詹美晴是分也好是合也好，她真心待你也好，还是有心算计也好，统统都不关我的事。可我就是忍不住去关心，我不想让你被骗，也不想让你……受到伤害。"

穿好鞋，我回身望着他，他的表情已经变了，不再平静无波，而是透着一股挣扎，他抿了抿嘴角，似要说什么，可却迟迟没有说出口。

但这些我都不想去关心了，此时此刻，我只想把自己心里的话都说出来。

"之前我一直告诉自己，我会突然这么在乎这件事，是因为我和丘石的赌约。"我说，"我担心你会在感情上遭遇二次伤害而影响到我的胜利，以至于强迫自己忽略掉了自己的本心。"

"我本来不想承认，也不愿意承认，所以在女人的尊严和荒谬的情感之间，我选择了自欺欺人。但我忽然发现再这么自欺欺人下去没意义，尤其是你刚才那句话，让我意识到自己是有多么愚蠢。"我顿了顿，终于下定决心，说出了那句就算我不愿承认也不得不承认的话：

"我是有多愚蠢才会喜欢上你。"

说完，我不再去看站在那里一动不动的岳钧楠，一步退出了这间让我觉得异常压抑的房子，用力关上门。

在下楼的电梯上，我仔细打量自己映在电梯门上的脸，我扬了扬左眉毛，又扬了扬右眉毛，努力调整了半天表情，还是觉得映出来的影子横看竖看都像丧气鬼。

会承认喜欢他，我自己都觉得惊讶，毕竟暗恋这种事太过青葱，也不符合我的年纪与个性。但它就是这么实实在在地发生了，因为没有经历过，所以才后知后觉。如果不是托了詹美晴的福，我大概永远都不会发现内心深处对岳钧楠居然是这种感觉。

而一旦摊牌之后，我便更加确定，那种牵挂与关心，猛然而来的羞涩与心跳，目睹他与别人成双成对时的郁闷与不忿，确是喜欢无疑。

我不禁问自己，这种事到底是什么时候开始的？

我回忆起与岳钧楠认识以来的点点滴滴，似乎并没有什么称得上温馨的记忆，大多是在互相挖苦和翻白眼。唯一值得让人回味的场景，只有上海帕丽斯套房里的那场《卡萨布兰卡》和普吉岛那夜的一杯"四海为家"。

"看来程沐媛是对的。"我自言自语一句，不得不惊叹孕妇的直觉。果然自古以来就没有"喜欢的类型"这回事，异性相吸所谓的缘由道理也没有那么冠冕堂皇，只单纯取决于对方能不能散发出让你感兴趣的费洛蒙而已。

我走在街上，手机忽然响了起来，我看着屏幕上跳动的那个名字，觉得这个场景似曾相识，许久前将商擎捉奸在床的那个下午，他也是这样心急火燎地给我打电话。

只是上一次，我尚有闲情逸致来回复商擎的短信，这一次，我却完全没心情再和岳钧楠废话，索性直接关机，天下太平。

程沐媛知道这件事后气得不行，"那家伙居然敢这么诽谤你？看老娘不去把他六块腹肌打成一块！"

"事实上他有八块腹肌，而且我建议你先把自己的肚子照顾好了，再去照顾别人的肚子。"程沐媛为我打抱不平我能理解，但让我真正感动的是，她并没有因为我坦承自己对岳钧楠的感觉而加以挖苦，不知是不是将为人母让她个性略微收敛，不然换作以前，她一定会摆出一副王熙凤的嘴脸对我冷嘲热讽三天才够。

我抱着电脑坐在床上，将刚刚完成的稿子归档，终于按捺不住问她："我喜欢岳钧楠，你不觉得意外？"

"早就看出来的事情，你还觉得能带给我多大的surprise吗？"程沐媛说，"不过吵架的时候表白，这样的方式还真有个性。"

"那不是表白，只是阐明我的立场而已，我也不需要他的回应。"

"够酷。"她嘴角一抿，"我喜欢。"

我拿过手机，屏幕上空空如也。已经过去了两天，除了被我拒接的那通电话外，岳钧楠再没联系过我。想也是，如果我和他角色互换一下，在那样的氛围中听一个自己一直看不顺眼的人说喜欢自己，没准我比他受的惊吓还要大。

岳钧楠看我不顺眼，刚认识时他就明确地表示过了，我也不觉得现在他的这个想法会有所改变，所以才更加为自己的冲动感到可耻。也许对岳钧楠而言，看见我那样莫名其妙地说喜欢他，然后又气冲冲地离开，肯定会觉得我很可笑吧。

总之这样丢脸的事情我不会再做第二次，岳钧楠爱怎么样也跟我没半点关系，就让他去和詹美晴相互折腾好了。

但是我想不到，岳钧楠会在几天之后，带给我一场预料之外的"惊喜"。

那天我很早就出门了，去一家茶餐厅和几个相熟的读者见面，下午却突然收到程沐媛的电话，她说她上次网购围兜的那家网店举办抽奖，她抽中一张电影票，使用期限到今天为止，所以她立刻就要出门看电影，让我不要等她吃晚饭。

临到最后，她又多说了一句，居委会通知说燃气公司在我们那栋楼举行安全大检查，会派技术员上门，让我不要在外边多耽搁，赶快回去守着。

于是我婉拒了读者叫我一起吃晚饭的邀请，先赶回了家，顺便在一楼大堂问了问保安燃气公司的技术员是不是已经来了。

结果保安一头雾水地望着我，"燃气公司的？没听说要来啊。"

我以为是程沐媛记错了时间，顿时为她这么急匆匆忽悠我回来的行为感到气愤，憋着口气乘电梯上楼，开门，换鞋，却在蹲下解鞋带的时候，看见了一样绝不可能出现在我家的东西。

一双男人的鞋子。

诚然，陆岩有时候的确会不请自来，并且他也有我家的钥匙，但我可以肯定这不是陆岩的鞋，陆岩从不会穿超过五百元的鞋子，而眼前这双，光从品牌上看，恐怕在后面加个零都不够。

屋子里静悄悄的，只在厨房有声音传出来。我走过客厅的转角，看到在我那间两个人进去就略显拥挤的小厨房里，有个熟悉的背影背对我站着。

岳钧楠将衬衣的袖子挽到手肘的位置，手里端着不锈钢的小盆，正在用打蛋器打奶油，他听见声音，回头看了我一眼，放下手上的东西，轻描淡写地对我说："你回来了。"

语气理所应当到好像是这屋子的男主人在对女主人说话，好像下一句紧跟着就会说出"快把手洗了过来吃饭"。

我僵在厨房门口，一时不知道该说什么好。自从上次的不愉快后，我想象过许多次和他再见面时的场景，并且练习过许多次冷艳高贵地向他表示不屑的表情，但没有一次是像这样，他反客为主，突然气定神闲地出现在我家里，而我尴尬地站在门口，进退不得，好像做了什么见不得人的事情一样。

几秒钟后，我才反应过来，向他抛出最切合眼下场景的问题，"你是怎么进来的？"

　　"你那个孕妇朋友帮我开的门。说实话，敲开门的时候，我还怀疑自己找错地方了。"他一边说着，一边把视线从我身上挪开，又转过身去，"我让她找了个借口把你叫回来，又送了她一张电影票，不然我实在找不到能私下里和你把事情说清楚的机会——你一直不接我的电话。"他嘴上说着话，动作还有条不紊，打完了奶油，又从微波炉旁的烤箱里端出一个烤得热气腾腾的圆形蛋糕——我都不知道我居然还有个烤箱！

　　"不要一直戳在那里，过来帮忙。"他对我招了招手。

　　我在心里暗骂了程沐媛这个背信弃义的叛徒一通，拖着步子走过去。岳钧楠又不知道从什么地方摸出两把木勺，将其中一把塞进我手里，"帮我把奶油抹到蛋糕上。"

　　这场景让我觉得似曾相识，我不是第一次被他莫名其妙拉到厨房打下手，上次在他的餐厅是我自己主动送上门的，倒也罢了，这次他明明不请自来，还要摆出这样一种态度，着实让我不爽。

　　奶油是刚打出来的，散发着一股浓郁的奶香味，我和岳钧楠一人一半用木勺往蛋糕上拍。本来我想着敷衍一下便行了，可看他的动作和态度都极其认真，我也不自觉认真起来，好在这也不是个技术活，很快，金黄色的圆形蛋糕就变得雪白了。

　　然后，岳钧楠又不知道从哪里拿出一小包香草末，均匀地撒在蛋糕上。

　　香草的味道我很熟悉，是塔希提岛的香草。

　　在我专注于研究香草气味的时候，他开始说话，"这种香草蛋糕，是詹美晴以前最喜欢的蛋糕。那时我们在波士顿读大学，全城只有一家店卖这种蛋糕，但是离学校很远，每个周末，我都会走很远的路去买回来，再给她送过去，后来索性趁着假期跑到那家蛋糕店去偷师学艺，才弄明白原来他们的诀窍就在于这些产自塔希提岛的香草，而詹美晴最喜欢的，也是这股香草的味道。"

　　我脸上露出古怪的表情，"你莫名其妙地跑来我家，又莫名其妙地做了这么一个蛋糕，结果告诉我这是詹美晴的最爱，你这是在身体力行地向我证明你和她之间有多么情深似海吗？"

　　"我没有这个意思。"他居然笑了一下，语气忽然变得低沉柔和，"我只是在想，与其让你从别人那里道听途说我和詹美晴曾经的关系，还不如让身为当事人的我亲自告诉你比较靠谱。"

"其实你完全可以不用告诉我，反正我已经下定决心不再关心你们之间的任何八卦了。"我抱起双臂，"如果没有别的事情，可不可以请你离开我家？"

"首先，你也曾经不请自来地闯进过我家，而那时我似乎没有像你这样不近人情地下逐客令。其次，你真的能摸着自己的心对我说，你对我接下来打算告诉你的事情，一点也不想听，完全也不好奇？"说完这些，他气定神闲地切下一块蛋糕推到我面前，"这蛋糕我有些年头没烤过了，也不知道味道怎么样。"

我没出声，默默地用汤匙挖了一大块混合着香草的奶油放进嘴里，甜腻的味道立刻从口腔直冲到鼻腔，我费劲地将嘴里黏黏腻腻的东西吞下去，皱着眉对岳钧楠说："这也太甜了。"

他眉毛一扬，自己也吃了一口，"的确，糖放多了。"

"除了甜，也够油腻。"我用纸巾擦了擦嘴，"如果詹美晴现在还喜欢吃这玩意儿，我除了'超龄少女'四个字，真没什么值得送给她的话了。女人二十五岁之后对甜点的偏执就应该降为零，如果她们还在乎自己的体重的话。"

"怎么，你现在又打算和我聊聊了吗？"岳钧楠看着我。

"是啊，让你快点说完，我好开门送客。"我这句话回应得很是理直气壮，"否则，你一直戳在这里，会给我造成很大的困扰。"

他又笑了笑，这一记浅浅的笑容凝在了他的唇边，半天都消不去。

我的心忽然狂跳了几下，急忙硬生生挪开眼，强迫自己不去注意他的脸。

"我在上大学的时候，的确很喜欢詹美晴，喜欢到像个愣头青一样，只要能见到她的面，就会很开心。"他表情平静，眼神里却透出追忆的神色，"但事实或许你也知道，这只是我的单恋，詹美晴并不喜欢我。"

"那时候为了追求她，我做过许多以前绝不会做的事情，甚至为她改变了许多，以为迟早会感动她。但我做了那么多，她最后还是喜欢上了别人。"

"是景泓吗？"我不禁问道。

岳钧楠沉默着点头，"她说我对她好，让她很感动，但是感情这种事情强求不来。"

"你对詹美晴……"想了想，我还是问："你对她，是一见钟情？"

"或许是，又或许不是。在认识她之前，我也没有和女孩子谈过恋爱，所以我也不知道那样的感觉是何时来的，但是有一点我必须说，我并不是上了大学后才认识她，而是在很多年前就已经认识她了。"

得。我在心里一连翻了好几个白眼，该不会又是什么青梅竹马的恶俗戏码吧？

但事实证明，或许这世界上最经得起时间锤打的感情，只有一个"两小无猜"，哪怕这感情只是单相思。

"我第一次见到詹美晴是九岁的时候，在褚徽家。"

幼年到褚徽家学习的岳钧楠，虽然不用再整天关在一间屋子里不见天日，可是对陌生环境的恐惧感也让他不怎么爱出门，因此清闲下来的时候，他都会趴在窗口，仔细打量下边的行人。

在那个地产行业尚不发达的年代，褚徽家周围并没有多少建筑，楼下还有一块可供附近住户自由活动的小操场。岳钧楠经常会看见几个水灵灵的小孩在操场上做游戏，今天踢毽子，明天捉迷藏，天天欢声笑语，看得他心痒痒的。可他早已因之前的家庭教育憋成了冷淡少言的性格，实在不知道该怎么与人交流、怎么要求加入那群小孩子之中，只好端出一副冷艳高贵的表情在楼上看着。一来二去，楼下的孩子也发现了这位楼上的怪小孩，而詹美晴，是第一个，也是唯一一个冲他挥手、叫他"下来一起玩"的孩子。

头一两次，岳钧楠没理她，可次数多了之后，他还是下了楼。一开始，他只是安静地站在旁边看，后来詹美晴主动来拉他，两个人的小手拉在一起，立刻火星撞地球，岳钧楠那一颗还不知道情为何物的心跳得飞快，他就这么可耻地情窦初开了。

那段时间岳钧楠过得很快乐，他每天最期待的事情，就是等到学习的空闲下楼去和詹美晴做游戏。可就像天底下所有开端美好的故事往往会有个遗憾的结局一样，半年多后，岳钧楠结束了在褚徽家的学习。离开之前，他去向詹美晴道别，可走到她家附近，却从邻居口中得知，他们一家都出国旅游去了，要一个月后才回来。

就这样，岳钧楠带着遗憾回了家。时过境迁，许多年过去，岳钧楠本以为自己或许再也没有和那位儿时小伙伴见面的机会了，谁知道他们居然又在大洋彼岸的大学里遽然重逢。

即便两人都已长大，可岳钧楠还是一眼就认出了詹美晴，可让人难过的是，詹美晴却不记得他了。

所以，即便岳钧楠将这段旧时的感情厚积薄发，用尽所有的努力，可无奈别人心里另有如意郎君，当真落花有意流水无情，也只得落得个凄凉结局。

只是不知为什么，听到这里，我却有些想笑。想到Santorini餐厅里的那些女顾客在岳钧楠身上碰钉子的场景，如今被詹美晴反转过来，怎么都让人有种压制不住的喜感。

"你可以尽情取笑我，没关系。积累了这么多年的感情被人一朝否定，那段时间我甚至下不来床。"他像是读懂了我的表情，大度地说。但他这一大度起来，我又不好意思笑了，只能硬生生将那种喜感吞回去，问他："那后来呢？"

"你还记得在我们一起看《卡萨布兰卡》的那个晚上，我和你争论过的问题吗？"岳钧楠说，"你觉得如果真心喜欢一个人，就要尽力将他留在身边，而我觉得喜欢一个人，就要想方设法成全他。"

"所以你放手了？"

"其实也说不上放不放手，毕竟一直都是我在单相思，她从来都没有接受过我。"他顿了顿，"所以，我这算不算是正面解答了你心里的疑惑？詹美晴可以说是我的初恋，却也是一场无疾而终的初恋，我和她，从来就没有在一起过。"

我落下目光，没有说话，也不知道该说些什么。

"前几天莫名其妙地对你发脾气，对不起。"他接着开始道歉，"我并不是有意要说那些话，只是突然被你揪出以前的那些事情，加上你又说是从景泓那里听来的，我不知怎的，就控制不住自己的情绪了。"

"你不用道歉，其实我也没放在心上。"我不自觉摆了摆手，"其实我理解你的心情，我不该随便揭你的疮疤，是我有错在先。"

"好了，我该说的都已经说完了，现在轮到你了。"他把双手插进裤兜里。

"我？"我奇怪道，"我能说什么？如果你今天是来解释加道歉的，看在你这么有诚意的分上，我接受你的道歉。现在话说完了，你也该回家了吧？"我侧过身子，把厨房的门让出来。

"唐尧，说出去的话泼出去的水，你现在想要不认账已经晚了。"他似笑非笑地看着我，"人是要为自己说过的话负责的，所以我今天才会特地找上门道歉外加解释，但那天你离开我家之前说的最后一句话，我可是到现在都还记着。"

"什、什么话？"我舌头开始打结，"我没有说过什么啊。"

"你如果非要我把你那句话在这里重复一遍，我并不会介意，我的记性向来很好。"他吸了口气，半张开嘴，眼看是要说出什么，我急忙伸出手，巴掌摊开将他的嘴捂上。

他温热的气息喷在我的掌心里，让我心跳骤然快了不少。刹那间，我意识到自己这个动作的暧昧意味，急忙把手收回来，放在衣服背后搓了搓，又羞又气地说："你就非得这样让我难堪？"

"你觉得这样很难堪？"他弯下腰，英挺俊逸的面庞靠近我，"像你这样的女中豪杰，连表白的时候都可以摆出一副吵架的姿态，怎么等我自己送上门来，反而觉得难堪了？"

"你知不知道你这样用言语讽刺和羞辱女性的行为很下作！"我撇开脸不与他对视，手垂在身侧握成拳头，"没错，说出去的话泼出去的水，这没有什么不好承认的，我的确是有那么一点喜欢你。怎么样，你满意了吗？是不是觉得这很可笑，你以后又有更多的资本来取笑和挖苦我了？"

"原来在你心里，我一直是这样一种形象，这么的……喜欢取笑和挖苦别人？"他像有些丧气一样摸了摸自己的鼻子。

"难道不是？"我反问他，"你自己回忆看看，从我们第一次见面的时候开始，你有对我说过一句像样的话吗？"

"知道了，关于这一点，我以后会改的。如果没办法改变我在你心里的形象，那以后交往起来估计会很困难。"他像是自言自语，可说出来的话却让我感到十足的震惊。

"什、什么交往？"我舌头又一次打了结，"你什么意思？"

"就是字面上的意思。"他奇怪地看着我，"你不是说你喜欢我？"

"这完全就不是一回事好不好！"我抬起双手，在身前画了一个大大的×，"就算我有说过自己喜欢你，可正常的流程完全不该是这样吧！"

他皱起眉，"那该是什么样？难道这样的事情还要举行一个仪式吗？"他顿了顿，忽然露出了然的神色，"我明白了，这样的事不能由女士先开口，得男方先提出来才能行。"他用"你还真是矫情"的眼神看了我一眼，然后开口道："唐尧，你愿意和我在一起吗？"

我一时被他问住，愣了半晌，才说："我没有考虑过这个可能性，但如果你愿意的话……"

"那我们在一起吧。"他干脆至极地打断了我。

"不不不，事情的重点不在这里。"我猛地摇了摇头，"这样的玩笑一点都不好笑，我们为什么要在一起？"

"你以为我是在开玩笑？"

"不然呢，就因为我告诉你我喜欢你？那你告诉我，你喜欢我吗？"

他沉默了。

"岳钧楠，感情这种事不能如此儿戏，大家年纪都不小了，基本规则应该都懂，如果你想玩的话，请不要找我，我这身子骨经不起折腾。"我又一次挪开身子让出身后的门，指着门外打了一记响指，"现在请你回自己的家好好睡上一觉，就当什么话都没说过，什么话都没听到过，明天起来大家还是朋友。"

他却在这时说出一句让我啼笑皆非的话："唐尧，我知道你的意思，你以为我只是想玩，但是我要告诉你，其实我是认真的，就算我没有办法立刻回答喜不喜欢你的问题。"

"你听我说完。"见我又要开口，他抬起手阻止了我，"我并不是一个善于表达情感的人，尤其是詹美晴的事情之后，我觉得我这一生应该不会再喜欢上第二个人了，不光是出于对自我的保护，也是出于对感情的胆怯。所以那天你临走之前说的话，是真的吓了我一跳。"

"但是之后我所想的，并不是是否应该装作没听到，或者如何拒绝你。我很奇怪地想到了你的专栏。"

"我的专栏？"

"你在专栏里写过，人如果不尝试着往前走一步，就会永远生活在过去，所以一个人最大的成长，是学会对过去的告别。"他顿了顿，"那时候，我就很奇怪地想到，既然你都开口了，我为什么不借着这次机会，好好同过去告别一下。"

见他拿我写过的东西来"引经据典"，我不由得尴尬起来，难掩语气里的窘迫，"就算你要同过去告别，那你换个对象行不行？这样说得我感觉很奇怪，好像我是一个弹簧跳板一样。"

"先别说你曾经答应过我妈要帮我做心理疏导，单说勾起我这个想法的人是你，向我表白的人也是你，我不找你还能去找谁？更何况我对你还算熟悉，光是这一点，就比那些莫名其妙自己凑上来的陌生女人，还有我妈硬塞给我的女人让人舒服许多。当然，最重要的一点是，"他轻咳了一声，"关于和你谈恋爱，我想了想，并不觉得讨厌，虽然我也没有办法很明确地把这种感觉定义为'喜欢'，但我想，任何感情都是培养出来的，如果这是一个可以告别过去的机会，我不愿意错过。"

我一时说不出话来，因为眼下的情节实在是比演反转剧还要荒谬。

"所以，你想表达什么？"我觉得脑门上有些痒，"难道我们就要这样在一起吗？"

"我们在一起吧。"他点点头，"算是一种尝试，也算是给彼此一个机会。"

我认真地盯着他的脸，忽然怀疑起来，这会不会是个没品位的玩笑，就像真心话大冒险一样，我要是答应了他，就会从房间的哪个角落里突然冲出一群人来，一边大叫着"你上当了"，一边用相机拍下我那一瞬间的糗样？

不过转念一想，以岳钧楠的性格，倒还幼稚不到那个地步。

"你现在是不是还在怀疑我是在开你的玩笑？"岳钧楠再次弯下腰来，亏得他个子够高，隔着一张桌子都能把脸凑到我鼻尖前，我的目光顿在他一双黑亮的眸子上，还没来得及给出反应，嘴唇就被一个柔软的东西给啮住了。

除了商擎和我妈，我从来没有亲吻过别人。

商擎因为经常吸烟的关系，嘴唇透着干涩，唇齿间也有散不去的烟草气息。岳钧楠的嘴唇却很甜，湿润柔软，与他英挺的长相十分不搭，尤其是我们才刚吃过蛋糕，一股清淡的奶油香气透过唇间涌进口腔里。两秒钟后，我才意识到他在吻我，急忙想把他推开，只不过他动作更快，在我动手之前，已经重新直起了身子，嘴角挂着意味莫名的浅笑。

"反应这么僵硬，真让人难以相信你是写情感专栏的。"

那一瞬间，我忽然发现我好像从来没有真正认识过岳钧楠。站在我面前的这个人，如果剥掉那层道貌岸然的皮，搞不好会是个实打实的登徒子。

第二天，我陪程沐媛去做产检，在医院的长椅上，我把这件事一五一十地向她交代了个彻底。

她不出我所料地张大嘴，我眼明手快，在她尖叫之前捂住了她的嘴巴。

"你想谋杀孕妇吗？！"用力甩开我的手，程沐媛喘了几口粗气，不敢置信地看着我，"你答应他了？"

"也不算答应。"我实诚地道。那天直到他离开，我都没有正面回应他这个问题。"虽然我喜欢他，但我也有我的原则，事情不能发展得这么快，我只是告诉他，愿意和他更深层次地接触看看，但目前绝对不是你想的那种关系。"

"没直接答应就好。"程沐媛舒了一口气。

"你还好意思说？"我白了她一眼，"你引狼入室的时候，有经过我的同意吗？"我学着她的语气，"还'赶快回去，燃气公司的人要来'？都是要当妈的人了，做事还不知道稳重一点。"

"他只说他要向你道歉，我看他态度蛮诚恳的，就帮他一次呗。而且我会这么做，还不是因为关心你？你和他的关系如果搞僵了，对你的事业影响也不好吧。"她抱起双手，"不过这些男人还真是一点都不靠谱，你刚告诉他你喜欢他，他就上赶着凑过来了，这样的人十有八九只抱着一个目的，就是想和你上床。"

"他也没这么不堪。"我试着辩解，"岳钧楠不是那种人。"

"既然如此，你就和他滚一次再说呗，看看滚过之后他还能不能继续表现得如此诚恳。"程沐媛斜着眼睛上下扫了我一眼，"其实滚一次也不吃亏，要是拿你和岳钧楠的外在条件比一比的话，多少还是你占便宜，当然前提是他床上功夫够好。"

"身为孕妇，不要这么口没遮拦，也不怕影响胎教。"我盯着她高高耸起的肚子。

"拜托，这已经是我经过修饰的文雅说法了，不然你让我怎么说？"顿了顿，她忽然对我挤眉弄眼起来，"我先提醒你一句，男人长得帅，又不近女色，十有八九有问题。你要不要先验验货？别到时候赔了夫人又折兵。"

我懒得理她，别人说女人在怀孕的时候总会欲求不满，估计程沐媛也只能靠开几句小黄腔来画饼充饥了。

程沐媛整个下午都要待在医院里做检查和按摩，送她进了病房后，我从医院出来，看了看时间，打车去往市中心的美术馆。

今天帝光传媒要在这里举办一场签约发布会，关于正式与褚徽工作室合作，将他的国学文化展览进行品牌化运营的发布会。

继上次在中央公园的展览大获成功后，帝光借着《环球星报》这个平台，与褚徽方面的联系越发密切起来。他们提出可以把这个展览经营成固定的巡展模式，品牌化运营成一个吸引人的展览品牌，以帝光的经济实力和多年积淀的名气，既能吸引到全国各地感兴趣的人来观展，又能从中获得不错的经济效益，最关键的是，这么做完美契合了褚徽想要发展国学文化的初衷。

褚徽对这个提议十分赞同，经过短时间磋商，双方意见达到高度一致，并且唯恐天下人不知似的立刻宣布召开签约会，广发英雄帖，欢迎各界人士前来观礼，见证这历史性的一刻。当然，帝光大张旗鼓地召开签约会，还有另一个目的，就是对最近被弹压得一点浪头都翻不起来的伊莱亚斯耀武扬威。

我自然也收到了邀请函，但我对这样的场合完全没兴趣，原本打算不去，可是昨天岳钧楠打电话给我说，让我今天务必出席，因为在现场会有"惊喜"等着我。

我从来不认为岳钧楠是含有浪漫细胞的人，即便我们俩现在的关系处于一种"友达以上，恋人未满"的尴尬状态，我也没把他口中的"惊喜"往与我有关的角度上想过，只是想着他都特地关照过了，我如果不出现，也太不识抬举了些。

我在大门口签完到，领了一张入场的铭牌，随着人群进入美术馆。美术馆大厅布置得富丽堂皇，一张张铺着厚绒桌布的圆桌整齐地排列在一起，搭配脚下可以踩得陷下去的地毯，有种开国宴的排场。我在角落不引人注目的地方坐下，视线向周围扫了一圈，没有在人群里发现岳钧楠的踪影，却看见不远处一个穿着黑色晚礼服的中年妇人对我招了招手。

是苏梅。

苏梅挥手告别了刚与她寒暄完的一对夫妇，径直朝我走了过来，脸上挂着十分有亲和力的笑容。等她离得近了，我礼貌地站起身，刚想开口打招呼，她却直接给了我一个拥抱。

这拥抱来得突然，她身上伊丽莎白·雅顿白钻香水的气味粗鲁地撞进我鼻子里，让我费了好大的力气才忍住没打喷嚏。

"唐小姐，我真的不知道该怎么感谢你才好。"苏梅轻拍着我的背，说出了一句让我一头雾水的话。

"感谢？那个，苏阿姨。"我在"岳太太"和"伯母"之间，找到了一个大方得体又不显突兀的称呼，"你要谢我什么？"

"客人实在太多，我没有办法慢慢跟你解释，不过你很快就会明白了。"她卖了个关子，按住我的肩膀让我重新坐回椅子上，"想喝些什么？茶？咖啡？果汁？或者别的什么东西？尽管点，别客气。"说完，还不等我回复，她就对不远处的侍者招招手，"好好照顾唐小姐。"然后又满面春风地迎向另一对刚进来的贵宾。

我又不明所以地朝周围看了看，觉得苏梅会出现在这里很奇怪。

这样带有官方性质的发布会，属于帝光工作上的事务，苏梅并没有挂职，是不适合出席的，就算她以岳鸿章伴侣的身份现身，可岳鸿章有三个老婆，怎么就只来了她一个？

我尚没弄清楚状况，大堂的灯光已经暗了下去。

同所有类似的场面一样，这样的发布会不外乎是欢迎各界来宾，然后相关领导负责人与褚徽方面的代表依次亮相，在一张长条桌上签署合作文件，接着，剪彩，敲冰砖，倒香槟塔，与大家敬酒。千篇一律的流程，无聊得让人想打瞌睡。

我坐在桌边吃完第三份三文鱼刺身，岳钧楠还是没有出现，让我不禁怀疑自己是不是受了他的戏弄，但中途离场又实在不礼貌，我也只能捺住性子坐着，直到发布会尾声的时候，岳鸿章作为压轴上台致辞。

我在《环球星报》的作者年会上见过岳鸿章几次，他是一名精神矍铄的老人，尽管年纪很大了，可气质与状态仍保持得很好，眉宇间笑意盈盈，看起来颇为慈祥。望着他的脸，我却想起了岳钧楠对他的控诉，能把自己的亲生子压迫成那副模样，我可不相信他是真的有够"慈祥"。

岳鸿章被众多聚光灯众星拱月般围在主席台上，在发表了一通关于这次与褚徽工作室合作是"协创共赢，繁荣文化，昌建未来"的宏伟发展观宣言后，他忽然话锋一转，"在这个值得庆贺的时刻，我还有一件喜事要和大家分享。"说到这里，他故意停下两秒，像是在酝酿情绪，几秒钟后，才中气十足地说："我的儿子岳钧楠，在离职两年后，将正式重回帝光传媒任职！"

他话音刚落，一直照着主席台的聚光灯分出一束，落到大厅的侧门边上，苏梅正站在那里，身边站着一个高大笔挺的男人，两人手挽着手，缓缓入场。

男人穿着一身裁剪得体的黑色西服，神色平静，看不出喜怒，唯有在经过我这一桌的时候，他微微侧过脸朝我似有似无地笑了笑。

我惊讶地看着他松开苏梅的手，迈着步子走上主席台，与岳鸿章拥抱，然后静默地替代了岳鸿章站在那个位置上，用低沉却清朗的声音向众人问好。四周有数不尽的闪光灯此起彼伏地亮起，甚至将他身上那圈聚光灯光晕都逼退了下去。

这突如其来的消息彻底调动了记者们的积极性，毕竟跟文化界的盛事比起来，还是这些豪门里的八卦更能吸引人眼球。我半天才回过神来，疑惑不解地看着他，明明在不久之前，他还信誓旦旦地强调自己与那个家庭的隔阂，怎么才这会儿工夫，态度就突然来了个一百八十度大转变，让人半点心理准备都没有。

那些闪个不停的闪光灯晃得我眼睛疼，我放下吃了一半的三文鱼，退出宴会大厅，走到外边走廊上的洗手间洗了把脸，刚直起身子，就听见背后冷不丁冒出来一句："你的反应真出乎我预料。"

我急忙回头，盯着正抱着手斜靠在门边的岳钧楠，"你有没有搞错，这里可是女厕所！"

"所以我才没有进去。"岳钧楠回答得理直气壮，他所站的位置也的确是门外，虽然只差了那么一点，可到底是没越雷池一步。

我匆匆把脸上的水擦干净，和他回到走廊上，免得刚才那一幕被哪个突然冒出来的人看见，那我的一世英名就彻底毁了。

"你怎么出来了？"

"做完我该做的事情，自然就出来了。"他双手插进西裤的口袋里，"我原以为你会很惊讶，可是从你刚才的反应来看，你好像对我回帝光这件事一点都不觉得意外。"

"错，我觉得很意外，你看不出来只是因为我很擅长在震惊的时候装面瘫。"我坦诚地说，"正好你也出来了，麻烦你解释一下这到底是个什么情况。"

他一耸肩，"就和你看见的一模一样。"

"我没问这个。"我摆手，"我问的是原因。"

"你让我说具体的原因，我也说不出来。"他扔给我一个让我困惑不已的答案，"其实我之前不愿意向我父亲妥协，除了不认可他的教育方式外，大半是在和他赌气。但是我也明白，一时生气归一时生气，却不能赌一辈子的气，他终究还是我父亲，尤其是听我妈说，他最近身体很不好。"

"所以你就这么莫名其妙地想通了？"

"这个问题我已经想通很久了。唐尧，你知道一个人想宣泄出内心深处的郁愤，要经历一个怎样的过程吗？"

我摇头。

"书上说，想要消除心结一般需要三个过程，首先要在情绪冷静的情况下辨明对错，然后以倾诉为媒介宣泄一部分情感，最后寻找一个能让双方都妥协的契机，将心结解开。"岳钧楠露出微笑，"关于辨明对错这一项，我很早就明白，站在我父亲的角度，他对我所做的一切，即便过分，却也并不算错，只是在亡羊补牢时用错了形式。可是，我虽然知道这一点，却一直憋在心里，从来没有同别人说过，难免越想越不忿，最后结成了一个死疙瘩。"

"你从来没有和别人说过这件事？"我微微张大嘴，"那我是第一个知道的？"

"除了我的家人外，你的确是第一个。我不得不承认，适当的倾诉的确很有效，因为那天晚上向你说完，第二天早上再睁开眼的时候，我忽然就觉得这个一直梗在心里的疙瘩其实也没什么大不了的。"

我的思绪在"他居然只告诉过我一个人"这件事上打了半天的转，然后才干巴巴地问："那第三个过程，也就是你所谓的契机是什么，你总不能莫名其妙地突然回家跟你父亲道歉吧？"不知为何，在问这个问题的时候，我觉得有些心虚，总觉得他口中的契机多少也和我脱不了干系，而这种感觉在他一动不动盯着我看的时候，达到了顶点。

"如果我说我想向你卖个人情，你信吗？"

"什么人情？"

"只要我和我父亲和好，你一直耿耿于怀的，和那个评论员丘石的赌约，就算是赢了吧？"他声音很轻，"你之所以会和我扯上关系，大半的原因是和丘石打了赌，现在我帮你赢了他，你觉得这个人情怎么样？"

"这、这简直就是在作弊啊。"我忽然间觉得有些羞愧，同时又因为他的话而心跳加速，讷讷地低下头摸了摸鼻子，"这样子赢他，总觉得不怎么光彩。"

"你与其纠结正大光明与否的问题，还不如想一想该怎么还我的人情。"他忽然伸出手指在我脑门上弹了一下，这动作俏皮间带着一丝亲昵，我抬头看了他半晌，确认站在我面前的这个人的确是岳钧楠无疑，虽然他现在给我的感觉与第一次见面时那冷冰冰的样子差了十万八千里。

相比起来，我还是比较习惯以前那个他，虽然相处时拘谨了些，但我至少还能保持敌不动我不动的状态，不像现在，我在他面前竟然会觉得不知所措。

"你想我怎么还人情？"我挣扎了许久才把那一丝娇羞感彻底甩脱，努力将自己豪放的一面激发出来，"你们这种富家大少爷什么都不缺，难不成要我以身相许？"

"虽然我觉得你这个想法不错，但是你也用不着这么主动。别忘了，你上次才说，你暂时还不接受我们发展成'那种'关系。"他故意将"那种"两个字咬得很重，一句话戳得我好不容易平复下去的心脏又开始咚咚直跳，"不过你别担心，要还这个人情很简单。俄罗斯国家剧团下个月要来公演音乐剧，你可以陪我一起去看。当然，你把这个看成约会我也没意见。"

他最后一句话让我连续三天都没有睡好觉。

Part · 09

　　曾几何时，我以为文艺青年都有一个共性，那就是他们的为人处世绝对也像他们的外在一样，出淤泥而不染，挥挥手不带走一片云彩，与我们这类浑身铜臭的俗人有本质区别。现在我才发现，世人发明"伪君子"之类的称呼是有道理的，就像骑白马的男子不一定是王子，也有可能是唐僧，浑身仙气的女子也不一定是仙子，也有可能是喷多了香水的"绿茶婊"。

　　在成年人的世界里，"约会"这个词并不含有很高的期待性，因为它有着一系列约定俗成的流程，见面、聊天、吃饭、开房、滚床单，并且在一定条件下，有必要重复最后两个步骤好几次。而每次想到这些，我脑子里都会蹦出程沐媛的那通"功夫理论"，于是浑身一抖，长夜漫漫再难入眠。

　　在这样的精神压力下，赢了丘石那档子破事所带来的优越感完全可以忽略不计，更别说我已经有小半年没发现过丘石的踪迹，就算我想从他身上获得一些优越感，也不知道该去哪里找人。

　　几天之后，我正儿八经地"为伊消得人憔悴"——憋出了两个大黑眼圈。程沐媛对我嗤之以鼻，"弄得像是个处女在害怕初夜似的，你矫情不矫情！"

　　为了消除紧张感，我只好打电话给"中国好闺蜜"陆岩，本想从他那里寻找一些精神慰藉，可三两句话之后，角色便彻底反转了，变成是我在慰藉他。

　　"你真该亲自过来领教一下'慈禧太后'的那副嘴脸，每次只要她一开始说话，我就想拿起手边任何可以用的东西把她的嘴堵上。"陆岩声音又哑又粗，听起来像是被逼急了。"慈禧太后"是他给那位新任内容总监黎颖取的外号，据说是因为她很喜欢用白得吓人的隔离霜，头发整天梳成中分，而且还总穿着一双花盆底高跟鞋。

之前陆岩很少向我提起他这位新上任的上司，所以我一直以为即便陆岩竞岗失败，他们也应该相处得很融洽。但自从上次我听了景泓的话，略微问起陆岩他是不是被穿了小鞋，就像是打开了他身上某个不得了的开关，头一次见识到了陆岩掩藏在那副温润表情下的狰狞。

在这次《环球星报》的人事变革中，除了新任内容总监上位，华宇也被分配兼任了另一本重头期刊的出版人职务，正巧那份期刊又在大改版，必须华宇亲自盯着，她分不出太多心，就把《环球星报》的主要事务交给了黎颖打理。黎颖也果然大刀阔斧，掌权之后做的第一件事，就是将现有的编辑部资源重组，陆岩也因此从负责三个板块的主任编辑，"重组"成了广告部的广告经理。

"这事憋在我心里很久了，她绝对是在公报私仇，经理经理，名字是好听，可谁不知道这职位做的全是跑腿的事情！"陆岩对这个调动相当不忿，"我是做编辑的，不是拉赞助的，她这样做纯粹就是在给我穿小鞋，亏我刚开始还以为只要多做些杂活，忍点小气，这事便过去了，看来是我太天真了。"

"那我的稿子以后还是你负责吗？"我问道，这是我目前比较关心的问题。

"她还没权利随意调动作者归属，不然弄得失去稿源可是大责任，你多少也算红牌。"陆岩叹了口气，"也多亏了你，如果不是我手上还留着你的专栏，我都不知道自己还到底是不是个编辑。"

我想安慰他几句，又觉得自己词穷，大学毕业后我一直在当自由作家，对职场上那些钩心斗角了解得并不多，也提不出什么好建议，只能让他多想想还没进到《环球星报》的时候，忆苦思甜来排解烦忧。

"唐尧，说真的，如果有一天我跳槽了，你会不会跟我一起走？"陆岩冷不丁地问。

"这不好办吧。"我想了想，"我跟报纸是签了长约的，而且你能跳到哪里去？就行业内来说，《环球星报》算顶尖了，为了赌这一口气而放弃工作，不值得。"

他沉默了一会儿，才说："我知道，我也就是随便说说。"

人在纠结的时候总觉得时间过得特别快，我还沉浸在选择障碍症里，与岳钧楠约定的那天已经悄无声息地来临了，并且看架势还容不得我临时变卦——他居然把车开到了我家楼下，要亲自接我过去。

程沐媛站在阳台上，居高临下打量着岳钧楠的车，说："这就是那辆传说中的大众高尔夫？果然又破又烂。他为什么就不肯换一辆？"

"关于这个问题，我也很好奇，但每个人都有难以解释的怪癖。"我站在穿衣镜前努力拉着背上的拉链，"有些人就是怀旧派的。"

"怀旧派有怀旧派的风格，如果那真是一辆'老爷车'，我还能理解，可怀旧这样普普通通的家轿，看起来就很诡异。"程沐媛摸了摸下巴，忽然右手捏住拳头用力敲在左手掌心里，"哎呀，我知道了，那辆车里该不会被他藏了什么见不得人的秘密吧？"

我斜眼看她，"你乱猜什么呢！"

"这可是有根据的，男人对车的感情等价于女人对名牌包的感情，你见过哪个女人有买LV的实力后还背编织袋上街？事出反常必有妖啊。"程沐媛端着一副语重心长的语气，"这是个非常值得探究的问题，岳钧楠舍不得那辆车，搞不好是曾经在车上有一场难忘的车震，所以一直留着满足自己的性幻想。"

"程沐媛，你够了！"我终于拉好裙子的拉链，穿上摆在门口的高跟鞋，回头冲她翻了一记白眼，"你可不能因为长时间的禁欲，就自甘堕落成一个鸡婆的孕妇。"

"刚才还扭扭捏捏想着要不要去，现在又这么迫不及待地出门，我看你是被那个岳钧楠吃得死死的了！"我出门的瞬间，程沐媛在我背后叫道。

我被那句"吃得死死的"惊得一个趔趄，想回头反驳，门却已经关上了，但是我依旧不自觉放慢原本急匆匆的脚步，好让自己看起来从容不迫一些，即便楼道里根本没人。

我记得这是第三次坐岳钧楠的车，车的内饰还是老样子，透着股陈旧的气息，头顶上的凹陷和侧窗上的裂缝依旧大喇喇停留在原来的位置，唯一的区别是裂缝似乎变长了些。我的目光透过后视镜落在汽车的后座上，看着那厚实平整的坐垫，程沐媛的话又很适时地从脑子里冒出来："搞不好是曾经在车上有一场难忘的车震，所以一直留着满足自己的性幻想。"

"你在看什么？"岳钧楠开着车，忽然侧过脸问我。他今天穿着一身得体的薄西装，整个人的感觉介于正式与随性中间，头发像是刚剪过，发际严谨地修到了鬓角的位置，与之前半长的发型比起来清爽了许多。可他外表看着越是出众，在这内饰老旧的车里就显得越扎眼，越格格不入。

"没什么。"我想了想，还是忍住没有把有关这车的问题问出来。我还记得上次问过之后他摆给我看的那好大一通脸色，现在我和他的关系稍显缓和，在细节方面便更要注意，别不小心又触了他的逆鳞。

我忽然发现，不知从什么时候开始，我变得非常在意与岳钧楠之间的和睦问题。我这样设身处地地替别人着想还表现得相当自然的样子，在我与商擎在一起时也出现过，倒真应了句老话："情不知所起，一往而深。"等回过神来时，我似乎已经在这条"一往而深"的路上越走越远。换作以前，我无论如何都不会相信自己会在岳钧楠身上出现这种情况，如果真有穿越时空这回事，半年前的我说不定会鄙视死半年后的我。

来公演的俄罗斯剧团很有名，在一个号称"歌剧界奥斯卡"的国外颁奖典礼上拿过四项大奖。也正是这噱头十足的名头充分调动起了国人爱凑热闹的积极性，让骨子里完全没有歌剧欣赏天分也听不懂鸟语的老百姓们将三层剧院大厅挤得人山人海。

我与岳钧楠坐在二楼的第一排，这里属于贵宾区，地方很宽敞，有酒水供应，还给每个人发了一架小巧的望远镜，以帮助看清台上演员们的脸。

"如果换成我们的国粹京剧，那这玩意儿压根就用不上。"我举起望远镜在岳钧楠眼前晃了晃，"有时候，生、旦、净、末、丑的花脸妆可以帮剧院省下不少购买设备的钱。"

我以为自己这个无伤大雅的玩笑开得很巧妙，岳钧楠却没有给我任何回应，只聚精会神地研究手里那张剧目的目录，我被他这么一晾，顿觉无趣，只好尴尬地把身子转回来。过了一会儿，到底还是意难平，便用手肘撞了他一下，"你到底是怎么想的，要约我来看歌剧？"

他终于有了反应，侧过脸，轻轻嗯了一声，语调上扬，一脸疑惑。

"我说，你到底是怎么想的，要约我来看歌剧。"我把问题重复了一遍，"我天生缺乏艺术细胞，对这些东西一点研究都没有，更谈不上兴趣了。比起在黑漆漆的屋子里听一群人学鸟叫，我宁愿端着披萨坐在电影院里看IMAX，没准那还更便宜些。"

"其实我对歌剧也没有兴趣，但这并不是普通的歌剧。"岳钧楠终于明白了我的意思，"你看下去就知道了。"

他话音刚落，一阵悠扬的音乐声就开始在剧院里回荡起来，我一愣，觉得这旋律莫名耳熟，接着便分辨出来是那首《时光流转》。

"这个剧团之所以在国外拿了那么多奖，是因为他们开创了歌剧界的先河，以往只有歌剧改编电影，而他们很擅长反过来用电影改编歌剧。"岳钧楠在我耳边说，"或许你看过很多次电影版的《卡萨布兰卡》，但我相信来看一次歌剧版也不会那么无聊。"

"无聊不无聊得看演员的长相。难道我没告诉过你，我会喜欢那部电影完全是因为亨弗莱·鲍嘉的眼睛吗？"我举起望远镜，仔细端详舞台上每个演员的脸，按捺着兴奋，干巴巴地吐出四个字，"马马虎虎。"

他淡然一笑，也举起望远镜。

情节还是一样的情节。说实话，《卡萨布兰卡》的剧情我早已背得滚瓜烂熟，但正如岳钧楠所说，当那些熟稔的台词变成歌剧的唱词后，感觉果然不一样——电影中一些原本晦暗悲伤的意境被彻底扭转，带上了一种莫名的喜感。

"岳钧楠，我一直很好奇你为什么会喜欢这部电影。"歌剧看到一半的时候，我忽然问他。

他端着望远镜，头也没回，只说："我记得在上海你也问过同样的问题。"

"别逗了，当时那个答案有多敷衍谁都听得出来。"我伸手夺下他的望远镜，觉得有必要趁此机会弄清楚这个问题，"你以为我真的会相信你们一群五大三粗的男大学生，会凑在一起看这种黑白老电影？"

"如果我告诉你其实我是一个文艺青年，你信吗？"他总算转过了头，不过语气里带着玩笑意味。

"我相信，因为不会有正常人坐六天五夜的火车去莫斯科只为了看风景。"我说，"这和有人吃饱了撑的坐飞机去伦敦喂一下午鸽子再飞回来有异曲同工之妙。"

"怎么听起来'文艺青年'四个字到了你嘴里就变成骂人的话了？"他失笑，"好吧，我也不知道我为什么会喜欢这部电影，或许是我以前能看的电影非常少，又刚好撞上一部拍得不错的而已。"

"就这样？"

"或许不仅仅是这样，但你要我说其他的，我也说不上来，就像你喜欢亨弗莱·鲍嘉的眼睛，没准我潜意识里的梦中情人就是英格丽·褒曼。"说完，他从我手中拿回望远镜，继续用一种端正的神色欣赏台上的表演。

诚然，这是个很合乎常理的解释，谁让英格丽曾经是全世界一半男人的梦中情人，虽然这个曾经要追溯到半个多世纪以前。

两个小时的歌剧，完全是一场另类现场版的电影，直到最后一幕，出现了一场让我意外的场景：男主角孤身一人坐在小酒馆里，在吧台边的钢琴旁，自弹自唱着一首本应该在三十年后才出现的歌，那首我最爱的《卡萨布兰卡》。

> "我爱上你时是看《卡萨布兰卡》/当时在汽车影院我们坐在后面/可口可乐和爆米花赛过香槟和鱼子酱/我们相爱在夏日里漫长的夜晚……"

这首七十年代的流行曲就这般突兀地闯入，但歌词又是如此应景。正在我疑惑编剧与导演的用意的时候，舞台布景上酒馆的门忽然打开，本应与别人远走高飞的女主角居然出现在了门外，她飞奔进来与一脸诧异的男主角拥抱在一起，然后男主角低沉中带着激动的嗓音，透过麦克风，回荡在剧院空旷的大厅里，是那句经典到让人想要尖叫的台词："Here's looking at you, kid."

我也的确被这个场景惊得尖叫了出来，不只是我，剧院里有许多人同样发出了惊呼，在成片的惊呼声中，舞台两侧的幕布缓缓合上，剧目到此正式结束了。

"怎么能这样！"我坐着半天没动，"他们怎么可以胡乱改结局！"

"这样的结局不好吗？"岳钧楠在旁边问我。

"当然不好，原来的结局可是整部电影最精髓的部分。"我说，"电影能让人印象深刻，最大的原因就是那个惆怅又无奈的结局，它完全提升了整部电影的经典指数，让电影没有堕落成恶俗的'三角恋肥皂剧'。"

"你也知道那是电影镜头，但这是经过改编的歌剧，不是电影，而且我觉得有这么一个圆满的结局也不错。"岳钧楠看起来比我平静得多，"没有人会喜欢悲剧的，我理解编剧，他会这么改，或许也是想从另一个角度让这个故事圆满。"

"可这样不是改变了它最原本的意境和艺术价值吗？"我试图给自己的论调找个有力的支撑点。

"也许你是这样认为的，可我觉得，所谓的意境和艺术价值，在真正的人情世故面前，一文不值。"岳钧楠轻飘飘一句话便动摇了我的立场，他说："唐尧，你能摸着自己的心说，你真的希望看到里克和伊尔莎注定不能在一起？"

我想反驳他，我想说如果没有那个结局，《卡萨布兰卡》就不叫"卡萨布兰卡"，但是我无法回答他的问题。

难道里克和伊尔莎注定不能在一起是我希望看到的吗？

答案肯定是不。

见我不出声，岳钧楠继续说："其实你也不用太计较这个，就像一千个人眼里有一千个哈姆雷特一样，编剧只是想向人们展示这个故事的另一面。"

这番像是安慰我的话很有效，至少我没办法反驳，只能选择默认。"也对。"我说，"听见贝蒂·希金斯的歌蹦出来的时候，我就该知道不用对这部歌剧太认真。"

演出结束后，在观众离场之前，我们被告知可以去后台领取一套由剧团主创签名的限量版创作纪念画册。我本来对那种东西没兴趣，可岳钧楠却坚持说为了扭转我对这部歌剧修改了结局的偏见，一定要帮我领一本，让我了解了解编剧的心路历程，于是我只好先出了剧院，在剧院门口的星巴克买了两杯摩卡，坐在大台阶上等他回来。

四周不断有从剧院出来的人走过，西装革履的男人与衣香鬓影的女人永远是衡量一个城市夜生活丰富程度的风向标，我观察着那一双双五颜六色的高跟鞋，脑子里开始构思下一期专栏要写的内容，直到一双白色坡跟鞋突然闯进视线。

坡跟鞋是我看了很多次的款式，象牙白，鞋跟上拉出两条系带缠绕上细白的脚踝，再往上是亚麻色的及膝长裙——谢天谢地，终于不再是雪纺，不然我真的会以为她只有一条裙子可以穿。

"唐小姐？"詹美晴似乎比我还要惊讶，"真的是你？"

"这么巧。"我拍拍屁股上的灰尘，站起了身，"你也是来看歌剧的？"

"是啊。"詹美晴手里拿着剧目的宣传折页，"听说这个歌剧是电影改编的，我是电影的粉丝，肯定要来看看。"然后她问我："唐小姐是一个人来的吗？"

"不是，陪朋友。"

"是岳钧楠？"

我没想到她会一言猜中那个名字，着实诧异了一会儿。

老实说，我现在最不想看见的人就是詹美晴，虽然她并没有惹过我，但正如每个人都会有自私的心理一样，在我和岳钧楠的关系尚处于不明朗阶段的时候，这位"前初恋"的每一次出现，都会让我觉得大煞风景。

　　"对，我陪岳钧楠来的。"对着她充满亲和力的脸，我认为没必要隐瞒这件事。

　　她露出了然的表情，"怪不得，我说我怎么会在里面碰见他呢。"

　　我奇怪地看着她，既然她都看见岳钧楠了，为什么会看不见我？我明明一直和岳钧楠坐在一起。但是她下面这句话，很好地解除了我的疑惑，她说："刚才我去后台领纪念画册，正巧碰到他，就和他聊了一会儿天，他也说是陪朋友过来。"说到这里，她对我清汤寡水地一笑，"原本我还在想他到底是陪哪个朋友过来的，没想到会是唐小姐你，你们看起来关系很好呢。"

　　这话听得我心里不是滋味，怎么听她的意思，好像我和岳钧楠关系好是件很稀奇的事。

　　"唐小姐也喜欢《卡萨布兰卡》？"她又问我。

　　"很喜欢。"我点头。

　　"怪不得，岳钧楠也很喜欢这部电影，以前上大学的时候，他总想让我陪他一起看，只是那时我对黑白老电影没什么兴趣，所以总是拒绝他的邀请。"她顿了顿，"直到后来我自己买光碟来看了一次，发现真的是一部不错的电影，才体会到自己那时候有多有眼无珠。"

　　说到这里，她像是忽然想起了什么，半掩住嘴，"对了，唐小姐你应该还不知道吧，我和岳钧楠是大学同学。"

　　"其实我知道。"我维持着脸上的笑容不变，"他告诉过我，还说他很意外能和你重逢。"

　　"是啊，能重逢我也很意外，还以为这辈子都没机会再碰见他了。"

　　我仔细注意着詹美晴脸上的表情，从她弯弯的柳叶眉，到笑意盈盈的脸颊，到娇俏玲珑的鼻子，再到润泽光亮的嘴唇。现在我已经能断定，詹美晴绝对不是在这里"意外"碰见我的，至于她有什么用意，上面那一通含沙射影的话已经表现得够明显了。

　　曾几何时，我以为文艺青年都有一个共性，那就是他们的为人处世绝对也像他们的外在一样，出淤泥而不染，挥挥手不带走一片云彩，与我们这类浑身铜臭的俗人有本质区别。现在我才发现，世人发明"伪君子"之类的称呼是有道理的，就像骑白马的男子不一定是王子，也有可能是唐僧，浑身仙气的女子也不一定是仙子，也有可能是喷多了香水的"绿茶婊"。

　　"这辆车……"詹美晴眼光一转，落在距离我们不远的一辆大众高尔夫车上，"没想到岳钧楠还留着这辆车。"

"你知道这辆车的来历？"我好奇道。

她点头，"这曾经是我的车。"

一直以来，岳钧楠为什么要守着一辆破大众高尔夫是我相当疑惑的问题，现在这个超级大谜团终于很幸运地被詹美晴撕开了冰山一角，但我很快就发现，我对这个超级大谜团的真相远没有自己想象中那么感兴趣。

詹美晴显然很愿意与我分享她和岳钧楠之间的点点滴滴，在我开口阻止她之前，就已经滔滔不绝地说了下去。

"上大学的时候，我习惯周末去市中心的图书馆看书，只是因为学校在郊区，每次都要挤很长时间的地铁，后来有一天，岳钧楠就突然送了这辆大众高尔夫给我。"

"那个时候我并不了解他的家境状况，因为他和所有的留学生一样，只要一有空闲，就会去做兼职，而他送给我的这辆车，我也是后来才知道，是他做了一个假期的实习生挣钱买的二手车，自己才开了不到一星期，就送给我了。"

说到这里，她双眼缀满了追忆，走到那辆车前，轻轻抚摸着引擎盖，"只是这辆车我也没有开多久，后来因为发生了一些事情，我把这辆车还给了他，没想到他居然会把车运回来，还一直用到现在。"

"也许他觉得这车开起来顺手，一时不想换其他的，谁知道呢，有些人就是念旧。"我耸了耸肩。她口中所说的"发生了一些事情"我多少能猜到是什么，毕竟世界上很少有人能脸皮厚到拒绝了别人还能心安理得地留着对方追求时送的礼物。

"是啊，有些人就是念旧。"不知是不是我的错觉，詹美晴把"念旧"两个字咬得很重，还似有似无地看了我一眼。

我避开她的目光，忍住想给她一记耳光的冲动，"你要是真想知道什么原因，不如直接去问他，等他领完画册，估计很快就出来了。"

"啊，说到画册，我还得跟唐小姐你道歉。"詹美晴像是想起了什么，从随身的包里掏出一本包装精美的硬皮书，用歉意的眼神看着我，"刚才我在里面领画册的时候，本来去晚了没拿到，后来碰到岳钧楠，他见我很想要这个，就把他领的那本让给了我。"她顿了顿，露出忐忑的表情，"这画册，该不会是唐小姐你要的吧？"

我盯着那张花花绿绿的画册封面看了看，半晌，才摇头说："没有，我不需要这种东西，也没有兴趣。"

"那就好。"她像是松了一口气，拍拍胸口，露出笑容，"我还担心这是唐小姐你想要的，那我就无论如何都不能拿了。"

"他既然给了你，你就拿着，说不定他去领这个，原本就是想给你。"虽然觉得脸上的肌肉有越来越僵硬的趋势，可我还是努力挤出了一丝笑。

"好了唐小姐，我也该回去了，今天是偷闲跑出来的，其实还有一堆褚徽老师安排的工作丢着没做。"临走前，詹美晴又看见我手上端着的纸杯，吸了吸鼻子，说："你买的是摩卡吧？"

我点点头。

"阿楠他其实不喝摩卡，他只喝黑咖啡和拿铁。"詹美晴说，"他不喜欢咖啡和巧克力混合在一起的味道，这件事没多少人知道，你下次给他买咖啡的时候，可以做个参考。"说完，她咧开嘴露出整齐的牙齿，摆出一个灿烂无比的表情后，转身而去。

而那个表情，搭配上她最后那一声"阿楠"，真让我觉得用"耀武扬威"四个字来形容更合适。

我站在原地半天没动，几分钟后，岳钧楠果然两手空空地从剧院里走出来了，看见我，他露出歉意的神色，"想要画册的人太多了，我没有领到。"

"没关系，我说过我不需要那种东西。"我淡漠地看了他一眼，伸出端着咖啡的手。

他以为我是要把咖啡给他，便伸手来接，可我却直接绕开了他的手，把咖啡举到不远处的垃圾桶上，五指一松，只听哗啦一声，一股混合着巧克力味的浓郁咖啡香气从垃圾桶里升腾起来。

然后，我对着他惊讶的眼神说："那一杯是摩卡。"

"你知道我不喜欢摩卡？"他更惊讶了。

"是啊，这真是比不喜欢香菜还要奇怪的癖好。"我将自己那杯摩卡一口气喝干，感受着充斥整个鼻腔的咖啡味，用力将纸杯捏成一个饼扔进垃圾桶，扭头就走。

"你去哪里？车子在另一边！"他在我身后喊道。

"去厕所！"我大声喊出这三个字，却没有回头。

事实上我也没有去厕所，而是独自走到一条街之外的公交站，上了一辆回家的公交车。车上人不多，在我前面的一对小情侣一路上都在小声争执，女孩问男孩："你和她到底怎么回事？"男孩回答："我只是顺便帮她个忙。"女孩又问："就为了帮前女友的忙，你把我晾在大街上半个小时？知道我在等你，你还不拒绝她？"男孩有些气恼，"就算我和她分手了，也没必要翻脸做仇人吧？一个小忙有什么不能帮的？你不要那么小家子气好不好！"女孩鼓起腮帮子，半天不说话。这时公交车到站，我起身下车，在经过他们身边的时候，我特地拍了拍那个女孩的肩，对她说："你还没看出来吗？你男朋友其实没那么在乎你。"

女孩奇怪地看着我，说："你神经病吧？"男孩直接对我骂了句脏话，我无所谓地耸耸肩，在车门即将关闭的前一秒下了车。

走到小区门口，却看见一辆破旧的大众高尔夫车停在路边，没有熄火，昏黄色的尾灯一闪一闪亮着。岳钧楠靠在车门旁，手里拿着半截吸剩下的香烟。

我还是第一次看到他吸烟，虽然不愿意，我也得衷心赞叹一下，有些人就是天生优雅，普通的盒装香烟，拿在他手里也有股抽雪茄的派头。

岳钧楠见到我，眼神闪烁了两下，迈开步子迎上来，掐掉手里的烟头，开口就问："你不是去上厕所吗，怎么直接上回来了？"

我面不改色心不跳地回看他，"你不是在等我上厕所吗，怎么也直接到这里来了？"

"因为我在剧院门口等了你整整半个小时！"他有些气恼地说。

我没再与他争执，只是仔细打量他的脸，从那双明亮有英气的眸子，到挺直的鼻梁，再到轮廓分明的下颌。他神色晦暗，很明显心情不好，衬衫领口的扣子解开了两颗，露出小麦色的胸口和两小截纤直的锁骨。我不否认自己是视觉系动物，可直觉告诉我，我会对岳钧楠动心，绝不仅仅是因为他的外形，但一时我又难以找到这个男人身上除了脸和身材以外其他能对我构成直接吸引力的东西。

"你为什么走了也不跟我说一声？"他紧接着又问。

"我临时有别的事要去办。"我说。

"什么事？"他不依不饶。

"女人的事情，这你也要问？"我语气重了些，打算绕开他，上楼回家。

"你是不是见到詹美晴了？"擦肩而过的时候，他忽然这么说。

我停下脚步。

"你见到她了吧。"他侧过身子，眼睛一眨不眨地盯着我，语气趋于肯定。

想了想，我还是轻声说道："对，我见到她了。"

"果然是这样。"他抬起手在脑后抓了抓，露出懊恼的表情，"我就猜到是这样。"

"然后呢？"原本我不想多谈这个问题，但到了这个份儿上，我忽然好奇他会说些什么，便转过身与他面对面，等着听他接下来要说的话。

"如果你在为画册的事情生气，那么我跟你道歉，对不起，我没问你一下就把画册给了她。但是你之前明确表示过，你并不想要那本画册。"他缓缓说，"我以为你不会介意。"

"关于这一点，我的确是不会介意。"我点点头，"我介意的是，你明明把应该给我的东西给了别人，出来之后却跟我说是因为人太多了没有领到。"

他脸上流露出谎言被戳穿之后正常人都会有的尴尬，"我也是不想引起你的误会。"

"哦。"我说，"这件事你既然做得光明正大，又何必怕别人误会。"

"唐尧，我已经跟你解释了，那本画册我以为你不要。"他轻轻皱起眉头，"你说话不要这么阴阳怪气的。"

"否则我该怎么样，大叫'你做得太棒了'，然后亲吻你的额头，再在你胸口别一朵小红花？"我一直压抑着的不满情绪开始一丝丝释放出来，"岳钧楠，我希望你明白两件事：第一，有些东西就算我不需要，也绝对没有随随便便让给别人的道理；第二，有时候所谓的善意谎言，会比恶意的欺骗还要让人恶心。"

事已至此，我发觉再说下去也没什么意义，只好向他摊牌，"实话告诉你，在回来的路上我想了很久，越想越觉得我是夹在你和詹美晴之间的第三者，这样的感觉让我很不舒服。"

他瞳孔明显地收缩了一下，"你为什么会有这样的感觉？我明明说过我和她的事已经过去了。"

"是吗，真的是这样吗？"我轻声道，"那你能不能摸着你自己的良心说，你对她是真的放下了？"

他半晌都没动作，只是皱着眉说："唐尧，你知不知道你现在很矫情，而且还很胡搅蛮缠！"

"我不是在胡搅蛮缠，是在确认自己应当得到的尊重。"我说，"而且很明显，我并没有得到这份尊重。"

"那你想让我怎么做，与她老死不相往来？"

"我还没幼稚到那个程度。"我叹了一口气，"但是因为这个问题，我明白了一件事，就是你对我并不在意。"

"我没有不在意你。"他表情看起来更加气恼，"如果我不在意你，就不会因为你而回帝光了。"

　　我冷笑道："是吗？你回帝光，到底是因为我，还是因为你自己，你心里清楚，不要认为有这种顺水推舟的人情，就可以标榜自己有多伟大。"

　　"算了，再这么说下去肯定会吵起来。"他揉了揉眉心，"你心情不好，先回家去休息吧，我也走了。"说完，他走回到车边，坐进车里，发动车子。经过我身边的时候，他停了下来，车窗落下，他的眼神从里面透出来，"你先冷静一下，改天我们再好好谈谈。"

　　我默然半晌，最终沉默地点点头。

　　只是这一"改天"，就变成了许多天都没有联系。

　　很多人喜欢用"当局者迷，旁观者清"来形容在感情中纠结的男女，我一向自诩情商很高，也确信这样的事不可能发生在我身上，所以在它真正发生的时候，我才尤为替自己感到可悲。

　　只是让我纠结的并非我与岳钧楠的这段关系，而是这段关系的"前传"，我纠结于我似乎从来没有看明白过岳钧楠对詹美晴的感情。

　　一连好几天，我除了照例完成工作，剩下的时间几乎都和程沐媛挤在一起看肥皂剧。之前她追的那部《离婚的诱惑》在突破一百集后，以男女主角成功离婚、女主角重新找到一个"钻石王老五"展开新生活为结局，可大概是令人瞩目的高收视率刺激了投资方与编剧，最近居然又开始播起了第二季，女主角在某一天忽然发现"钻石王老五"接近自己是因为男主角的请求，而男主角却像人间蒸发一般消失了，于是她开始暗中调查男主角的去向与当初离婚的真相，结果竟然发现那居然是男主角和妹妹联手策划的一场骗局。"言情肥皂剧"变成了"伦理悬疑剧"，引爆了新一轮的收视高潮。

　　和我的聚精会神比起来，程沐媛明显心不在焉，不知道是不是电视剧里的情节搅动了她哪根孕期敏感神经，让她开始胡思乱想。其实也怪不得她，因为她也十分巧合地失去了苏睿的消息。

　　有个商业保险公司打电话给她，说苏睿已经拖欠了几个月的保费没有缴纳，他们联系不到本人，只好联系苏睿的紧急联络人程沐媛。这时程沐媛才想起，他们婚前在各处登记的紧急联络人都是对方，于是她打电话到苏睿之前的公司，想要苏睿现在的联系方式，让他把紧急联络人改掉。

　　也正是因为这样，她从苏睿的公司得到了一个让她困惑不已的消息：苏睿居然一年多前就已经辞了职，他们也没有联系方式。

这事让程沐媛大惑不解，一年多前她还没有发现苏睿出轨，而那时苏睿却没有向她透露过一点自己工作变动的事，照旧每天朝九晚五地上班、下班。为了探寻这个秘密，程沐媛又去联系苏睿的父母，结果发现苏睿父母居然都已搬家，电话更换，不知去向。接着，她花钱托人调查出入境的反馈也到了她手里，事实证明苏睿并没有出国，也就是说，之前他说的要去美国的事完全子虚乌有。

程沐媛不信邪，又逐一打给苏睿工作圈和生活圈的所有朋友，答案出乎预料的统一。

苏睿仿佛就这么莫名其妙地消失了。

照理说，他们既然已经离婚了，那苏睿到底去了哪里，是死是活，都该与程沐媛再无干系才对。可不知道是不是受电视剧的影响，程沐媛忽然变得疑神疑鬼起来。

"你要是真的好奇，等生完之后，亲自回上海查查不就知道了，现在在这儿操心也没用。"偶尔我也会劝她，"一个大活人不可能凭空消失的。"

"谁说我操心他了，我是在操心我自己！如果他是因为惹到黑社会而躲了起来，那群流氓找不到他，跑来找我怎么办？我总得留个心眼呀。"程沐媛脖子一梗，为自己辩解，"人不为己，天诛地灭。他是死是活跟我又有什么关系！"

我莞尔一笑，想着哪天有时间可以托陆岩用他的人脉关系帮着查查看，可出乎我预料的是，很快我就没有工夫替程沐媛操心了，反而开始变得自顾不暇起来。

那天，陆岩忽然找到我，开口第一句话就是："我辞职了。"

我们照旧坐在宽大的白沙发上吃水煮鱼，他说出这句话的瞬间，我险些被一根没有剔出来的鱼刺卡到喉咙。

同上一次见面时相比，陆岩瘦了许多，颧骨高高凸起，身上的衬衫显得有些空荡。他抬起手，中指习惯性地往鼻梁上推，却什么都没推到。

"出来得太急，连眼镜都忘在了办公室。"他笑了笑，尽管那笑容很勉强，"我之前应该有通知过你做好心理准备，可你看起来还是很惊讶。"

我咽下嘴里的鱼肉，放下筷子，"是什么时候的事？"

"就在今天上午，开选题会的时候。"陆岩说，"黎颖忽然把我手里快要做完的一个选题转给了别人，我气不过，与她分辩了几句，她让我不服从安排就主动离职，然后我就把手里所有的文件都拍在了她的脸上。"

怪不得他会这么突兀地约我出来吃饭。

"我到底还是穿不习惯别人的小鞋，本来以为忍一忍就能过去……"他耸了耸肩，"索性不穿了！看黎颖那架势，摆明想把我挤走，再继续忍着也没意思。"

"你没告诉华宇吗？"我说，"当初你用褚徽的稿子帮了她的忙，她也不管管？"

"华宇最近都不在编辑部，而且说到底我只是个普通编辑，华宇没必要为了我的事和黎颖起冲突。更别说黎颖似乎在公司高层里有后台，哪里像我，孤家寡人一个。"

"那你以后准备怎么办？"

"还没想好，先休息一阵好了，以我的履历，总会找到其他工作的。"陆岩抬起眼睛，"我只是放心不下你，这次叫你出来也是想提醒你一下，最近小心一些。"

我心里咯噔一下，嘴上道："不会吧，难道你走以后，黎颖要拿我开刀？"

"我不知道，但我最近听到了一阵很不好的风声，你还是多注意一点为好。"

我以为陆岩口中这阵"不好的风声"不过是黎颖的迁怒。世界上就是有心胸这么狭窄的人，而从陆岩的形容来看，黎颖其人十足是个心胸狭窄的典范，她既然看不惯陆岩，想方设法要把人逼走，那她恨屋及乌看不惯我也不是什么稀奇的事情。

但当这阵风真的呼呼吹来，喷了我满脸的灰时，我才发现自己的想法太天真了，有的人圆环套圆环想要算计你，这份心思钢板都拦不住。

细算一下，在《环球星报》写了这么久的专栏，我从来没有跳过责任编辑直接和高层对话过，所以当接到那位内容总监屈尊纡贵亲自打来的电话，我真是受宠若惊，这对我来说还真是开天辟地头一遭。至于电话里的内容，更让我丈二和尚摸不着头脑——在做完基本的自我介绍后，黎颖用一种义正词严的口吻对我说："你立刻到我办公室来一趟。"

我来到编辑部，走进黎颖的办公室。她有一间十分契合职位的气派办公室，跟华宇堆满了各式各样杂志与剪报的办公室不同，黎颖的办公室很干净，除了高档名贵的桌椅，时尚的陈设，还放了许多颜色清淡的花，倒和她"慈禧"的外号有些不相称。

办公室的沙发上已经坐了不少人，几乎全是报纸和帝光的中高层，黎颖坐在正中心的位置。我是第一次见到这位内容总监，她看起来比华宇年轻不了多少，穿着一身黑色连身长裙，绑着马尾，戴着一副边框镶嵌有水钻的眼镜，正细细阅读着手里的文件。我看不清她的脸，只能看清她一双又细又长的眉毛，还有眼神里不断透露出的考量与审视。

我眼神掠过她，一路向下移，扫过在场的各位编辑主任和部门主管，最后停在沙发末端的那个男人身上。

自从那天晚上分开之后，我们俩就没再联系过，没想到再见面竟然会是在这样一种场合。

"我今天是代表公司来的。"发现我在看他，岳钧楠眼里闪过一丝复杂神色，然后他直接开口向我解释，"毕竟这件事牵扯到了公司的利益。"

他话语里是在提醒我今天的事不小，我听得出来，轻轻点点头，在最后空出来的一个位置上坐下。

这时，黎颖看完了手上的东西，她把文件对折，无声地让身边的助理递给我。我接过来展开扫了一眼，总算弄明白了他们为什么要这样急匆匆地把我叫过来。

文件是一份市调报告，内容很简单，《环球星报》的老对手，所属伊莱亚斯的《大都会周刊》，在过去一个月内，连续改版，除了开拓了几个很有意思的新板块外，也将数位自由作家签约到旗下。

这本不是什么大事，各家筹谋发展天经地义，只是报告上写得清清楚楚，《大都会周刊》这次改版的内容，居然十分"巧合"地与《环球星报》研究了许久准备延伸的新领域撞车，还撞得严丝合缝，几乎没有区别。更有甚者，他们这次签约的几个作家，华宇其实早已接触许久，有意签下，而《大都会周刊》后发先至，以比《环球星报》只高出那么一点点的报价，一口气将那些人全部揽到旗下。

看到这里，再笨的人都该明白其中的玄机了。《大都会周刊》很明显是掌握了《环球星报》的信息，而这些可以算是商业机密的信息，肯定是内部人泄露出去的。

"你们在怀疑我？"放下文件，我看向周围这一圈的人，"这太荒唐了！别说文件上的事情我毫不知情，就说我一个从不参与报纸内部事宜的专栏作者，又有什么渠道、什么本事弄到这些所谓机密的东西？"

"唐尧，你先冷静一下，我们不是在怀疑你，只是想求证而已。"黎颖取下眼镜，"我们当然知道你只是个作者，一般情况下不可能知道报纸的这些内部事务，但前段时间你和景泓走得很近，这是大家都知道的事。"

"没错，那是因为我们合作一本书，这件事报纸方面也知道。"我靠上椅背，抱起双臂，"而且我和景泓走得近又如何？那属于我的私生活，你们没有权力指手画脚。"

黎颖说："我们并没有对唐小姐你的私生活指手画脚，我们只是在向你求证。你曾经和景泓走得很近，这是不争的事实，对吧？"

我抿着嘴角点点头。又听见她说："并且就在今年年初，你应邀参加了《大都会周刊》在泰国普吉岛举办的庆功会。"

"是有这么回事，但是我为了避嫌，也曾提前向编辑部报备。"

"我们关注的点并不在你有没有报备上，而是你在普吉岛遇见了公司的岳经理，是不是？"

我顿了顿才明白过来她嘴里的"岳经理"是指谁，立刻转头看向岳钧楠。岳钧楠却要干脆许多，他看着我，缓缓说："那时，我随身的包里装着一台电脑，电脑里有一些我和华宇来往的邮件，那些邮件里就有这些信息。"

"是你在怀疑我？"我有些口干，"你觉得是我悄悄翻了你的电脑，看了你的邮件，然后把这些东西拿给景泓他们？"

"我没有怀疑你，只是……"

他立刻出声想要辩解，只是话还没说完就被我打断了，"如果你没有怀疑我，那你为什么会坐在这里？"

"因为我想向你亲口确认。"

"确认？确认什么，确认你的怀疑？"

他神色变了变，不再说话。那张熟悉的英俊的脸明明近在咫尺，我却感觉五官一阵模糊，让我有些看不清。

我转过头，扫视四周，"你们有工夫怀疑我，怎么不去怀疑你们之间的某个人？这些东西要流传出去，你们管理层可比我这类拿笔杆子的方便多了。"

"那些事情，就算管理层里，知道的人也不多。而且在场的所有人，只有你，和《大都会周刊》的人走得近。"黎颖开口。

"你们所说的事情，我全都不知道，我没有看过岳钧楠的电脑，更没有窃取你们所谓的信息再把它转手让人，我要说的就这么多。"我放在膝盖上的手轻轻抓住裙摆，想到这黎颖前脚刚踹走了陆岩，果然后脚就要拿我开刀，觉得心口有些发凉，可我还是挺直脊背，直面在场的所有人，"该说的我都说了，你们还有什么要问的？"

办公室里一阵沉默。

又等了一会儿，我轻笑一声，觉得被他们这群人像审犯人一样围在中间实在可笑，便站起身，径直朝外走。

没有人出声阻拦我，我走到门口，推开门，在迈出去之前，不禁又回头看了一眼，目光落在岳钧楠身上。

他只是低着头，眉心微微蹙起，我冷笑一声，转身走了出去。

那天傍晚，黎颖发了一封电子邮件到我的邮箱里，用词简洁明了，大意是在事情水落石出之前，为了考虑报纸内部相关人员的情绪，决定暂停我的专栏，并且一再重申这是暂时性的，等他们把整件事调查清楚之后就会恢复原状，让我别往心里去。

能把"雪藏"说得这么冠冕堂皇，果然每个在媒体里混的人都有一双会转文的巧手。

返回收件箱，我毫不犹豫地勾选邮件，点击删除。我正要把电脑合上，忽然又有一封邮件带着小翅膀飞进屏幕，叮咚一声，"岳钧楠"三个字弹了出来。

我愣了愣，片刻之后才点开。在邮件地址下方的页面上，只有一行不带标点符号的字：

 对不起我不该怀疑你

这是那晚我们有过争执后，他第一次主动联系我。

我盯着那行字看了许久，心里五味杂陈，他的道歉来得出人预料，却又在情理之中。他并不知道我其实没有怪他，毕竟那是他的义务所在，我只是在那样的场合，情绪所致，气不过才会说重话。

这样一封邮件，让我的心情莫名地好了起来。

事情还不仅于此，从那天开始，每天都会有快递送上门一些精致的甜点，白色的包装盒上印着"Santorini"的字样，甜点样式五花八门，并且每天都不重样，连我都惊讶那家餐厅的菜单上竟然能有这么多道甜点。除了甜点，偶尔还会送来一些市面上很难买到的水果，其中我比较熟悉的就是山莓，红色的小果子被用保鲜膜密封在巴掌大的小竹筐里，果皮上还凝着露珠，玲珑剔透，像是刚摘下来的。

对这些东西，最兴高采烈的接收者是程沐嫒，尤其是那红色的小山莓，居然不知不觉变成了她的最爱。所谓拿人手短吃人嘴软，知道这是岳钧楠送来的之后，她居然编派起我来，觉得我就该不管三七二十一，先把那张"长期饭票"抓到手里，而不该因为一些纯属庸人自扰的缘由跟他赌那么久的气。

我不愿意理她这通见利忘义的宏论，但那些小果子的确让我动摇不少，每当看见，脑子里总会浮现出岳钧楠戴着那顶与他气质格格不入的草帽，蹲在空中菜园里忙活的身影。最关键的是我已经了解了岳钧楠的一些性格，他并不是一个不温柔的人，他只是不善于表达温柔而已。

《环球星报》决定暂停我专栏这件事传得飞快，没过多久，景泓的电话便来了，他在电话里嘲笑了一番《环球星报》的自断臂膀和有眼无珠，然后告诉我他刚刚接受了伊莱亚斯的邀请，就任《大都会周刊》的副主编，并且诚挚地欢迎我随时跳槽到他那里去。

"再说吧。"我没有立刻答应他，"《环球星报》正在怀疑我，我要是这个时候跳槽到你那里去，不是等于坐实了罪名？那我身上的脏水可就没法洗清了。"

"由此可以看出那家报纸的领导层有多么蠢，我们自然有我们的消息渠道，只是抱歉把你卷了进来。"景泓的声音歉意里带着打抱不平，"如果你什么时候想通了要另谋发展，我们周刊随时欢迎你。"

不用赶稿子后，生活忽然间变得相当悠闲，只是才享受了两三天脑子放空的状态，我便感觉到了一种从骨子里透出的无所适从。

太闲适的生活会消磨一个人的斗志，这句话一点都没错。一旦没有了精神寄托，漫长的时光就变得特别难熬，于是我只好重新打开电脑，开始漫无目的地写一些东西。

刚开始只是一些零散的片段，不过随着片段越来越多，逐渐前后衔接成了一篇不短的小文，然后小文再逐渐拉长，等到太阳下山的时候，竟然已经有了洋洋洒洒一万多字。

我惊讶地看着屏幕，这可是以前写专栏时从来没有过的效率。

文章没有中心思想，没有起承转合，甚至没有最基本的主要内容，不过是一对小情侣日常生活间的鸡毛蒜皮，他们从小一起长大，青梅竹马，打打闹闹，直到中学时情窦初开凑在一起，混合了"罗密欧与朱丽叶"式的浪漫和"没头脑与不高兴"式的傻缺，不是高端大气上档次的东西，读起来却分外让人温暖发笑。

　　一连好几天，只要一得了空闲，我便会抱起电脑噼里啪啦狂敲一通，那股冲劲与执着简直与刚进入这个行业还是闪亮的新人却妄图一举成名的时候一模一样。字越写越多，内容也越写越丰富，中间甚至夹杂了不少我学生时代发生的趣事。或许是与失恋有关的内容写得久了，这样完全相反的风格让我充满新奇，每天都如饥似渴般徜徉其中。

　　这段时间，我买了几期《环球星报》，看见以往刊登我专栏的地方被换成了广告，下边有个豆腐块大小的地方刊明是因为作者生病，所以专栏暂停几期，看得我直想笑。仔细算算时间，我这"病"已经生了一个多月，也不知按照编辑部的意思，什么时候能让我"痊愈"。

　　直到春天过去，夏天来临，我终于接到了黎颖的通知，让我准备复工，不过因为陆岩的离职，编辑部需要为我指派一位新的责编，所以还要稍等一些时日。

　　她全然不提有关上次泄密的事，不知是不是找到了真正泄密的人，还是说谁也没找到，又没有充分的证据证明是我干的，于是只能这样默默地含糊过去。但无论是出于哪一种原因，对我来说都是好事，至少我可以复工，不用再过无所事事的颓废日子了。

　　放下电话，还没过几分钟，岳钧楠又打了进来，他第一句话便是："他们通知你复工了吗？"

　　"算是吧。"太久没听到他的声音，这样骤然说话，我免不了喉咙有些打结，"我是不是应该感谢你？"

　　他显然没料到我会说出这句话，一时之间没言语。

　　"我猜你在这件事上应该花了不少力气。"我继续说，"刚才黎颖打电话给我时虽然捺着性子，可我还是听出了她语气里的气急败坏。"

　　"本来我还想深藏功与名，没想到一下就被你看出来了。"他语气低沉，半开玩笑地懊恼了一句，问我："你还生我的气吗？"

　　我想了一会儿，"你是在问看歌剧那天晚上的事，还是在问这次雪藏的事？"

　　"都问。"

　　"如果是这次雪藏的事，我相信和你没关系，就算你要怀疑我，那也是人之常情。"我顿了顿，"至于那天晚上的事，看在你这么努力帮我复工的情分上，我就大慈大悲地原谅你了。"

他像是有些尴尬，"其实我也没做多少，只是告诉他们，如果没有切实证据的话，不能这么一直暂停你的专栏。"

"听起来像是还没调查清楚到底是谁泄的密。"

"或者说是根本就没有头绪该从哪里找，知道那些资料的人本来就不多，又全部属于中高层，加上损失也不大，真的仔细查下去，万一处理不好，小问题还会变成大问题。"

"所以这事就只能含糊过去了，对吧，这段时间我也白休息了？"

"目前看来是这样。"

我们都沉默了一会儿，接着他说："我给你寄了一个包裹，你收到了吗？"

"我每天都会收到你的包裹。"我以为他在指那些吃的，"虽然我并不喜欢吃甜食，但还是要谢谢你。"

"我说的是另外的包裹，看来你是没有收到。"他笑了一声，"算了，也不是什么重要的东西。"

我不禁好奇起来，追问了他好几遍到底是什么，但他就是不说，反而轻描淡写地将话题绕开，"既然你已经不生气了，那我们是不是也应该找个时间坐下来谈谈我们之间的问题？"不待我回话，他就自顾自地定下了时间，"择日不如撞日，我看就这个周末吧。"

"我可以拒绝吗？"

"除非你的理由是觉得害羞不敢见我。"他难得地冲我调笑一句，接着道："你可是事先答应过我的。"

我甚至可以想象电话另一头岳钧楠嘴角勾起的嘲讽表情。他果然很擅长敲打别人的软肋。对于我这种死要面子的人来说，激将法比什么都管用。

"你说时间吧。"有些事情，我也想和他开诚布公地说清楚。

"周日下午三点，我在Santorini等你，不见不散。"

挂电话后，我走到冰箱前，抽出昨晚喝剩下的半瓶酒，仰头来了一口。不含任何香气的蒸馏酒液灌进喉咙里，我浑身打了个激灵，被岳钧楠电话勾起的情绪总算平复了一些。

之后的一小时，我坐在电脑前，却一个字都没写出来。我脑子里一直盘旋着一个问题：岳钧楠到底寄了什么东西给我？

我把最近来自他的所有包裹都回忆了一遍，确定以及肯定除了吃的再无他物。但他那句"另外的包裹"又让我困惑不已，思虑良久，我发觉我如果不赶快揭开这个终极大谜团的话，作为一个好奇心向来很强的人，我今天晚上是别想睡觉了。

于是我果断下楼，敲开物业办公室的门，向值班的大爷询问有没有我漏收的包裹。得到否定的答复后，我又到楼梯间，打开了那个我许久没有用过，已经被各类广告传单塞得满满的信箱。

但是在那一堆过了期的快餐折价券、超市促销单、无痛人流宣传手册中间，没有任何看起来像是包裹的东西。

我只好丧气地重新上楼。程沐媛刚洗完澡从浴室里出来，一面甩头发一面问我："怎么了，表情这么奇怪？"

"我好像丢了一个包裹。"我实诚地道，"岳钧楠刚才打电话说他寄了一样东西给我，但是除了那些吃的，我明明什么也没收到。"

"你说的是那本画册吗？"程沐媛却说出一句让我瞠目结舌的话，"他是寄过一本画册之类的东西来，我看不是吃的，又没什么用，就顺手扔到鞋柜的抽屉里了。"

我不待她说完就急匆匆转身，回到门边拉开鞋柜的抽屉，里面果然躺着一本大开本的画册，绿色的硬壳封皮上印着一个大大的花写体"Casablanca"。

我拿起那本画册，随手翻了两页，确实是那晚歌剧团附赠的画册无疑，当时明明说是限量，很多人想要都没领到，也不知岳钧楠是从哪里又弄来了一本。

我心里忽然就矛盾起来。其实我真的没有那么想要这本画册，但是我理解岳钧楠的做法，他认为我是为了这个而生气，所以补偿我一份是应该的。但有些东西，时效性一过，所能代表的意义就天差地别了。

女人在一段感情里最计较的往往是自身价值，而这种价值最直观的体现就是在先后顺序上，这也是那个"你妈与我落水以后你先救谁"的脑残问题可以大行其道许多年而经久不衰的原因。女人生气，是因为她们以为自己在男人心里是No.1，但又从男人的各种行为表现中，可悲地领悟到原来自己只是No.2。

没有人愿意当No.2，尤其是在向来自私的感情里。

可同时，我心里又有另一个声音在说："至少他还能费心思再找来一本给你，知足吧，想想半年前，他只会对你冷嘲热讽，这前后一对比起来，你就该觉得感动了。更何况，他还不是你正儿八经的男朋友呢，你执着一个No.1又有什么意义？"

我拿着那本画册回到房间，把它放到了书架的最顶层收好，同时给自己的这番纠结下了定义：人果然是种天生矛盾的生物。

在感情这回事上，沦为配角不可怕，可怕的是明明沦为了配角，
还要不自量力地一头撞上去妄想咸鱼翻身成主角，殊不知咸鱼翻身还
是咸鱼，最后只能可悲地变为成全别人美好姻缘的催化剂与牺牲品，
衬托他们之间感情有多坚不可摧的终极绿叶与反面教材。

到了周末，我提着一瓶梅酒去赴岳钧楠的约。

梅酒是我自己酿的，得益于上海之行岳钧楠的启发。最近我闲来无事，加
上夏初正是梅子大量上市的季节，我便买了十多斤，又从网上找来自酿梅酒的
方法，依样画葫芦将酒封在两个大玻璃瓶里发酵了整整一星期。酿好后我自己
尝了一些，酒味不错，酒劲适中，作为一个初学者的手笔，绝对可圈可点，于
是装了一瓶当作伴手礼，打算趁着这个机会带给岳钧楠尝尝鲜，也算是对这些
日子他锲而不舍地送来甜点与小山莓的回礼。

下午三点钟，Santorini刚刚结束了午餐时段营业，晚餐时段又未开始，
处于打烊的状态，从门外望进去既空荡又冷清。我站在门口调整了一下情绪，
有段时间没见着岳钧楠的面，心底竟然有一股隐隐的兴奋与期待。

大厅里很安静，我将包和酒瓶放在柜台上，在一楼转了一圈，确定没有人
后，便轻车熟路地顺着后厨前的楼梯朝楼上走。

楼梯上铺着厚厚的绒毯，我脚步也很轻，踩上去没有一点声音。在楼梯转
角处，离二楼还有一段距离的地方，我听见一阵细碎的声音从楼上岳钧楠办公

室的方向传来，像是有人在争执着什么。我好奇起来，又往上走了几步，终于距离够近了，房间里的说话声经过狭长空间的反射放大，毫无保留地钻进我的耳朵里，我停住了脚步。

有时候我真觉得自己很倒霉，总会撞上一些自己并不想撞上的事态，如果把这样的概率用在买彩票上，没准还能得个百万大奖。

楼上两个人的声音很有辨识度，一个是岳钧楠的，另一个是詹美晴的。

这绝对是再恰当不过的"狭路相逢"，同上次在褚徽的展会上一样，这一次我又十分好运地撞上了在说悄悄话的两人。这次我却听出了与上次不一样的氛围：上一次，他们肩并着肩，聊得心平气和，大有股花好月圆、才子佳人的意境在里边；而这一次，他们似乎是起了争执，最明显的就是詹美晴一句近乎带着哭腔的话——

"你为什么就是不肯帮我？"

"如果是别的事情，也许我会答应你，但这件事，不行。"岳钧楠说得一板一眼，完全是他平常的态度。不知为什么，听到他这样硬邦邦地对詹美晴说话，我心里产生一丝莫名的快感。

"你不答应我，难道是因为唐尧？难道你为了她，就真的完全不顾我们从前的情分了？"詹美晴居然提到了我。

"这和个人情分没关系，完全是原则问题，那是唐尧的专栏，旁人没有理由就这么莫名其妙地顶了，而且……"岳钧楠顿了顿，"而且你也没有能撑起一个专栏的实力。"

我原本正精彩的表情立刻僵硬起来，岳钧楠话不多，却透露出一个足以让我惊呆的消息：詹美晴居然想霸占我的专栏？

是了，我想起景泓曾经说的话，詹美晴的梦想是成为一个作家，这也是她大学时期总去缠着年少成名的景泓的最大原因，只不过景泓不买她的账。

但看眼前这架势，难道在发现景泓不靠谱之后，詹美晴终于"浪女"回头，开始发掘岳钧楠这只"潜力股"的价值，并且胃口惊人，一张嘴就想吃掉我在《环球星报》的专栏？

我心里冷笑三声，对詹美晴存留的最后一丝好感荡然无存。我生平最恨的便是这类人前人后两张脸的人，当着你的面，她把你当亲密的朋友，一转过身，她就能丝毫不拖泥带水地捅你一刀，并且还完全没有心理压力。

让我欣慰的是，岳钧楠似乎没有要助纣为虐的意思，并且在规劝她迷途知返。

"你就这么肯定我没实力？我才觉得唐尧的专栏写得乱七八糟，一点文学价值都没有！"詹美晴依旧在强辩。

"就凭你这句话，我就可以认定你根本没有认真看过她的专栏。"岳钧楠的语气忽然生硬起来，"也许以你的标准来看，她在遣词造句上从不堆砌，从不转文，的确没有那么文绉华丽，但从她善于正面描写而从不遮遮掩掩的行文来看，她就比那些故作深沉、无病呻吟还硬要套上一顶'文学涵养'大帽子的人强得多，你更是比不上。"

我目瞪口呆，压根不相信这话是从他嘴里说出来的，我至今还记得他当初可是把我的专栏形容成"没内涵到一种境界""低俗界的精神领袖"。难道他之前一直是在口是心非？欣喜间，我不禁也产生了一丝羞愧。

"岳钧楠，你怎么能这么说我！"詹美晴的声音真正带上了哭腔，"你以前明明不是这么对我的，你从来不会用这种语气跟我说话！"

岳钧楠沉默了好一会儿才再度开口，"那些已经是过去的事了。"

听到这里，我觉得该打断他们的这段谈话了。听墙角向来不是我的兴趣所在，而岳钧楠刚才的表现，已足以让他的股价在我这里环比剧烈上涨，这时候我就应当光芒万丈地现身，在欣赏他们二位错愕表情的同时，义正词严地告诉詹美晴把她那些不要脸的小九九收起来，想拿我的专栏，下辈子吧。

为此，我还特地打量了一下自己的鞋跟，为今天穿了一双细铁跟鞋而无比自豪。我正要重重一脚迈上台阶尽头的木地板，以脚步声宣称我的存在，詹美晴的话又完全不带停顿地一溜烟冲进了我耳朵里。

"我才不相信那些真的过去了，如果过去了，你为什么还要开一家素食餐厅！为什么还要把餐厅取名叫Santorini！"詹美晴几乎是在尖叫着，"这是你当初亲口说的，就算我不接受你，你也会守在我身边，我是素食主义者，你就经营一家素食餐厅，我爱圣托里尼岛，所以餐厅也要叫那个名字，以后我要是累了，随时可以推开餐厅的门，你会在门后一直等我。这些话可是你亲口说的，你也做到了，你知道当我发现真的有这样一家餐厅存在时，我有多么欣喜和感动吗？！"

詹美晴一口气吐出这么一大段话，换来的是岳钧楠长久的沉默，与我的震惊不已。

我默默地把已经迈出去一半的脚收回来。从认识岳钧楠的那一刻我就很奇怪，这人明明不是素食主义者，为什么会莫名其妙开一家素食主义餐厅；这家餐厅明明是温馨田园派的装修风格，为什么又要取名叫Santorini。而现在詹美晴的话，却在岳钧楠的默认中，给了我最好的解答。

詹美晴是素食主义者，詹美晴喜欢圣托里尼岛，这就是岳钧楠经营这家餐厅的原因。

之后他们又说了什么，我完全没有听到。在那一刹那，我想要迈出去的勇气和决心荡然无存，我转身用比来时更轻的脚步下了楼。为了不惊动上边的人，我用力踮起脚尖。前后不过几十秒的时间，我却无端痛恨起自己的细铁跟来。

直到轻手轻脚把身体挪到外边的街道上，长长吸了一口气，我才感觉到一阵酸涩感从胸口一直弥漫到鼻腔。

我忽然间很佩服岳钧楠，原来我从前一直小看了他对感情的执着，换作是我，我绝对不可能在对方没有回应的情况下，弄出这么大的排场，特地为了对方开一家餐厅，取上早就约定好的名字，幻想着能像电影里那样，独自坐在柜台后边，带着希冀的心情，等着一个或许根本不会推门进来的人。

搓了搓脸，我转身朝公交站台走，打算就这么回家，我实在不知道现在该用怎样的表情去面对岳钧楠。可是没走多远我忽然想起来，我的包和那瓶梅酒还在餐厅的柜台上。

我犹豫了一会儿，酒便算了，反正也是要送给岳钧楠喝的，可包里的家当相当重要，于是我只能无奈地返回去，心里想着希望那两个人还在楼上说话，好让我神不知鬼不觉地把东西拿回来。

事与愿违，在我重新迈进店门口的瞬间，却与迎面走出来的詹美晴撞了个正着。

她左手提着我的包，右手拎着那瓶梅酒，看见我，露出惊讶的表情，"唐小姐，我还正奇怪你的包为什么会在这里呢！"

"我临时到外边接了个电话。"我随口扯了个谎，"你怎么知道这是我的包？"

"你的身份证在里边。"她把包和酒还到我手上，"你来这里找岳钧楠吗？"

"没有，只是买东西路过，看见门开着，就顺便到他店里借用一下厕所。"我又面不改色地扯了第二个谎，当着她的面，我怎么都说不出是岳钧楠约我来的这样的话。

詹美晴明亮的眼珠子转了转，"那你要不要跟岳钧楠打个招呼？他就在楼上。"

"不用了。"我摇头，"我和朋友约好了，要把自己酿的酒送一瓶给他喝。"我晃了晃那瓶梅酒。

"好吧，既然这样，那我不留你了。"她微微一笑，俨然一副女主人的派头，"我和阿楠还有事情要忙，晚上也要一起吃饭，估计也没有空闲招呼你。"

我不知道她是不是故意这么说的，连对岳钧楠的称呼都自然而然地换了，因为她脸上的表情极其自然，一点都看不出心机鬼的模样。

我干笑一声，压下把酒瓶抢上她脑袋的冲动，扭头就走，直到转过街角，确认她再也看不见我之后，我才窝囊地用力在路边的灯杆上踹了一脚。

这时，包里的手机振了两下，岳钧楠发了条短信来，问我什么时候能到，我在回复栏里输入三个字——"不来了"，想了想，又在后边补上一句理由——"有篇稿子今天一定要写完，改天再见"，我的手指在发送键上停了几秒钟，最终把光标挪了回去，将"改天再见"四个字删了。

我拎着那瓶梅酒，一个人灰溜溜地回了家，在暮色黄昏中，抱着电脑坐在阳台上，就着一份新鲜热乎的披萨把酒喝掉了大半瓶。

扔在旁边沙发上的手机一直静悄悄的，那条信息发出后，岳钧楠并没有再回复我。我想他应该是生气了，没有人在被莫名其妙放鸽子后，还能和颜悦色得起来。但是在知道那些事情后，我真的没有办法若无其事去和他见面。

改天再当面跟他道个歉好了。我这样想着，越想越觉得等过两天心绪平复之后，一定要去当面和他道个歉，毕竟他又没有做什么对不起我的事情，把自己的庸人自扰变成无理取闹可不好。

只是，现实却容不得我再多等几天，第二天清晨，就在我因为昨晚的宿醉而睡得昏昏沉沉的时候，黎颖锲而不舍地打电话来了。

我以为她是来通知我专栏复刊时间的，可迷迷糊糊地听了半天才明白，她居然是在说公司内部已经另外有了决议，想给我一笔解约金，中止我的专栏合同。

"为什么！"我一个激灵，瞬间清醒了，猛地从床上坐起来，"你们怎么能这么做！"

黎颖硬邦邦地说："这是公司高层的决定，并且已经定案了，作为编辑部的临时负责人，我的责任只是将这个结果通知你，并且处理好后续事宜而已。如果你有疑问的话，可以直接向高层询问。"说完她就挂断了电话。

我在床上坐了几分钟，只觉得事情实在是太荒谬了，这一切完全没有任何预兆，明明前几天才告诉我准备让我复刊，现在却突然冒出来一个什么高层决议，他们哪里来的理由和脸皮能做出这种单方面的决议！

忍着头痛，我调出电话簿，打给了华宇，让我奇怪的是，身为主编，她似乎对这件事同样毫不知情。

"我没有听说这件事。"华宇声音依旧锐利，但也透着疑惑，"最近我很忙，没有再管报纸的日常琐事，我会帮你问问看，如果他们的做法的确有失妥当，那么我会阻止。"

很官方、很公式化的回答，却让我稍稍定了定心。华宇或许不近人情，可她雷厉风行的作风和公事公办的态度一直很让我赞赏。等我洗漱完毕，吃完早餐，她已经通过自己的渠道弄清了事情原委，并且很快回复了我。

"管理层中有人向编辑部推荐了一个新作家，为了赶上下一期的版面，黎颖连夜组织编辑对那位作家的作品进行审核，就风格来说，新作家和你在文风上完全走不一样的路线，他们一致认为那种主打温情的文章会更容易取悦现在的年轻读者，加上对方对稿费的要求只有你的一半，编辑部便决定撤下你的专栏。这一切都是昨天晚上临时决定的，所以别说是你，连我都被蒙在鼓里。"华宇简短并全面地向我陈述清楚了缘由，接着说："当然，不管怎么说，他们这么做都是非常欠妥当的，也不符合《环球星报》对待作者一贯的态度，只是因为黎颖那边得到了某位公司高层的支持，又开会讨论过，这件事已经签字定案了。"

"什么叫作已经定案了，你的意思是我只能不声不响地卷铺盖滚蛋？"我冷笑一声，"当初你们和我签合同的时候可不是这么说的。"

"你将得到一笔数目可观的解约金，而且我相信，即使你离开《环球星报》，也会很快有其他报刊向你抛出橄榄枝。当然，如果你不接受这个条件的话，还可以有第二个选择，是我利用身为主编的职权，刚刚为你争取来的。"就在我以为穷途末路的时候，华宇又话锋一转，"你提交一篇文章上来，证明你比那个新作者优秀，这样无论是哪位高层所做的替换作者的决定，身为《环球星报》编辑部的第一决策人，我都有权力替你驳回去。"

我明白她的意思了，这就是所谓的"择优录取，竞争上岗"。

沉默片刻后，我问道："你可以告诉我那个新作者的名字吗？"

"我想你应该认识她，就是大师褚徽的助理，詹美晴。"

在华宇说出那三个字的同时，我产生一种预料之外又情理之中的感觉：预料之外的是在我偷听到詹美晴的野心尚不足二十四小时之后，这野心居然就变成了现实；情理之中的是我终于知道为什么会莫名其妙杀出一位闲得发慌的公司"高层"，放着其他事情不做而向《环球星报》推荐作者。

即便华宇并没有说出那个高层是谁，他的身份也已经呼之欲出，就算我不愿意去相信，可在帝光这个庞然大物里，能说得上话，又与詹美晴关系匪浅的，除了岳钧楠还能有谁？

这听起来真让人觉得滑稽，就在十几个小时前，岳钧楠还在义正词严地数落詹美晴，让她不要痴心妄想打我的主意，可在短短十几个小时后，却上演了这么一出惊天大逆转。我不禁怀疑，难道昨天的那番话，是他们察觉到了隔墙有耳，而故意说给我听的？

这样的猜测一冒头，便如燎原之火一发不可收拾，我强压下翻腾的情绪，对华宇说："我选择第二个，等会儿就把文章发到你邮箱里。"

放下电话后，我无比想要找岳钧楠求证这件事，但我那与生俱来的骄傲感与尊严感又阻止了我。

如果对手换成别人，或许我会接受那笔解约金，然后毅然跳槽，既然《环球星报》已经有意要把我换掉，那我继续觍着脸留下也是给自己添堵；如果是詹美晴的话，我却非应战不可，我想向自己证明，或许在感情上我敌不过她，但在事业上，她拍马都赶不上我。

那块专栏是我的地盘，我要用自己的力量去捍卫。

华宇说那位"新作者"的作品主打的是温情牌，不巧这类文章我同样能驾驭，而且手头正好有一篇现成的，就是那篇没有主线、杂乱无章、我却写得很有感觉的恋爱故事。我去包里翻找存着文稿的U盘，想略做整理就给华宇发过去，结果将那个并没有多少容量的手提包翻了个底朝天，边边角角摸了个遍，也没有找到我的U盘。

"奇怪，我明明放在包里的。"我疑惑了一会儿，却没有往心里去，只道或许是丢在什么地方忘记了。反正文稿电脑里也有，加上之前我也会经常性地找不到U盘，而后它总会在我停止寻找后不经意地自己冒出来，所以我也没有太在意。

我从电脑里调出文稿，将目前写好的内容按照易于专栏连载的形式划分好章节，起了一个简单却又很容易让人印象深刻的名字——"初恋"，然后打包发去了华宇的电子邮箱。

所谓文无第一武无第二，我以为这样的评选绝对不可能在短时间里出结果，起码得三审三议，文稿一路见过"公婆""爹娘"，最后再来好几轮全民公投，才能定下胜负，结果仅仅在几个小时后，华宇就通知我，让我立刻去她的办公室一趟。

　　我顿时惊讶于他们的效率，难道是詹美晴写得实在太差，以致让他们这么快就做出了决定？

　　带着这样的疑惑，我赶到了帝光传媒的大楼，一路上都在思索詹美晴到底写得有多烂——不是我自满，而是当了这么久的专栏作者，我对自己抱有最基本的信心，尽管我提交的是一篇颠覆了以往风格的琐碎文章，但若是詹美晴真的有优于我的能力，早就凭着真本事在这个行业混得如鱼得水了，哪里还需要拖着岳钧楠死皮赖脸地想"走后门"。

　　乘着电梯上到《环球星报》编辑部，我来到华宇的办公室，让我诧异的是，黎颖居然也在。

　　"你来了。"华宇坐在办公桌后，聚精会神地盯着身前的电脑，只在我进来时看了我一眼。

　　"这么快找我过来，是结果出来了吗？"我在她对面坐下。

　　"在告诉你结果之前，有一样东西，我觉得有必要给你看一看。"她将电脑屏幕掉了个头，转向我这边。

　　屏幕上是一份打开的文档，我扫了一眼文章内容，点点头说："这是我刚发给你的那篇文章，有什么问题吗？"

　　"有什么问题？"华宇还没出声，站在旁边的黎颖倒先插进话，"你先看一下文件名和作者是谁，再来问我们有什么问题好了！"

　　我照她说的将目光往上挪，落在页眉标注文件名与作者地方，这一看之下，我顿时愣住。

　　"《水晶之恋》，作者詹美晴？"我脑子里打着一个大大的问号，看向华宇，"这是怎么回事？"

　　华宇取下眼镜，开口说："这篇《水晶之恋》是昨天晚上詹美晴提交上来的文章，也就是这篇文章让编辑们决定用詹美晴来顶替你，而你也看到了，几小时前你发到我邮箱里的那篇《初恋》，与詹美晴的文章一模一样。"

　　"这不可能！"我激动地站起身，"这明明是我的文章，怎么可能会变成她的？还有这个文名，'水晶之恋'？这么粗俗的名字是谁取的？她以为她在卖果冻吗？"

　　"你很惊讶对不对？不光是你，我也很惊讶。"华宇靠上椅背，"刚才打开你的邮件时，我还以为是开错了文档。所以我才把你叫过来，想听听你的解释。"

　　"我能解释什么！这绝对是我的原创，詹美晴不知道从哪里偷到的稿子，这个女人好不要脸！"我愤怒了。

"唐尧你冷静一点，我之所以想当面问一问你，是因为这里边有好几处疑点。"跟愤怒的我比起来，华宇显得很冷静，"首先，詹美晴在你之前拿出了这篇文章，从先来后到的顺序上看，你控诉她剽窃似乎站不住脚。"

"我不管是她早还是我晚，也不知道这里边有什么幺蛾子，我只知道这是我一个字一个字写出来的文章，原始文档还摆在我的电脑里！"

"原始文档并不能作为证据，因为那是可以通过技术手段修改的，你有其他证据可以证明这是你写的文章吗？"

"怎么证明？我又没有写东西的时候摆个摄像机在旁边录像的变态习惯！"我抱起胳膊，一屁股坐下，"听你的意思，是你不相信我，觉得是我抄袭詹美晴？"

"并非我不相信你，只是，就算抛开先后顺序不谈，这篇文章从行文意境到结构方式，再到内容格调，都和你之前的作品完全不一样，我在这上面完全看不到你的风格和影子。"

"风格是可以转变的，这篇文章本来就是我的转型之作，里面甚至有很多内容都是我学生时代真实发生的事。现在你凭着一个风格问题，就断定文章和我没关系？"

华宇摇了摇头，用一种公事公办的口吻说："不是我不相信你，而是这些都不能作为直接证据证明你就是这篇文章的作者。更何况，如果这是你的文章，在没有发表的前提下，詹美晴怎么可能拿到存在你电脑里的稿件？"

华宇这句话是在陈述她的看法，却提醒了我。

"是U盘。"我立刻想到了我那个不翼而飞的U盘，一幕幕画面从我脑子里飞快闪过：昨天去见岳钧楠时，我把装着U盘的包留在了Santorini餐厅的柜台上，并且在中间离开了一段时间，等我想起来再回去的时候，是詹美晴把包还给我的。

"她偷了我存有稿件的U盘。"

"你有证据吗？"

我想了想，沉默地摇摇头。

见我久久不说话，华宇觉得该是向我坦白的时候了，"我们先不论作者是谁，单从文章方面来说，这是一篇佳作，朴实，深刻，最关键的是情感很真挚动人，所以昨天编辑们才一致同意将这篇文章上刊。"

"上刊？"我冷笑一声，"署谁的名？"

"无论如何，这都是詹美晴先提交的稿件，而你又不能提出让我信服的证据，所以……"

"我明白了。"我抬起手，阻止了她接下来要说的话，"所以我被我自己写的文章踢出局了，是这样，没错吧？"

"如果你今后能找出证据证明你的确是作者，报纸会刊出书面的道歉信向你致歉。"

"如果道歉有用的话，那还要警察来做什么？"我站起身，"也许你觉得你是做出了一个聪明的决定。我既然现在拿不出证据，以后也不一定能拿出来，所以这个所谓的歉，十有八九是不用道了，反正那篇文章挂着詹美晴的名字登出来，既能满足某个高层领导的私欲，也能给报纸带来利润，毕竟她的开价只有我的一半。"

华宇半张开嘴，想要说话，被我用一根手指制止了，"但是我想告诉你，你忽略了非常重要的一点，那是一篇没有写完的文章，或者说，它连一半的内容都没有写到，所有的后续情节都在我的脑子里。詹美晴准备怎样接下去，并且不显突兀地达到前后风格一致、内容连贯，我还真迫不及待地想要看一看。另外，如果你觉得我在被人盗用了作品后还能闷不吭声地吃这个哑巴亏，你就大错特错了。无论用什么方法，我一定会证明这篇文章是我写的，而等到那个时候，我相信你们要付出的可远远不止一封道歉信那样简单。咱们走着瞧吧。"

我是第一次对着这位编辑部里人见人怕的主编疾言厉色，非但没有平日里在她威压之下胆怯的心态，反而觉得很扬眉吐气，或许从她纵容黎颖专权，逼得陆岩离职的那一刻开始，我就积压了对她的各种不满，而今天显然是找到了一个很好的借口彻底爆发。

华宇脸色阴郁，这大概是她第一次被人当着面呛"走着瞧"。

我用力哼了一声，走到办公室门口，临出去之前，又转过身，目光越过华宇，停在黎颖的脸上，"希望你提携的那位作者能如你所愿地让报纸大卖，不要最后沦为一个笑柄。哦，还有，你也让我学会了以后写稿子的时候在旁边架一台摄像机。"

我压抑着怒火乘电梯下楼，迫不及待地要离开这个让人恶心的地方。但显然老天爷并不甘心让我这么简单就打道回府，刚迈出这栋大楼，我就在离旋转门不远的地方看见了这一切的罪魁祸首。

詹美晴就站那里，像是在等人。她上了淡妆，一身白色长裙干净雅致，还青春洋溢地配了一双帆布鞋，正对着建筑物外明亮的玻璃墙细细整理自己的头发。

我径直朝她走了过去。

她大概很满意自己今天的造型，就这么对着玻璃墙，扭过来，转过去，一会儿拨头发，一会儿叉腰，摆出一副在拍时尚大片的派头，神情专注到我已经走到她背后了她还没有发觉。等我叫了她一声，她才从镜像里和我一双充斥着"来者不善"的眼睛对上，立刻露出惊恐的表情，想要转身。

没等她转过来，我眼明手快地抓上她刚才整理得滑溜柔顺的头发，用力往后一拽，她发出一声惨叫，脑袋后仰，被我拽得跟跄了好几步。

"你做什么！放开我！"她双手抓住我的手腕，努力想将脑袋从我手里解放出来。

"做什么？"我学着电视剧里黑社会的派头，把嘴附到她耳朵边，"说，我的U盘呢？"

"什么，什么U盘？"她脸上闪过慌张，一面挣扎，一面结结巴巴地回答，"我，我不知道，你神经病啊，快放开我，好痛！"

"算了，我就不该跟你废话。"我冷笑一声，"对于你这种人，我直接就该这样。"说完，我一手攥着她的头发，强迫她仰起脸，另一只手对着她的脸噼里啪啦扇了好几记耳光。

詹美晴白皙光滑的脸顿时就浮红了一片，她尖叫声戛然而止，呆愣了片刻，显然没料到我会突然扇她耳光，不过她的这种呆愣，在我再次扬起巴掌的时候，瞬间转化成了更高分贝的音量，伴随着身体的不断挣扎轰然爆发出来。

"呀！！！"

程沐媛在最近的几个月里觉得一个人胎教十分无聊，便强迫我陪她一起做普拉提，还抛出了能瘦身减肥这个诱饵。这么长的时间下来，有没有瘦身我看不出来，但肌肉横竖还是长了几块的，最明显的效果就是现在要捏揉眼前这个娇弱的小娘皮完全不用费多少力气。

"你还叫？你这种没脸没皮的家伙居然还好意思叫？"我又用力在她脸上抽了几下，"你有没有人格？有没有道德？你知道'廉耻'两个字怎么写吗？你妈从小没教育过你偷别人东西是要坐牢的吗？你一小偷光天化日跑到外边丢人现眼不就是出来找打的吗？"

"救……救命啊！"在扭动了半晌后，她终于反应过来凭她那样的小身板，靠尖叫和挣扎是没办法从我手里脱身的，于是扯着嗓子试图寻找外援。可惜，帝光大楼外边来来往往有不少人，但因为事发突然，虽然引起了围观，可大家都还停留在不明所以只看热闹的状态，根本不会有人上来碍事。我巴掌抽得畅快，仿佛把心里堆积的火气都宣泄了出来，詹美晴越是惨叫，我就抽得越是用力，最后索性化掌为拳，对着她的脑袋就是一顿胖揍。

直到人群里传出一个男人的怒吼，"唐尧你在做什么！"在话音落下的同时，一个高挑的身影挤了进来，抓住我的手腕，用力把我从詹美晴身边扯开。这人的力气太大，措手不及间我只觉得重心一歪，脚下传来啪的一声，像是有什么东西断了，然后整个人便猝不及防地与冰冷的大理石地板来了一次亲密接触。

这一跤摔得不可谓不惨烈，在那几秒钟的时间里，连右脚腕都失去了知觉。我趴在地上晕了一会儿，等回过神来抬头去看时，詹美晴已经扑进了那个半路杀出来的男人怀里，她头发散乱，一张又红又肿的脸贴在男人胸口，哭得梨花带雨。

我目光往上挪，顿在男人的脸上。

岳钧楠有一瞬间的无措，他上前半步，似乎想伸手过来扶我，可又被詹美晴死命抱住，根本挪不开身。

这仿佛三流肥皂剧里的场景让我哭笑不得，我撑着身子自己站起来，尝试了几次之后发现根本站不稳，低头一看，才发现刚才那啪的一声原来是鞋跟断裂的声音——脚上这双某知名品牌最新一季款式的高跟鞋，那广告词中号称可以"踩穿任何男人脚背"的四英寸细金属后跟，继昨天我踢向路灯杆的那脚之后，终于在今天的一摔之下，同鞋底分了家。

"你为什么要打她？"我正望着那断掉的跟出神，哀叹现在所谓的名牌有多不靠谱，奸商有多狡诈，耳边却忽然响起岳钧楠带着质问语气的声音。

我看了看他，又看了看他怀里的詹美晴，之前好不容易觉得畅快了的心情，忽然之间又阴云密布。

"在问我之前，你怎么不先问问你身边那个欠教训的女人都做了什么好事。"说完这句话，我捡起那断掉的鞋跟，不再看他，扭头就往街上走。

围观的路人们主动给我让出一条通道，经过他们身边时，一阵细碎的议论传进我耳朵里。有人说："这是正房在暴打小三吧？"另一人说："这大老婆挺厉害啊，小三脸都肿了。"还有一人说："你们别乱猜，说不准男主角护着的才是大老婆呢，见过有人明目张胆袒护小三的吗？"最后一个说："搞不好两个都是小老婆，哪有正房在老公出现以后闷不吭声就这么走了的！"

有时候我真佩服国人的想象力，俨然在这短短几分钟的时间里已经脑补出了好几套伦理剧。可惜他们不明白，这出戏完全和伦理不沾边，只是一个不甘心和不服输的人，在最后关头做的垂死挣扎而已。

我顺着街道一瘸一拐走出很远，确信身边再没有任何注视的目光才停下来，想拦一辆出租车回家，手刚伸出去，一辆半旧的大众高尔夫就横在了我面前，接着岳钧楠从上边走了下来。

我看了他一眼，默不作声地继续朝前走。

"唐尧。"他跟在我身后小跑了两步，一个跨步绕到我身前拦住了我的去路，"你等等，我有话跟你说。"

我没出声，只冷眼看着他，以为他是要继续斥责我刚才对詹美晴的一番拳打脚踢。可他忽然垂下眼睛，目光落在我一高一低的脚上，"你的鞋坏成这样怎么走路，我送你回家好了。"说完，他拉开副驾驶的门。

"你现在跑来找我，詹美晴那边怎么办，不用去照顾她？"我情绪缓和了些，但也没有立刻上车，"刚才我下手可不轻，她没准正满脸眼泪地等着你回去安慰呢。"

"大楼的保安会送她去医务室，我又不会治病。"他向我催促道："快上车，这个地方不允许长时间停车。"

他那句"我又不会治病"堵得我一时语塞，我只好轻点一下头，转身准备上车。

就在这时，车上柔软的米白色座椅映入眼帘，程沐媛曾经说过的一句话在电光石火间闪进我脑子里："岳钧楠舍不得那台车，搞不好是曾经在车上有一场难忘的车震，所以一直留着满足自己的性幻想。"我已经迈出去的脚又收了回来。

"不用了。"我说，"我不想坐这个车。"

"为什么？"

"不为什么。"我说，"只是不想坐而已，我还是打车回去好了。"

"唐尧，你就算要拒绝，多少也该找个合适点的理由。"岳钧楠双手插进裤袋里，肩膀微微耷拉下来，显得有些丧气，"刚才我推了你，你是不是为了这个在生我的气？"

不等我回答，他接着又说："只是当时的情况你也知道，我一时情急想把你们分开，才没控制好力度。"

"是啊，这一时情急的分开，就能把一个抱在怀里，一个推在地上，你虽然是一时情急，也还分得清轻重缓急嘛，知道詹美晴细皮嫩肉，得稳当当扶住，而我皮糙肉厚，摔两下不打紧。"经由他提起，我想到方才的情景，只觉得自己摔倒的样子一定很滑稽。

"你果然在怪我。"他摇了摇头，"可你误会我了，当时的情境是你在打她，而保护弱者是人的本能，不是因为别的。"

"怎么听你说的好像是我咎由自取一样？"我抱起胳膊，"你的意思是我要不去打詹美晴，不就什么事都没有了？"

"这也正是我疑惑的，你为什么要打她？"终于来了，从岳钧楠出现开始，我就料想到他一定会问我这个问题。

只是，在我回答他之前，我必须先确认他有没有让我回答他的资格。

"有件事，我想先向你求证一下。"我凝视着岳钧楠的眼睛，"你知道詹美晴想取代我成为《环球星报》专栏作者的事吗？"

听到这话后，他表情有一刹那的僵硬，微不可察，但还是被我捕捉到了。

"我知道。"沉默片刻后，他坦诚地回答，"她跟我说过这件事，只是……"

"我还有第二个问题。"我打断他的话，"华宇告诉我，有个帝光高层向编辑部推荐了詹美晴，那个推荐的人是不是你？"

这一次，岳钧楠沉默的时间更长。

他这仿佛默认的态度从侧面给了我答案。

"我没有直接答应她帮她推荐，我只是……"他终于开口，缓慢地说道，说到中间还顿了顿，"我只是告诉她，我可以把她引荐给编辑部，但前提是她能拿出足够打动编辑们的文章，我也特别嘱咐了编辑部，一定要公平公正……"

"够了。"我抬起手，阻止他继续往下说。

昨天不小心听见他和詹美晴的谈话时，我还为他义正词严地拒绝詹美晴的行为而感动，现在我却后悔没有听到最后。显而易见，在我离开之后，詹美晴的那一大段"往事重现"成功改变了岳钧楠的想法。

"你问我为什么会打詹美晴，现在我告诉你，你没有让我回答你的资格，因为你也是罪魁祸首之一。"我以为在知道这个事实后，我会出奇地愤怒，但出人意料地，我却比自己想象中要平静许多。或许我心里早就猜到了这个答案，也做好了心理准备，因此当猜测变为现实时，才一点都不意外。

"你的意思是，她……"岳钧楠睁大眼睛，第一次露出惊讶的表情，"这不可能。"

"有时候你认为不可能的事反而恰恰会变成可能。"我一摊手，"恭喜你们，因为你们俩的完美配合，我出局了。估计在下一期《环球星报》上，你就能看见你亲爱的詹美晴的文章《水晶之恋》，如果她坚持一定要用这么恶俗的名字的话。"

"唐尧，你说话别这么阴阳怪气的，发生这样的事也并非我的意愿，你不要把责任全往别人身上推。"岳钧楠皱起眉头，不但语气里没有应有的歉意，反而数落起我来，"要是你的文章足够优秀，我想即便是有我的推荐，编辑们也不可能换掉你而让一个新人上位。更何况，如果不是你昨天临时爽约，我又怎么会因为生你的气而答应詹美晴的要求？归根结底，最大的原因还是在你自己身上。"

"没错。"我点点头，怒极反笑，"你说得没错，最大的原因的确在我自己身上。如果我昨天没有赴约，就不会听见詹美晴对你说的那番掏心掏肺的话；如果我没有听见那些话，就不会又尴尬又难过地一个人离开，也不会把包落下；如果我没有落下包，詹美晴就不会拿到我的U盘，更不可能盗用我存在里面的文章来得到那个凭她的本事永远也不可能得到的专栏！"我抬起手，指向他的鼻尖，"其实说到底，这些都不能算是最大的原因，归根结底，导致这一切的最大原因只有一个，那就是我他×的压根就不该喜欢上你！"

我用力喘着气，觉得自己的表情一定很狰狞，因为岳钧楠都彻底呆住了，显然他是第一次见到我如此狂躁的一面，之前就算是在教训詹美晴的时候，我虽然暴力，但也端着一副云淡风轻的表情。

"我、我并不知道这些事，詹美晴她怎么……"说到这里，他忽然一滞，神色急切起来，"原来你昨天没有爽约？那你为什么不来找我，我发短信给你，你还回答要赶稿子不来了！"

"不然呢？在那种情境下，我如果不拍拍屁股走人，难道还要在你们情真意切地叙旧的时候蹦出来说Hello？"

"为什么不可以？我告诉过你我和她已经没关系了，现在和我有关系的人是你，你完全可以理所当然地站出来，根本不必矫情地躲在我看不到的地方自怨自艾。"

"是吗？那我请问你，我和你到底有什么关系？"

我们之间激烈的争论，在我说出这句话的时候，迎来了一个猛烈的停顿。

我和他大眼瞪小眼，他英挺俊朗的脸绷得紧紧的，眼睛闪烁，似在思考什么复杂的问题，过了好一会儿，他才说："你不是喜欢我吗？"

噢，真是个惊天动地的理由。

"我的确喜欢你。"我点点头，觉得话都说到这个份儿上了，有些事情也该摊牌了，"但是你知不知道我为什么会喜欢你？"

他不出声，只疑惑地看着我。

说实话，在"我为什么会喜欢岳钧楠"这个命题上，我前前后后思考了数次。最开始，我以为是我的视觉神经在作祟，会对这个之前一直看不顺眼的男人产生好感，只是单纯因为他有一张可以轻易调动起女性荷尔蒙的英俊脸孔。但思考的次数多了，我也渐渐地透过现象看本质，发现了更深层次的原因，也就是他真正吸引着我的一个优点。

"也许你会认为，靠着你的外在条件与身家，你很容易就能博得女性青睐。想必当初我告诉你我喜欢你的时候，你心里也是这么看我的吧。"我用一种平淡却坚定的语气缓缓地说，"但我要说的是，在我眼里，外在条件和身家或许也能算是你的优点，但是你真正吸引我的地方并不是这些，而是你的执着，或者说是你对感情的执着。"

"我不知道要怎么形容这样一种感觉，就像有一个人，他在为人处世方面的态度正好符合你的追求，你潜意识里就会告诉自己，你跟他一定相当合拍，所以自然而然地，你就会产生一些异样的感情。我对你，就类似于这样。"

"我的态度……符合你的追求？"他简短地重复了一句，似乎没明白其中的道理。

我只好往更浅薄的方向解释，"每个女人所喜欢的男人类型或许都不一样，但大多数女人对爱情的追求一定是一样的，那就是长久与专情，可惜偏偏很少有男人能做到，而你，岳钧楠，我从你身上看到了这样的特质。"

"你对待感情的态度，比我以前见到的那些男人都要纯粹许多，最重要的是，你不花心，不滥情，而这样的特质，是许多女人梦寐以求的，也包括我。"

没错，我早就应该明白这一点。与岳钧楠接触的时间说长不长，但无论是一开始我所了解的他与徐娅的事，还是后来他与詹美晴的事，都向我传达着一个讯息：岳钧楠他是个很专一的人。

天知道这是个多么吸引人的条件！在遭遇商擎的那档子破事儿之后，我曾经一度怀疑世界上到底还存不存在"从一而终"的男人，而岳钧楠的出现，恰到好处地推翻了我之前悲观的论调，我不免情不自禁地在他身上倾注了太多关注，直至最后演变成异样的感情。

只是，太自以为是的感情会让人盲了眼睛，蒙了心智，我在任由这种感情生根发芽的时候，却忽略了最重要的一点：感情专一的人，之所以能让人发现他的专一，是因为他一定已经有了一个专一的对象，哪怕这样的专一只是单相思，你一个横插进去的"第三者"也会因为这份"专一"而讨不到任何便宜。

这是一个可悲的悖论：你喜欢他的专一，但他的专一，却永远不会对着你。

"岳钧楠，我的确喜欢你，但是你想靠这个来判定我们俩之间有关系是不够的。请问，你喜欢我吗？"这是我第二次这么问他。第一次问的时候，他模棱两可地说了一堆，却没有给出一个准确的答复。这次再问，看着他欲言又止的样子，我想我已经知道了答案。

"看，虽然我喜欢你，可显然你不喜欢我，所以我们俩之间从来就没有任何关系存在过。"

"我没有不喜欢你。"他辩驳了这么一句，嘴角微微抿起，嘴唇动了动，片刻之后，又开口道："我说过，虽然我没有办法很明确地把我对你的感觉定义为喜欢，但是任何感情都是可以培养的，你也答应了愿意互相更深层次地接触看看，不是吗？"

"是的，我的确答应过，但是经过这段时间的接触，尤其是经历了这么一堆破事之后，我发现我当初就不应该答应你。"

"为什么？"他变得急切起来，"就因为我现在没法明确地表示喜欢你，你就这么心急地后悔了，都不愿意再多尝试看看？你真的喜欢我吗？"

"正是因为我喜欢你，所以我才为当初的决定后悔，因为我发现，就算经过尝试，你愿意接受我的感情，我也没有把握能让这份感情在你心里占据最重要的地位，因为那块位置已经被别人占走了。"我缓缓地说，"或许你自己意识不到，或许你一直在强调你现在和詹美晴毫无瓜葛，但你不能否认的是，你生活中许多地方有她挥之不去的影子，你用着和她成对的情侣香水，开着她曾经开过的车，为她经营着一家素食餐厅，在歌剧院里将原本应该给我的画册送给她，甚至就在十几分钟前，你也丝毫不过问原因就选择了保护她而把我推开。詹美晴对于你，或许早就从一段感情上升为一种本能，而我自认为没有那么大的能力可以去改变一个人的本能。"

他表情僵硬，似乎想反驳，可张开嘴后，又什么都没说出来。

"岳钧楠，每个人对感情都是自私的，更是从来没有要屈居第二的道理，如果我为了一段感情，而必须长久地生活在另一个女人，尤其是一个我所厌恶的女人的阴影之下，那么，这样的感情，我宁可不要。因为这样的事情，我做不到。"我深深吸了一口气，"我喜欢你，并且现在依旧喜欢着，但与之相比，我更看重我自己。我与我自己有着二十六年的感情，那是我不可能舍弃，并且一定要持续下去的。所以，为了让自己不受委屈，我只能舍弃这份对你的喜欢，趁着我还没有越陷越深。"

他两只眼睛透着我从未见过的空洞，像是彻底呆住了。他的反应出乎我意料，我还以为他只会无所谓地耸一耸肩膀，回答我一句"随便你"。但是该说的我都说完了，带着心里那种松了一口气的感觉，我转过身。

这一次，他没有再阻拦我。

走过街道的转角时，我眼角余光最后一次落在他身上，他依旧站在那里，像尊雕像般一动不动。因为他背着光，我看不清他的表情，午后的阳光在他身前拉出一道狭长的影子，显得我们俩之间的距离无比遥远。

回家的出租车上，司机将广播放得很大声，那是个情感节目，一个无论声音还是语气都娘到不行的男主持人在与一位新晋言情作家头头是道地分析"痴情是对还是错"，并且举了一大堆不知真假的实例来佐证感情的付出能否得到等价的回报，最后做出一个荒谬的结论：所谓"精诚所至，金石为开"，只要能一直坚持最初的选择，而拒绝生活给你的其他可能性，那么到了最后，就一定能得到那个最初的希冀，自然也包括一颗你希冀得到的真心。理论依据是人心都是肉长的，再怎么冷硬如铁，也终究不是铁，总会有被感动的时候。

我听得直冷笑，如果这节目有互动环节，我一定会打电话质问主持人："你分得清同情和爱情吗？"一字之差便是万水千山，梦寐以求的爱情每个人都想要，可耗尽了所有热情最后求来的却只是同情，那会比孑然一身还要可悲。

那篇用我的文章改头换面的《水晶之恋》，仅在一周之后就堂而皇之替代我的专栏，登上了《环球星报》的第六版，并且编辑们还为詹美晴配了一句高端大气上档次的广告词——"看空灵系才女书写最令人叹服的纯美绝恋"。

我和程沐媛一边吃着豆浆、油条当早餐，一面挤在一起将那句广告语来来去去看了三遍，我说："她倒也当得起'空灵系'三个字，毕竟这年头能四季都坚持穿同一条雪纺长裙的风一样的女子可不多见了。"

"被你打成猪头的风一样的女子，说实话我还蛮想看看她本尊到底什么模样。"程沐媛用一根手指蘸着豆浆，点上报纸上詹美晴的照片，那张尖俏秀丽的脸蛋立刻就变得扁圆粗陋起来。

这时客厅里的电话响了，两声过后，转成自动语音留言，我和程沐媛都很有默契地没有说话，听着一道低沉的男声从扬声器里传出来。

"唐尧，我知道你是在故意回避我，但有关你专栏的事，我真的没想到会变成这样。"他声音里透着诚恳，"你不接我的电话，不回我的邮件，连手机都关机，就算要生我的气，总该给我一个道歉的机会吧。"他顿了顿，"晚上八点，我在Santorini的露台等你，希望你能来。"

咔嗒一声，电话挂断，留言完成。

程沐媛目光闪烁了一会儿，"已经一星期了，今天你还是决定不去吗？"

"有什么好去的！"我把油条撕成许多小段，放进甜豆浆里，"没准去了那里，刚好又撞见他和詹美晴在说悄悄话，我可是怕了。再说，他又为什么非要向我道歉不可？从本分上来说，他根本不欠我什么。"

"难道你没看出来他这是在乎你？"程沐媛把我手里的油条抢了过去，"只有当一个男人在乎一个女人的时候，他才会这么考虑对方的感受。"

"他那不是在乎我，他是在乎自己的面子，说白了，他是在乎自己会不会变成我专栏里下一个负面例子，变成一个'玩弄别人感情的浑蛋'。"

"可你现在明明就没有专栏写了呀！"

"拜托！你这句话简直就是在戳我的脊梁骨！"我又将油条抢回来，"别把我想得那么没价值，好吗？只要我愿意，随时都能找到一家杂志东山再起，现在没开工只不过是在摆谱，然后等着看《环球星报》的笑话而已。"这话并不是我在吹牛，除了几家小型报刊，景泓更是私下里找过我好几次，抱着一种求贤若渴的心态无比希望我去《大都会周刊》发展，之所以没答应他，只是我现在没有写东西的兴致而已。

自从闹出詹美晴盗用我文章的事情之后，我便再没心思写任何东西，或许等平复心里那块不舒服的疙瘩儿后我会复工，但肯定不是现在。

从一周前，也就是我和岳钧楠摊牌的当天晚上开始，总算回过神来的岳钧楠，在向华宇了解清楚情况后，便尝试发邮件来向我道歉，并且相当锲而不舍，邮件不回打手机，手机关机打座机，也就是因为这样，电话留言的灾难便爆发了。他几乎每天都会打来，而且留言的内容都千篇一律，约我晚上八点到他餐厅的露台见面，我自然一次都没去过。刚开始，作为我的铁杆盟友，程沐媛也支持我给岳钧楠甩脸子，但自从岳钧楠的电话坚持了一个星期后，她的立场便动摇了，竟然反过来怂恿我，想让我去听听看岳钧楠这个歉究竟能道出什么花来。

"我觉得他没有你说的那么不堪，唐尧，不管你信不信，反正女人的直觉告诉我，他其实心里还是喜欢你的。"

我没有否认她的话。或许真的有吧，我想，但最尴尬的就在这里，他心里或许喜欢你，可这份对你的喜欢，就是没有他对另一个人的喜欢多。在感情这回事上，沦为配角不可怕，可怕的是明明沦为了配角，还要不自量力地一头撞上去妄想咸鱼翻身成主角，殊不知咸鱼翻身还是咸鱼，最后只能可悲地变为成全别人美好姻缘的催化剂与牺牲品，衬托他们之间感情有多坚不可摧的终极绿叶与反面教材。

我向来引以为傲的优点就是有自知之明，所以在知道商擎出轨的那一刻能干净利落地抽身退出，那么这一次也一样，在狼狈与失去之间，我会选择优先保全自己的尊严。有当鲨鱼的本事，为什么要去当一条咸鱼？

七月初，程沐媛出现了第一次阵痛。

那天半夜她折腾得惊天动地，我在凌晨四点，披头散发地抱着装满了住院用品的旅行包送她去医院。等医生上上下下一通检查后，结果让我哭笑不得，她压根就不是阵痛，而是晚饭吃多了在胀气。

医生脸上挂着被扰了好梦的不满，冲着程沐媛就是一通训斥："你都还没足月，哪生得这么快！要真是阵痛可不会疼得这么温和，什么时候你肚子疼得像手指头被门夹了那样，还五分钟夹一次，那才是要生孩子的征兆！"

程沐媛被训成一张大红脸，不断小声应着。

医生最后给她开了一些促消化的药，叮嘱完"以后别吃那么多"就出了病房。

"我就说最近总看你吃东西，就算怀孕了，也多少克制一点吧。"我替她把被子盖好。

她依旧顶着那张红通通的脸，轻声说："不是我想吃。我吃，是因为只有在吃东西的时候才不会胡思乱想。"

"你有什么烦心事吗？"

"我最近总是做一些噩梦。"她顿了顿，又摇头，"其实也不算噩梦，就是总梦到苏睿，梦到我们还坐在以前家里的餐桌旁吃饭，他帮我切煎蛋，他做的煎蛋最好吃了，然后他还和我开玩笑，说等有了小孩，和我抢鸡蛋吃的场面一定很好笑。"

"当时我就想，奇怪，我明明不是怀孕了吗？于是赶紧站起来，又发现肚子平平的，孩子不见了。"她隔着被子，轻抚自己高高隆起的腹部，"然后我就会惊醒，赶紧用手往肚子上摸，这时才能反应过来，孩子一直都在的，只是苏睿没了。"

她说得伤感，我只好安慰她，"日有所思，夜有所梦，你别胡思乱想，怀着孕的人要放宽心。"

"我也想放宽心，可是即便睡觉，我也忽然会有种心惊肉跳的感觉。"她直勾勾地看着我，"唐尧，我总是有一种不好的预感。"

"孕妇偶尔会心悸是正常情况，可和预感搭不上边。"我翻了个白眼，"你要是担心自己的状况，不如干脆提前住院，反正距离预产期只有一个月，也快了。"

她点点头，"也好。"

第二天从医院回来，我开始帮程沐媛做入院待产的准备。她的户口不在这里，为了小孩出生登记方便，预约的是上海的医院。她的故地重游之旅，我却表现得比她还要兴奋，因为我发现可以借着这次机会躲开让我心烦的许多事。

岳钧楠的电话从几周之前就不再响起，不是他主动放弃，而是我换了号码。记得业务员上门为我办理手续时表情相当怪异，这已经是一年之内我第二次更换电话号码，原因却出人意料地相同——都是为了躲男人。只是放在业务员眼里，不知他会不会认为我是从事着什么见不得人的风险职业，要靠频繁地更换号码来避险。

我们在几天后成行，早上起飞，中午抵达，下飞机后也没有磨蹭，直接打车奔向目的地。程沐媛将生孩子这件事看得尤其重要，因此在不差钱的条件下，她把自己生孩子的地方，从面向普通老百姓的妇幼保健院，挪到了只能用大捆钞票去砸开门的高级私立妇产中心。

妇产中心的墙上贴着许多明星大着肚子的照片，我想这也是程沐媛会选择这里的根本原因。刚跨进大门，护士帮我们办理入院手续的时候，她就站在那些照片前流连了许久，然后得意扬扬地对我说："看，跟这些明星的小孩比起来，我的孩子也没有输在起跑线上嘛。"

护士将我们领到产房，这里每个产妇都会分到一个套间，起居室、卧室、小型厨房和厕所一应俱全，堪比五星级酒店。除了硬件配备，每名产妇还都有专属护士二十四小时待命，专业的营养师提供饮食，专业的心理医生做产前疏导，专业的推拿师做肌肉放松。程沐媛有了这样三百六十度全方位的照顾，我这个原本跟来打算照顾她的人就一下子成了个累赘，完全没了用武之地。

因此，在她躺在病房里"锦衣玉食"的那几天，我做得最多的一件事就是坐着四通八达的地铁满上海到处晃，几乎将这座现代文明与古代文化完美融合的大都市摸了个遍。此外，就是在傍晚日落时分，捧着一杯网络上人气很高的丝袜奶茶，跑到黄浦江边，靠着铁栏杆吹海风。

黄浦江边的落日并不漂亮，在高楼鳞次栉比的城市里，就连夕阳也多少给人僵硬的感觉，像一个迟暮老人那样慢吞吞从地平线折腾下去，走走停停，中间还要呼哧呼哧喘上半天的气。

这样的夕阳让我不自觉地想起圣托里尼岛，想象那号称世界上最美的落日到底是什么模样，是不是会比眼前的太阳再红一些，再圆一些，围观的人再多一些。但我又不禁疑惑，横竖都是同一个太阳，搞不好那些名满世界的美誉，其实是人云亦云传出来的。

我甩甩脑袋，喝掉最后一口丝袜奶茶，准备搭地铁回去。路过渡口，沿江的码头上有一艘中型游轮靠在岸边待客，舷梯旁有一群舞龙舞狮队在那里吹吹打打，游轮甲板的护栏边挂着一条大横幅——"庆七夕，放空灯——大型游江活动"，下边还有一行小字，大意是说为了庆祝七夕，今天晚上游江观夜景的轮船半价优待，每名乘客还能免费领到一盏孔明灯，可以等游轮驶到江心后放飞祈福。

我低头算了算日子，发现今天真的是七夕，想到程沐媛不日就要生孩子，便转身朝码头走去。反正我还没坐过游轮，难得碰上半价优待，还能顺道帮程沐媛放一盏灯，祈祷她这个孩子能生得顺遂一些，何乐而不为呢？

只是一踏上甲板，我就后悔了。

船上来来往往的人竟然全是情侣，只有我一个人形单影只，显得无比刺眼。我只好识趣地退到甲板的边缘，省得成为别人注目的焦点。

等到轮船起锚，天色也彻底黑了下来，两岸璀璨的灯光在夜空下显得很漂亮。游轮驶到江心的位置，船上的水手们拖来几只大箱子，开始给甲板上的客人分发孔明灯，灯托下边还挂着一个小小的福袋。一个穿着西装的主持人在旁边拿着话筒解说，他让大家把自己的愿望写在纸片上，再将灯点燃放飞，这样就会梦想成真，然后又调侃了一句"今天是七夕，祈求感情运的话会最灵验"，换来人群一阵不好意思的嬉笑。

我领到自己的灯，抽出祈愿的纸片，却发现身上没有带笔，只好朝四周看了看，见不远处的一对情侣似乎写完了，正在那里点火，便走上前去，拍了拍男人的肩膀，说："对不起，可以借一支笔吗？"

男人应了一声，转过身来从口袋里掏出笔递给我，我正要伸手去接，他的动作却忽然一顿，然后用一种诧异中夹杂着惊喜的语气冲我叫道："唐尧？"

这声音很熟悉，我抬头去看他的脸，虽然船上的光线不强，但在四周不断亮起的孔明灯的映照下，那张有着俊朗五官的脸还是被我一下子认了出来。

我一时不知道该摆出什么样的表情，想笑，又觉得嘴角僵硬咧不开，过了半响，才干巴巴地叫出他的名字："商擎。"

我曾经想过许多个和商擎重逢的场景，最符合我报复心理的一个版本，是我事业、爱情双丰收，挽着一个绝世大帅哥的手，碰见这位穷困潦倒、孑然一身的前男友。可如今的事实是，我事业、爱情皆不顺，而他虽然去公安局里滚了一遭，可看上去不但没有穷困潦倒，反而显然过得挺滋润，还有"新人"傍身，比我要春风得意得多。

我们靠在栏杆边聊天，商擎介绍说和他在一起的女孩的确是他现在的女朋友，不是"杜蕾斯"，而是上海的一个在校大学生，做兼职时和商擎认识，主动对他展开追求，磨了几个月之后，终于修成正果，两个人开始谈恋爱。

和我印象里的商擎相比，商擎现在黑了些，也瘦了，因为半年多前的那件事，他失去了原本如日中天的事业，于是只身来到上海，打算换一个地方东山再起。

"刚来的时候挺艰难，信息社会，什么消息都传得很快，但凡大公司都知道我曾经刺伤过人，没有一家愿意雇我。我捧着漂亮的履历，却连一份小职员的工作都找不到。"商擎苦笑着说，"最后实在走投无路，为了不露宿大街，只能去卖保险，要是放在以前，我都不敢相信自己也有做体力活的一天。"

商擎最终在一家保险公司找到了最底层业务员的工作，靠业绩拿工资，也就是在那里，他认识了正在实习的大学生苗甜，也就是他现在的女朋友。

苗甜长得并不漂亮，有一张圆脸，两道弯眉，身材平平，有些偏胖，但浑身上下透着一股安静娴雅的气质。她站在那里摆弄孔明灯，偶尔回过头来看商擎一眼，微笑一下，居然没有因为他和我走到一边单独说话而露出猜疑的表情。

"你觉得苗甜这个女孩怎么样？"发现我在打量苗甜，他随口一问。

我想了想，说："从外表来看，她配不上你，但是从人品来看，你配不上她。"

他神色一黯，"估计在你心里，早就把我划到'最没有人品'的那一类去了吧。"

我莞尔，没有答话。

他像是从我的笑容里读出了什么，了然地点点头，"岳钧楠的确比我好很多，无论是从家世上还是从人品上，你现在和他在一起，到更让我自惭形秽了。"

我奇怪地看着他，"你在胡说什么，我什么时候和岳钧楠在一起了？"

"你们没有在一起？"他露出诧异的表情，"可这是岳钧楠亲口告诉我的，他还说跟我比起来，他更加适合你。"

我心里涌起一股荒谬的感觉，"你在上海，怎么会和岳钧楠有交流？"

"是在我来上海之前。"他摸了摸鼻子，脸上带着羞愧，"其实就是我去找岳钧天麻烦那天晚上。我心情不好，又喝了些酒，却被岳钧楠堵在门口，然后他又说了些刺激人的话，我气得发狂，才用小刀捅了他。"他停顿了一下，"他就是那个时候告诉我他和你在一起的。"

荒谬的感觉越来越浓，我本以为是我向岳钧楠告白后，他拿着鸡毛当令箭向商擎大放厥词，可按照商擎所说的时间，那个时候我明明和岳钧楠尚是最普通不过的关系，他怎么能说出那么不负责任的话！

"他当时都说了些什么？"我问商擎。

"他说我根本没有质问岳钧天的资格，因为我和他不过是半斤八两，还说你离开我是一个明智的决定，我配不上你，而你值得更好的，他会替我照顾你。"商擎说得十分坦诚，不像撒谎，"他当时的语气很盛气凌人，而我就是听到他最后那句话才没有控制住情绪，因为那时候我才意识到，我有多舍不得你。"

我面无表情，长久地不说话，其实心里早已震惊了。

"当然，你不用有什么困扰和负担，我们已经分手了。"他语气忽然低下来，双眼出神地望着辽阔的江面，"小尧，我有个问题一直想问问你。"

这是时隔这么久他第一次叫我小尧，竟然让我有一种回到了大学时代的错觉。

他看着我的眼睛，说："你还爱我吗？"

我低下眼睛，想了想，摇摇头。

"那如果……"他语气忽然急切起来，"如果当初我没有背叛你，你对我的感情，是不是还会和从前一样？"

"或许吧，但事到如今，说如果又有什么用？"我笑着说，"商擎，大家都是成年人，这一点你还看不开吗？"

"我知道，我只是……"他垂下肩膀，像个大男孩一样露出一副丧气的表情，"我只是有些不甘心而已。我曾经以为，这辈子，我们会一直在一起，白头到老。"

白头到老，这个肉麻到有些滑稽的词此刻从商擎嘴里说出来，反而变得有些沉重。是啊，我曾经也以为我会和他白头到老，但世上许多事并不只要"我以为"就可以的。就像某一天，我发现将我和商擎维系在一起的更多只是"习惯"，而不是"爱情"；就像我以为岳钧楠会和我喜欢他一样喜欢我，可结果搞了半天这只是两个寂寞之人的互相慰藉，当"真命天女"一出现，立刻鸡飞蛋打，一拍两散。

"再不放灯的话，就要错过吉时了。"在我沉思的时候，商擎指了指我手里的孔明灯，忽然换了话题，"你想许什么愿？"

"程沐媛过两天要生孩子，我来替她放个灯笼。"我反应过来，在那张纸片上写下程沐媛的名字，放进孔明灯下吊着的福袋里。

"你不为自己许个愿？"商擎很惊奇。

"我向来相信人与人的缘分与这些玄之又玄的东西没关系，而且我想要的我会自己去争。"我冲他微微一笑，"你难道是第一天认识我吗？"

"我倒忘了，你还真是这种人。"他也释然地笑了笑，接过我还回去的笔，却展开自己的那张纸片，当着我的面，在上边写上了"唐尧"两个字。

"你这是做什么？"我不明所以地看着他。

"今天七夕，是求姻缘的大好时机，而属于我的姻缘，我已经有了。"他对苗甜招了招手，苗甜温顺地端着他们的孔明灯走过来，与他一起将写有我名字的纸条放进福袋，然后点燃放飞。

忽明忽暗的灯笼腾空而起，汇集到江面上空斑驳点点的灯笼大军里，静默地飘向远方。

商擎伸出手搭上苗甜的肩膀，两个人靠在一起，倒真有那么些"璧人"的味道。

"以前的事，到底是我有错在先，现在我已经找到了自己新的起点，所以也想给你祝福。"他对我说这句话时，望向苗甜的眼神里有一种"珍惜眼前人"的觉悟，在霓虹流转的江面上，那眼神流转着让人心醉的味道。

他的眼神让我心里某个郁结的疙瘩忽然解开了，直到这一刻，我对于这一段前度，才有一种真正释怀的感觉。

"我接受你的好意，也祝你幸福。"这是此时此刻我最诚挚的一句话。

那天晚上，我拒绝了他们约我去吃夜宵的邀请，坐最后一班地铁回医院。空旷的车厢里，几张莫文蔚的公益海报贴在车顶上，海报上莫文蔚双手叉腰盛气凌人地看着我。我忽然意识到自己曾经在专栏里强调了无数遍的观点有些过时了——我曾经坚定不移地认为，经历过伤痛而分手的男女注定是一辈子的仇人，就像我以为我一辈子都不会再和商擎说话。但我忽视了人性的执着度，或许对于芸芸众生来说，再深刻的感情，终究会变得像莫文蔚歌里唱的那样——"感情不就是你情我愿，最后爱恨扯平两不相欠"，然后带着释怀的表情感叹"总之那几年，你们两个没有缘"。

我们都是那芸芸众生。

Part
· 11

——Of all the gin joints, in all the towns, in all the world, she walks into mine.

——全世界有那么多城市，城市里有那么多酒吧，她却偏偏走进了我这一家。

——Here's looking at you，kid.

——永志不忘。

预产期都过去三天了，程沐媛还没有任何要分娩的征兆。

最近这段时间，护士每天帮她做有助于生产的肢体活动，医生也一天三通巡视来检查她的状况，但她的肚子始终风平浪静。

"或许是这个孩子觉得娘胎里太舒服，还不愿意出来。"一开始，程沐媛还着急了一会儿，觉得是不是自己身体出了什么问题，后来她不知从哪本不靠谱的育婴书上看到说婴儿适当多滞留母体几天可以让大脑发育更加充分，以后会更聪明，便又变得不急了。只要医生检查下来一切正常，她巴不得越晚生越好。

同时，她又给自己每天的日程安排增加了一项——在阳光充足的早晨去楼下花园散步，然后回来喝现煲的鲫鱼汤。她相信在充足的氧气和营养物质补给下，她会生出一位新世纪的爱因斯坦。不过这辛苦的却是我，因为怕医院的厨房忙起来会兼顾不好鱼汤的火候，煲汤这个艰巨的任务就落在了我的肩膀上。

细化了说，我要每天早上坐半小时地铁去买现杀的新鲜鲫鱼，回来后放入营养师搭配好的配料，坐上火，然后盯着挂钟守在厨房里，三十分钟，一分钟不能多一分钟不能少。

今天也同往常一样，我卡着时间准时煲好汤，端出小厨房，等着程沐媛散完步回来喝。可同往常她都会踩着点儿回来相比，今天显然不正常，我在房间里等了二十分钟，汤都凉透了，她还没有回来。

我只好将汤重新端回厨房加热，又等了十多分钟，才看见程沐媛由护士扶着缓缓推开门走进来。她脸色比出去时要苍白得多，回来后就坐在床上愣愣地出神，我把热好的汤端到她面前让她喝，她都没反应。

"这是怎么回事？"不明所以之下，我把陪她一起下楼的护士拉到走廊小声询问。

护士却给了我一个古怪的答案，"程小姐好像是在花园里碰到了朋友。"她说："具体情形我也不知道，程小姐把我支开，两个人说了一小会儿话，然后她就变成这样了。"

"朋友？"我奇怪地问，"对方是什么人，也是你们这儿的产妇？"

"是啊，还是个很出名的人呢。"护士轻轻掩住嘴唇笑了笑，"就是住在楼上的司徒小姐，前天刚入院的，半年前她结婚的消息还上了报纸，没想到这么快就要生孩子了，大家都在传当初她和她老公肯定是奉子成婚。"

"司徒"两个字一蹦出来，我心里就咯噔一下，涌起一阵很不好的预感，"你说的司徒小姐，难道是那个名媛司徒易烨？"

护士点点头。

"那她丈夫，"我抿了一下干裂的嘴唇，"是姓……苏吗？"

我仔细盯着护士的脸，就怕她忽然点头肯定我的猜测，但直觉又告诉我这个猜测极有可能是真的，不然程沐媛怎么会忽然变成那个样子？

我已经开始在脑子里构思一旦证明自己的猜测属实，我该怎样去安慰程沐媛，或许应该帮她转院，免得她就要生孩子了，还在医院里撞见自己的前夫和另一个大着肚子的女人卿卿我我，尤其那个男人还是自己孩子的爹。只要程沐媛对苏睿还有一丁点的余情，那场面就绝对是在减她的阳寿。

但就在我这番未雨绸缪的心思无限延展开时，护士嘴里却吐出了一个让我脑子忽然转不过弯来的答案，"姓苏？没有啊，她老公姓王。"

"她老公难道不是叫苏睿？"我条件反射地问道。

"哪能啊，她嫁的是个投资公司老总的儿子，结婚的时候满街豪车，连宾利都是打杂的，报纸上连着登了好几天。"护士说完，又感叹了好一会儿那场婚礼的派头，最后留下一句"这辈子要是也能办一场那样的婚礼，我就死而无憾了"当结语后，便被一个值班医生急匆匆叫走了。

我带着一肚子疑问回到病房，想直截了当地问问程沐媛那个司徒易烨到底跟她说了些什么，可等我回到楼上推开门，病房里却空荡荡的，半个人影都没有。

"程沐媛？"我叫道，没人应，绕到厕所，里面也是空空如也。我心急起来，将整个套房里里外外找了一遍，却始终没有发现程沐媛的影子。

"怎么挺着个大肚子还到处乱晃！"我嘀咕一句，回到走廊，扯过一个正在门口打扫卫生的阿姨，向她打听有没有见过这间病房里的孕妇，结果阿姨却指了指电梯的方向，说："见到了，刚才看她穿着外套下楼了。"

"穿着外套下楼？"

"是呀，刚下去没多久，你在这里搞不好还能看见。"阿姨又指向走廊的窗户。

我半信半疑地走到窗户边，透过玻璃往下看，居然真的看见了她。程沐媛只在病号服外边披了一件长外套，手里拿着钱包，正踉踉跄跄朝医院外走。

"该死的，这女人在发什么疯！"我惊叫道，急忙坐进电梯直追下楼。等我赶到医院大门口，她已经在路边拦到了一辆出租，正要上车。

"你要去哪里！"在她上车的前一刻，我眼疾手快地抓住了她的手腕。

"放开我，我要去见他，我现在就要去见他！"程沐媛转头看我，两眼无神，只不断重复着嘴里的话，"那个该死的家伙，他骗我，他居然骗我，我非要去找他问清楚不可！"

"你要去见谁？"我见她像中邪了一样，脸色也白得吓人，怕她出事，手上的力道不禁又大了几分。

"苏睿，是苏睿，我要去见他……"她的话开始变得断断续续，虽然人没再继续挣扎，但看我的眼神里居然流露出哀求。认识程沐媛这么久，这是我第一次在她脸上看见这样的表情，"唐尧，司徒易烨把什么都告诉我了，苏睿他……他根本就没有出国，他骗我，他一直在骗我……"

"好好好，你要去见他，我就陪你一起去见。那你告诉我苏睿现在在哪里，我带你过去。"虽然听见这个消息我也蛮诧异，但当务之急我还是得先努力安抚这位孕妇的情绪，我可不想让她在大街上破羊水。

"他在……监狱……"吐出那两个字的时候，程沐媛全身都不受控制地颤抖起来。

"没错，事情就是这样。嗯，好的，真的很谢谢你。"我放下手机，担忧地看了一眼程沐嫒，"已经拿到探视许可了。"

程沐嫒红着眼睛点了点头，随后又转过目光，看着车窗外不断飞驰而过的风景。

我轻轻叹了口气，这种临时探监，在正常情况下是不允许的，为了不白跑这一趟，我找了一大圈熟人，打了十几个电话才勉强拿到许可，直到现在，我才能松下一口气，同时继续为苏睿身上发生的事感到震惊。

从程沐嫒断断续续的描述，加上之前许多通电话里七拐八绕听来的信息，我勉强可以将整件事情的轮廓拼凑出个大概。

苏睿的确身在监狱，犯下的罪名是洗钱和经济诈骗，当初他对程沐嫒说自己要出国，其实转身收拾好东西就去公安局自首了。

整件事情说起来也不复杂，在一年多前，苏睿从证券公司跳槽到银行后不久，就接到了一份私人理财顾问业务的大单子。当时他刚进入这个领域，正准备摩拳擦掌做一番成绩，而对方开出的酬金又高得夸张，加上时逢程沐嫒正筹谋换一套大点的房子为造人做准备，他并未深思熟虑，便答应下来。

对方要求的工作很简单，只需要做些账面上的功夫，苏睿在金融业浸淫许久，做起来自然游刃有余。但是很快苏睿就发现，事情并没有他想象中那么简单。那些经过他手的钱大多来自境外，时间上没有任何规律，数额不大，但笔数很多。刚开始，他只是怀疑，直到后来他接到明确的指示，让他利用职务之便在银行开设多个临时账户，将这些境外汇来的钱分散到各个账户，再通过那些账户，利用转账或者开支票的方式，将钱打回到境外另一个户头里，苏睿立刻就明白了，他这是在帮人洗黑钱。

察觉到这些，苏睿立刻找到当初联系他的人，提出要中断这份工作，并且退回佣金。然而，那些显然是黑社会的人既然拉他下水，就不会那么轻易由着他上岸，他们告诉苏睿，他既然已经沾了账目入了伙，就脱不了干系了，并威胁苏睿说就算他不为自己考虑，也要为他的家人考虑。

这明摆着是拿家人威胁的话让苏睿进退两难，最终他还是妥协了，继续拿着昧良心的佣金，将那一笔笔来历不明的钱做成明面上的数字。只是他也明白，自己不能永远这样下去，他要想办法抗争，但又必须确保在抗争的时候不波及亲人、朋友，最重要的是，他要确保程沐嫒的安危。

于是在一番思量之后，他主动联络上了之前曾有过一面之缘的司徒易烨。

苏睿曾经在之前的工作中帮助司徒易烨的父亲避免了一场上千万的经济损失，因此当苏睿提出请她帮忙时，她并未拒绝。于是从那天开始，司徒易烨就变成了苏睿的"情人"，并且相当顺理成章地被程沐嫒给"发现"了。

后来发生的事情就很顺理成章了，程沐嫒十分愤怒，苏睿一再缄默，最终两人理所当然地分道扬镳，而分手时程沐嫒从苏睿那里拿到的千万巨款，便是那段时间苏睿所得到的报酬，在苏睿心里，这也是他最后能为程沐嫒做的事。

再后来，等需要处理的事情尘埃落定，苏睿安排好自己的父母暂居到另一处安全的地方，便只身一人走进了公安局的大门。

"司徒易烨说，她本来答应了苏睿，要一直瞒着我，只是她根本想不到会在这里碰到我，而且我还怀孕了。"在说这些的时候，程沐嫒的眼睛已经肿成了包子，"她以为我再婚了，为苏睿抱不平，才把这些事情告诉了我，她说她从来没有见过像苏睿那样的男人，她不忍心看他身陷牢笼，还要背上一个负心汉的黑锅，她说她是第一次从心里佩服一个男人。"

说到这里，程沐嫒的眼泪又开始噼里啪啦往下掉，"我的男人，要她去佩服做什么！他们一个狼心一个狗肺合着伙来骗我，怎么反倒弄得我成了最没有良心的那个人了！"

她哭得厉害，弄得我不知所措，就连开出租的司机，也意识到似乎发生了什么大事，油门踩得更加用力。

一阵风驰电掣后，我们终于赶到了司徒易烨所透露的监狱，因为走了点后门，只在警卫处做了登记，便有狱警领着我们往家属会面室走。

我扶着程沐嫒穿过一层又一层的铁门。监狱里的风景和电视剧里一模一样，四周厚重的建筑物无时无刻不在透着一股肃穆的气息，偶尔从镶嵌有铁栏杆的窗口望出去，还能看见许多锈迹斑斑的运动器材和长满了杂草的操场。

到了会客室外面，狱警转过身，义正词严地对我们说："只能进去一个人。"

"不行。"我立刻摇头拒绝，同时指了指程沐嫒的肚子，"她是个孕妇，我必须一起进去照顾她。"

狱警沉默了一会儿，相当有人情味地走开了。

又有两个女警过来，取掉我们身上的钥匙、高跟鞋之类的尖锐物品，陪着我们进到房间。在踏进房门的那一刻，隔着厚重的玻璃，我看见了坐在另一边的苏睿。跟我印象中相比，苏睿瘦了很多，神情也变得十分憔悴，半长的头发不见了，换成了监狱里统一的毛寸，露出额角上一个显眼的伤疤，正是多年前在大学里的那个晚上被程沐媛一啤酒瓶子砸出来的那道伤疤。

我扶着程沐媛朝前走，她像是忽然失去了力气，整个人几乎挂在我身上。而苏睿也在看见她的那一刻站了起来，表情是一种我形容不出的激动与纠结，像是胆怯，又像是开心，尤其是当他看见程沐媛高高挺起的腹部时，眼睛突然瞪得很大，两只手急切地贴到了面前的玻璃上。

他身边一个看守的狱警按住他的肩膀，想让他重新坐下去，而就在此时，程沐媛忽然开始剧烈地颤抖，"唐尧！"她紧紧抓住我的胳膊叫了一声我的名字，然后便忽然软倒了下去，一路跟在边上的女警立刻帮我一起架住她，我还没明白发生了什么事，就感觉脚背湿湿的，低头一看，程沐媛双腿间已经湿了一片。

纵使没有生过小孩，看到这场面，我也立刻反应了过来，惊呼："羊水破了，她要生了！"

临时出现这种状况，我和女警只好手忙脚乱地抬着她朝外走，程沐媛脸色惨白，可即便这样，她依旧强撑着扭过头，似乎还想再看苏睿一眼。那边苏睿的反应则更大——明明这一幕就发生在眼前，他却只能眼睁睁看着——两只眼睛都急得通红，向来温润俊秀的脸上第一次带上了狰狞的神色，他用力敲着那块玻璃，嘴巴一张一合，似乎在大声叫喊着什么，可惜声音完全没办法透过来，而很快，便又有几名狱警走进那边的房子，将用力挣扎的苏睿架了出去。

事发突然，这里又很偏僻，现在往医院送肯定来不及，于是几个女警当机立断，把程沐媛送到了监狱里的卫生所，然后用布帘隔出了一个临时产房。值班医生是个男的，对妇产这块一窍不通，最后还是一名上了年纪的护士单枪匹马上阵。好在不知道是那家私立妇产院昂贵的产前营养餐做得到位，还是那些促进顺产的普拉提和体操有用，程沐媛和接生护士几乎都没费什么劲，几十分钟后，一个健康的新生命，就在一群女警的注视下，在监狱里一张简陋的医务床上，来到了这个世界。

是个皱巴巴的男孩。

我从护士手里接过婴儿，抱着凑到程沐媛跟前，好让她仔细看看小孩的脸。

程沐媛只是有些脱力，除了脸色依旧发白，仪态还很端庄，完全不像电视里那些产妇一样浑身大汗，一副狼狈样。她迫不及待地拨开临时用床单做的襁褓，忽然眉头一皱，"怎么这么难看！"

"婴儿不都这样？难道你还指望生个布拉德·皮特出来吗？那不成'异形'了！"我翻了个白眼，忽然觉得程沐媛这妈当得好不称职，以后这孩子的成长环境实在堪忧。

或许从来没人在监狱里生过孩子，在确定孩子顺利出生后，等在外边的女警们居然哗啦一下全都围了上来，像看什么稀奇的宝贝一样在婴儿旁边围成一圈，有人还伸出手指想戳戳婴儿的脸，却被老护士用力呵斥着给制止了。

这一幕看得我直想笑，心想这可是个幸运的孩子，至少一出生就多了个光环，以后在学校碰上别人炫耀新买的衣服和玩具时，他就可以拍着胸脯说："这有什么！你们出生的时候身边只有护士，我出生的时候可是被一群漂亮的女警察围观过小鸡鸡呢！"

几分钟后，苏睿居然也来了。

尽管戴着手铐，尽管由两个警察护着，可这一次却没有那层密不透风的玻璃阻隔。进门的时候，苏睿的脚步胆怯般停了停，老护士连忙将围在床前的女警一窝蜂地赶去了角落，重新拉上帘子。一时间，病床旁边只剩下我们三个人，我看了怀里的婴儿一眼，想放下他也走开避避嫌，却被程沐媛扯住了衣角。

"我在这里表现还不错，他们知道你生孩子，所以批准我过来看看。"苏睿低语一句，走到床沿坐下。他一动不动地看着我怀里的孩子，似乎想笑，可扯了扯嘴角，却露出来一个比哭还难看的表情，对我说："我、我可以抱抱吗？"

"不许抱，这又不是你的孩子！"我正要把孩子给他，程沐媛的声音却突然横插进来，她明明没多少力气了，还把音调撑得高亢十足。

苏睿挪过目光，想去握程沐媛的手，结果被她躲开了。

苏睿却不依不饶，三两下之后，终于成功把那细白的手掌抓在掌心里，"那是我的孩子。"他声音很哑，"我能感觉得出来。"

"你不要那么自我感觉良好，全世界那么多男人，别以为我就只和你一个人上过床。"程沐媛紧紧咬住嘴唇。她在紧张，程沐媛难得有紧张的时候，可一旦有，她就会露出这样一副表情。

苏睿没再说话，两个人就这样静默地互相看着。我叹了口气，把怀里的婴儿递给苏睿，"你抱抱。"

这一次，程沐媛没有出声阻止，苏睿动作轻柔地抱着孩子，表情透着惊喜与惶恐，整个身子僵硬着，动也不敢动，好像害怕一动就会伤到孩子一样。

我不知道程沐媛现在是一种怎样的心情，但眼前这一幕场景，却让我鼻头有些发酸。

"我不能待得太久。"片刻之后，苏睿把孩子交回到我手上，转而对程沐媛说："孩子有名字吗？"

"程实。"名字是程沐媛早就想好的，"我可不想我的孩子以后也像他父亲那样变成一个骗子。"

程沐媛这么说，等于是默认了苏睿的身份，而对于这一点，苏睿并没有做出过多的反应，似乎他真的像自己说的那样从来没怀疑过这一点。

"你会找到这里来，是……都知道了吧？"苏睿涩然开口。

程沐媛把头扭到一边，紧紧抿着嘴唇，没说话。

"对不起。"苏睿沉默了一会儿，才吐出这三个字。

"不要跟我道歉！既然你都能骗我骗得这么死死的，现在道歉也没意思。"程沐媛望着窗外，冷笑一声，"我都不知道，如果不是碰见了司徒易烨，我还要被你骗多久！苏睿，难道你想让我怀着对你的愧疚过一辈子吗？"

"我没有这么想，我只是不想连累你，不想让你难受……"

"那你知不知道这种完全不被信任的感觉比真正连累我还要让我难受千百倍！"程沐媛打断了苏睿的话，她用力嘶吼着，整个身子几乎都要从床上坐起来，"你以为你这么做就是个大丈夫，我就会感激你了？把曾经海誓山盟的妻子骗离自己身边，塞给她一大笔钱，抱着她一定能过上幸福生活的幻想锒铛入狱，你把我程沐媛当成什么人了？'从今天开始相互拥有，相互扶持，无论是好是坏，富裕或贫穷，疾病或健康，都彼此相爱，直到死亡才能将我们分开。'婚礼上这些话我是对着一坨狗屎说的？我当初真是瞎了狗眼才看上你这穷小子！"

她几乎是怒吼着说出这番话，表情狰狞，胸膛剧烈起伏，全然不顾自己刚生产过的虚弱身体。

过了一会儿，她像是缓过气来，缓缓躺好，眼睛依旧一动不动地盯着苏睿，"苏睿，你知道真正让我难过的是什么吗？是你宁愿选择欺骗，也不愿意选择相信我。"

苏睿脸颊抽了抽，表情黯淡到了极致，"对不起。"他又重复了一遍，连声音都开始发抖，好像下一刻就要哭出来一样。

这时候，送他来的两名狱警走了进来，说道："时间到了。"

苏睿点点头，他站起身，又看了程沐媛一眼，像是下定了什么决心一样，说："我们到底也离婚了，我自己做出来的事情，是我自己的选择，与人无关，也不用你来负责，程实……如果你以后遇见了什么人，不方便再养着这个孩子，就送到我父母那里去。"他顿了顿，"我也希望你能遇见一个更好的人，以后好好生活，至于我，就当作你曾经做过的一个噩梦，忘掉就好了。"

说完，他不再看她，将手伸给两名狱警，任由他们给自己戴上手铐，然后朝病房外走去。

"有些责任，你以为你想逃，就真的逃得掉吗？"对着苏睿的背影，程沐媛轻轻开口，声音不大，却说得无比清晰，"苏睿你听好了，我不管你要在这牢里待多少年，从今往后，我不会再来看你，我也不会搬家，一直到我三十五岁的时候。"说到这里，她咳了两声，看见苏睿的脚步停住了，才继续说："我只会等到三十五岁，如果那个时候，你还没有办法堂堂正正地站在我面前，向我真心实意地道歉，请求我的原谅，那我会立刻带着孩子远走高飞。到那时，你永远不要想再见到我。"

她这番话说得坚定，还带着股一往无前的决绝。苏睿的肩膀忽然剧烈地颤抖起来，他低下头，将脸埋进掌心里，呜咽起来，但是直到走出房门的那一刻，他都没有回头。

而程沐媛，早已泪流满面。

我沉默地站在那里，小婴儿程实在我怀里睡得香甜，从出生开始，他就没怎么哭，一根手指放在嘴里轻轻含着，时不时抿抿嘴，似在做着什么美好的梦。他不会知道，在他梦境之外，世界上他最亲近的两个人刚刚经历过一场没有硝烟的战争，并且签订了一条只属于两个人的"尼布楚条约"。他也不会知道，在之后的好几年里，因为他那位倔强的母亲，他将没有办法见到自己的父亲。但我相信他终究会见到，到那时，他一定已经长成了一个人见人爱的小帅哥，然后拉着那个男人的手，感叹一句"怪不得自己这么帅，原来是继承了老爸的基因"；而那个风尘仆仆、额头上还带着一道疤的男人，会蹲下身，给他一个大大的拥抱，然后像世界上所有的父亲一样，让他坐上自己的肩膀。

至于程沐媛，我相信等那一天到来时，她会给苏睿一个漂亮的空手道过肩摔，然后在自己的眼泪里狠狠洗个澡。

我不会否认这一天会到来，我甚至相信程沐媛会比我更笃定，这是一种没来由的直觉，就像大学时的某个夜晚，程沐媛笃定地告诉我她和苏睿一定会结婚一样。

是谁说的爱一个人就一定要留在他的身边？我想起一年前那个夜晚，在那间帕丽斯套房里，在《卡萨布兰卡》的面前，我曾亲口向岳钧楠阐述的且希望他明白的道理，现在我却不得不亲手去推翻它。或许岳钧楠才是对的，真正的爱情从来就不限于占有，而在于拥有愿不愿意为对方付出的勇气，如果有人想要反驳我，那我会指着眼前病床上这个哭得梨花带雨的女人说："看，这里就有一个鲜活的例子。"

或许这才是爱情真正的定义，它就是个辩证法，不断肯定自己，再不断否定自己，最后在这种肯定与否定之间，云破日出，功德圆满，生命大和谐。

我在一周后登上了回程的飞机，程沐媛抱着儿子来送我。她只躺着休养了几天就精神抖擞地下床了，然后从衣柜里翻出许久没有穿过的职业套装送干洗店，又给所有认识的猎头打了电话。

由不得她不这么做，在了解到一切事情的真相后，苏睿留给她的那笔巨款，就被她如数上缴，以换取苏睿的减刑。而失去了这样一笔财产，加上又要养一个欲壑难填的婴儿，懒散了这么久的程沐媛终于发现，自己如果不重振旗鼓再次迈入职场，恐怕到年底的时候就该去喝西北风了。

我们在安检前道别，在过关之前，程沐媛交给我一个大号信封，说是寄来许多天了，一直躺在她家的邮件箱里，今天早上才被她从一堆商场广告中发现。

信封上的收件人是我，却没有写寄件人，也没有寄件地址。等飞机飞上万米高空转为平层飞行后，我从包里拿出那个信封，信封又大又厚，外边还用胶布缠了一圈，包裹得很严实，摸起来也硬邦邦的，从轮廓上看里面似乎塞了一本很有分量的书。我费了好大的力气撕开一角，里面的东西总算露出了庐山真面目——是一个半旧的硬壳笔记本。

笔记本外边包着一层牛皮，做工很精致，右下角刻着一个浅浅的签章，我对着光线看了看，是"岳钧楠"三个字。

一时我的心扑通扑通跳得飞快，难道这是岳钧楠的笔记本？那又是谁寄给我的？

我手指轻抚着封皮上细腻的纹理，脑子里开始一阵激烈的思想斗争，但很快好奇心就稳稳地占了上风。"不管是谁寄来的，反正都到了我手里，不看白不看。"我这样安慰自己，在距离地面三万英尺的地方，翻开了这本日记的第一页。

1月2日小雪

在塔希提待了半个月后，果然一时适应不了国内的冬天。

去年因为几场台风的关系，夏季香草大幅减产，本以为到了冬天情况会有所好转，可收购上来的新鲜香草依旧质量平平。当地人说是因为降水过多，土壤矿物质失衡的缘故，如果要真正恢复，得等到今年夏天。这样一来，眼下手里的储备香草就不够用了，看来年初这段时间，调整菜单结构是势在必行的事。

不过这次南太平洋之行也不算全无收获，我找到一种很好的香辛料，当地人管它叫"海胡椒"，是一种南洋扇贝的壳晒干后磨碎了的产物，兼具海鲜的鲜味与胡椒的麻味。只是尚不清楚用贝类的壳来入菜能不能算入素食的范畴，还需要多斟酌几次。

在回程的飞机上看了一份《环球星报》，时政版上没什么值得留意的新闻，却在综合版发现了一个很有意思的专栏。我果然是太久没有关注这份报纸了，都不知道他们什么时候请了这样一个别致的作者，文章的确称得上有意思，但是里面透出来的想法却不免让人觉得单纯。世界上哪来那么多值得乐观的事情？如果随时都抱着"船到桥头自然直"的想法，恐怕会连怎么死的都不知道。

现在这样站着说话不腰疼的作者太多了，不经历社会，没见过世面，自以为写着很心灵鸡汤的东西，放在稍微读过一点书的人眼里就是个彻头彻尾的笑话。

作者的名字是唐尧，果然和文章一样没内涵。

日记的字迹清秀挺拔，内容却看得我冷笑连连，不过对比岳钧楠第一次见到我时的态度，我也不觉得奇怪了，他可是当着我的面都能数落我专栏没内涵的人，会在日记里写这些东西一点都不奇怪。

我本来想合上不再看，等回去后找个合适的机会还给他，毕竟日记属于隐私物品，这么看着，就好像我是在大喇喇地挖他的隐私。但忍过几分钟之后，好奇心还是打败了理智。谁让他自己不把隐私物品收好？而且这本日记能莫名其妙地被人邮寄到我手上，不管是别人有心也好，意外也好，让我将它读完或许也是老天的旨意。

抱着这样投机的想法，我再度将日记本翻开，继续读了下去。

2月4日 多云

我终于见到了那位唐尧作家。

本来我只是去书店买一些园艺方面的书籍，不巧碰上她在签售，签的是她几天前才上市的专栏集结本，打的是"励志"的旗号。虽然我觉得那些文章跟真正的"励志"完全沾不上边，但不可否认的是，她似乎真的很受读者欢迎，排队等候的人几乎挤满了书店半个大厅。我混在人群里朝前挤了许久，才见到这位唐大作家的庐山真面目。

怎么说呢，我一直觉得写所谓"励志"书系的人本身就很不得志，如果他们有其他得志的地方，就不会靠着写书卖字来混饭吃了，而写书这个行业，又不是人人都能做的，所以说，让这帮人教别人励志，就好像让和尚教别人杀生。而写这些励志书的人，为了取信于人，肯定要穿得西装革履，努力把自己打造成一副成功人士的样子，尽管那样根本没有办法掩盖他们身上因为长期居家写作而透露出来的颓废气息。但唐尧和以上我想象中的作家模样并不相符，或者说，她还具有很大的反差，她身上并没有颓废的气息。就算她只穿着一件松垮垮的纤维混纺毛外套，头发也没打理得太整齐，显得有些松散，但她言谈举止里仍透露着让人意外的活力。这种活力一直保持到我在书店里逛了好几个小时，选好了自己所有要买的书，结账出来时。签售还在继续，而她的样子，完全和几个小时前没有区别。

于是我不禁又倒回书店，买了一本她的新书，打算好好研究一下，看看自己是不是对她产生了偏见。

但直到刚才为止，我花了整个下午和半个晚上读完那本书，发现自己又被耍了，书里的文章和报纸上的专栏如出一辙，将那种"乐观便能应对一切"的单纯思想发挥到极致。

这种被耍的感觉让我很不舒服，于是我打开电脑，针对她这本书写了数千字的评论稿，署上"丘石"的笔名，然后将评论发去了《环球星报》主编的邮箱。

我很期待评论刊登出来时那个唐大作家的反应，不知道她还能不能保持住自己的那份活力，或者说她正好可以借此思考一下，所谓真正励志文学与意淫小说之间的区别。

我眼睛死死地盯着"丘石"那两个字，把这一篇日记翻来覆去看了好几遍，终于从心底承认了这个让人震惊的事实。似乎，可能，大概，从这上面看起来，如果这本日记是岳钧楠的真迹的话，那么那位往我身上泼了无数次脏水、让我恨得牙痒痒的无耻评论员丘石，居然是岳钧楠的笔名！

一时间，我仿佛被人从头到脚淋了一桶猪油，又腻又凉，一种荒谬的感觉迅速从脚底蔓延上来。丘石就是岳钧楠？那么我和丘石打赌，就是在和岳钧楠打赌？我居然和岳钧楠为他自己的事情打赌？

怪不得，怪不得我将这个赌约告诉岳钧楠后，他完全没有表现出一般人该有的惊讶，好像早就知道了似的，怪不得那晚在电台里我会听着丘石的声音耳熟，我后来怎么就没反应过来那是岳钧楠的声音！

所以说，这一年多来，岳钧楠每一次陪着我为了这个赌约折腾，其实是在看我的笑话吗？

仔细想想，我还的确蛮像一个笑话的。

我居然为了一个巨大的谎言，牺牲了那么多的时间，殚精竭虑，费尽心思，安排他和徐娅见面，想给他找到一段好姻缘，甚至把我自己都折了进去！结果到头来，他一直在旁边像看一个笑话一样看我折腾？

我闭上眼睛，深深吸了几口气，平复了半天情绪，决定先努力抛开这个让人震惊的事实，捺着性子继续往下看。

4月13日 晴

我都不知道，自己为什么会答应唐尧的赌约，并且赌约中的另一个赌本，还是我自己。

或许我只是想肯定自己的观点并没有错，又或许我想看看她到底有多大的本事，但无论如何，等我事后静下心来细想，我发现我这完全是自己给自己挖了个坑往下跳，纯属没事找事。

如果我不是之前有很长一段时间针对她写评论写上了瘾，也许就不会被她给记恨上，但我就是控制不住自己，因为我居然很期待看到她在看到那些评论之后气急败坏的表情。

为了这些，我甚至做了一件堪称变态的事情。我向《环球星报》内部打听清楚了她的住址，然后在每次评论刊登出来的那天早上，开车到她家小区报刊亭附近埋伏，等她下楼买了报纸展开看到评论后，仔细欣赏她脸上的表情。

　　每次她露出来的那种义愤填膺的表情，都可以让我在车里闷笑上半天，然后那一整天心情都会无比的好。似乎将一个原本很有活力的人逼得抓狂、颓废、近乎崩溃，是件相当有成就感的事。

　　直到有一天，她忽然活生生地站在我面前，言辞间，竟然是想让我接受她的采访。

　　在那一刻，我还以为是自己做出的事被她察觉了，我甚至有一瞬间的恐慌。但很快我就发现，她会找到我并不是因为她在"丘石"身上发现了什么端倪，而是她想了解我的过去，来充实她的专栏。

　　我隐藏在心里的恐慌逐渐转变为好奇，有关我过去的事情，除了徐娅那个"烟幕弹"，知道真相的人很少，不知道她是从什么渠道听闻了风声。但那些我早就不愿意再回想的过去，也不是她问一问，我就必须要说的。

　　于是我不冷不热地拒绝了她所有的问题，还顺带像平常写评论稿那样嘲讽了一下她的专栏，本以为能正大光明地看到她愤怒的模样，没想到她表情没变化，却出手利落地给了我一巴掌，还附带一张带有羞辱性质的钞票。

　　当时我有些蒙了，甚至还有些后悔，自己是不是说得有些过头了？我想向她道歉，但她离开得很快。直到后来她亲自上门，我才知道她其实并不认识我，那天是错把我当成了她另一个采访对象，而在知晓我的身份后，迫于编辑的压力，她才找上门为自己的那一巴掌道歉。

　　当然，虽然在说这些时，她脸上的确挂着歉意满满的表情，可我完全能从她的眼神里看出来，她纯粹就是在完成任务一般逢场作戏而已。

　　或许是存了恶整她一下的心思，我让她在菜园里帮我埋蚯蚓，顺便也能与她聊聊天。也就是在那个时候，我知道了她刚分手不久，而那个抛弃她的男人，与她有很多年的感情。

　　也正是因为知道了这些，后来发现她的专栏主题变成"失恋万岁"时，我并没觉得有多意外，相反，我那些曾经对她每一篇文章都要吹毛求疵的情绪不见了，取而代之的，是一种同是天涯沦落人的心酸。

10月6日晴

　　今天我在上海，但我并不知道自己为什么会鬼使神差地跑来上海。

　　想想有些荒谬，知道唐尧会去参加那个APA会议后，我硬生生把自己原本安排在下个月的上海之行提前了。但让我怎么都想不到的是，我们居然坐了同一趟航班，而且还在相邻的座位。

　　为了避免在机场碰见尴尬——虽然这种概率很低——我专门向《环球星报》打听了她的行程，然后刻意避开，没想到最后还是碰上了——她明明应该坐之前那趟航班走的。

　　一直想要回避的事情发生了，让我有些不知所措，只能强迫自己淡定冷静，装作什么事也没有。但随后更可怕的事情发生了，她居然恶作剧地在我的三明治里偷加了香菜。

　　我对香菜的味道严重过敏，立刻就晕了过去，因此对那趟飞行的后半段旅程完全没印象，只知道醒来时，自己是躺在医院的病房里，而且还是个吵得不行的集体病房。

　　这个唐尧，明明是她把我害成这样的，居然不知道良心发现一下弄一间单人病房。

　　这口气我一直堵到了第二天，为了报昨天香菜那一箭之仇，我先一步赶到她将要下榻的酒店，装作丢失了钱包和证件的样子，等着她出现。我已经打定了主意，既然没有单人病房，那就算是用蹭的，我也要蹭几晚不要钱的酒店住，至少好好恶心恶心她。

　　她果然上当了，接受了我这个近乎无赖的要求，但接下来发生的事情却真让我惊讶了，她预订的房间居然从普通标准间变成了最高档的帕丽斯套房。

　　那一刹那，我甚至以为她是不是被某个"暴发户"包养了，毕竟现在很多"暴发户"都有这种恶趣味，包养的对象从普通"二奶"，变成女大学生之类的高级知识分子，再变成文化人，以满足他们附庸风雅的特殊癖好。直到我听见帮她订房间的是另一位小姐后，我才松了一口气。

　　这并不是一个好征兆，显然我很在意她，但为什么会有这样的感觉，我自己也很困惑。因此，第二天我没有再厚着脸皮留下，而是早早离开了，想找个安静的地方整理清楚自己的情绪。但有些情绪越是整理就越是混乱，为此，我甚至都没有按照原计划去APA会议的会场溜达。我逐渐发现，我对唐尧的这种在意，似乎变得不像从前那样单纯了。

为了否定这种感觉，在她主动打电话来找我后，我答应了帮她拿到褚徽老师的稿子，去救她十分在意的那个编辑。

同时我还有另一个目的，我要去老师那里见一个人，我曾经的尊缘——詹美晴。

我想弄清楚，当我见到詹美晴时，心里所涌起的情绪是否和面对唐尧时有所区别。但遗憾的是，事不凑巧，我并没有如愿见到詹美晴的面。

褚徽的稿子让唐尧很开心，她甚至在我猝不及防的情况下给了我一个拥抱。

那一瞬间，虽然我表面上故作镇定，心却跳得飞快。

11月11日 小雨

我这辈子还是第一次在如此戏剧化的情境下被人用刀子捅。

捅我的人叫商擎，他也许并不认识我，但我认识他，还认识很久了。我曾经在好奇心的驱使下调查了唐尧的感情史，而他就是唐尧那个曾经青梅竹马、后来劈腿而去的前男友。

说实话，在见到这位"传说"人物的真人版后，我开始好奇唐尧识人的水准和审美。这个叫商擎的，外表看上去是不错，但思想极其迂腐，语言表达能力完全处在下三流的水平，情商更是直接为负值，否则他也不可能为了一个水性杨花的女人，找上门来向岳钧天要说法。

我不过是把他拦在门口同他辩了几句，他辩不过我，就开始胡搅蛮缠，我有些生气，于是告诉他但凡他有那么一点做人的水准，他和唐尧就不会分手。

这句话却像是触到了他的逆鳞，他开始更加过分地大吵大闹，内容不外乎是"我与唐尧真心相爱""除了我再没有谁配得上唐尧""我们就算现在分开了，以后终究还会在一起"，内容极其荒谬。我一面惊叹于世界上居然还有如此自恋的人，一面忍不住想戳破他这个自我催眠的肥皂泡，于是告诉他不要再痴心妄想，因为他心心念念的那个女人，已经和我在一起了。

然后，他就拔出刀来捅了我。

事后想想，其实我这种行为可以划分到自作孽不可活的范畴，但我就是看他那副自以为是的嘴脸不舒服，而在骗他说我和唐尧在一起后，我心底居然涌起一股浅浅的满足，似乎那句话让我很受用一样。

后来，唐尧不知道从哪里听说了这件事，跑来医院看我，我能看出她很好奇商擎捅伤我的原因，但我并不打算告诉她，因为那实在难以启齿。

而且我也发现，我似乎是真的喜欢上她了，并且这不是突然冒出来的情绪，完全可以追溯到很久以前我第一次看见她的时候，当时她被人群围在中间，挂着与我想象中完全相反的、充满活力的笑容，为买了书的读者一个一个签名。

或许这就是传说中的一见钟情，只是发现这份感情的过程略微坎坷一些，而且就算发现了，我也不知道要怎样向她表述。因为我看得出来她很讨厌我，之所以会一次次地来找我，也不过是为了和"丘石"的那个赌约而已。

我知道这全是我的性格惹的祸，我很难在表面上对人热络得起来，也很善于隐藏一切与害羞、紧张和尴尬有关的情绪，并且每当这几种情绪出现的时候，我都会习惯性地用冷淡的态度将其压下。这是最容易让人误会的地方，我曾尝试做出改变，但收效甚微，因为我从内心深处害怕表露出那些情绪，那会让我没有安全感。

苦恼。

2月22日晴

我第一次将自己那些不堪回首的童年告诉了别人，即便是詹美晴，也并不知道我的这些往事。

有时候我真觉得自己做人不够坦荡，明明早就订好了酒店，却故意装作没订到，还毫无愧疚之色地接受了她留宿的邀请，只因为我发现她居然是和景泓住在同一栋沙滩别墅里。

虽然明白全是嫉妒心作祟，但是偶尔转念一想，上天居然能安排我们在这样一个太平洋小岛上偶遇，肯定是有他的道理的。

从我知道唐尧不知什么时候开始和景泓走得很近，并且还合作出书，我就很不舒服了。尤其对方居然是景泓，多年前对于詹美晴，便是因为他，我最后才决定放手，没想到这次当我发现自己对唐尧的心意之后，他又出现了。

可我却不会再犯和当年一样的错误，也许唐尧说得对，你在意一个人，就该抱有"人不为己，天诛地灭"的觉悟，而不是像个白痴一样将她拱手让人。

虽然我很想提醒她，"人不为己，天诛地灭"真正的意思其实是"做人如果不修习自身，连天地都容不下他"。

真不明白她身为一个作者怎么连这个都不知道。

前几天，在褚徽的展览上，我遇见了詹美晴，时隔多年，她一点都没变，但我的心境完全不一样了。果然，任何感情如果不定时维护，是一定会过期的。我曾经对她的念念不忘，原来不过是一种不甘心的执着，巧的是这番话唐尧也说过，当初她做电台访谈的时候，就曾经告诫一个打进电话的女孩"你以为你是喜欢他，其实你这种情绪只是被甩了以后的不甘心而已"，当时我嗤之以鼻，现在却很赞同。

如果她不出现，我会一直以为我永远也无法对她释怀，老话"解铃还须系铃人"果然一点也没错。

我琢磨着，在发觉自己告别了那段过去后，有些事情是不是也要尝试做出改变。"Santorini"这个名字，当初只是凭着一片执着而起的，现在恩怨纠葛浮云过，或许换个更有亲和力的名字会更好些。

不如就叫"失恋万岁"好了，至少我现在的心境是这样，扔掉一个大包袱，整个人万万岁。

就是不知道如果真这么改，唐尧会不会告我侵犯她的版权。

后面还有许多内容，但是我没有再往下看，而是缓缓合上日记本，重新将那个厚重的本子塞进信封里。

我脑子里乱成一团，过去的许多画面经过日记内容的筛选而交织在一起，竟然让我完全理不出头绪，分不清真假。我只能将其全部摒除出脑外，不再去想。这时，机长透过广播提示飞机即将着陆，望着窗外逐渐接近的地面，我的心却仿佛越升越高，飘在半空中，空落落的，下不来。

回到家后，我把那本日记收了起来。我没有去探寻这东西到底是谁寄给我的，他又是出于什么目的，我曾经想过或许是岳钧楠，但很快又否定了这种猜测。岳钧楠那个人，连当面告诉我这些事情都显得别扭，又怎么会把私密性这么高的东西拿给我看？

那几天我都没有出门，闲着无聊，就把整间房都做了一通大扫除，倒让我意外地从墙角缝隙里找出了不少之前弄丢的东西，像去丽江旅行时买的银色尾戒，街道转角那家早就倒闭了的温泉SPA会馆的代金券，还有一个款式老旧的U盘。

我把U盘插进电脑里，发现居然还能用，里面密密麻麻全是文稿，我一个一个点开，很快便看得笑出声来。这都是我学生时代写的东西，那时最大的梦想就是成为一个作家，写了不少这类没营养的文章，不光行文幼稚，想法更是可笑，并且所有故事的主线内容都出奇的一致：女主角与男主角明明相爱，却因为各种外在因素的阻挠而不能在一起，但他们不信邪，抱着一股"山无陵，天地合，乃敢与君绝"的魄力，最终冲破艰难险阻，获得了世纪大团圆。

现在再看，我的心境却与那时完全不一样了，要换成现在的我来诠释这个故事，是绝对不可能让他们happyending的，十有八九会写成双方最终向现实妥协，各自婚嫁，多年以后，遽然重逢，然后坐下来感叹韶华白首，时不我待，当年天真。

毕竟这才是最符合现实的发展趋势。

果然人越成长，骨子里的梦幻细胞就越少。

陆岩终于成功乔迁新居，我受邀前去参观，房子就是上次我们共同看的那一套，只是他到手的过程颇为坎坷，贷款折腾了不少日子，中间装修也重做了好些地方，致使隔了一年多才正式搬进去。

我顺路买了不少吃的，陆岩又自己动手做了满满一桌子菜，然后我们坐下来边吃边聊天。

他告诉我他最近找到了一份新工作，在一家正儿八经的出版社里做图书编辑。

"为了贷款，不工作不行，国营事业单位，算编制内，横竖半个公务员，工资虽然比以前低很多，好歹福利齐全，活儿不累，主编也是个和蔼的人，不像华宇那样喜欢没事找事。"陆岩对我细数了一遍他新工作的好处，"我大学毕业的时候就去他们那里面试过，但他们要有经验的，学历要求也是硕士起跳。这次我再去，报出自己曾经是《环球星报》唐尧的责编，还没说上两句话，他们就决定录用我了。"

我自满地扬了扬眉，"看来我还是一块很好用的敲门砖嘛。"

"是啊。"陆岩附和道，"我也是时间赶得巧，不然再晚几天，刚好撞上帝光的丑闻出来，人家用不用我还不一定呢。"

我奇怪地看着他，"帝光的丑闻？什么丑闻？"

"咦，你不知道？"陆岩惊讶道，"你这几天没有看报纸吗？"

我摇头。

"这么大的新闻你居然不知道，岳鸿章已经连续好几天霸占许多报纸的头版了。"陆岩从一边的沙发上随手抽过来一份报纸，摊开在我面前，头版便是巨大的标题——"岳鸿章强奸丑闻再升级"。

我顺着新闻内容细细往下看，才明白陆岩口中的大新闻到底是指什么。

不久前，原本已经被清理一空的岳钧天和"杜蕾斯"的不雅视频又开始悄悄在网上流传，因为不是新八卦，一开始也没引发多少人的关注，但是很快，随着这段视频的再度散布，有一家小报刊登出了一篇报道，以"上梁不正下梁歪"为主题，直指帝光传媒董事局主席岳鸿章行为不检，文章爆料岳鸿章刚悄悄迎进门的、才为他生下了第四个孩子的四姨太，是被他强奸之后怀的孕。

报道写得有鼻子有眼，看来像是对那位四姨太从年龄到职业等各方面资料了如指掌，说四姨太原本只是一家知名医院的护士，岳鸿章去做例行全面身体检查的时候住了三天的院，在病房里兽性大发地把她给强奸了，事后本来只打算给她一笔钱摆平，结果发现她居然怀了孕，因为怕她闹事，岳鸿章不得不把人弄回家里当了四姨太。

除了这些，那小报纸居然又顺便把岳钧楠与徐娅的事情拎出来说了一通，两父子通通"情迷护士"，搭配上之前岳钧天的光荣事迹，更坐实了岳鸿章"上梁不正下梁歪"的名头。

当然，如果仅仅是报纸随便写写也就算了，反正岳鸿章之前就有三个老婆，他也从没在意过这些八卦，事情出就出在那位新晋四姨太是个不安分的主儿，居然自己跳出来大叫报道写得没错，她的确是被岳鸿章强奸的，并且压根就不想当他的四姨太。

一石激起千层浪，她这一发声，顿时将整件事情炒得沸沸扬扬，网上骂声一片。等岳鸿章意识到事情的严重性时，警察已经闻风而动，将岳鸿章"请"

进了公安局配合他们调查，并且一"请"就是好几天。

岳鸿章多年来一直养尊处优，哪里受过这种罪，更别说是像个囚犯一样被羁押在公安局里！他年纪本来就大了，那些审讯他的警察态度也不怎么好，加上外边骂声一片，他又羞又怒，在进到公安局的第二天，就气晕过去，被送进了医院。检查下来，轻微中风，没有生命危险，就是躺在床上动不了了，也不能说话了。

"因为这件事，帝光最近的股价下跌了一大片，就连《环球星报》的发行量也受到了不少影响。"陆岩叹了口气。

"丑闻影响股价我能理解，但是怎么会影响到报纸的发行量？"我百思不得其解，"大家总不可能因为看不惯岳鸿章的行为，就连报纸都不看了吧？"

"我也是这么想的，所以我想，《环球星报》变成这般光景，肯定是在内容管理上出了大问题。"陆岩看着我说，"尤其是那个詹美晴，我听以前的同事说，最近读者来信里关于她的抱怨很多啊。"

"什么抱怨？"

"她顶了你的专栏后，一开始的确很受欢迎，不过你我都知道是什么原因，你那篇文章，的确帮她捞了不少名气。"

陆岩知道詹美晴盗用了我的文章，并且很为我鸣不平。但这件事都过去这么久了，最初的气愤早已烟消云散，现在我早就看开了，甚至在陪程沐媛去上海待产的那段时间，都没有留意过这方面的消息。现在算算时间，按照报纸的发行周期与文字稿量，我当初那篇文章的内容，她应该已经差不多发完了才对。

"我那篇文章她发完了吗？我可都没写完，她是怎么往下接的？"我好奇地问。

"接？"陆岩冷笑一声，"她压根就没接，而是直接断在那里，挂了一个声明说自己有了一篇更好的文章，因为迫不及待想放出来给读者看，所以那篇先暂停，开始连载新稿件。当然，所谓的新稿件就是她自己写的稿子了。"

"反响不好吗？"

"唔……怎么说呢，如果放在十年前的话，她的稿子，还是有那么些阅读价值的。"陆岩说，"只是以现代人的阅读标准，她的风格太过幼稚，就是很久以前的意识流风格，压根不会有读者买账。说真的，以一个编辑角度来看她的稿子，我觉得她完全不适合写文章。"

"这个嘛，或许有人觉得她很适合呢。"我反调笑了一句，想起当初我被迫离开《环球星报》的场景，"当时黎颖可是当着我的面说的，詹美晴得到了一名公司高层的力推，能得到这样的人认可，也算一种本事吧。"

"那你知道是谁在背后'推'她吗？"陆岩问。

"我不知道。"我顿了顿，还是没有把岳钧楠的名字说出来。其实我心里也产生了疑虑，以前我一直以为那个"力推"她的人是岳钧楠，而岳钧楠也向我承认他为詹美晴做过推荐，但自从看到那本日记后，我却有种事情没有这么简单的直觉。

陆岩摇着头说："总而言之，现在帝光的情况很不好。但好歹瘦死的骆驼比马大，就看岳钧楠善不善于应对这些公关危机了。"

我诧异地问："现在是岳钧楠在应付这些吗？"

"除了他，岳鸿章也不能指望别人了，难道指望岳钧天？"陆岩露出深思的表情，"不过我也有点疑惑，向来喜欢高调的岳钧天，最近也太安静了，他少有那么安分守己的时候。"

"你有时间操心别人的家务事，不如多操心操心自己的工作。"我夹起一块排骨塞进他的嘴里。

一顿饭吃完，我起身告辞，离开之前，陆岩又多了句嘴，让我留心伊莱亚斯的动向，"自从岳鸿章出事，《环球星报》销量下跌之后，《大都会周刊》就动作连连。"他说："两边斗了这么久，伊莱亚斯才不会放过这个痛打落水狗的好机会，他们只要抓到《环球星报》的一点小错，就会立刻蹦出来大做文章。你留个心眼，我猜他们十有八九会找到你，但是要怎么做，那是你的选择。"

我明白他在指什么，也隐约有了个猜测，当初我刚离开《环球星报》，景泓立刻邀请我跳槽，在时机上也卡得太过精准了，好像他们早有预料一样。只是猜测终究是猜测，事实如何，跟我这种小老百姓半点关系也没有。毕竟，说白了，商业、职场上的事情不外乎你掐我、我踩你，为一点经济利益与蜗角虚名争得头破血流实在太寻常了。

之后的一段时间，我没有去别的地方，而是一直待在家里整理邮箱。

"失恋万岁"这个专栏写了一年，除了初期的素材是我亲自采访回来的外，后来素材都是读者将他们自己的故事源源不断地发到我的邮箱里的。而在我离开《环球星报》的这几个月，这些从四面八方飞来的电子邮件并没有减少。

我将那些写满了各种或心酸或幸福的故事的邮件一封一封看下来，心里头一次涌起了不甘心——当初我那么心平气和地接受停止专栏，是认为那不过是一份工作，一个作者的写作生涯不会因为失去一份工作而停止，但现在我发现，那不仅仅是一份工作，眼前这许多封邮件无不在提醒我，我是丢掉了一份责任。

于是，我将这些资料整理好，在一个比较出名的论坛上，申请了一个私人板块，继续以邮箱里的那些素材为基础，开始更新专栏。只不过现在，我一直坚持着的观点却出现了变化。

以前，我总是认为"旧的不去新的不来"，一段失恋，标志着一段新恋情的开始，所以应以相信柳暗花明又一村的态度，希冀阳光总在风雨后。但如今，我写出来的新文章，却弱化了这样的观点，而是换成了"我们坦荡地告别过去，不是为了迎接一段新恋情，而是为了让自己成长"。

说白了，一个人最大的成长，就是学会告别过去。

我好像回到了刚入行写网络小说的时候，网络最方便的地方在于省去了编校稿的麻烦，没有人会给我修稿意见，一切随心所欲，实时写作，实时更新，还能实时与读者交流，而且最关键的，再也没有自以为是的评论员蹦出来煞风景。

虽然我在心底还隐隐有些期待岳钧楠能看到，不知道那时这位"丘石"评论员会不会再高谈阔论地把我鞭笞一通。

说到岳钧楠，在经由陆岩提醒后，我多少也留意了些有关帝光的消息，只知道岳鸿章卧病的这段时间，岳钧楠得到了几名重量级董事的支持，以代理董事长和首席执行官的身份，一手总揽整个帝光的日常事务。虽然大权在握，但在岳鸿章卧病、集团丑闻缠身、股价大幅下跌的情境下，我想他过得也并不平安喜乐。在此期间，岳钧天在媒体跟前露了几回脸，摆着一副孝子的模样对着镜头大喊没有照顾好父亲，是个不称职的儿子，一面努力表现出自己的忏悔，一面含沙射影指责岳钧楠在这种关头只顾自己大权独揽，而完全不关心岳鸿章的死活。

不得不说，他这一张"同情牌"打得很有效，至少看最近媒体的风向，倒有些齐齐宽恕岳钧天的浪子回头，而把岳钧楠塑造成了一个见钱眼开的冷血狂魔。

而且很快，景泓也如陆岩所料地再度找上了我。

那天晚上，他没有任何预兆地只身上门，并且言语间客套全无，开口就直奔主题，"我们可以帮你捍卫著作权。"

他坐在我家的沙发上，两条腿优雅地交叠在一起，一点没有谈生意的模样，倒像是稀松平常来朋友家做客，"只要你肯站出来加入我们。"

我手捧茶杯靠在窗户旁，没有说话。

"我知道詹美晴盗用了你的文章，我不相信你甘心就这么沉默下去。"

"可惜我手上并没有直接证据能证明那些文章是我写的，如果我有，以我的性格，你以为我会一直保持沉默吗？"我对景泓耸了耸肩。

"这个很简单，你只要将那篇文章的后续内容拿到《大都会周刊》来发表，读者并不是傻瓜，前后文一对照，稍微有些脑子的人都能明白到底谁是真正的作者。"景泓说，"《大都会周刊》会给你提供一个平台，而之后，伊莱亚斯传媒集团将以捍卫旗下作者权利为出发点，向《环球星报》这种不尊重作家作品著作权的恶劣行为发起抗议，我们会聘请最专业的律师团队，我相信事实胜于雄辩，他们原本就是盗用，即便一时没有直接证据，也总会有发现蛛丝马迹的时候。而你要做的，仅仅是站出来而已。"

这和他以前游说我跳槽的说辞没什么两样，唯一的区别就是附加了一个帮助我维权的条件，但不得不说，这条件很诱人。

之前陆岩告诉我伊莱亚斯并不会放弃"痛打落水狗"的机会时，我就猜到他们会从我这里切入，毕竟对于《环球星报》来说，发生在我身上的事会是一发威力巨大的炮弹，而且他们也明白我不会拒绝给他们当枪使。

"在讨论这个问题之前，有件事我一直很好奇，希望你能回答我。"我看着景泓。

他点头，"你说。"

"之前，《环球星报》里曾出过一次泄密事件，我想知道是谁将那些消息泄露给《大都会周刊》的。"

他一时沉默，并没有直接回答。

"我不需要你确切地告诉我到底是谁泄露的，但毕竟当时我因为这个背了黑锅，所以我要问清楚。"我说，"你只需要告诉我，泄露这些消息的人，是不是《环球星报》的内部员工。"

"如果只是这样的话，我可以告诉你，是的。"景泓坦诚地回看我。

"是吗？我明白了。"验证了自己的猜测，我心里松了一口气，"关于配合你们这件事，我需要时间考虑，稍后会给你答复的。"

"这是一件对双方都有益处的事情，而且作为朋友，唐尧，我也是真心想帮你。"景泓在离开之前，留下这么一句话。

我端着酒杯坐在阳台上，一边吹夜风一边喝烈酒，只是大量的酒精灌下去，我的脑子却清醒得不行。有个纠结的问题我想了几个小时，还是无法做出抉择。

我没有立刻答应景泓，并非不想出这口恶气，而是在顾虑岳钧楠。帝光现在风波不断，他的日子想必不好过，如果我现在和伊莱亚斯打包跳出来，天知道这一记黑枪如果正中红心，他会不会恨死我。

说到底，我还是在乎他的，更何况我们并没有撕破脸，有些事情真的需要做到那一步吗？

我拿出手机，想给他打个电话，但犹豫了片刻，我又打消了这个念头。

"这件事他原本完全可以避免的，发展到今天这种局面又不是我的错，为什么我要在这里纠结？"我自言自语着笑了一声，忽然想到，岳钧楠如今已经掌了帝光的舵，而之前我也告诉过他詹美晴盗用了我的文章，他却依旧放任那个女人在《环球星报》混得风生水起，等于是默认了这种情况的存在。他自己都不担心，我又替他瞎操什么心？

第二天早上，我带着《初恋》的原稿，走进了伊莱亚斯的大门。

他们办事果然很有效率，景泓亲自安排了他的专属责编来负责我的文章，订合同的时候，我提出我只提供这一篇文章的稿件，不算作隶属于伊莱亚斯的作者，他们都表示无异议，或许在他们看来，能抓住这个机会朝多年的竞争对手猛开一枪才是真正重要的事情。

也正因为这一点，编校与上稿的时间也出奇地快，他们甚至挪下了一篇原本已经定好了的稿子，只为了让我的文章能挤上下一期的版面。

就这样，在短短一周之内，刊载有我文章的《大都会周刊》正式上架，并且他们以我的名义准备了一篇对詹美晴盗用稿件的控诉信，放在了杂志卷首语的位置。

效果反响空前热烈，杂志才上市一天，周刊编辑部的电话就差点被来询问的人群打爆。

随后他们趁热打铁，率领着早就准备好的律师团召开新闻发布会，表明要以一种"坚定不移"的态度捍卫作者的应有权益，打击《环球星报》这种"不能被容忍"的盗窃行为。

那场发布会我没有出席，而是在家里看的网络转播。发布会期间，被我调成静音的手机一直亮个不停，屏幕上显示着几十通未接来电和短信，全部是来自各家媒体想打听八卦消息的记者。待在家里都是这种情况，要是去到现场，我还不被那些记者里三层外三层地给围起来？

同《大都会周刊》这边的大张旗鼓相比，《环球星报》显然要低调得多，并没有一个人站出来反驳这件事或者发表看法。其实我没有直接证据证明詹美晴拿了我的文章，就算我能拿出后文，《环球星报》也不可能找不到理由反驳一二以维护自身的名义，诡异的是，他们就像默认了这件事一样。

景泓把这类反应看成他们是在心虚，我却不这样认为，反而觉得这是因为帝光最近已经被各种破事折腾得焦头烂额，现在再多上一件破事，他们估计也已经疲于应对，就干脆破罐子破摔了。

《环球星报》方面的沉默非但没有让事情平静下去，反而让《大都会周刊》认为是他们的力度不够，于是《大都会周刊》又通过各路媒体狂轰滥炸了好几天。接踵而至的负面报道让帝光股价一降再降，很快便到了让人无法忍受的地步，也让股东们人心惶惶，而就在这个时候，帝光董事局忽然对外发布了一条消息——他们将要召开临时股东大会。

这种四面楚歌的时刻，他们不采取行动以维护自身的企业形象，反而突然要举行股东大会，这让很多人都大跌眼镜。不过跟外界相比，帝光的小股东们对此倒很欢迎，因为他们确实需要管理层给出一个解释，毕竟在接踵而来的负面新闻轰炸下，帝光已经面临着一个难以走出的困境。

许多外部媒体认为，帝光或许也会在这次股东大会上对之前的许多事端做出一个解释与表态。为此，在大会举行的当天，帝光大楼外里三层外三层地围了一大群记者，就为了得到第一手信息，其场面比起苹果发布新一季产品的时候绝对有过之而无不及。

这场股东大会在所有人望眼欲穿的等待中持续了整整一个下午，结束后，所发布出来的消息却并没有对之前种种事态的解释，只是一连串让人惊讶的人事变动。

包括帝光传媒常务副总裁在内，足有三名高管被革除职位，除此之外，《环球星报》不久前才新上任的内容总监黎颖也被辞退，还连带了好几个资深编辑被降职或行政处罚。不光如此，帝光还宣布，将对那几名被革职的前高管，以违反劳动合同中的保密条例为由提起诉讼。

这样大范围的人事变动来得突然，也与记者们最初期望看见的东西相去甚远，他们弄不明白，在这个节骨眼上，帝光不好好运作公关危机，适时道歉，反而弄这么多人事变动做什么。这对于整个公司的运行，难道不是雪上加霜吗？

但很快，帝光对外公布的一篇声明就很好地解答了他们的疑惑。

声明用词简短，篇幅也不长，但内容相当有爆点。开篇所澄清的第一件事，就是有关岳鸿章的"强奸丑闻"。说那位四姨太所生的孩子，并非岳鸿章亲生，而经过DNA鉴定，证实那是岳钧天的亲生子。

声明一出，震惊一片。

四姨太之前对岳鸿章的控诉，是说在主动告诉岳鸿章自己怀孕后，岳鸿章才把她接回家里。现在证明这个孩子根本就不是岳鸿章的，也等于证明了是四姨太在撒谎。

声明粗略描述了帝光内部对这件事的调查过程，直言经过调查证实，这一切都是岳钧天和四姨太联合导演的一出戏，四姨太原本就是岳钧天的地下情妇，后来在他的指示下主动勾引岳鸿章，为之后引起种种事端做铺垫，目的就是为了将公司搅成一潭浑水，好达到他争夺财产的最终目的。

虽然谎言被证实了，证实这个谎言的真相却比谎言本身更加令人震撼。就算是在现代社会，这类子谋父财的丑闻也是不为社会所容的，所以董事会曾纠结许久到底要不要公布这个结果，但为了配合公安机关的调查，也为澄清事实所需要，最终不得不公布出来。

有了这个铺垫，后边的事情解释起来就顺理成章了：岳钧天既然早有预谋要争家产，自然会拉拢一些公司高层成为自己的左膀右臂，那位被革职的副总裁就是其中一个。他们在发现岳钧楠重回公司并且日渐得势以后，便费尽心思想要削弱岳钧楠对公司的影响力，随即就把主意打到了帝光旗下第一大刊《环球星报》上，认为只要在岳钧楠掌权的这段时间《环球星报》出了问题，岳钧楠就难辞其咎，那么就算有岳鸿章给他当靠山，各位董事为了保障公司的利益也不会买他的账。

为此，岳钧天甚至不惜与伊莱亚斯联手，以伤敌一千自损八百的架势，先将华宇暂时调岗，然后安排黎颖入职，在泄露商业机密的同时，顺便剔除类似于陆岩那样的骨干编辑，随后他更在明知道詹美晴盗用文章的前提下，给予她支持，目的也是为了把我挤走，然后再由《大都会周刊》与我接洽，借我的手朝《环球星报》开枪，让整个报纸雪上加霜。

如果这一切发展顺遂，那么岳钧天就能趁着岳鸿章卧床这段时间，以岳钧楠根本没有办法管理好整个公司为由，说服董事们投票将岳钧楠罢职，由他自己上位，这样，他的目的就达到了。

只是他并不明白，这样做看起来圆满缜密，且效果显著，但这显然是一把双刃剑，会给帝光造成灾难性的影响。更何况，岳钧楠又不是傻子，他会算计岳钧楠，岳钧楠自然也会算计他。

我在看到那份声明后，便领悟了过来，帝光这么长时间一直保持沉默，说不定是因为岳钧楠早就掌握了岳钧天这些跳梁小丑的行为，他按兵不动，只是在将计就计而已。等到公司的股东们被折腾得人心惶惶的时候，他才借着这股东风召开股东大会，将手上掌握的真相全盘抖出来，借助股东大会的力量，一举将与岳钧天沆瀣一气损害公司利益的高管和职员拔除，做得雷厉风行，丝毫不拖泥带水。

也许岳钧天到最后都想不到，他这叫多行不义必自毙。

后来发生的事情就简单多了，在澄清了所有的事实真相后，帝光浮动的人心总算稳定了下来，一切重新步入正轨。

隔天，《环球星报》在头版刊登出了一封对我的道歉信，就詹美晴这件事对我深度致歉，并表示将按照基本稿费的三倍给予我赔偿。

景泓在看到这篇道歉信后，带着丧气的表情对我说："亏我们之前下了那么多功夫，结果现在全成了无用功，还以为能一口气把《环球星报》压下去呢。"

《大都会周刊》这次花了大力气，结果费力不讨好，他自然不开心。

我把装着最后一份稿件的U盘递给他，说："商业竞争靠的是各自的本事，你们这类落井下石的行为本来就登不上大雅之堂，没有反过来败坏自己的名声，已经是谢天谢地了。"

"也对，不过这次连载完成后，你真的不考虑转来我们周刊吗？"他再一次向我发出邀请。

"再说吧。"我摇摇头，"这两年我都没有休息过，也想趁着这个机会休息一段时间。"

"好吧，随便你，但你要是什么时候愿意过来了，我这里绝对随时欢迎你。"

走出伊莱亚斯的大楼，我在不远处的公交站上了大巴，选了一处靠窗的位置坐下，然后从随身的包里掏出一本书。

那是陆岩送给我的，他在出版社工作后策划的第一本书，书名叫《为爱出走的108个理由》，封面上是一对最近在某文青论坛爆红的年轻小夫妻，不知道站在世界哪处犄角旮旯的海岸边，肩并肩对着镜头傻笑。

当初在做选题的时候，他还特地找到我，想让我帮他参谋参谋，我们一共想了三十多个名字，各种风格都有，可他还是觉得不契合。于是我们决定把这个艰巨的任务告一段落，看看电视，喝喝咖啡。电视上正在播着综艺型的讲座节目，一个某知名大学中文系的老教授站在讲桌后边，手里举着一把折扇，摇头晃脑声情并茂地在研究"杜十娘怒沉百宝箱的一百零八个理由"，当时我便开玩笑似的对陆岩说："你干脆别想那么复杂，就取个'离家出走的108个理由'算了。"

这本来只是我一句无心之语，他却猛地拍手说这名字不错。于是在比较清新文艺地润色一二后，这个带着些恶搞风格的名字居然真的一路过审，书也很快摆上了书店的货架。

"才刚刚上市，就已经卖了两万多本，我觉得我新事业的当头炮正式打响了。"陆岩把这本书送给我时那种扬扬得意的表情，我怎么都忘不了。

书的内容和一般的游记没有什么不同，除了各类稀奇古怪的照片，就是一些让人摸不着头脑的意识流文字，让人看着就想打瞌睡。就在我怀疑自己脱离大众太久，所以看不出这本潜力畅销书的卖点的时候，一幅横跨两个页面的落日照片忽然蹦了出来。

海面，沙滩，白色巴洛克式建筑，还有那巨大的落日，画面是如此的似曾相识——那是圣托里尼岛的海岸。

我又一次见到了圣托里尼岛的海岸。

年轻小夫妻相拥着在落日下接吻，海风将女人的裙子和头发吹得群魔乱舞，本来一个狼狈不堪的模样，在那样背景的映衬下，倒变得赏心悦目起来。

旁边的配文终于告别了意识流的文字，而换成了巴勃鲁·聂鲁达的诗。

> 我喜欢你是寂静的，好像你已远去。
> 你听起来像在悲叹，一直如歌悲鸣的蝴蝶。
> 你从远处听见我，我的声音无法触及你；
> 让我在你的沉默中安静无声。
> 并且让我借你的沉默与你说话，
> 你的沉默明亮如灯，简单如指环，
> 你就像黑夜，拥有寂寞与群星。
> 你的沉默就是星星的沉默，遥远而明亮。

那一刻我发现，我对文艺青年们的定义似乎还不够全面，在拖着吉他去大理、丽江唱民谣，穿着白袍子去香格里拉吟诵仓央嘉措，坐六天五夜火车去莫斯科欣赏西伯利亚美景，后边还要多加上一条——在圣托里尼岛的海岸来一首"巴勃鲁·聂鲁达"。

我合上书，公交车刚转过一个十字路口，靠在路边的车站停住，我看了窗外的街道一眼，发现这是岳钧楠餐厅所在的那条街。

上来几名乘客后，车子再次发动，摇晃着缓缓前行，街边的景致依次后退。很快，餐厅那张熟悉的大门也在窗外一晃而过，我不自觉在那张门上瞟了一眼，却忽然睁大了眼睛，并迅速站起身，告诉司机我坐过站了，要下车。

车子再度停下，后门还没彻底打开我就挤了下来，站在那两扇玻璃门前，望着门上的招牌出神。

店还是那家店，连装修都没变，只是用花写体写就的"Santorini"招牌不见了，换成了四个方正气派的宋体字"失恋万岁"。

我抿了抿嘴角，推开门走了进去。

大堂空无一人，隔热玻璃将大片的阳光挡在店外，只在厅堂里留有一丝柔和的光线。我在外边的大厅转了一圈，听见后厨里有细碎的声音传出来，便准备朝那边走，可迈出两步之后，又停住了。

我想起了上次到这里来时的情形，那次我本来兴高采烈来赴约，却撞见了让我十分堵心的场面，也就是在那次，詹美晴偷拿了我的U盘，以至于发生了后来这一连串的磕磕绊绊。

自从事情的真相随着帝光的声明曝光，詹美晴就独自一人回了上海，现在应当不在这里，但我控制不了自己，总担心撞见一个"詹美晴第二"。

只是，我站着不动，却有人从里边走了出来。

男人穿着黑色的衬衫，个子很高，手里端着个玻璃杯。他一面走，一面低着头若有所思，直到抬起眼睛看见直挺挺站在不远处的我，才愣了一下，停住脚步。

岳钧楠整个人都瘦了一圈，脸颊的轮廓变得更加明显，我们对视了一会儿，我才听见他开口说："你来了。"

语气自然，好像我们之间完全没有经历过争执，并且早就约好了会在这里见面一样。

"我刚刚从外面路过。"为了避免尴尬，我也努力让自己表现得轻松一些，"看见你把招牌换了，就进来看看。"

"哦。"他点点头，"新招牌你喜欢吗？"

"我喜欢吗？"我啼笑皆非地把他的话重复了一遍，"你别告诉我你是故意改给我看的。"

他却一耸肩膀，没有回答我的问题，而是把手上的酒杯递到我面前，"正好你来，我新调了一种鸡尾酒，你尝尝。"

他这么一说，我才发现原来他端着的杯子里面有东西。

我定睛看去，那是半杯颜色像极了可乐的酒液，因为周围光线不足，色调极其不明显。

"好奇怪的颜色。"我接过酒杯，先闻了闻，然后浅尝了一口，感觉味道有些酸甜，还夹杂着一股很熟悉的口感，我立刻反应了过来，"你在里面加了梅酒？"

他点头，"可以告诉我你对这杯酒的感觉吗？"

"很甘醇，也很烈，口味层次分明，酸甜度也适中，作为一款鸡尾酒来说，合格。"我做了一个中肯的评价，"颜色很别致，是你自创的吗？"

他微微咧开嘴笑，"最开始，我只是在思考怎样把梅酒搭配到鸡尾酒里去，可以既保留梅酒的香味，又融合不同层次的口感。为了这个，我还专门练习了好几种马丁尼的调制方法，可惜，每次调出来的成品味道都不伦不类，梅酒自然发酵出来的独特酸味和蒸馏酒的烈气完全搭配不上。"

"那这一杯你又是怎么调出来的？"

他嘴角的笑容更深了，"是一次意外，十分钟前，我正在喝四海为家，觉得酒味淡，本来想多加一些伏特加，却错拿了梅酒，然后，就弄出了这玩意儿。"他顿了顿，"这一杯酒里，有四分之一的梅酒，和四分之三的四海为家。"

听他这么说，我不禁又喝了一口，舌尖细细品尝着酒液的味道。他说得没错，仔细尝的话，还是可以分辨出这是一杯加大了酸度的四海为家，四海为家原本便带有酸味，与梅酒混合后，两种酸味不但不冲突，反而相互融合而升华到了另一种层面。

"这酒有名字吗？"我问道。

"有。"岳钧楠说，"我想管它叫'卡萨布兰卡'，一杯专门为每天第一个推门进来的顾客而准备的鸡尾酒。"

我默默地放下酒杯，"你……难道还打算留着这家店？我以为你现在应该很忙。"

"我以为你在看见我新换的招牌后，会明白我的意思。"他拿过我喝剩下的半杯酒，也不避嫌，就那么仰头喝了个一干二净，然后抹抹嘴说："帝光方面，我会在我父亲身体康复后，将所有事务返还给他，跟那些东西比起来，这餐厅里的一切，才是我的乐趣。"

"我明白了，或许这里是你的乐趣，但是门口那块招牌，却显然不在此列。"我回身一指，"你把餐厅换成这个名字，有事先告诉过我吗？"

他却露出诧异的表情，"我记得我有通知你的。"

我奇道："什么时候？"

他双手一摊，"你难道没有收到我寄给你的东西吗？"

电光石火间，一个四四方方的东西蹿进我脑子里，我张大嘴，言语忽然打了结，"那、那本日记是你寄给我的？"

他用一种理直气壮的态度点了点头，"不然呢？那样私密的物件，如果不是我亲手寄出去，难道还是某个小偷从我家里偷出来，看过里面的内容后，深为我的精神所打动，于是千方百计打听到你在上海的落脚点，然后自掏腰包花二十五元钱邮费来成全我这段纠结的感情？"

"你……"我看着他，怎么都想不到他居然也会有这样油嘴滑舌的时候，"我怎么知道这会不会是詹美晴做的，悄悄把你那本有着惊天大秘密的日记寄给我，让我知道你到底当着我的面撒了多少谎，好使我明白自己只是被你玩弄在股掌之中的一个跳梁小丑，早点死心滚蛋才是正经？反正以詹美晴那样'白莲花'的性格，这种事绝对做得出来。你说我讲得对不对，丘石先生？"

"对不起。"他忽然落下目光，道了声歉，"其实关于我就是丘石这件事，我很早以前就想向你坦白的，只是一直找不到机会，也开不了口。"

"是啊，这倒是个聪明的决定，如果你当面向我坦白的话，我恐怕立刻就会把高跟鞋脱下来往你脑袋上砸。"我冷笑一声，他不提这茬还好，一提，我便想起来他这位"丘石"本尊居然能装傻充愣地戏弄我这么久，便越想越生气。

"刚开始的时候，我的确想过找个适当的时机对你说明真相并道歉，我并不是有意要在这个上面欺骗你的，我只是对你好奇而已。我唯一预料不到的就是我对你感情会发生变化，而当我察觉到这些变化时，就更加无法把真相说出口了。"

"你……"

我想说话，却被他打断了，"唐尧，"他说，"你知道我为什么会把那本日记寄给你吗？"

我摇头。

"这么说或许会显得我很窝囊，但我还是必须要说，在我下定决心把日记本寄给你之前，我曾经过得非常六神无主……因为你那时候对我说的话，是真的吓坏我了。"他缓缓地说，"当我意识到，你是真的打算放弃对我的感情时，我发觉我自己很恐慌，尤其是后来我想了很多方法联系你，打算向你道歉，而你一直对我视而不见，那种恐慌简直达到了顶点，然后我才意识到，我到底有多在乎你。"

我觉得背心有些痒，将手伸到背后想抓一抓，又发现手心里居然全是汗。

我从来没想过岳钧楠居然说得出这种话来，这个在我印象里一直那么尖酸刻薄、冷漠无情的男人，应该一辈子都和"肉麻"这两个字搭不上边才对。

"你看过那本日记的内容，应该也已经发现了，我其实在很早之前就对你抱有一定程度的喜欢，只是那时的我觉得这种喜欢只不过是一种单纯的异性相吸，毕竟我是个性取向和生理需求都正常的男人，对一个总在眼前晃的女人有些感觉是正常情况，所以并没有端正态度去正视这种'喜欢'。当你那天忽然向我表白的时候，唐尧，我虽然并没有表现出来，但我心里，是非常开心的，那种愉悦，是好几年来第一次出现在我身上，也就是那个时候，我发现，我对你的'喜欢'好像没有自己想象的那么简单。"

"我明白我这个人是什么性格，冷漠，偏执，而且非常不善于表达自己内心的真实情感，也一直觉得把自己的情绪毫无保留地暴露给别人是一种示弱的表现，所以我总是习惯性地伪装自己，没有过多地回应你，又在与詹美晴的一些牵扯上，让你产生了误会……但是我真的无意伤害你。"说到这里，他长长地吸了一口气，"你让我明白了，有些事情如果不直白些表达出来，就可能永远迈不出实质性的一步。在这方面，唐尧，你比我有勇气。"

"不管你现在还愿不愿意相信，但我还是要说，唐尧，我喜欢你。"

他最后一句话让我的呼吸猛地停滞了一下。

这是他第一次说出"我喜欢你"。

他语气缓慢而坚定，"这些话我之前就想告诉你的，但那时你显然还在生我的气，我又害怕自己不善于表达会把事情搞得更糟，所以才决定把那本日记寄给你，因为里面所记录下来的，全是我真实的内心，并且没有什么能比那个表达得更清楚了。"

"你现在说这些，又有什么意思？"我维持着脸上的镇静，掌心的汗却越出越多。

“我换了一辆车。”他却忽然说了这么一句。

我一愣。

“很早以前就一直想开的奔驰GLK，昨天刚付款提车，涡轮增压发动机，分时四驱。只是可惜了那辆旧大众高尔夫，我本来以为能折价三万，结果连两万元都没折到。”在我的目瞪口呆中，他继续用坦然的态度说：“还有从今天起，过去的Santorini素食餐厅正式变成‘失恋万岁’综合餐厅，除了保留原来的菜单外，全天候供应烈酒和炸鸡。”

“岳钧楠，你吃错药了吗？”我奇怪地看着他，“那些东西不是你一直想保留的吗，怎么说换就换？”

“我思维很正常，我只是觉得，有些早就该淘汰掉的旧习惯，实在没有再继续留着的必要了。”他对我眨了一下眼睛，“‘所谓旧的不去新的不来，挥别老玩意儿，迈向新生活’——你专栏里的金口玉言，我说得没错吧？”

我没有说话。

“拜托，唐尧。”他双手插进裤兜里，“我都做到这个份儿上了，你多少给个回应。”

“我能有什么回应？”我低语，“你做这些，难道仅仅是想听我的回应吗？”

“或许不全是，在某个方面，却一定是。”他语气忽然忐忑起来，“你之前说，在感情上没有人愿意屈居第二，只是我想告诉你，我从来就没有把你放在第二位。过去那些事，或许让你觉得不舒服，但我真的不是有心的，所以你愿意……”他顿了顿，“你愿意再喜欢我一次吗？”

“我今天来，并不是为了和你讨论这个问题。”我看了看手表，“现在时间不早了，我要回去了。”

说完我转过身，急匆匆朝门外走，害怕稍慢一步的话，一直努力掩饰的情绪就会露馅。

我以为岳钧楠一定会阻拦我，他一直都是个话不说完不让人走的类型，这次他却没有，而是在我要迈出店门的那一刻，在我背后说：“Here's looking at you, kid!”

我猛地停住脚步，回头看他，他正对我露出微笑，“我相信你一定还会回到这里，推开这扇餐厅的门，就像我一直相信不管《卡萨布兰卡》的结局如何，伊尔莎和里克都一定会在一起一样。”

“你知道吗？”我对他说，“或许伊尔莎很后悔碰见了里克也说不定。”

他不置可否地对我扬了扬眉毛。

我拉开门走了出去。

屋外阳光灼眼。

——Of all the gin joints, in all the towns, in all the world, she walks into mine.

——全世界有那么多城市，城市里有那么多酒吧，她却偏偏走进了我这一家。

（全文终）

后记
·
永志不忘

写这篇文的契机源于一次会面。

2012年秋天，一位老朋友董小姐从北京来天津看我。

我和她认识于职场。2010年年底，我上大四，在一家广告公司实习，董小姐是北京一家4A广告公司外派来的高级策划师，我的工作是配合她运行天津外环线一处洋房楼盘的全案品牌推广。

董小姐是我见过的最纯粹的"白骨精"，骨子里时刻透露着一种对事业与金钱的执着，即便一身休闲装，也能把UGG穿出高跟鞋的气势。2010年正是房地产市场最红火的时候，房子根本不愁卖，还没有正式推盘，只是在认筹期，客户就已经排起了长队，所以品牌推广这块根本不用费多大的工夫去钻研。但是董小姐在工作上表现出来的态度给了我一种她在负责汤臣一品的错觉，那种对细节的考究程度简直比甲方还要变态，差点逼死了我和随组的设计师。

开盘后，销售成果不出所料，一期三百套房源不到两小时就被哄抢一空，甲方给我们一人包了一个红包。那天晚上，董小姐用她的红包请我们吃饭，三两杯啤酒之后，大家很快聊开了，于是她向我说起她的故事。

董小姐是广州人，在深圳念的大学，学金融，男朋友是她同班同学，北京人。他们俩感情很好，毕业以后，男朋友回北京读研，她也跟着来了。几年里她做过许多行业，因为不是北京户口，加上又是女生，碰过不少钉子，最后总算在广告界扎根，而她男朋友硕士毕业后拿到了一家知名证券公司的offer，薪金不菲。她之所以在工作上这么拼，主要是想做出一番事业让自己有底气些，因为她感觉，两个人谈了这么久的恋爱都没结婚，主要是她男朋友的家人并不太愿意接受她这样一个无依无靠的外地姑娘，她想靠自己的成功来扭转这个局面。

几个月后，项目结束，我们便拆伙了，她回了北京，我则忙着准备毕业论文，整天东奔西跑，就这么与她断了联系。直到一年之后，她突然在QQ上敲我，说她辞职了要回老家，临走之前准备再来天津玩一圈，想让我当个免费导游。

再见到她时，她一点也没变，还是那副精明干练的模样。还不待我问起，她就主动告诉我，她和她男朋友分手了，那个男人上个月结婚，娶的是一个本地公务员，两家门当户对，男人父母也很满意。

当初她北上就是为了那个男人，现在他们既然分手，她也没有再待下去的必要，于是才辞职回家。需要一说的是，辞职的时候，董小姐已经做到了策划总监的职位，年薪二十万。

我本来以为发生这样的事情，任谁都不会好过，但董小姐看起来很开朗，她甚至说，生气是次要的，她的确可以生气，也有资格怨怼那个男人，但是仔细一想，跟失去的比起来，她其实也得到了很多。如果当初留在家里，她也许早就听了父母的安排去考公务员，然后拿着固定的薪水，每天由父亲开车送她上下班，穿着死板的套装坐在放满了铁皮柜的办公室里，整理一些不痛不痒的文件，对面也许还会坐着一个上了年纪的"地中海"老男人。而现在，她完全学会了独立生活，烧得一手好菜，开车漂移如飞，可以在菜市场里与人砍价，也可以在写字楼里拍桌子吵架，更关键的是，她在这里得到了许多宝贵的工作经验，回家之后，她也自信能谋到一份更好的工作，以后也会遇见一个更好的男人，跟这些比起来，为了一时失恋而伤心难过根本不值得。

她的手机铃声由原本"披头士"的Hey Jude，换成了莫文蔚与苏慧伦合唱的《失恋万岁》，两个风格迥异的女声唱着"为孤单干杯，祝失恋万岁"。

在送她离开之后，有关这篇小说的灵感就忽然冒出来了。

只是那时候我并没有预测到它的完成会这样充满坎坷。从2012年冬天提笔到现在，中间也伴随着不少突发事件，例如我从原来的公司离职，带着整整十二箱行李结束北漂生涯，又在接洽新工作与入职初期耽误了不少时间，整篇文章修修改改，写写停停，比原计划几乎延迟了半年之久，好歹最终还是完成了，也算是为这忙碌的一年来了个漂亮的收尾。

当然，文章也许会存在许多瑕疵，虽然我已经尽我所能去完善它，但世界上毕竟没有十全十美的东西。

遗憾的是，因为篇幅有限，我不得已砍掉了一些情节，例如陆岩，例如景泓，这二位在我最初的大纲里是有一段很长的恩怨纠葛的，只是顾虑到单行本字数的限制，顾虑到言情小说的本质，才不得不全篇斩断，半字不提。或许未来会给他们独立成章，但这一次的篇幅，还是全部留给唐尧和岳钧楠这对"失恋男女"好了，毕竟他们才是主角。

最后是例行的感谢时间，最想感谢的人，自然是我的编辑，感谢他容忍我如此无节操地拖稿；然后感谢为这个故事提供最初蓝本的董小姐，完稿的时候，我得知她已经找到了自己的"真命天子"，一个对她很好的律师先生，祝福她；感谢我的妈妈，在我每天深夜赶稿的时候，她都会定时来催我睡觉；感谢每一个购买了这本书的读者，因为你们的支持，作者们才有了继续创作的动力。

想说的就这么多。感慨的肺腑之言或许犹有尽时，而创作这条路却不会停止，来日方长，大家下本书再见。

温暮生
2013年12月5日